세르
행복하세요. ♡

울보
내 각시

-上-

울보 내 각시 上

2017년 3월 22일 초판 1쇄 인쇄
2017년 3월 27일 초판 1쇄 발행

지은이 세련
발행인 이종주

기획 편집 주수지 이은정
경영 지원 배진경 이미현
마케팅 김정수

발행처 (주)로크미디어
출판등록 2003년 3월 24일
주소 서울시 마포구 성암로 330(상암동) DMC첨단산업센터 B동 314호
Tel (02)3273-5135 **Fax** (02)3273-5134
홈페이지 rokmedia.blog.me
E-mail romance@rokmedia.com

값 10,000원

ISBN 979-11-6130-240-9 04810 (1권)
ISBN 979-11-6130-239-3 04810 (세트)

울
보
내
각
시

·上·

· 세련 ·
장편소설

ROCOCO

잘생기셔서
좋습니다!

반짝이던 검은 눈동자가 먹빛으로 가라앉았다. 그 눈빛처럼 주변의 공기도 무겁게 내려앉았다.

차갑게 식어 내린 동생의 눈을 마주한 태자 주하의 입에서 진한 한숨이 새어 나왔다.

"서하야."

"그래서 지금 나더러, 하! 어딜 가라고?"

살짝 고개를 비틀며 씹어뱉듯 말하는 동생을 응시하던 태자가 허리를 세웠다.

이 고집불통이 쉽게 받아들이지 않을 것이라는 것은 알고 있었다. 하지만 이 일은 받아들이고 말고의 문제가 아니다.

조정에서 이미 결정된 일이고 아버지가 내린 황명이다. 이것을 거부하면 그것은 아무리 황자라 해도 황명을 어긴 것이 된다.

"이미 가여와 이야기가 끝난 것으로 안다. 번복은 불가하다."

"그래, 좋아. 까짓것 혼인은 한다 쳐."

입술을 물곤 아드득 이를 간 황자 서하의 입에서 낮은 목소리가 새어 나왔다.

겨우겨우 터질 듯한 열기를 참느라 얼마나 애를 쓰는지, 보는 것만으로도 느낄 수 있을 정도였다. 파랗게 돋아난 푸른 힘줄이 강인한 목에서 벌떡이고 있었다.

짙푸른 검은 눈동자가 천천히 들어 올려져 태자 주하를 노려보았다.

"한데 왜 내가 가여로 가야 한다는 거야? 그쪽에서 와야 하는 거 아니야?"

"가여 황실이 내건 조건이다. 황실의 유일한 공주이고, 아직 너무 어리기에 그 공주가 성년이 되면 그때 천여 황실로 오는 조건이다."

"그러니까! 왜 그딴 어린애랑! 아, 진짜! 이게 말이 된다고 생각해, 형님은?"

짜증과 화로 얼굴이 일그러진 동생을 바라보며 태자 주하가 고개를 끄덕였다. 안타까움이 머문 태자의 따스한 눈빛이 동생을 바라보았다.

"어쩔 수 없는 상황이어서 두 분 폐하께서 결정하신 것이다. 온전한 맹약이 필요한 상황이고 그런 맹약에 황실의 혼인은 꼭 필요한 것이니까. 내가 혼인을 했기에 우리 쪽에서는 너 외에는 대안이 없고, 그쪽에서도 정실의 공주가 그 어린 공주 하나뿐이니 이런 형태의 혼인을 할 수밖에 없을 거다."

"열두 살이라…… 미치겠네. 나 도 닭으로고?"

짜증을 삼키지 못하겠는지 얼굴을 쓸어내리는 동생의 모습에 태자 주하가 흐릿하게 입가를 끌어 올렸다.

척박한 땅을 가진 부족인 마족이 틈만 나면 국경을 침공하여 백성을 죽이고 약탈을 일삼고 있었다. 마족과 경계를 마주하고 있는 천여와 가여 두 나라 모두 이 거친 종족 때문에 골머리를 앓고 있었다.

대대적인 전쟁을 일으킬 만한 상황은 아니었지만 마족의 거친 성향 때문에 국경 지역의 주민들은 고생이 이만저만이 아니었다.

그런 상황이 계속되어 국경 지역이 불모지가 된다면 언제 마족이 대대적인 공습을 시작할지 알 수 없는 상황이었다. 언제나 비옥한 천여와 가여를 노리는 것이 마족이니까.

해서 마족과 국경을 함께 접하고 있는 두 나라가 맹약을 맺어 마족을 상대할 수비대를 국경에 주둔시키기로 한 것이다. 자신들의 국경 한쪽을 온전히 상대에게 맡기는 조건이니 서로를 믿을 만한 조건이 필요한 것은 불가결했다.

그런 때에 가장 흔히 쓰이는 방법이 왕족 간의 혼인이었다. 피로 맺어져 절대 깨지 못하게 하는 방법이니까.

한데 문제는, 가여 공주의 나이가 천여 황자의 나이에 비해 너무도 어리다는 것이었다.

천여 황제에게는 아들이 둘 있었다. 장자인 주하 태자와 차남인 서하 황자.

이미 몇 해 전에 혼인한 태자는 어차피 대상이 아니 되니 남은 대안은 차남인 서하 황자뿐이었다. 올해 열일곱이 되는 서하 황자는 나이도, 차남이라는 상황도 혼인 맹약에 문제가 될 만한 것이 하나도 없는 상황이었다.

한데 그 배필이 되어야 하는 가여의 연우 공주가 문제였다. 가여의 황제가 아들만 셋을 보고 늦게 얻은 유일한 딸이며 막둥이인 공주가 올해 겨우 열두 살인 것이다.

다른 이들보다 일찍 혼인을 하는 것이 황실에서는 흔한 일이긴 하지만 그래도 열두 살은 너무 어린 나이였다. 하지만 그 외에는 대안이 없는 상황이었다.

"어려서 부모 품에서 떼어 놓지도 못하는 어린아이와 혼인이란 것을 해서, 그것도 그 공주를 하늘처럼 떠받든다는 가여의 황실 안에서, 세 명의 손위 처남들이랑 살아라? 나보고?"

기가 막힌다는 듯 파랗게 불꽃을 품은 눈으로 씩씩 숨을 토해 내는 동생을 보는 태자의 눈에 안쓰러움이 살짝 고였다 사라졌다.

조용한 것을 좋아하는 자신과는 달리 성정이 불같은 동생이었다. 황제인 아버지와 어머니마저 어려서부터 되도록이면 건드리지 않으려 할 만큼 황자 서하의 성질은 강했다. 그런 동생이 이 상황을 받아들이는 것이 얼마나 힘든 일일지 모르지 않는 태자 주하였다.

하지만 이것은 그저 황실 안의 가족사가 아니었다. 천여의 국운이 걸릴 수도 있는 중요한 맹약이기에 개인으로서의 마음은 접어야 하는 일이었다.

천방지축인 서하지만 그런 것을 모르지는 않을 것이다. 해서 저리 힘들어하면서도 결국 받아들일 것은 알기에 안쓰러운 주하였다.

"죽으라고 하지, 차라리."

터질 듯한 눈을 하고 태자 주하를 바라보던 서하의 눈빛이 서늘하게 가라앉았다. 체념한 듯 내뱉는 동생의 목소리에 태자가 옅은 미소를 지으며 고개를 저었다.

"널 견뎌야 할 공주도 별로 좋은 상황은 아니라고 보는데."

"형님."

으르렁거리듯 뱉어 내는 서하의 부름에 태자 주하의 입가에 미소가 번졌다.

어려서부터 저 부름이 좋았다. 황제인 아버지와 황후인 어머니가 그리 태자 전하라 부르라고 일러도 듣지 않는 서하였다.

가끔 중신들이 모여 있는 곳에서는 태자라 호칭하기도 했지만 다른 곳에서는 언제나 자신을 저리 부른다. 따스하고 단단하게 느껴지는 그 호칭이 좋았다. 동생의 저 아름다운 입술에서 새어 나오기에 더욱더.

"태자 호위부에서 가장 출중한 이들을 열 남짓 데려갈 수 있게 조치해 두었다. 건이 혼자만으로는 부족할 테니까."

"됐거든. 건이면 충분해."

"내가 마음이 놓이지 않아서 그런다. 데려가."

혼인 맹약. 말이 좋아서 서로를 가족으로 받아들인다는 것이지, 혹여 나라 간에 문제가 생기면 가장 먼저 볼모가 되어 목숨을 위협받게 되는 것이 혼인 맹약으로 상대의 나라에 가야 하는 황족의 운명이었다.

공주는 여인이기에 볼모의 가치가 크지 않은 대신, 정실의 황후에게서 난 황자는 언제든 태자를 대신할 수 있기에 볼모의 가치가 더 클 수도 있는 상황이었다.

그런 것을 염두에 둔 듯 잠시 어두워지는 형의 눈빛을 바라보던 서하가 킥, 옅은 웃음을 토해 냈다.

"나 몰라? 건이랑 둘이면 그곳이 지옥이라 해도 빠져나올 수 있어."

"공주까지 데리고는 힘들어."

"뭐? 누굴 데려와?"

황당하다는 듯 미간을 좁히는 서하의 말에 태자의 눈빛이 어둡게 가라앉았다.

"그럴 일 없을 테니까 그런 걱정까지 안 해도 돼."

싸늘하게 식은 동생의 눈을 잠시 응시하던 태자가 뒤쪽으로 손짓을 하자 태자 뒤에 서 있던 내관이 무언가를 태자에게 건넸다.

붉은색 비단으로 싸인 긴 물건이 서하의 앞에 놓였다. 서하의 검은 눈동자에 의문이 어렸다.

"네가 탐내던 거다. 가져가."

"설……마. 그거야?"

커다랗게 열린 눈을 하고 서하가 급히 붉은 천을 거둬 냈다. 붉은 천 안에서 붉은 용이 세각되어 있는 긴 장검집이 드러났다.

살짝 떨림을 담은 서하의 기다란 손가락이 검집 위를 더듬었다.

"내 권한이 언제나 너와 함께 있다는 증표다."

태자의 보검. 황제의 황금빛 보검과 함께 천여의 군권을 상징하는 보검이다. 이 보검을 쥔 자는 천여의 군대를 움직일 수 있는 힘을 갖는 것이다.

"무사히 돌아와서 내 아들에게 돌려주면 좋겠다."

서하의 검게 침잠한 눈빛이 마주 앉은 태자 주하를 가만히 응시했다. 흔들리는 동생의 눈빛을 마주한 태자의 눈빛이 맑게 웃음을 머금었다.

서하가 천천히, 그러나 흔들림 없이 고개를 끄덕였다. 굳게 다문 서하의 턱이 악물어져 있었다.

"나 돌아올 때까지 둘은 만들어 줬으면 좋겠어."

잠시 굳어 있었던 서하의 입매가 부드럽게 풀리며 장난스러운 말이 새어 나오자 태자 주하의 귓불이 조금 붉어졌다. 그 모습에 서하가 고개를 저었다.

"기왕이면 셋이면 더 좋고."

"서하야!"

"강건해야 해. 태자 전하."

언제 장난을 담았냐는 듯 차갑게 굳은 채 내뱉는 동생의 마지막 말에 태자 주하가 입술을 악물었다.

태어나 한 번도 떨어져 본 적 없는 형제였다. 황제인 아버지와 황후인 어머니는 언제나 곁에 있어 주지 못했었다. 그런 가족의 빈자리를 서로가 채워 왔던 두 사람이었다.

천방지축이며 제멋대로인 황자 서하를 제어할 수 있는 것은 태자 주하뿐이었고, 태어난 순간부터 태자로 정해져 한 치의 흔들림이나 흐트러짐도 용납되지 않은 태자 주하에게 숨 쉴 수 있는 돌파구는 동생 서하뿐이었다.

너무도 반대의 성격이기에 서로에게 세상이 되어 줄 수 있었던 형제였다. 그런 형제에게 태어나 처음으로 긴 이별이 기다리고 있었다.

망루에 황제와 황후의 모습이 나타나자 떠날 준비를 마친 행렬이 일제히 몸을 숙였다. 흑마 위에 앉아 있던 서하의 시선이 망루 위로 향했다.

한 점 흔들림 없는 눈빛으로 자신을 내려다보고 있는 황제와 달리 황후의 눈가는 이미 축축하게 젖어 있었다.

그런 황후를 향해 서하가 환한 미소를 담아 보였다. 아름다운 아들의 미소에 황후의 눈에서 끝내 참았던 물기가 주르륵 흘러내렸다.

뿌우우-

웅장한 나팔 소리가 울려 퍼지며 황자 일행이 움직이기 시작했다. 태자 호위부의 호위와 혼인을 위한 성대한 선물을 실은 끝도 없는 마차들로 행렬은 길게 이어져 있었다.

수많은 백성들이 화려하고 웅장한 황자의 행렬을 보기 위해 장사진을 이루며 모여들었다.

"황자님."

여전히 망루에서 시선을 떼지 못하고 있던 서하가 뒤에서 부르는 호위 무사 건의 낮은 부름에 고개를 돌렸다. 건이 백성들이 모여 선 어딘가를 가리키고 있었다. 무심한 서하의 시선이 건의 손끝을 따랐다. 그리고 그의 검은 시선이 아주 잠시 흔들렸다.

백성들 사이에 새하얀 관복을 입고 자신을 향해 고개를 숙이고 있는 이가 있었다. 글 스승인 선원공이었다.

그리고 그 뒤, 가냘픈 여인이 서하의 시선 안에 들어왔다. 너무 멀어 여인의 눈빛은 보이지 않았다. 그저 여인의 시선이 자신을 향했다는 것만을 느낄 수 있을 뿐.

"하……."

낮은 한숨을 토해 내며 아쉬움이 남은 시선을 돌리는 서하를 바라보던 건이 여전히 서하를 향해 있는 여인의 시선을 돌아보았다. 앞만을 바라보는 서하의 뒷모습을 여인의 시선이 놓지 못하고 있었다.

"미치겠네. 젠장."

일부러 뒤를 보지 않으려는 듯 앞만을 응시하던 서하가 입술을 악무는 모습에 건이 낮게 한숨을 내쉬었다.

얼마 전부터 서하가 관심을 가지던 여인이었다. 글을 배우기 위해 글 스승인 선원공의 사저에 드나들면서 우연히 마주친 선원공의 막내딸이었다.

연꽃처럼 곱고 예의 바른 소녀의 모습에 이제껏 이성에게 관심을 가지지 않던 황자가 처음으로 시선을 주곤 하던 것을 알고 있었다.

천방지축이고 무엇이든 마음대로 하는 서하 황자이지만 여자 형제가 없어서인지 유독 이성에게는 어찌 대해야 하는지 몰라 했었다.

그러던 황자가 용기를 내어 말을 걸고 관심을 보이고 있었는데, 그렇게 이제 막 서로를 조금씩 마음에 담기 시작한 상황에 이런 일이 생긴 것이었다.

귀족 가문 여인답게 이제껏 황자 앞에서는 별 내색을 하지 않았지만 지금 떠나는 황자를 향한 그녀의 시선도 절대 무심함은 아니었음을 건도 느낄 수 있었다. 그런 여인의 눈빛을 느끼면서도 가여로 향해야 하는 서하 황자의 속이 지금 어떠할지 상상이 되었다.

도성 안에서 가장 아름답다는 소리를 듣는 선원공의 막내딸이었다. 올해 나이 열여덟, 이제 막 피기 시작하는 아름다운 소녀를 뒤에 남겨 둔 채 소녀의 모습도 아직 제대로 갖추지 못했을 열두 살 신부를 맞이해야 하는 것이다, 황자 서하는.

두 번 다시 뒤를 돌아보지 않는 황자 서하의 굳어져 있는 넓은 어깨에 안타까운 건의 시선이 닿았다.

소녀들의 끝도 없는 웃음소리가 화궁 담장을 넘어 온 궁에 울려 퍼지고 있었다.

둘만 모여도 웃음이 나오는 나이여서일까. 공주의 혼인 준비를 위해 화궁을 드나드는 궁녀들이 늘수록 웃음소리는 더욱 커져만 가고 있었다.

"이게 뭐야!"

커다란 대례복에 파묻힌 채 볼을 부풀리는 어린 연우 공주의 모습에 궁녀들이 또 한 번 까르륵 배를 잡았다.

아직 키도 몸도 작은 공주에게 대례복이 어울릴 리가 없었다. 공주의 몸에 맞게 만든다고 침방에서 신경 썼을 터인데도 대례복을 입은 공주의 모습은 다른 이의 옷을 빌려 입은 듯 우습고 귀엽기까지 했다.

"어쩐데요, 공주님? 그 옷 입고 혼인식에 나가시면 다 웃을 것 같아요."

"이 옷 안 입어!"

눈물까지 글썽이며 농을 하는 어린 궁녀들의 말에 눈을 샐쭉 일그러뜨린 연우 공주가 입고 있던 대례복을 찢듯 벗어 던졌다. 궁녀들의 입에서 또다시 거센 웃음소리가 터져 나왔다.

"그런데요, 공주님. 혹 들으셨어요?"

불편한 대례복을 집어 던지고 속곳 차림으로 털썩 자리에 앉아 옆에 놓인 곶감을 집어 드는 공주를 향해 한 궁녀가 입을 열었다.

무엇인가 재미난 것을 아는 듯 눈을 반짝이는 궁녀의 모습에 공주 연우가 동그란 눈을 더욱 커다랗게 떴다.

"뭘?"

"공주님의 부마가 되실 그 천여의 서하 황자님이 그리 미남자시라면서요? 정말이에요?"

"어머! 정말?"

궁녀들이 순식간에 공주의 곁으로 모여들었다. 눈을 빛내는 궁녀들의 모습에 연우가 어깨를 으쓱해 보이며 고개를 끄덕였다. 여전히 손에는 곶감이 들려 있었다.

"예부령께서 어마마마께 그리 말씀하셨대. 키도 크고 얼굴도 무지 잘생기신 분이라고. 무운 오라버니보다 더 잘생겼다고 하셨다던데?"

"어머머! 설마요! 무운 황자님보다 잘생긴 사람이 있을 리 없어요!"

들어선 안 될 말을 들은 것처럼 고개를 거세게 저으며 비명을 질러 대는 궁녀들의 모습에 공주가 킥, 웃음을 뱉어 냈다.

마지막 말은 궁녀들을 놀리려 지어낸 것이었다. 모든 궁녀들의 흠모의 대상인 둘째 오라비보다 잘생겼다고 하면 궁녀들이 저리 나올 것을 알고 있었으니까.

"그건 나도 인정. 우리 무운 오라버니가 좀 많이 멋지긴 해. 그렇지만 성질은 아니잖아? 모습만 멋지면 뭐해? 성질은 아주 못돼 먹었는데?"

"어머! 아니에요! 좀 까칠하신 것뿐이죠."

"좀 까칠? 좀 까칠해서 그 정도면, 많이 까칠하면 사람 잡아먹게?"

"그런 모습이 무운 황자님의 매력이신걸요."

한숨을 폭 내쉬며 꿈을 꾸듯 말하는 궁녀들의 모습에 연우가 고개를 저었다. 대체 그 서늘하고, 차갑기가 얼음보다 더한 둘째 오라비가 뭐가 그리 멋지다는 것인지 이해가 되지 않는 그녀였다.

언제나 따스하고 든든한 첫째 오라비이며 태자인 경운이나, 장난스럽지만 다정한 셋째 오라비인 지운 황자보다 얼굴이 잘생겼다는 것은 인정한다. 어린 그녀가 보기에도 둘째 오라비의 얼굴이 제일 멋지긴 하니까.

하지만 가끔 그 성질을 부릴 때면 그 잘생긴 얼굴 때문에 더 서늘해 보인다는 것을 궁녀들은 알지 못할 것이다.

"막 설레지 않으세요, 공주님? 내일이면 낭군께서 이곳으로 오시는데요."

"설레야 하는 거야, 나?"

꼭 해야 하는 숙제를 앞둔 사람처럼 심각한 얼굴로 묻는 공주의 모습에 시녀들이 또 한 번 까르르 웃음을 뱉어 냈다.

나이도 물론 어리지만 오라비들 사이에서 응석만 부리고 자라 아무것도 모르는 어린 공주의 난감해하는 모습이 재미있는 그녀들이었다. 궁 안에서 다른 낙이 없는 궁녀들에게 어린 공주의 혼인처럼 재미난 일은 없을 것이다.

"당연하죠. 혼인을 하시는 건데요. 아유, 생각만 해도 제 가슴이 콩닥콩닥 뛰는데요."

"나도 안 뛰는 가슴이 왜 네가 뛰는데?"

"무운 황자님보다 더 미남자이신 부마의 품에 안기시는 거잖아요."

촐싹거리며 뱉어 내는 궁녀의 말에, 옆에 있던 연우의 궁녀인 하정이 그녀의 옆구리를 쿡 찔렀다. 다른 궁녀들의 얼굴에도 당황스러움이 번졌다.

그런 궁녀들의 반응을 보지 못한 채 연우가 심드렁하게 입을 열었다.

"나 안기는 거 싫어하거든? 갑갑해서?"

턱을 괸 채 재미없다는 듯 말하는 공주의 반응에 궁녀들이 또

다시 까르르 웃음을 터뜨렸다.

"나중에는 좋아지실 거예요. 아주아주."

"해야 할 일들이 이리 없는 것이냐. 여기서 다들 무엇을 하는 것이야."

장난스럽게 공주를 향했던 궁녀들의 고개가 뒤에서 들리는 서늘한 목소리에 바로 숙여졌다. 공주의 유모인 한 씨였다. 모여 있던 궁녀들이 서로의 눈치를 보며 삼삼오오 화궁을 빠져나가는 모습을 보며 유모 한 씨가 혀를 찼다.

"유모!"

다가오는 유모를 보고 연우가 달려와 유모를 끌어안았다. 품안에 코를 묻으며 숨을 들이켜는 공주의 모습에 굳어 있던 유모의 입가에 연한 미소가 번졌다.

"곧 혼인을 하실 분이 아직도 이렇게 어리광을 부리시면 어쩝니까."

말은 그렇게 하고 있었지만 자신의 품에 몸을 비비는 공주가 사랑스러워 유모의 눈에 잔잔한 미소가 번졌다. 연우가 여전히 유모의 품에 안긴 채 고개를 들었다. 동그란 눈이 반짝거렸다.

"혼인해도 난 유모한테 이럴 건데? 참, 유모. 나 대례복 꼭 입어야 해? 안 입으면 안 돼?"

"무슨 말씀이세요? 혼인을 하시는데 대례복을 입지 않으시면 어찌하신답니까."

놀라 공주를 품에서 떼어 놓는 유모에게서 떨어진 연우가 집어 던졌던 대례복을 손가락으로 가리켰다.

"너무 이상하단 말이야. 다들 이상하다고 그랬어."

유모의 날 선 눈이 엄한 하정에게로 향했다. 자신이 한 말이 아님에도 괜히 주눅이 든 하정이 찔끔 몸을 움츠리며 시선을 내렸다.

"제가 볼게요. 잘못 재단된 곳이 있으면 침방에 다시 보내서 고치라 하면 될 거예요. 대례복을 입지 않고 혼인을 하실 수는 없으니 그런 소리는 다신 하지 마세요. 황후마마 아시면 불호령 떨어져요."

"알았어."

시녀들의 반응에 화가 났었지만 자신도 알고 있는 일이었다. 대례복을 입지 않는 혼인은 없다는 것을. 그저 낯선 대례복을 보니 알 수 없는 두려움이 일순 밀려왔던 것이다.

자신에게 다시 대례복을 입히는 유모의 모습을 물끄러미 바라보던 연우가 작은 목소리로 유모를 불렀다.

"유모."

"예."

대례복의 매듭을 살피던 유모의 따스한 눈동자가 연우를 가만히 응시했다. 따스함이 담긴 그 눈동자를 마주하자 갑자기 가슴 저 깊은 곳이 울컥하는 연우였다. 유모를 바라보는 연우의 눈에 살짝 물기가 어렸다. 유모의 눈이 커다랗게 열렸다.

"공주님."

"나 왠지 조금 무서워."

속삭이듯 말하는 연우를 바라보는 유모의 표정이 무너져 내렸다.

아무리 천방지축, 세상 무서운 것이 없다고 하는 가여의 꽃 연우 공주라 해도 이제 겨우 열두 살. 아직 어린 소녀였다.

궁녀들이 생각 없이 떠드는 온갖 장난과 알 수 없는 말들을 듣는 공주의 마음이 어떠할지 헤아리지 못하고 있었다. '언제나 자신의 주장이 뚜렷하고 어디에서도 기죽는 법 없는 공주이기에'라고 생각하여, 혼인이 발표된 후 아무 말도 없기에 모르고 있었던 것이다.

어린 소녀에게 혼인이라는 아무것도 알지 못하는 세계로의 한 발이 얼마나 두려울지. 생전 처음 만나는 사내의 여인이 된다는 것이 얼마나 막연한 불안을 주는지도.

엉성한 대례복에 감싸인 연우의 작은 두 손을 잡고 앉힌 유모가 입가에 연한 미소를 담았다.

"무서우세요? 혼인하시려니까요?"

주변을 살짝 살핀 연우가 아주 약하게 고개를 끄덕였다. 자존심이 하늘을 찌르는 공주가 다른 이에게는 절대 내어 보이고 싶지 않은 마음일 것이다.

주변에 하정만이 있다는 것을 확인하고서야 고개를 끄덕이는 공주의 모습에 유모가 빙그레 미소를 담았다.

"그러실 거예요. 태어나 처음 해 보는 것이니 당연히 무서우실 수 있어요. 암요. 누구나 처음 하는 일은 다 무서운 법이니까요. 저도 처음으로 태자 전하를 품에 안아야 했을 때 얼마나 무서웠다고요. 하지만 걱정 마세요. 무슨 일이든 공주께서 최선을 다하면 해내실 수 있어요. 게다가 곁에 폐하도 황후마마도 황자님들도 다 계신데 무엇을 겁내세요. 아무것도 걱정하실 필요 없어요."

"부마가 될 분이…… 날 싫어하면 어쩌지?"

조심스럽게 묻는 공주의 물음에 커다랗게 열린 유모의 눈동자에 웃음이 어렸다. 공주의 손을 잡은 유모의 손에 힘이 실렸다.

"절대 그럴 일 없을 거예요. 그 누구라도 공주님을 싫어하는 사람은 없을 거니까요. 제가 약속할게요."

"정말? 지운 오라버니는 날 좋아해 줄 사내는 없을 거라고 장담했었는데?"

이런. 유모의 미간이 살짝 일그러졌다.

장난꾸러기 막내 황자가 혼인을 앞둔 여동생을 또 골린 것이리라. 어린 여동생을 놀리는 것이 막내 황자의 취미이니까.

"지운 황자께서 연모를 해 보신 적이 아직 없어서 그러시는 것이에요. 자신의 운명이라면 분명 사랑하게 돼요. 공주님의 부군이 되실 서하 황자님이 공주님의 운명이시라면 공주님을 사랑하지 않을 수 없을걸요. 제가 장담해요. 제가 공주님께 거짓을 말한 적이 한 번이라도 있었나요, 공주님?"

"아니."

연우가 작은 머리를 살래살래 저었다. 공주의 머리에 붙어 있던 나비 모양의 꽃잠이 잘게 떨렸다.

"하니 제 말을 믿어 보세요. 분명 그리되실 거니까요."

따스함이 가득 고인 눈에 단단함을 담고 말하는 유모의 말에 울상을 짓고 있던 연우가 살포시 미소를 머금었다. 그리고 엉성하게 길쳐진 대례복을 여몄다.

조금 큰 듯했지만 공주의 고운 얼굴에 어울리는 붉은 대례복이 너무도 고와 유모의 얼굴에 환한 미소가 가득 번졌다.

✳

저 멀리 가여의 도성이 보이는 곳에 다다른 일행이 앞쪽의 신호에 잠시 멈춰 섰다. 피곤과 긴장이 어린 듯 차갑게 굳어 있는 황자 서하의 곁으로 예부령이 다가왔다.

"둘째 무운 황자가 도성 앞에 나와 있을 것입니다. 궁 앞에서는 태자가 황자님을 맞을 것이고요. 궁에 도착해서는 바로 가여의 황제께 무사히 도착했음을 알리셔야 합니다."

"……."

저 멀리 보이는 가여의 도성을 물끄러미 바라만 볼 뿐 아무런 대꾸도 없는 황자를 불안한 눈으로 힐끔거리며 예부령이 말을 이었다.

"혼인식 전까지는 조원전에서 지내시다가 혼인을 하신 후부터는 공주님의 궁인 화궁에서 지내시게 되십니다. 황자님의 호위를 위해 화궁 안과 밖을 우리 무사들이 지키도록 이미 이야기를 마쳤습니다. 궁 안에서의 생활은 가여의 세 황자들과 함께……."

"출발하자, 건아."

예부령의 말을 서늘한 얼굴로 듣고 있던 서하가 말이 끝나기도 전에 말의 고삐를 당겼다.

움직이기 시작하는 일행을 따라 서둘러 말을 몰기 시작한 예부령의 얼굴에 난감함이 가득 어렸다.

공주가 어려서라는 것은 일종의 핑계라는 것을 알고 있었다.

나라 간의 맹약이란 것은 어차피 나라의 군력 차이로 그 내용이 정해지는 것이니까.

마족과 국경을 조금 더 많이 접하고 있어 침공의 위협을 자주 받는 자신의 나라가 가여와의 맹약에서 약자일 수밖에 없음은 어쩔 수 없었을 것이다.

그렇기에 가여에서 원한 이런 형태의 결혼 동맹을 맺었을 것이다. 공주가 성장하면 천여로 돌아가는 조건이라 해도 그것은 그저 지금 결혼 동맹을 성사시키기 위한 빌미일 뿐, 만약 계속해서 천여가 가여의 도움을 많이 받아야 한다면 자신은 언제까지고 이곳에 머물러야 할지도 모르는 일이란 것을 서하는 알고 있었다.

가까워지는 도성과 그 앞에 대기하고 있는 이들의 모습을 시선에 담는 서하의 검은 눈동자가 아득하게 짙어져 갔다.

거대한 도성 문 앞이 검붉은 무복을 입은 한 무리의 무사들로 가득 차 있었다. 그 무리들 맨 앞에 선 사내가 다가서는 서하 일행을 보고 조금 앞쪽으로 말을 모는 모습이 서하의 시선 안에 들어왔다.

다른 무사들과 달리 황금색 용 문양이 수놓인 머리끈이 사내의 이마에 묶여 있었다. 서하의 시선이 그 사내의 모습을 스치듯 훑어 내렸다.

가여의 둘째 황자 무운이다. 말 위에 올라 앉은 모습만으로도 그가 무운 황자임을 알 수 있었다. 세 명의 황자 중 가장 무예가 뛰어나고 인물이 출중하다고 들었다. 사내다우면서도 뚜렷한 이목구비가 멀리에서도 눈에 띌 정도로, 무운 황자의 모습은 시선을 끌 만큼 아름다웠다.

　다가서는 서하와 기다리고 있던 무운의 시선이 서로에게로 맞닿았다. 서늘한 다갈색 눈동자와 차가움과 경계를 가득 담은 검은 눈동자가 서로를 응시했다.

　"먼 길 고생이 많으셨습니다. 가여의 황자 무운입니다."

　"천여의 서하입니다."

　입으로는 단정하게 인사를 내뱉고 있었지만 두 사내의 시선은 서로에게서 한시도 떨어지지 않았다. 지독한 경계가 흐르는 공간에 들어서지 못하고 잠시 망설이던 예부령이 무운을 향해 고개를 숙이며 힘겨운 미소를 입가에 담았다.

　"앞장서 주시지요, 무운 황자님. 어서 폐하를 뵈어야 하지 않겠습니까."

　"저희를 따르시지요. 태자 전하께서 기다리고 계십니다."

　검붉은 무사들이 무운의 턱짓에 서하 일행을 감쌌다. 자신들을 둘러싸는 이들을 살피는 건의 시선에 경계가 가득 고였다. 이 순간부터 한시도 긴장을 놓아서는 안 되는 것이다. 이곳은 천여가 아닌 가여인 것이다.

　"막 황궁으로 들어가셨대요! 황궁으로 오시라는 황후마마의 전갈이에요, 공주님!"

　호들갑스럽게 문을 열고 달려 들어온 하정의 목소리에 앉아 있던 연우가 벌떡 자리에서 일어났다. 긴장을 담은 작은 얼굴이 연붉은색을 띠고 있었다.

　그 모습에 유모가 얕은 웃음을 뱉어 내며 공주의 옷을 가만히 살폈다. 옷을 살피는 손끝으로도 작은 공주의 심장이 거세게 뛰는 것이 느껴질 정도였다.

"크게 숨을 들이마셔 보세요. 그리고 다시 내쉬시고요."

"응."

"가실까요? 공주님?"

부드럽게 미소까지 지으며 유모가 공주에게 눈짓을 했다. 유모를 따라 걸음을 옮기기 시작하는 어린 연우 공주의 얼굴에 긴장이 가득 고여 있었다.

천여와 가여 간의 국혼이 결정되고 보름 만에 신랑이 될 천여의 서하 황자가 도착한 것이다. 이런저런 많은 이야기들이 들려왔지만 그런 것들은 낭군이 될 황자를 그려 보는 데 하나도 도움이 되지 않았다.

키가 크다는 말도, 인물이 좋다는 말도 너무 막연하기만 해서 머릿속에다 그려 보려 해도 되지 않았었다.

궁녀들이 멀리서 바라보기만 해도 기절하려 하는 둘째 오라비처럼 생겼을까 하는 기대를 하고 머릿속에 그려 보아도 되지 않았다. 둘째 오라비는 다른 이들에게는 너무도 멋진 사내일지 몰라도 자신에게는 그저 자신을 골리고 괴롭히는 못된 오라비일 뿐이니까.

그런 천여의 서하 황자가 지금 궁 안에, 황궁에 들었다는 것이다. 처음 자신의 남편이 될 이를 만날 수 있다는 것이 현실처럼 느껴지지 않는 연우였다.

황궁 앞에 선 그녀의 모습에 황궁 내관이 고개를 숙였다.

"연우 공주님 드셨사옵니다."

열리는 문을 보며 연우가 잠시 고개를 돌렸다. 그녀의 뒤에 서 있던 유모가 살짝 고개를 끄덕였다. 작은 입술을 악문 연우가 황궁 안으로 발을 들여놓았다.

커다란 황궁 안이 수많은 사람들로 가득 차 있었다. 맨 처음 눈에 보이는 것은 아버지인 폐하의 곁에 서 있는 세 오라버니들이었다.

들어서는 자신을 향해 따스한 눈길로 눈인사를 하는 큰오라비인 태자 경운과, 그저 스치듯 시선을 주고는 다시 언제나처럼 무표정으로 돌아서는 둘째 오라비 무운, 그리고 눈까지 찡긋하며 앞쪽의 누군가를 자꾸만 시선으로 가리키는 막내 오라비 지운이었다.

시선을 마주친 지운의 눈짓에 무심코 연우의 눈이 그쪽으로 돌려졌다.

동그란 눈이 그 자리에 붙박인 듯 굳어졌다. 커다랗게 두근거리던 심장도 그 순간 잠깐 멎은 듯했다. 아바마마 앞에 시립해 있는 이의 모습이 다갈색 동그란 눈동자 가득 박혀 왔다.

맨 처음 보인 것은 어둠을 한가득 품고 있는 듯 보이는 짙푸른 검은 눈동자였다. 그리고 그 눈동자 밑에 그려진 듯 날카롭고 오뚝한 콧날과, 눈동자의 검은 빛과 이상하리만치 어울려 보이는 붉은 입술이 보였다.

그 모든 것이 투명하게 느껴지는 새하얀 얼굴 위에 너무도 아름다운 조화를 이루며 자리하고 있었다. 살아 숨 쉬는 것이 아니라 그저 누군가 솜씨 좋은 이가 그려 놓은 그림 같다고 연우가 문득 생각했다. 너무도 잘 그린 그림 같다고.

그렇게 넋을 놓고 바라보는 그녀를 알아차린 것일까. 천천히 검은 눈동자가 연우 쪽으로 움직였다.

그 움직임에 연우가 움찔 몸을 떨었다. 그림이 아니었다. 움직이고 있는 검은 눈동자 안에 분명 거세게 일렁이는 불꽃이 보였다.

"공주야."

낮은 부름이 황궁 안을 울렸지만 대답은 없었다. 무운의 얼굴에 작은 균열이 갔다.

"연우야."

이번에는 황후의 부름이 공간을 울렸다. 그러나 여전히 공간은 숨죽인 듯 고요했다. 짜증이 어린 무운의 얼굴을 살짝 바라보던 지운이 작게 한숨을 내쉬고는 연우의 앞으로 다가섰다.

흔들림 없던 공간을 찢듯 다가서는 이의 움직임 때문이었을까. 그때까지 조금도 흔들리지 못하던 연우의 눈동자가 다가서는 이를 향해 움직였다. 지운의 얼굴에 황당함이 고여 있었다.

"폐하께서 부르신다. 공주."

입술도 잘 떼지 않으며 낮게 말하는 지운의 말에 놀란 연우가 그제야 황후와 황제의 곁으로 달리듯 다가섰다. 그녀를 향해 있던 검은 눈동자가 살짝 흔들렸다.

"화운 공주 연우, 폐하를 뵈옵니다."

살짝 붉어진 얼굴을 하고 고개를 숙여 예를 취하는 어린 공주의 모습에 황제와 황후의 따스한 시선이 닿았다. 어린 딸의 살짝 붉어진 볼이 보였다.

황제와 황후의 시선이 서로를 향했다.

"서하 황자, 그대와 혼인을 할 공주 연우네. 연우야, 천여의 서하 황자시다. 예를 올리거라."

황제의 부드러운 목소리가 황궁 안을 울렸다. 모두의 시선이 처음 마주한 두 사람에게로 향했다.

"천여의 서하, 화운 공주님을 뵙습니다."

자신에게로 향한 검은 눈동자를 상기된 얼굴로 바라보던 연우의 표정이 살짝 굳어 왔다. 너무도 차디찬 목소리 때문이었다.

새하얀 얼굴과 그 짙푸른 눈동자만큼이나 차디찬 음성이 마주한 연우의 눈동자마저 얼어붙게 만드는 것 같았다. 하얗게 심장으로 스미는 냉기에 연우의 심장이 얼어붙었다.

"공주야, 너도 서하 황자께 예를 올려야지."

나직하게 말하는 황후의 말에 그제야 연우가 살며시 입술을 열었다.

"공주 연우, 황자님을 뵙습니다."

긴장한 동그란 눈 가득 짙푸른 눈동자가 들어와 박혔다.

"천여의 황실과는 다르겠지만 편히 지내셨으면 합니다. 혹 불편하신 것이 있으시다면 언제든 말씀해 주십시오. 화궁은 천여의 거처와 비슷하게 준비해 두었습니다만 이곳은 사신들의 거처라 불편하실 수도 있겠습니다."

정중하지만 담담함을 담고 말하는 태자 경운의 말에 서하가 약하게 고개를 저었다. 무심한 서하의 눈동자가 그저 스치듯 조원전을 둘러보고 있었다.

"상관없습니다. 괘념치 마십시오."

조금의 미소도 담지 않고 담담하게 말하는 서하를 경운이 물 끄러미 바라보았다.

동생인 무운보다도 한 살 어린 나이라는 것이 믿기지 않을 만큼 성숙하게 느껴졌다. 듣기에는 태자보다 훨씬 자유분방하고 활달한 성격이라 했는데 그 말이 거짓인 것처럼 처음으로 마주한 천여의 황자 서하는 차디차고 침착했다.

무운에게서 느껴지는 무사의 기운을 담고 있으면서도 냉정함을 두른 모습은 지략가답기도 했다. 지나치게 자신들을 경계하고 있는 게 느껴져 경운의 마음이 편치 않았다.

아까 연우를 바라보던 시선이 계속 마음에 걸리던 경운이었다. 황실 안에서는 당해 낼 자가 없다는 연우였다. 막내에 외동딸이다 보니 황제인 아버지의 사랑을 온통 독차지하고 있었다. 아들만 셋을 낳고 귀하게 얻은 외동딸이라 부모의 애정이 남다를 수밖에 없었다.

지운과 네 살이나 터울이 지는데도 지운에게 져 본 적도 없는 연우였다. 그런 연우가 얼마나 긴장했는지 경운은 느낄 수 있었다. 어린 연우 앞에서도 눈앞의 이는 한 치의 여유도 내어 보이지 않았으니까.

"많이 부족할 것입니다."

무슨 소리를 하는지 가늠할 수 없다는 듯 의아함을 담은 서하의 눈이 태자 경운을 돌아보았다. 따스한 미소를 담은 경운이 살짝 입가를 끌어 올렸다.

"제 누이 말입니다."

"아⋯⋯."

서하의 뇌리에 아주 잠깐 스치듯 만났던 어린 공주가 떠올랐
다. 예상했던 것보다 더 작았다. 자신의 가슴에 올까 말까 할 정
도의 어리고 작은 소녀. 여인임을 전혀 느낄 수 없던 그 모습이
잠시 뇌리를 스치고 지나갔다.

"나이도 어리지만 어리광이 많고 고집이 셉니다. 하지만 총명
한 아이입니다."

"상관없습니다."

서하의 짙은 눈동자가 경운의 눈을 바로 마주했다. 살짝 일그
러지는 경운의 눈을 바라보며 서하가 예의를 담은 연한 미소를
품었다.

"천여의 황자로서 제가 해야 할 의무입니다. 공주께서도 그러
하실 것이고요. 제 의무에 소홀하지 않을 것입니다. 하니 태자
께서는 걱정하지 않으셔도 될 것입니다."

"……."

"혹여 제 말이 거슬리십니까."

말에 대답도 없이 가만히 자신의 눈을 응시하는 경운의 모습
에 서하가 미간을 좁혔다. 경운이 잠시 숨을 참는 듯 그저 서하
를 바라보다 고개를 저었다.

"그저 오라비로서 누이를 생각하는 마음일 뿐입니다. 황자께
서 하신 말씀에 틀린 것이 없으니 거슬릴 것도 없겠지요. 피곤
하실 것을 생각지 못하고 제가 결례를 한 모양입니다. 그럼 쉬
십시오."

한 점의 흐트러짐도 없는 예를 취하고 조원전을 걸어 나가는
경운의 뒷모습을 물끄러미 바라보던 서하는 조원전 문밖으로 그

의 그림자가 사라지자 그제야 깊이 숨을 들이마셨다.

각오하지 않았던 것은 아니었다. 이 거대한 가여의 왕실 한가운데 자신만이 홀로 서 있다는 것이 어떤 것일지.

하지만 도성 안을 들어서며 느껴지던 낯섦과 거대한 가여의 황궁 안에서 느껴지는 위압감이 온몸을 타고 엄습해 오고 있었다. 따스한 미소로 자신을 맞이해 주는 이들의 모습도 편하게 느낄 수 없었다.

자신도 알고 있었다. 자신이 지금 너무도 날카로워져 있다는 것을. 하지만 상대를 편하게 느끼기에는 지금 느끼는 긴장이 너무도 컸다.

"좀 쉬십시오, 황자님. 너무 피곤하신 듯 보입니다."

옆으로 다가선 건의 말에 서하가 몸을 돌렸다. 화려하게 장식된 조원전의 모습이 시야에 가득 차 왔다. 외국에서 온 손님들을 맞이하는 곳이다.

자신의 나라인 천여에도 이런 조원전이 있다. 때로 외국의 손님이 오시면 태자를 대신해 자신이 이곳으로 모셔다 드리곤 했었다. 그럴 때 느꼈던 조원전과 지금 자신이 그 손님이 되어 바라보는 조원전은 너무도 달랐다.

"좀 쉴까?"

"예. 그러십시오."

몸이 문제가 아닌 것은 건도 잘 알고 있었다. 며칠씩 거의 밤을 새우며 사냥을 할 때에도 지치지 않는 그였다. 무예로 어려서부터 단련된 몸이 고작 며칠의 여정에 저리 피곤을 느낄 리 없었다. 지금 주군이 느끼는 피곤은 엄청난 고독과 외로움일 것이다. 온전히 혼자 남겨진 듯한 느낌일 테니까.

혼인이라 하여도 사실상 볼모처럼 이곳에 보내진 현실이 저 주인의 성격에 얼마나 힘겨운 일일지 모르지 않는 건이었다. 스스로 나약해지는 상황을 가장 견디지 못하는 그니까.

무사의 느낌으로, 이곳의 모든 이들이 호의를 가지고 있다는 것은 알 수 있었다. 걱정한 것처럼 혹시 있을지도 모르는 일을 걱정하지는 않아도 될 듯했다.

하지만 세상일이란 모르는 것이란 사실을 그는 경험으로 알고 있었다. 천여의 궁에서도 황자의 안전은 보장할 수 없었다. 하물며 이곳은 한순간에 적이 될 수도 있는 곳이다.

"조원전 둘레를 모두 감싼다. 한곳도 허술히 하지 마라."

"예. 건 님."

천여 태자의 호위 부대에서 차출된 무사들이 조원전을 둘러싸기 시작했다.

초조함을 얼굴 가득 담고 서성이던 하정이 급히 달려 들어오는 유모의 모습에 그제야 힘겨운 숨을 토해 내었다.

"무슨 일이냐. 무엇이 잘못된 것이더냐."

"황궁에서 돌아오신 후부터 문도 열어 주지 않으십니다. 불러도 대답도 없으시고요. 요즘 들어서는 이러신 적이 없었는데 불안해 죽겠습니다. 유모님."

하정의 말에 유모의 얼굴이 하얗게 변했다.

황궁에서 돌아와서라면 부마가 될 천여의 황자를 보고 난 후라는 것이다. 그저 서로 얼굴만 보고 물러났을 것인데 대체 무

슨 문제가 있어서 공주가 문까지 걸어 잠그고 두문불출하는 것
이란 말인가.

'나 왠지 조금 무서워.'

평상시의 거침없던 공주의 모습이 아닌 두려움을 느끼던 모
습이 떠올랐다. 작고 여린 공주가 무슨 충격을 받은 것인지 두
려움이 몰려오는 유모였다.

심호흡을 한 유모가 공주의 방문 앞으로 다가섰을 때였다. 그
순간 유모의 앞에서 굳게 닫혀져 있던 문이 거칠게 열렸다.

"공주님!"

"따라오지 마!"

아까 황궁으로 갈 때 입고 있던 옷 그대로 나온 연우가 화궁
을 달려 나가는 모습에 유모와 하정의 얼굴이 하얗게 질렸다.
벌써 저만치 달려 나간 공주의 뒤를 하정이 정신없이 따라 달리
기 시작했다.

조원전 앞에 서 있던 가여의 병사들이 달려오는 공주의 모습
에 의아함을 담으며 서로를 바라보다 조심스럽게 길을 열었다.
다른 이도 아니고 조원전 안에 머물고 있는 천여 황자와 곧 혼인
할 공주이니 막을 이유가 없다고 느꼈기 때문이다.

하지만 그렇게 물러서는 가여의 병사들과는 달리 뛰어 들어
가던 연우 앞을 천여의 무사들이 막아섰다.

"무엄하다. 나는 가여의 공주다. 물러서라."

"안에서 허락이 있기 전에는 들어가실 수 없습니다."

자신의 말에도 꿈쩍하지 않는 무사들을 연우가 하얗게 뜬 눈으로 노려보았다.

이 가여의 궁 안에서 자신을 이리 대하는 병사들은 어디에도 없었다. 황궁이라 해도 그녀는 언제든 들어가고 싶을 때 들어갔었다. 그 누구도 그녀의 출입을 막는 곳은 없었으니까.

한데 지금 낯선 무사들이 자신의 앞을 막아서고 있는 것이다. 태어나 처음 겪는 상황이었다.

"이 궁 안에서 내가 가지 못하는 곳은 없단 말이다. 어서 물러서라니까!"

"안에 기별을 넣었습니다. 기다리십시오."

"뭐?"

기다리라고? 어이가 없는 상황에 잠시 무사들을 노려보던 연우가 몸을 돌리는 듯 물러서다 그대로 무사들 사이로 파고들었다. 작은 몸을 이용해 갑자기 파고드는 작은 공주를 막아서려던 무사들이 순간 뒤로 물러섰다.

물러서는 무사들 사이를 그대로 달리던 연우의 앞을 커다란 그림자가 막아선 것은 그때였다. 태산처럼 커다란 검은 그림자에 막힌 연우가 그 자리에 멈춰 섰다.

"지금은 안으로 들어가실 수가 없습니다. 내일 찾아와 주십시오. 공주님."

낮게 울리는 굵은 목소리에 연우가 고개를 들어 올렸다. 고개를 꺾어질 듯 올리고 나서야 커다란 그림자의 얼굴이 보였다. 조금 전 황궁에서 서하 황자의 뒤에 서 있던 무사였다. 엄청나게 큰 키와 거대한 몸이 하늘을 가릴 듯 서 있었다.

연우가 조금 뒤로 물러섰다. 그러지 않으면 이 사내와는 눈을 마주하고 이야기를 할 수가 없을 것 같아서였다. 너무 높아서 고개가 꺾일 듯했으니까.

"지금 뵙고 싶으니 아뢰어 주세요."

절대 물러서지 않겠다는 듯 다갈색 눈을 반짝이며 또박또박 말하는 연우의 모습을 사내가 잔잔한 눈으로 물끄러미 내려다보았다.

주인의 눈과는 달리 따스함이 감도는 눈빛이라고 연우가 생각했다. 커다란 덩치와는 다르게 사내의 모습에서는 따스함과 단단함이 같이 느껴졌다.

"쉬고 계십니다. 긴 여정에 피곤하셔서 일찍 침소에 드셨으니 오늘은 불가합니다. 죄송합니다. 공주님."

"오늘 뵈어야 해요. 지금 당장."

"불가하다 말씀 올렸습니다. 더 이상 조르시면 무례하신 청이십니다."

"난 원래 무례해요."

예상치 못한 소녀의 당돌한 대답에 놀란 건이 숨을 삼키는 순간, 작은 몸이 건의 어깨 밑으로 달려 나갔다. 공주의 몸에 손을 대지 못하는 건이 그대로 그녀의 앞을 막아섰지만 그녀의 손이 조금 더 빨리 닫혀 있는 조원전의 문을 열어젖혔다.

짙은 어둠이 가득한 공간 안으로 들어선 연우의 작은 몸이 그대로 그녀를 감싸 안은 건의 품에 파묻힌 것과, 서늘한 소리를 내며 무엇인가가 그녀에게로 날아든 것은 같은 순간이었다.

신음 소리 하나 나지 않았지만 연우는 느낄 수 있었다. 자신을 가로막고 선 커다란 사내에게 무엇인가가 잘못되었다는 것을.

커다란 사내의 팔 안에 갇힌 연우의 시선 안에 어둠 속 저 깊은 곳에서 무엇인가가 천천히 일어서는 것이 보였다. 열려진 문밖에서 새어 들어오는 달빛 아래 천천히 움직이는 그것이 사람이란 것을 느낄 수 있었다.

"이건 뭘까."

지독하게 낮아서 소름 끼치던 그 목소리가 귓가로 스미듯 들어왔다. 여전히 서늘함이 그 목소리 안에 가득했다. 연우가 마른침을 삼켰다.

자신을 막아서고 있던 검은 그림자가 조금 물러서는 것을 느낀 연우가 숨을 삼켰다. 알 수 없는 향이 코끝으로 살며시 스며들었다. 비릿하고 낯선 향이었다.

자신을 감싸듯 앞을 막고 있던 커다란 사내가 물러서고 나서야 눈앞의 모든 것이 연우의 눈에 들어왔다.

한 팔을 다른 팔로 감싸며 물러선 커다란 사내의 팔에 박혀 있는 것은 단도였다. 사내의 팔에서 붉은 물기가 무복 소매를 타고 뚝뚝 떨어져 내리고 있었다.

연우가 놀람을 숨기지 못한 눈동자를 들어 올렸다. 동그란 다갈색 연우의 눈에 사내의 팔에 박혀 있는 것과 같은 모양의 단도를 쥔 채 자신에게로 한 발 한 발 다가서는 검은 인영이 보였다.

긴 그림자가 바닥으로 길게 늘어져 있었다. 어둠을 모두 품은 듯 짙은 흑색의 자리옷이 바닥에 끌리고 있었다.

"송구합니다. 황자님. 꼭 뵙겠다고 고집을 하셔서."

여전히 피가 흘러내리는 팔을 하고서 조금의 흔들림도 없는 목소리로 건이 서하를 향해 고개를 숙였다. 달빛 아래 드러나는 그린 듯한 새하얀 얼굴에 흐릿한 냉소가 번져 왔다.

"이런, 두 나라 간에 전면전이 일어날 뻔하였습니다. 공주님."

서하의 손안에서 작은 단검이 반짝 빛을 품으며 한 바퀴 돌아 소매 속으로 사라졌다.

언제나 단검을 소매 속에 숨기고 산다는 것인가? 자는 동안에도?

놀란 연우의 시선이 서하를 향했다. 나른한 시선으로 연우를 한번 스치듯 바라본 서하가 고갯짓을 하자 건이 조용히 문밖으로 나갔다.

숨조차 크게 쉴 수 없었다. 쥐 죽은 듯한 고요가 방 안 가득 차 있었다. 살짝 열려진 문 안으로 스미는 달빛만이 커다란 방 안을 조금 비춰 주고 있었다.

금가루를 뿌린 듯 방 안에 스미는 달빛 아래로 사내의 조각해 놓은 듯 단정한 얼굴이 윤곽을 드러냈다.

"혼인도 치르지 않은 사내의 방에 이 야심한 시각에 쳐들어오는 것이 가여의 예법인 줄은 몰랐습니다."

걷는 것이 아니라 흐르듯 걸음을 옮겨 연우의 앞에 다가서 서하가 허리를 숙여 연우와 시선을 맞췄다.

한참을 숙여야 시선이 맞춰지는 어린 소녀를 바라보는 서하의 진한 먹빛 눈동자에 달빛이 부딪쳐 부서져 내렸다. 연우의 동그란 눈이 멍하게 그 모습을 바라보았다.

"무엇을 원하십니까."

살며시 입가를 끌어 올리는 서하의 모습에 연우가 꿀꺽 마른 침을 삼켰다. 붉은 입술에 걸리는 미소가 온몸이 바르르 떨릴 만큼 무서웠다. 연우가 자신의 치맛자락을 꽉 움켜쥐었다. 작은 손이 약하게 떨리고 있었다.

"이 시각에 이렇게 위험한 걸음을 하셨으면 응당 원하시는 바가 있기 때문 아닙니까. 목숨까지 거신 걸음이 되었는데 이유는 말씀해 주셔야지요."

"여쭙고 싶은 것이, 있습니다."

하얗게 질려 있었지만 작고 도톰한 입술이 천천히 열렸다. 떨림을 담으면서도 자신과 마주한 시선을 돌리지 않는 공주의 모습을 서하가 물끄러미 바라보았다.

여인들로 가득했던 궁이었다. 언제나 궁에는 궁녀들이 넘쳐났고 어려서부터 그런 궁녀들 사이에서 살아왔으니 여인이 낯선 것은 아니었다. 황후인 어머니도, 얼마 전 태자비가 된 형수와도 살가운 편이었다.

하지만 이리 어린 여자아이와 마주한 것은 처음이었다. 낯선 이질감이 목에 걸린 가시처럼 편치 않았다. 다른 이였다면 시선조차 섞지 않고 그대로 끌어내게 했을 것이다. 죽여서라도 그리했을 것이다.

하지만 눈앞의 이는 며칠 후면 자신의 신부가 될 가여의 공주다. 아무리 어려도, 아무리 황당해도 기본을 지켜야 했다.

"말씀하세요."

연우와 눈높이를 맞추었던 몸을 천천히 일으킨 서하가 살짝 고개를 틀었다. 서하의 시선에 치맛자락을 꼭 움켜쥐고 있는 연우의 작은 손이 들어왔다.

"제가, 싫으십니까?"

동그란 입술에서 새어 나온 말에 서하의 짙은 눈썹이 살짝 흔들렸다. 여전히 자신에게서 시선을 돌리지 않는 소녀의 동그란 눈은 달빛을 등지고 있어서 잘 보이지 않았다.

그 눈 안에 담긴 표정이 문득 궁금해지는 서하였다. 서하의 붉은 입술에서 픽, 웃음이 새어 나왔다.

"제가 공주를 싫어하는 것 같아 그것을 확인하러 이 밤에 오신 것입니까."

"대답해 주십시오. 제가, 많이 싫으십니까."

"그리 느끼셨다면 그러한 것일 테지요."

망설임도 없이 흘러나오는 서하의 모진 대답에 소녀의 손이 더욱 억세게 치맛자락을 움켜쥐었다. 하지만 그 얼굴 표정은 어둠에 가려져서 보이지 않았다.

"이유를 여쭈어도 되겠습니까."

"하면 저도 여쭙지요. 공주께서는 제가 좋으십니까."

"예."

순간 서하의 시선이 굳어졌다.

조금 열려져 있던 문이 바람 때문인지 조금 더 열린 틈으로 달빛이 흘러 들어오고 있었다. 그 달빛 아래 이제껏 보이지 않던 소녀의 동그란 다갈색 눈이 보였다. 한 점 흔들림도 담지 않은 맑고 투명한 그 눈빛이.

따스한 달빛이 가득 담겨 있어서일까. 소녀의 눈은 너무도 따스하고 맑았다. 짙고 곱게 휘어진 눈꼬리에 담긴 소녀의 미소가 낯설었다. 너무도 고와서, 너무도 따스해서 난감했다.

자신의 물음에 한순간도 망설이지 않고 따스하고 단단한 대답이 흘러나온 꼭 다물어진 붉고 도톰한 작은 입술을 잠시 응시하던 서하가 다시 입을 열었다.

"저와 오늘 처음 만나셨습니다."

"예."

단호함을 담고 또렷하게 대답하는 작은 입술이 여전히 서하의 시선을 잡고 있었다.

꼭 악물어진 그 입술이 너무도 고집스러워 보인다고, 저 입술이 이제부터 참 많이도 신경을 거슬리게 할 것만 같다는 난감한 예상이 뇌리를 가득 채워 왔다.

당돌한 소녀에게 휘둘리고 있는 스스로를 향해 고개를 저으며 서하가 서늘하게 그녀를 향해 물었다.

"한데 제가 좋으시다는 말씀입니까."

"예. 저는 황자님이 좋습니다."

"……."

처음으로 서하가 할 말을 잃었다.

투명하게 비쳐 보이는 어린 공주의 눈에는 거짓이 없었다. 아니, 거짓을 말해야 할 이유도 없으니 당연히 이 어린 소녀의 눈빛은 투명할 것이다.

그 투명한 눈빛이 알 수 없게 가슴을 답답하게 만든다고 느끼는 서하였다. 목 저 깊은 곳에서 갑갑함이 밀려들었다.

"해서 황자님도 저를 좋아하셨으면 좋겠습니다. 저와 황자님은 혼례를 치러야 하니까요."

"아까 제가 드린 말씀은 정정해야겠습니다. 공주님이 싫으냐고 물으셨지요. 다시 대답해 드리겠습니다. 저는 공주님이 싫지 않습니다. 싫을 이유가 아직 없으니까요. 공주님을 조금도 알지 못하니 싫을 이유가 있을 리 없습니다. 하지만 좋아해 달라는 말은 하지 마세요. 제 의무를 다하기 위해 공주님과 혼인은 분명 할 것이지만 그것뿐입니다."

서리서리 차가운 말을 뱉어 내며 서하가 작은 소녀의 눈을 바라보았다.

자신의 말을 되새기는 듯 아주 잠시 허공을 향했던 소녀의 시선이 다시 서하를 향했다. 그 맑은 눈빛이 또다시 숨을 막히게 했다.

"싫지는 않다 하셨습니다."

"예. 하지만……."

"그것이면 되었습니다."

"예?"

조원전으로 들어선 이후 처음으로 소녀의 입가에 약한 미소가 번지는 것이 서하의 시선에 들어왔다.

작고 동그란 입술에 어울리는 투명하고 맑은 미소였다. 아무것에도 더럽혀지지 않은 해맑은 미소가 작은 입가에 가득 맺혀 있었다.

"제가 아직 너무 어려 싫으실 것이라 생각했습니다. 아름다운 궁녀들처럼 그렇게 아직 여인이 되지 못했으니 싫어하실지도 모른다고 생각했습니다. 아니, 분명 싫어하실 것이라 생각했습니다."

꼭 악무는 입술 끝에 소녀의 눈이 조금 붉어지는 것이 보였다. 하지만 소녀의 눈동자는 다시 맑게 빛을 품었다.

"싫지 않으시다 하니 그것으로 되었습니다. 마음이 놓입니다."

서하의 눈에 황당함이 가득 고였다.

싫어하지 않는다는 말에 안도하는 눈앞의 꼬마 숙녀에게 무어라 말을 해야 할지 알 수가 없었다.

치밀한 머리싸움이라면 차라리 자신 있었다. 정치적인 거래라도 차라리 좋았다. 한데 그저 혼인을 할 것이니 자신을 싫어하지 않았으면 좋겠다고, 좋아해 주면 좋겠다고 말하는 어린 소녀에게 할 말이 없었다.

그저 의무로 혼인해야 하는 것이 무엇인지조차 제대로 이해하지 못하고 있는 것 같은 소녀 앞에서 머릿속이 텅 비어 버렸다.

저 물음을 묻고 싶어, 저 대답을 듣고 싶어 이 밤 이곳을 찾아온 것이란 말인가. 생전 처음 보는 사내에게로.

"이 밤이 가기 전에 꼭 확인하고 싶어서 무례를 범했습니다. 편히 주무십시오."

편히 자라고? 나붓하게 허리까지 숙여 인사를 하고 조원전을 나서려는 공주의 뒷모습에 서하가 코웃음을 흘렸다.

잠결에 느껴지는 인기척에 단검까지 날리게 해 놓고, 건이 아니었다면 혼인 전에 어린 신부를 죽일 뻔하게 만들어 놓고 아무 일도 없었다는 듯 돌아서는 어린 소녀의 나풀거리는 묶은 머리가 짜증을 일으켰다.

44

"저도 한 가지만 여쭙겠습니다."

막 조원전을 나서려던 그녀의 발걸음이 멈춰졌다. 방 안으로 스미고 있는 달빛에 짧게 드리운 소녀의 작은 그림자를 바라보며 서하가 다시 입을 열었다.

"왜 제가 좋으십니까."

소녀가 고개를 돌려 그를 바라보았다. 달빛을 품은 작은 얼굴에 담긴 환한 미소가 싱그러웠다.

"잘생기셔서요. 기대했던 것보다 훨씬 많이요."

또 말문이 막혀 버렸다.

막아서는 이들을 따돌리며 달려 올라갈 때에는 이리 높은지 느끼지 못했는데 조원전의 계단은 무척이나 가파르고 높았다. 연우가 한 걸음 한 걸음 계단을 내려섰다.

저 멀리 조원전 중문 앞에 서성이고 있는 하정의 모습이 보였다. 그제야 난감함이 소녀의 작은 얼굴에 가득 고였다. 자신이 지금 무슨 짓을 한 것인지 이제야 작은 머릿속에 온전히 떠올라왔기 때문이다.

난감함을 담은 얼굴로 조심스럽게 계단을 내려선 연우의 앞으로 건이 다가섰다. 연우의 작은 얼굴이 허공을 향해 다시 꺾어지듯 건을 올려다보았다.

연우의 눈에 건의 팔에 감긴 붕대가 보였다. 아찔했던 순간이 떠올랐다. 이제야 가슴 한쪽이 서늘하게 뛰었다.

"팔은, 괜찮으십니까."

조심스럽게 묻는 연우의 물음에 건이 단단한 얼굴에 부드러운 미소를 담으며 고개를 끄덕였다. 따스함이 가득한 건의 얼굴이 참 좋다 느껴지는 연우였다.

"괜찮으니 심려 마십시오. 공주님. 대신 다시는 황자님이 주무실 때 쳐들어가시는 것은 하지 마십시오. 큰일 날 뻔하셨습니다."

웃으며 이야기하고 있었지만 정말 큰일 날 뻔한 일이었다. 자신이 본능적으로 공주를 감싸지 않았다면 엄청난 일이 생겼을 것이다. 서하만의 문제가 아니라 두 나라의 전면전이 될 수도 있었을 것이다.

"검을 품고 주무시리라고는 상상도 못 했습니다. 언제나 저러십니까?"

"지금은 조금 예민하셔서 그런 것입니다. 언제나 그러신 것은 아닙니다."

동그랗게 눈을 뜨고 묻는 공주의 물음에 건이 살짝 고개를 저었다. 잠시 생각에 잠기는 듯 고개를 갸웃거리던 연우가 자신에게 손짓을 보내는 하정의 모습에 시선을 돌렸다. 하정의 입술이 다 말라 있을 것이었다.

"오늘 무례를 범했습니다."

자신은 원래 무례하다며 쏜살처럼 조원전으로 달려 들어가던 모습이 거짓이었던 것처럼, 살짝 민망함을 담은 눈으로 자신에게 인사를 하고 종종걸음으로 걸어가는 공주의 뒷모습에 건의 시선이 닿았다.

작고 조그마한 다리가 팔짝팔짝 날듯 달리고 있었다. 총총하게 묶은 머리끝에 달린 붉은 댕기가 나풀거렸다. 환한 달빛이 작은 소녀의 모습을 가득 감싸고 있었다.

그 달빛 아래 따스함을 품은 작은 몸이 통통 뛰는 모습이 보였다. 건의 얼굴에 따스한 미소가 번졌다.

마른 입술을 깨물며 황후궁 앞에서 서성이던 하정이 자신의 곁으로 불쑥 다가서는 검은 그림자에 화들짝 놀라며 고개를 들었다. 놀란 하정의 얼굴이 다가선 이를 확인하고는 살짝 붉은 기를 담았다.

"황자님."

"설마…… 내가 들은 것이 진짜냐?"

평상시의 여유롭고 장난스러운 표정이 사라진 지운의 물음에 하정이 깊게 한숨을 내쉬며 고개를 끄덕였다. 지운의 눈이 커다랗게 열렸다. 한 손으로 머리를 짚은 지운이 황후궁을 바라보았다.

"그것 때문에 여기 불려온 것이고?"

"……예."

"미친다. 미쳐."

궁 안 모든 소식은 다 지운에게 간다고 할 정도로 지운 황자의 정보통은 확실했다. 궁 안 곳곳에 그가 깔아 놓은 인맥이 무궁무진하다는 것은 유명한 일이었다. 그런 그에게 이 소식이 닿지 않았을 리가 없었다.

"진짜 밤에 조원전으로 쳐들어갔다는 거야? 연우가?"

천하의 능구렁이인 지운 황자조차 믿기지 않는 듯 말을 더듬는 모습에 난감한 표정의 하정이 다시 고개를 끄덕였다.

밤새 오늘 떨어질 불호령이 두려워 잠까지 설친 하정이었다. 아무리 연우 공주가 문제를 많이 만들곤 하지만 이번 일은 결코 가벼운 사안이 아니었다. 아직 혼인도 하지 않은 이의 방을 연통도 없이 들어가는 것은 정말 말도 안 되는 일이니까.

사가에서도 일어날 수 없을 일이 궁 안에서, 그것도 공주가 저지른 것이다. 공주를 모시는 자신이 무사하리란 보장이 없는 사태였다.

"대체 왜?"

그 소식을 들은 후부터 줄곧 머릿속을 맴돌던 궁금증이었다. 궁 안 어디라도 자신이 가고 싶으면 가고야 마는 연우였다. 황궁회의 중에도 황궁에 들어가곤 해서 황후께 혼이 난 적도 있었으니까.

조원전을 갔다는 것이 황당한 것이 아니라 왜 갔는지가 궁금한 지운이었다.

대체 왜? 무엇을 위해서 한밤에 사내의 거처를 급습했다는 것인가.

"그게……."

하정이 입을 열지 못하고 망설였다. 어젯밤 조원전에서 돌아온 공주에게 유모가 물었다. 유모 역시 그것이 가장 궁금했을 테니 어쩌면 당연한 물음이었다. 그리고 돌아온 대답에 유모와 하정은 혼이 나가는 경험을 해야만 했다.

"이미 궁 안에 소문이 파다할 것인데 뭐가 비밀이라 그러느냐. 하정아."

망설이는 하정을 지운이 다정하게 불렀다. 따스한 미소를 머금은 눈빛으로 묻는 지운의 얼굴에 하정의 망설임이 끝났다.

"공주께서…… 서하 황자님께 자신을 싫어하냐고 물어보셨답니다."

"헉!"

지운의 얼굴이 하얗게 바랬다.

"황자께서는 아직 아무것도 모르니 싫어할 까닭이 없다고 답하셨답니다. 그리고……."

"그리고 또 뭐?"

황당함을 가득 담은 지운이 궁금함을 더 이상 참지 못하고 하정 쪽으로 얼굴을 들이밀었다. 하정의 얼굴이 홍시처럼 붉어지며 지운에게서 조금 물러났다.

"공주께서 황자님에게 좋다고, 미남자라서 좋다고 하셨답니다."

"맙소사."

허망함이 가득한 지운의 얼굴이 하정에게서 멀어졌다. 그리고 그 순간 황후궁 쪽에서 익숙한 발걸음 소리가 들려왔다. 하정과 지운의 얼굴이 동시에 그쪽으로 돌려졌다.

"어, 지운 오라버니도 있네."

황당함과 난감함으로 일그러진 지운의 눈에 언제나처럼 환하게 미소를 지으며 폴짝 황후전 계단을 뛰어내리는 어린 동생의 모습이 들어왔다.

이제 제법 소녀티가 나는 나이임에도 꼬마였을 때처럼 계단을 내려올 때면 뛰어내리는 버릇을 고치지 못하는 연우였다.

아무 일도 없었다는 듯 활기차게 걸어오는 동생을 바라본 지운의 눈이 하정을 다시 한 번 바라보고는 다시 연우에게로 향했다.

"너 대체⋯⋯."

"아, 무릎 꿇고 있느라고 다리 저려서 죽을 뻔했네. 유모한테 주물러 달라고 해야지. 가자. 하정아."

해맑은 얼굴로 하정의 팔을 잡은 연우가 조금 다리를 절며 걸음을 옮기기 시작했다. 그런 연우의 곁으로 지운이 쏜살처럼 다가갔다.

"어마마마께서 뭐라고 하셨어?"

"엄청 혼났지 뭐. 난 화궁 감금에다가, 하정이랑 유모에게 태형을 내리실 수도 있다고 난리셨어."

하정의 얼굴이 하얗게 질렸다. 그런 하정은 상관도 없다는 듯 연우의 동그란 눈이 황당함을 담고 있는 지운을 바라보았다.

"하지만 뭐, 다시는 안 그런다고 싹싹 빌었더니 용서해 주셨어."

하정의 깊은 숨소리가 지운의 귀에까지 들려올 정도였다. 사태의 심각성을 여전히 모르는지 방실방실 웃기까지 하고 있는 동생의 모습에 지운이 깊게 한숨을 들이마시고는 표정을 굳혔다.

"내 생각에는 다시 한 번 그러면 어마마마가 문제가 아닐 거다. 경운 형님도 무운 형님도 널 잡아먹으려 하실 거야. 연우야, 이건 외교적인 문제가 될 수도 있는 거야. 대체 넌⋯⋯."

"알아. 다신 안 그래. 내가 미쳤어? 또 그러게? 죽을 뻔했는데."

"······뭐? 그건 또 무슨 소리야?"

서늘하게 변하는 지운의 표정을 본 연우가 흡, 자신의 입을 막았다.

이것은 어머니 앞에서도 하지 않았던 말이었다. 이 문제가 알려지면 자신이 문제가 아니라 서하 황자에게 문제가 생길 수도 있을 것임이 작은 뇌리에도 떠올랐기 때문이다. 그런데 그만 편한 막내 오라비 앞에서 실수가 터져 나온 것이다.

"아, 다리 많이 아파. 어서 가자, 하정아."

갑자기 미간을 있는 대로 찡그리며 하정을 잡아당기는 연우의 팔을 지운이 붙잡았다. 물러서지 않겠다는 지운의 뜻을 읽은 연우가 눈꼬리를 확 치켜세웠다. 똑같이 맑은 다갈색 눈동자가 허공에서 맞부딪쳤다. 남매의 서늘한 기 싸움에 하정이 슬그머니 한쪽으로 몸을 피했다.

"무슨 일인지 말하지 않으면 큰형님께 알아봐 달라고 할 거야."

"내가 나 하고 싶은 대로 해서 일어난 일이야. 그러니까 다 내 책임이라고. 그분 귀찮게 하지 마."

"뭐?"

동그란 눈에 파랗게 빛을 품으며 말하는 동생의 모습이 낯선 지운이었다. 고집을 부리고 떼를 쓰는 것이 일상인 동생이지만 이렇게 무엇인가를 다치게 할까 두려워하는 모습은 처음이었다.

"모르는 거야? 그분은 천여의 황자님이야. 외교적인 결례가 생길 수도 있는 일은 만들지 않는 것이 좋아. 오라버니."

쐐기를 박듯 자신을 노려보며 말하고 돌아서는 동생을 지운은 더 이상 잡지 못했다. 다른 아이같이 낯설었다.

어리고 말 안 듣는 동생의 모습이 아니었다. 모습은 그대로인데 며칠 만에 달라져 버린 듯해, 멀어져 가는 동생의 뒷모습을 그저 멍하게 바라볼 뿐인 그였다.

허리를 꼿꼿하게 세우고 조금의 흐트러짐도 없이 걷던 연우가 황후궁이 보이지 않을 곳까지 걸음을 옮기더니 힐끔 뒤를 돌아보았다. 더 이상 지운이 자신을 따라오지 않음을 확인한 연우의 얼굴에 안도감이 환하게 피어났다.

"휴…… 큰일 날 뻔했네. 심장 떨어지는 줄 알았어."

"공주님."

서늘한 기운까지 품어 내며 지운 황자의 의심을 일언지하에 잘라 내던 모습이 꼭 거짓인 것처럼 연우가 한숨을 뱉었다. 얼굴까지 붉히며 안도를 하는 공주의 모습에 하정이 얼굴을 찡그리며 공주를 부르자 장난기 어린 연우의 얼굴이 하정을 보며 환하게 웃었다.

"나 좀 멋졌지?"

의기양양하게 화궁으로 향하는 연우의 뒷모습을 바라보는 하정의 얼굴에 허망함과 황당함이 함께 고였다.

"뭐? 연우가?"

경운이 들고 있던 찻잔의 차가 흘러넘쳤다. 무운은 짜증이 밀려오는지 미간을 서늘하게 좁혔다. 뚜렷한 이목구비가 더욱더 차갑게 일그러졌다. 지운이 깊게 한숨을 토해 내며 힘없이 고개를 끄덕였다.

"혼인도 하기 전에 아주 굽히고 들어갔어. 나 참, 기가 막혀서. 미남자라서 좋다고 고백을 하셨답니다. 만난 첫날, 그것도 밤에 자는 사내의 방에 쳐들어가셔서요. 우리 공주님이."

"미친⋯⋯."

"무운아."

씹어뱉듯 토해 내는 무운의 나직한 말에 경운이 조용히 무운을 불렀다. 짜증이 가득 어린 무운이 보기 좋은 입술을 꼭 다물었다.

"차라리 그 천방지축을 천여로 시집보내는 것이 나았던 거 아닐까? 큰형님?"

"폐하의 뜻이셨다. 그리고 우리 쪽에서 주도권을 쥘 수 있는 상황이었기에 가능했던 일이고."

"정치적으로 우위에 있으면 뭐해. 연우가 다 말아먹게 생겼구면."

"걔 대체 누굴 닮은 거야?"

짜증을 가득 담은 무운의 말에 경운과 지운이 서로를 바라보다 무운을 향했다.

"진짜 모르는 건 아니지?"

지운의 말에 무운의 눈이 확 치켜 올라갔다. 경운이 찻잔을 들어 올리며 빙그레 미소를 담았다.

"막무가내인 것도, 겁이라고는 없는 것도 다 작은형님이잖아. 똑같아. 둘이 아주."

"뭐?"

"그건 지운이 말이 맞는 거 같다."

"형님!"

버럭 고함을 지르는 무운의 모습을 바라보던 경운이 찻잔을 내려놓았다. 웃음기가 가신 경운의 맑은 눈동자가 동생들을 바라보았다.

"혼인을 해도 연우가 너무 어려 합방조차 불가능한 상황이다. 아직 불안정한 관계라는 것이지. 혼인 동맹의 결속은 황손이 태어나야 확실해지는 것인데 그것이 현재로는 몇 년이 걸릴지 모른다는 것이 이 혼인의 문제다. 혹여 둘 사이에 문제가 생긴다면 바로 깨질 수도 있는 것이다. 하니 너희 둘이 신경을 써야 한다. 또래니까 어울리고 가족처럼 신경을 써 다오."

"난 못해."

일언지하에 잘라 버리는 무운의 모습에 경운이 차갑게 시선을 내렸다. 낯선 경운의 모습에 지운이 꿀꺽 마른침을 삼키며 무운을 툭 쳤다. 불만이 가득한 무운의 시선이 경운을 조심스럽게 바라보았다.

"검술도 꽤 하는 걸로 알고 있고 사냥도 무척이나 좋아한다고 들었다. 너와 연배도 비슷하고 좋아하는 것도 같으니 가까워질 수 있을 거다."

"……."

"잊지 마라. 우리는 가여를 책임져야 하는 이들이다."

경운의 맑고 차가운 눈이 두 동생을 바라보았다. 그 눈 안에 담긴 수많은 말들을 듣지 않아도 아는 무운과 지운이 긴장이 어린 얼굴로 살짝 고개를 숙였다.

지금 이 순간 경운은 그저 따스하고 부드러운 큰형이 아니라 이 나라의 지존인 태자였다. 그런 태자 앞에 자신들은 신하인 것이다.

　태자가 내리는 명은 황제의 명만큼이나 무게가 있으며, 그 무게를 만드는 것은 황자이며 신하인 자신들임을 모르지 않는 그들이었다.

　화려함이 가득한 검붉은 대례복을 입은 채 무거운 걸음을 옮기던 주인이 멈춰 서는 것을 느끼고 건이 고개를 들었다.

　화궁 앞에 붉은 꽃등이 가득 달려 있는 것이 시선을 끌었다. 밤을 환하게 밝혀 줄 만큼 수많은 꽃등이 밤하늘에 핀 꽃처럼 아름답고 화려했다.

　그 화려한 꽃등을 물끄러미 바라보는 주인의 눈은 꽃등과는 반대로 짙게 가라앉은 밤하늘처럼 어두웠다.

　낯선 가여의 혼인식은 하루 종일 이어졌다. 가여 황실의 위엄과 권위를 천여에게 보이고 싶었을 것이다. 해서 아마도 더 웅장하고 화려하게 준비를 한 듯했다. 그런 거대한 가여의 황실 안 외떨어진 섬처럼 주인은 존재하고 있었다.

　수많은 이들이 새로이 부마가 되는 주인을 향해 고개를 숙이고 그 모습에 찬사를 보냈다. 여인들의 황홀함을 담은 수많은 눈길이 따가울 정도로 주인을 향했음을 그 누구도 부정할 수 없을 것이었다.

　사내다운 모습이 강한 무운 황자와는 다르게 날카롭고 가는 선을 가진 주인의 모습은 수많은 여인들의 신음을 이끌어 낼 정

55

도로 아름다웠다.

오늘 입은 검붉은 대례복은 새하얀 주인의 얼굴과 너무도 잘 어울려 그 어느 때보다 주인을 아름답게 보이게 했다.

하지만 주인의 얼굴에는 한순간도 미소가 떠오르지 않았음을 건은 기억하고 있었다. 차디차게 식은 눈동자엔 어떤 빛도 담겨 있지 않았었다. 찬란하게 빛날 때면 흑요석 같은 주인의 검은 눈동자가 오늘은 검은 먹을 갈아 놓은 듯 어둡기만 했다.

그 눈 가득 담긴 절망을 건은 읽을 수 있었다. 그는 지금 날개 가 꺾여 새장 속에 갇힌 수리였다.

공주가 기다리고 있는 화궁으로 들어서는 부마의 모습에, 기 다리고 있던 화궁의 궁녀들이 모두 고개를 숙였다. 화려한 화등 의 불빛 아래 이제 막 피어나는 궁녀들의 모습이 아름답게 일렁 였다.

혼례식 때 이미 서하의 얼굴을 확인한 궁녀들이 고개를 숙인 채로 힐끔거리며 들어서는 그를 올려다보았다. 궁 안에서 사는 그녀들이라 해도 이제 막 이성에 관심이 생길 10대 후반의 여인 들이었다. 그녀들 앞에 서 있는 이 수려한 사내가 시선을 끌지 않을 수는 없을 것이었다.

시립해 있는 궁녀들 사이를 걷는 서하의 붉은 입가에 비릿한 냉소가 번져 왔다. 힐끔거리는 여인들의 시선이 우스웠다.

공주는 아직 합궁을 할 수 없다. 해서 자신에게는 암묵적으로 화궁의 궁녀들 중에서 마음에 드는 아이가 있으면 조용히 불러 밤을 보낼 수 있는 권리가 있었다.

동맹국 황자에 대한 예의였다. 동맹의 유지를 위해 아직 합궁조차 할 수 없는 어린 공주와의 혼인을 유지해야 하니까.

내어놓고 이루어질 수는 없는 일이라 하여도 문제가 될 것은 없는 일이었다. 그런 상황을 알고 있을 궁녀들의 기대에 찬 눈빛이 온전히 느껴지는 서하였다.

"공주께서 기다리고 계십니다. 안으로 드시지요. 화운위."

화궁 안 공주의 거처 앞에 선 서하를 향해 유모가 긴장한 얼굴로 말했다. 혼인식 때 부마의 얼굴을 확인한 궁녀들이 흥분으로 그를 기다린 것을 아는 유모였다.

오늘의 주인공은 어린 공주이건만 너무도 어리다는 이유로 궁녀들까지 그들의 혼인을 인정하지 않는 것 같아 불안하고 속이 상했다.

막연했던 불안이 현실이 되고 있었다. 너무 어려서 여인일 수 없는 공주가 어찌 부마의 마음을 잡을 수 있을지 자신조차 두려운 것이었다.

물이 흐르듯 길고 화려한 대례복을 끌고 안으로 들어서는 부마의 뒷모습에 가 닿은 유모의 눈길에 불안이 가득 담겼다.

은은한 향내와 진한 색감의 불빛 때문일까. 아까 혼인식에서 보았던 것과는 조금 달라 보이는 작은 공주가, 들어서는 서하의 기척에 앉은 채 고개를 들었다.

작은 몸을 온통 감싸고 있는 붉은 대례복이 붉은 조명으로 더욱 붉어 타오르는 듯 보였다.

옷을 입고 있는 것이 아니라 옷 속에 파묻힌 듯한 공주의 모습은 껍질 안에 담겨 있는 불꽃 같았다. 작은 불꽃. 붉은 면사로 가린 얼굴에서 보이는 것은 동그란 눈뿐이었다. 온통 붉은 기운의 방 안 색감 때문인지 동그란 공주의 눈조차 붉은 기운을 품고 있는 것 같았다.

서하가 한 발 다가섰지만 공주는 일어나지 않았다. 안 그래도 키가 큰 서하를 한껏 올려다보는 공주의 동그란 눈이 내려다보고 있는 서하의 시선 안에 박혀 들었다.

"앉아 주시면 안 됩니까? 이대로는 일어날 수가 없어서 그럽니다."

쑥스러워서, 그가 다가와 주길 기다리느라 앉아 있었던 것이 아니었다. 몇 겹이나 되는 대례복이 작은 몸을 감싸고 있어 도움 없이는 일어날 수가 없는 것이다.

방 안으로 들어와 앉을 때까지는 하정이나 유모가 도와주었지만 앉은 순간부터 지금까지 아무도 들어오지 않아 움직일 수가 없던 연우였다.

작은 한숨을 토해 낸 서하가 공주의 옆에 앉았다. 동그란 시선이 그의 움직임을 따라 아래로 내려왔다.

"이 면사 좀 걷어 주십시오. 갑갑해 죽겠습니다."

"공주께서 걷으시면 될 것이 아닙니까."

"안 됩니다. 혼인 첫날밤에 신부가 걸친 모든 것은 신랑이 걷어 주어야 한다고, 절대 손도 대지 말라고 유모가 신신당부했습니다. 그러니 좀 걷어 주십시오."

"공주께서 그리 예법을 잘 지키시는 분이었던가요? 의외입니다."

입으로는 서늘한 말을 뱉어 내면서도 서하의 긴 손가락이 가만히 공주의 귀에 걸린 면사를 걷어 냈다. 조그맣고 곧은 콧날과 동그랗고 도톰한 입술이 모습을 드러냈다. 어울리지 않는 붉은 연지가 발린 입술이 시선에 거슬렸다.

"두 번 혼인을 했다가는 답답해 죽을 것 같습니다."

시원한지 환한 웃음을 담으며 하는 공주의 말에 서하가 큭, 어깨를 으쓱였다.

틀리지 않은 말이었다. 형님인 태자의 혼인식을 보았었지만 보는 것과는 달리 당사자가 되자 그 절차가 얼마나 괴로운 것인지 확연하게 느낄 수 있었다. 자신도 그러할진대 저 작은 체격으로 하루 종일 커다란 옷에 감싸여 그 모든 의식을 치렀을 공주는 더 힘들었을 것이다.

오늘 하루의 피곤을 증명이라도 하는 듯 공주가 손을 입에 올리며 커다랗게 하품을 했다. 동그란 눈이 살짝 물기를 머금으며 젖어 들었다. 투명하게 반짝이는 눈동자가 유난히 맑았다.

"제가 벗겨 드려야 하는 것이지요."

"예."

제대로 된 첫날밤을 맞이할 수는 없다 하여도 정식으로 혼인을 한 사이이다. 지켜야 할 예는 지켜야 할 것이다. 서하가 공주의 대례복 매듭을 찾아 쥐었다.

순간, 움찔하며 공주의 작은 몸이 살짝 물러났다. 서하의 손이 멈췄다.

"싫으십니까."

"아닙니다. 유모나 하정이가 아닌 다른 이가 제 옷을 벗겨 준

적은 처음이라 좀 쑥스럽습니다."

아주 조금 붉어진 공주의 작은 귓불이 보였다.

어리다 하나 자신이 지금 혼인을 했고 지금이 명실상부한 첫날밤임을 인지하고 있는 듯 보였다. 난감해하는 어린 공주의 모습 위에 조원전으로 쳐들어오던 모습이 겹쳐 보였다.

서하의 입가에 옅은 미소가 번졌다.

"그 용기는 다 어디 가셨습니까. 조원전으로 한밤중에 쳐들어오시던 공주님 아니십니까."

"그건!"

자신이 생각해도 그날의 일은 난감한지 버럭 고함을 쳐 놓고는 잠시 말을 잊는 공주였다. 살짝 붉어져 있던 귓불이 더욱 붉어져 있었다.

"처음 뵈었을 때 저를 보시는 것이 너무도 냉랭하셔서…… 그랬습니다."

"처음 보았을 때라면 황궁에서의 저를 말씀하시는 것입니까?"

"네. 무서웠습니다. 너무 냉정하게 보시는 모습이요."

처음 가여의 황궁에 들어서였을 것이다. 긴장하고 있었던 자신의 모습이 공주의 눈에는 그녀를 거부하는 것으로 보였던 모양이다. 살짝 긴장을 담던 어린 공주의 모습이 기억에 떠올랐다.

"그래서 꼭 확인하고 싶었습니다. 저를 많이 싫어하시는 것인지."

"혹여 정말 많이 싫다 하면 어쩌려 그러셨습니까?"

"모르겠습니다. 그냥 확인하고 싶었습니다. 확인하지 않으면 가슴이 터져 버릴 것 같았거든요."

"해서 싫어하는 것은 아니라니 조금은 마음이 놓이셨습니까."

"네. 그 덕에 그 밤 푹 잘 잤습니다."

만족스러운 얼굴로 말하는 공주의 말에 서하가 고개를 저었다. 정말 할 말 없게 만드는 재주가 있는 공주였다. 그렇게 쳐들어와 미남자라 좋다는 말로 자신의 잠을 다 깨워 놓아 자신은 그 밤 다시 잠들지 못했는데 공주는 싫어하지는 않는다고 확답을 듣고 가서 푹 잤단다.

그날의 기억을 더듬으며 생글생글 웃던 공주가 다시 하품을 했다. 피곤이 그 동그란 눈에 가득 담긴 것을 확인한 서하가 다시 공주의 대례복에 손을 가져다 댔다.

"공주님은 이제 그만 주무셔야겠습니다."

"예……."

피곤이 가득 담겨 금방이라도 닫힐 것 같은 눈을 겨우 뜨고 말하는 공주의 모습이 조금 귀엽게 느껴지는 서하였다.

서하의 긴 손가락이 하나하나 섬세하게 공주의 대례복을 벗겨 냈다. 가녀린 몸에 걸쳐진 새하얀 자리옷이 나오고서야 서하의 손이 공주의 몸에서 떨어져 나왔다. 허물처럼 벗겨진 대례복이 곁에 수북이 쌓였다.

새하얀 자리옷 사이로 이제 아주 조금 여인의 태를 담고 있는 공주의 몸이 비쳤다. 소녀에서 여인으로 성장하기 시작한, 아직은 너무도 어린 소녀.

이 소녀가 이제부터 자신의 아내인 것이다. 실감이 나지 않았지만 현실이었다.

문득 눈앞에 놓인 합환주가 보였다. 서하의 손길이 술잔에 닿자 그것을 알아챈 연우가 얼른 술병을 들어 술잔을 채웠다. 술잔을 든 채로 서하가 공주를 응시했다.

"공주께서는 이만 주무십시오."

서하의 말에 연우가 고개를 살래살래 저었다. 여전히 피곤에 젖은 눈이 엷은 미소를 머금고 있었다.

"조금 이따가요. 잠이 조금 깨었으니 서방님이랑 이야기하고 싶습니다."

금방이라도 감길 듯 졸음이 가득한 눈을 하고 물끄러미 자신을 보고 있는 공주의 모습에 들고 있던 술잔을 입에 붓지 못한 서하가 공주를 마주하고 편하게 앉았다. 앉아서도 자신의 어깨까지밖에 오지 않는 소녀가 물끄러미 자신을 보고 있었다. 낯선 느낌이었다.

"싫지 않았습니까."

갑자기 자신을 향한 서하의 물음에 연우가 살짝 눈썹을 끌어올렸다. 무엇을 묻는 것인지 멍해진 정신이 바로 알아차리지 못하고 있었다. 연우의 의아함을 담은 눈을 보던 서하가 피곤한 몸을 벽에 기대고 연우를 응시했다.

"얼굴 한 번 본 적이 없는 저와 동맹 때문에 혼인을 해야 한다는 것이 말입니다."

잠시 멍하게 서하를 바라보던 연우가 고개를 저었다.

"예부령께서 이야기해 주셔서 싫지 않았습니다. 무운 오라비보다 더 수려하신 분이고 검술 실력도 엄청 뛰어나신 분이라 하셨거든요. 전 검을 잘 쓰는 사내가 좋습니다. 게다가 무운 오라버니보다 잘하실 것이라니 금상첨화였습니다."

왜냐고 묻는 듯 미간을 좁히는 서하의 물음에 연우가 살짝 고
개를 돌렸다가 다시 서하를 바라보았다. 누군가가 듣는 건 아닌
지 확인하는 듯한 모습이 꾸중을 들을까 걱정하는 어린아이 같
았다.

"궁 안에서는 무운 오라버니가 제일입니다. 궁녀들도 모두 무
운 오라버니라고 하면 혼이 나가고, 사냥을 나가도 무운 오라버
니가 언제나 최고입니다. 한데 전 그래서 무운 오라버니가 싫습
니다."

"왜입니까."

동무에게 수다를 떨듯 조잘조잘 자신에게 이야기를 하는 공
주의 얼굴을 서하가 물끄러미 바라보았다. 볼을 한껏 부풀린 얼
굴이 아기 같았다.

"자신이 최고라고 너무 잘난 척을 합니다. 그래서 그 콧대를
꺾어 주고 싶은데 부마께서 그래 주실 수 있을 것 같아 좋았습니
다."

이런…… . 오라비보다 잘생겼고 오라비를 이겨 줄 수 있을 것
같아서 좋았다는 연우의 말에 또다시 할 말이 없는 서하였다.
신랑감의 기준이 오라버니보다 잘 싸우고 잘생겨야 한다는 것이
란 말인가.

"그럼 제가 무운 황자를 이겨야 하는 것입니까? 사냥에서도
요?"

"그래 주실 수 있으시지요?"

한껏 기대를 하고 묻는 연우의 물음에 서하가 그저 물끄러미

연우를 바라보았다. 귀여운 소녀였다. 태자 경운의 말처럼. 만약 자신에게도 어린 누이가 있었다면 이러했을 것 같았다.

누이. 검게 침잠해 가던 마음이 차라리 편안해졌다. 어차피 서로를 마음에 담고 시작한 것도 아니었다. 이 혼인의 목적은 그저 두 나라의 확실한 동맹이었다.

그 동맹만 아무런 문제 없이 이어진다면 이런 식의 관계도 나쁘지 않을 것 같다는 느낌이 들었다. 어차피 자신에게 여인이 될 수 없는 눈앞의 공주가 어린 누이처럼 느껴지는 것. 나쁘지 않을 것이다.

"공주께서 원한다면 해 볼까요."

"와!"

손뼉까지 치며 환호성을 올리는 공주의 모습에 가여에 와서 처음으로 서하의 입가에 미소가 번졌다. 편안한 서하의 미소가 붉은 공간을 물들였다.

벽에 기대앉은 서하의 시선이 눈앞에 잠든 작은 소녀에게 멎어 있었다.

오라버니들이 자신을 괴롭힌 이야기를 서하에게 끝도 없이 쏟아 내던 연우가 어느새 졸음을 견디지 못하고 모로 쓰러져 잠이 들어 있었다. 숨죽인 듯 고요한 공간에 새근새근 소녀의 작은 숨소리만이 울렸다.

너무도 낯선 이 상황이 그리 나쁘지 않았다. 혼인 첫날밤 이리 혼자 잠이 든 신부를 바라볼 것이라고는 한 달 전까지만 해도 상상도 하지 못했던 일이었다. 한데 상상도 못 했던 이 순간이 이상하게도 낯설지 않고 편안함마저 주는 것이 우스웠다.

잠이 든 연우를 물끄러미 바라보던 서하가 몸을 일으켜 연우의 곁으로 다가갔다. 그리고 작은 연우의 몸을 안아 들었다. 작고 여린 소녀의 가벼운 몸이 서하의 강건한 팔 안에 가볍게 안겨들었다.

가늘고 보드라운 몸이었다. 따스한 온기를 품고 있는 그 작은 몸의 주인을 아주 잠시 내려다본 서하가 가만히 그녀를 붉은 금침 위에 내려놓았다. 깊이 잠이 들었는지 연우는 미동도 하지 않았다.

꼭 감긴 눈 아래 긴 속눈썹이 가지런했다. 작지만 오뚝한 콧날이 소녀의 고집을 그대로 보여 주었다. 콧날에서 내려진 서하의 시선이 도톰하면서 동그란 연우의 입술에 멎었다.

조금 전까지 종알종알 끝도 없이 이야기를 쏟아 내던 작은 입술은 꼭 다물어져 있었다. 연붉은 입술 끝에 담겨진 연한 미소가 소녀의 작은 얼굴을 편안하게 보이게 했다.

소녀의 잠든 얼굴에 멎은 서하의 시선이 오래도록 떠나지 못했다.

조용히 열리는 문소리에 대기하고 있던 이들의 시선이 모두 문 쪽으로 향했다. 모두의 예상보다 늦은 시각, 새벽이 다가오고서야 열린 신방의 문 쪽으로 기다리고 있던 모두의 시선이 모여들었다.

한 발 앞으로 나간 건 서하의 뒤에 다가섰다. 걱정이 고인 유모의 시선을 느낀 서하가 피곤이 고인 얼굴에 옅은 미소를 담아 보였다.

"곤히 잠이 드셨으니 깨실 때까지 기척을 내지 말게."

예상보다 늦게 신방에서 나온 서하의 모습과 자신을 향해 따스하게 하는 말에 유모의 가슴 가득 고여 있던 불안이 눈 녹듯 사그라들었다. 유모의 눈가에 안도가 어렸다.

"내 거처를 알려 주면 좋겠는데."

서하의 낮은 목소리에 한쪽에 모여 있던 궁녀들이 앞으로 나섰다. 부마의 궁에 배치받은 궁녀들이었다. 그중 한 소녀가 서하의 앞에 고개를 숙였다.

"이제부터 화운위를 모실 난이라고 하옵니다. 모시겠사옵니다."

나붓하게 가녀린 목을 숙여 보이며 앞장서는 소녀의 뒤를 서하가 따르기 시작하자 그 뒤를 천여에서 그를 따라온 호위 무사들이 따라붙었다. 불안이 고인 유모의 시선이 맨 앞에 서 있는 소녀 난을 응시했다.

화궁 안은 넓었다. 아름답게 꾸며진 궁의 모습은 황제와 황후가 얼마나 막내딸을 어여뻐하는지 확연하게 느낄 수 있을 정도로 화려했다. 공주가 머무는 내궁과 중문 하나를 사이에 두고 있는 외궁이 이제부터 부마 서하가 머물 공간이었다.

서하가 가여로 오기 전부터 수리를 했다는 외궁은 기본적인 아름다움 위에 사내가 머물 공간임을 알리는 모습들이 이채로웠다.

아마도 정원이었을 곳이 연무장으로 꾸며져 있었다. 부마의 무술 수련을 위해 준비한 곳이었다.

잘 닦여진 연무장의 모습에 서하의 시선이 잠시 머물렀다. 궁 안에 있어 크지는 않지만 자신만이 이용할 수 있게 배려한 공간이 반가운 그였다. 검을 잡는 시간을 즐기는 그니까.

연무장을 물끄러미 바라보던 서하의 시선이 자신이 머물 전 각으로 옮겨졌다. 낯선 공간. 연무장에 닿아 편안하게 풀리던 서하의 시선이 잠시 어두워졌다.

"피곤하실 듯하여 온탕을 준비하라고 일러 두었습니다. 씻으시겠사옵니까."

나긋하며 부드럽게 들려오는 목소리에 서하가 고개를 돌렸다. 아까 내궁에서부터 자신을 안내해 온 궁녀였다.

갸름한 눈에 은은한 미소를 담으며 자신을 올려다보는 여인의 시선에 담겨진 것이 무엇인지 서하는 느낄 수 있었다. 조소가 입가에 맺혔다.

"건아."

궁녀의 물음에는 답조차 하지 않은 서하가 뒤에 서 있는 건을 불렀다. 난에게 멎어 있던 건의 시선이 서하에게로 돌려졌다. 난감함을 담은 건의 눈이 서하를 쫓았다.

"침소에는 너 이외에 그 누구도 들이지 않는다. 내가 부르지 않은 시중은 필요 없다."

"예. 황자님."

차가운 목소리로 이르고는 서하가 전각 안으로 들어섰다.

전각 안으로 사라지는 서하의 뒷모습에 닿아 있던 소녀의 눈에서 열기가 거짓말처럼 빠져나갔다. 붉은 기운을 담고 있던 눈이 푸르게 식어 내렸다. 입술을 꼭 악무는 소녀의 곁으로 다른 소녀들이 모여들었다.

"쳐다보지도 아니하신 거 맞지?"

"목석이다. 목석."

재미있어 죽겠다는 듯 모여들어 조잘거리는 다른 궁녀들에겐 시선도 주지 않은 소녀의 눈이 여전히 서하가 사라진 쪽을 향하고 있었다.

자신의 말에 그가 머금던 비소를 보았다. 한껏 부풀어 올랐던 가슴을 얼려 버리던 지독하게 서늘한 미소.

알 수 없는 화가 단전에서부터 천천히 피어오르는 듯 느껴지는 소녀 난이었다.

맨 처음으로 부마궁의 궁녀로 낙점된 자신이었다. 어린 공주와의 합방이 불가능한 부마에게 고운 궁녀들을 들여 달라 한 것은 천여의 예부령이라 하였다.

내어놓고 거론할 수는 없는 일이라 해도 장성한 한 나라의 황자를 합방조차 할 수 없는 어린 공주와 혼인시키는 조건이기에 가능한 일이었을 것이다.

가여의 황자들은 혼인한 태자라 하여도 귀족 집안의 여인을 곁에 둘 수 있고 그리 곁에 두었다가 마음에 들면 후궁으로 들일 수 있다. 아직 혼인을 하지 않은 밑의 두 황자는 말할 것도 없었다.

황실의 행사 때마다 궁 안으로 들어오는 귀족 집안의 여인들이 왜 그리 화려하고 아름답게 치장을 하는지는 모두가 아는 일이었다. 아직 혼인을 하지 않은 둘째 황자 무운과 지운 황자 때문이라는 것을. 마음에 든다면 어떤 가문의 여인이라도 품을 수 있는 것이 황자들의 권리였다.

하지만 부마로 온 천여의 황자는 다르다. 부마는 귀족 집안의 여인을 곁에 둘 수 없다. 부마 서하는 이 가여 안에서는 공주 이외의 여인은 품을 수 없는 것이다. 공식적으로.

그래서 허용된 것이 천한 궁녀들이었다. 품어도 아무런 문제가 되지 않을 여인들이기에.

그래서 이 자리에 오고 싶었다. 자신이 뽑힐 것임을 모르지 않았지만 확실하게 하고 싶어 감찰궁녀에게 사향 노리개까지 선물하며 확고하게 이 자리를 굳혔었다. 부마의 마음에 들어서 이곳을 떠나고 싶었다.

태자나 황자들의 마음에 들어 봤자 자신은 그저 일개 궁녀의 신세에서 벗어나지 못한다. 모든 귀족 집안 여인들의 선망의 대상인 그들이 자신을 귀하게 여겨 줄 리 만무하니까.

하지만 부마 서하는 다를 수 있을 것이다. 이곳에 기댈 곳 하나 없는 처지인 부마에게, 품을 수도 없는 공주는 그저 껍데기일 뿐이다. 그런 그의 외로움을 이용한다면 얼마든지 그 마음을 빼앗을 수 있으리라 생각했다.

그렇게 그에게 귀한 사람이 되면 후에 그가 천여로 돌아갈 때 그를 따를 수도 있을 것이라 기대했다.

이 밤, 혼인을 하고도 여인을 품기는커녕 홀로 밤을 보내야 하는 부마가 자신을 보면 분명 몸이라도 동하리라 생각했다. 사내라면 응당 그러하리라 생각했었다.

한데…… 그 서늘한 비소는 끔찍하리만치 차갑기만 했다.

명백한 조롱이 담겼던 그 눈빛을 잊을 수 없을 것이다.

"어디 얼마나 버티나 기대해 볼까?"

붉은 입술을 꼭 악물며 말을 뱉어 내고는 거칠게 몸을 돌리는 난의 모습에 다른 궁녀들이 고개를 저었다.

돌아서는 여인의 뒤로 건의 불안함이 담긴 시선이 따랐다.

호적수 무운

무엇인지 알 수 없는 웅성거림을 귓가로 느끼며 서하가 천천히 눈꺼풀을 들어 올렸다. 무겁기가 천근같은 눈꺼풀이 올라가며 은은한 빛이 눈 안에 쏟아져 들어왔다.

멍하게 흐려져 있던 의식이 아주 조금씩 제자리로 찾아들고, 떠진 눈 안에 들어오는 낯선 천장의 모습이 새로운 거처임을 깨닫게 해 주고 있었다.

어젯밤 내내 잠들지 못하고 뒤척이며 눈 속에 각인되다시피 한 천장의 모습이었다. 그래서인지 멍한 정신 속에서도 낯설지 않았다.

그렇게 잠시 천장의 무늬를 물끄러미 바라보던 서하의 귓가에 익숙한 목소리가 들려왔다. 아니, 익숙하다 하기엔 조금은 낯선 목소리였다. 하지만 아는 목소리였다. 분명.

"정녕 아직 기침하시 않으신 것인가?"

"예. 공주님. 새벽녘에야 겨우 잠드신 것으로 압니다. 아직 기척이 없으십니다."

"그럼 내가 예서 좀 기다려도 되겠는가?"

"제가 기침하시면 연통을 드리도록 할 것이니 안에 들어가 계십시오. 공주님."

"아니, 예서 기다리겠네."

가늘면서도 고집이 가득 들어 있는 목소리는 너무도 익숙했다. 꼬맹이, 자신의 신부, 연우 공주다. 처음 조원전으로 쳐들어왔을 때를 기억해 방 안으로 쳐들어오지는 못하고 건을 괴롭히고 있는 것 같았다. 저 고집은 분명 자신이 일어날 때까지 버티고도 남을 것이다.

"건아."

"깨셨다!"

조용히 건을 부르는 자신의 목소리에 환한 미소를 담은 것이 확실한 공주의 맑은 목소리가 울렸다. 서하가 고개를 설레설레 저으며 한숨을 내쉬었다. 곧 문이 열리고 건이 들어섰다. 열린 문 너머로 공주의 붉은 치맛자락이 살짝 보였다.

피곤이 여전히 가득 남아 있는 주군의 눈을 바라보는 건의 눈에 근심이 어려 있었다. 어젯밤 이 새로운 거처에 든 주군이 밤새 잠들지 못하고 새벽이 다 되어서야 잠이 들어 한 식경도 제대로 자지 못한 것을 아는 건이었다. 그런데 그런 주인의 잠을 어린 공주가 또 깨운 것이다.

"많이 피곤해 보이십니다. 조금 더 주무시겠습니까. 제가 공주께 아뢰도록 하겠습니다."

살짝 뒤를 돌아보며 낮게 말하는 건의 말에 서하가 옅은 미소
를 입가에 담으며 고개를 저었다. 붉은 기가 어린 검은 눈동자
가 문 너머를 가만히 응시했다.

"아니다. 됐다."

건이 안으로 들어가고 나서 연우가 전각 앞을 서성이기 시작
했다.

일찍 잠이 깨었을 때 기억할 수 있었다. 어젯밤 자신이 잠들
때까지 그 사람이 곁에 있어 주었다는 것을. 왠지 기분이 좋고
행복한 느낌이었다. 유모나 하정이 곁에 머물던 것과는 또 다른
느낌이었다.

게다가 처음 보았을 때의 그 서늘함은 담고 있지 않은 따스한
표정도 기억 속에 남아 있었다. 자신의 말에 은은하게 웃던 그
아름답던 얼굴이 떠올랐다. 알 수 없는 행복감에 가슴 저 깊은
곳이 따스해진 연우였다. 참으로 행복한 아침이었다.

그래서 기다리고 있을 수만은 없었을 것이다. 말리는 유모의
말도 듣지 않고 이리 또 부마의 거처로 쳐들어온 것은. 하지만
이제 전각 안으로 무작정 달려 들어가는 것은 하지 않았다.

예전처럼 또 부마에게서 검이 날아들지도 모른다는 두려움과
이제 자신의 신랑이 된 이에게 예를 갖추고 싶다는 두 가지 마음
이 함께 공존했기 때문이다.

짧은 기다림도 지루한지 전각 앞을 작은 다리로 왔다 갔다 하
는 공주의 움직임에 부마궁 궁녀들의 시선이 닿아 있었다. 그중
유독 서늘한 시선에 하정의 시선이 머물렀다.

어젯밤 화궁을 나선 부마의 앞에 나서 그를 모셔 가던 난이었다. 그 누구도 인정할 만한 미모를 믿고 안하무인으로 구는 궁녀였다. 어려서 자신과 함께 궁 안 생활을 시작했지만 그런 모습 때문에 정말 가까이하고 싶지 않은 아이라 느끼던 하정이었다.

그런데 하필 그런 아이가 부마궁에 와 있었다. 아무것도 모른 채 환한 미소를 담고 전각만을 바라보고 있는 공주의 모습에 닿았던 난의 시선이 자신을 노려보고 있는 하정의 시선에 맞닿았다. 서로를 바라보는 서늘한 두 여인의 시선이 허공에서 얽혀 들었다.

전각의 문이 열리는 묵직한 소음에 서로에게 멈춰 있던 여인들의 시선이 한곳으로 쏠렸다.

궁녀들의 입이 약하게 벌어졌다. 긴 머리를 묶어 올리고 하늘을 담은 듯 푸른 장의를 입은 서하의 모습이 밝은 아침빛 아래 드러났기 때문이다. 새하얀 얼굴과, 가는 듯 뚜렷한 이목구비가 아름답게 조화를 이룬 모습. 그리고 가장 아름다운 것은 빛을 품고 반짝이고 있는 그 짙푸르고 검은 눈동자였다.

"편히 주무셨습니까?"

전각 아래로 내려서던 서하가 자신의 앞으로 달려오는 작은 연우의 모습에 입가에 은은한 미소를 담았다. 시녀들의 입에서 약한 신음 소리가 새어 나왔다.

"공주도 편히 주무셨습니까."

"네! 아주 잘 잤습니다."

"한데 이곳엔 또 어인 일이십니까?"

부드럽게 묻고 있는 그 물음 끝에 담긴 무심함에 연우가 살짝 입술을 내밀었다. 처음 황궁에서 마주쳤을 때와 조원전으로 쳐들어갔을 때처럼 서늘하지는 않다 하여도 예의를 담아 말하는 서하의 모습은 따스하기보다는 차가움이 더 짙었다. 그 느낌이 서운한 연우였다.

"이젠 혼인을 한 사이인데 제가 이곳에 오는 것이 꼭 이유가 있어야 하는 것입니까?"

"……"

작은 소녀의 새초롬한 목소리에 서하가 큭, 웃음을 담으며 허공을 바라보았다. 이 당돌한 소녀의 말에는 당할 재간이 없는 그였다. 너무도 솔직하게 터져 나오는 소녀의 감정에 따라가기가 난감함을 소녀는 모를 것이다.

"서방님과 함께 조반을 하고 싶어 왔습니다."

뾰로통한 얼굴을 하고도 끝내 자신이 하고 싶었던 것을 이야기하고야 마는 연우의 모습에 서하가 눈을 동그랗게 떴다. 조반을 함께하고 싶다?

"이제부터 언제나 함께 먹어도 괜찮지요? 저는 누군가와 함께 조반을 먹는 것이 좋습니다. 혼자 먹는 것은 정말 싫습니다."

서하가 간절함을 담고 자신을 보는 연우의 동그란 눈동자를 물끄러미 내려다보았다.

궁 안에서 황족들은 거의 다 조반은 혼자 먹기 마련이다. 아주 어려서부터 황후의 품을 떠나기에 유모나 궁녀들이 시중을 들며 혼자 먹는다. 석식 등은 때론 함께하기도 하지만 조식은 언제나 혼자였다. 당연한 일이었기에 싫다고도, 왜 그래야 하는

75

지도 생각해 본 적이 없는 일이었다. 한데 이 소녀는 당당하게 혼자 먹는 것이 싫어 이제부터 함께하자 하는 것이다.

"공주께서 원하신다면 그리하십시오. 저는 상관없습니다."

"그럼 오늘부터입니다. 제가 유모께 미리 준비해 달라 해 두었습니다."

신이 난 환한 얼굴로 앞장서 자신의 내궁으로 달리듯 걸어가는 공주의 뒤를 서하가 말없이 따랐다. 달리듯 걷는 연우의 뒷머리가 보였다. 그 낯선 모습을 보는 서하의 입가가 살짝 비틀어졌다.

조그마한 공주의 뒷머리가 나이 든 여인들처럼 올려져 있었다. 조원전에서 자신의 숙소로 뛰어들 때에는 팔랑거리던 그 댕기머리가 사라진 것이 왠지 허전하게 느껴졌다.

겨우 열둘의 공주가 유부녀라는 표식을 한 것이다. 어울리지 않는 쪽머리를 하고 달리는 작은 소녀의 뒷모습에 닿은 서하의 시선이 허공을 맴돌았다.

새벽부터 연우의 성화에 내궁 안에 두 사람의 조반을 준비해 두긴 했지만 불안함을 감출 수 없던 유모의 눈에 연한 미소가 천천히 번져 갔다. 신이 난 얼굴로 달려오는 작은 연우의 뒤로 수려한 부마의 그림 같은 모습이 보였기 때문이다.

"어서 상을 올리거라."

"예. 유모님."

유모의 지시에 화궁의 궁녀들이 일사불란하게 움직이기 시작했다.

칼칼한 입맛 때문인지 시원한 장국만을 들이켜던 서하가 상 맞은편에 앉은 연우의 모습을 물끄러미 바라보았다.

작은 입술이 연신 오물거리고 있었다. 그 작은 입안에 이것저 것 골고루 밀어 넣고는 꼭꼭 씹느라 오물거리는 볼이 볼록하게 튀어나온 모양이 우스웠다.

한시도 쉬지 않는 성정 때문에 아침부터 배가 고팠던 것인지 연우는 꽤나 많은 양의 음식을 먹고 있었다.

여인들과 겸상을 해 본 적이 없는 서하였다. 가끔씩 형님인 태자와는 이런저런 상황 덕분에 겸상을 하곤 했지만 사실 철이 들면서는 부모인 황후나 황제와도 겸상을 해 본 적이 없었다.

한데 사내도 아닌 어린 소녀와의 겸상이라니. 저 작은 입술에 끝도 없이 음식이 들어가는 것도 신기했고 그 많은 것이 어디로 사라지는지도 의아했다.

그저 한두 수저만 먹어도 충분하게 보이는 작은 몸이 자신보 다 많은 음식을 먹어치우는 모습은 당황스럽기까지 했다.

멍하게 바라보는 서하의 시선을 느낀 것일까? 연신 음식을 입 안으로 밀어 넣던 연우의 동그란 눈이 서하를 올려다보다 그의 손에 쥐어진 장국 그릇에 닿았다.

"다른 것은 아니 드십니까? 입에 맞지 않으십니까?"

동그란 눈이 조금 걱정을 담고 있음을 느끼며 서하가 고개를 저었다.

"원래 제가 조반을 많이 먹지 않습니다. 신경 쓰실 것 없으니 공주께서는 많이 드십시오."

"조반을 많이 먹어야 힘을 쓴다고 오라버니들이 말했는데, 어찌 그리 조금 드십니까?"

오라버니, 오라버니. 이 작은 공주에게는 오라버니들의 말이 곧 천명인 모양이었다.

"저는 많이 먹지 않아도 힘을 쓸 수는 있으니 걱정하지 마십시오. 한데 공주께서는 시장하셨던 모양입니다."

"예. 새벽에 일어났거든요. 머리도 올려야 하고 단장도 해야 해서 힘들었습니다."

그제야 머리만이 아니라 살짝 연지를 바르고 분을 칠한 공주의 얼굴이 시야에 들어왔다. 어딘지 낯설어 보인 것은 그런 모습 때문인 모양이었다. 머리를 올린 것이 가장 낯설어 그것만 변했구나 느꼈는데 혼인을 마친 여인답게 단장을 한 공주의 전체적인 모습이 낯설었던 것이다.

"머리는 올리지 않으시는 것이 더 보기 좋은데요."

무심히 지나가는 것처럼 말한 서하가 들고 있던 그릇을 내려놓고 자리에서 일어서려다 멈칫했다. 굳어 버린 듯 보이는 연우 때문이었다.

"공주?"

의아함을 담고 서하가 연우를 부르는 순간, 연우의 손이 올려진 머리를 고정하고 있던 꽃잠을 그대로 뽑아 버렸다. 가늘고 긴 연우의 머리카락들이 소녀의 작은 어깨로 쏟아져 내렸다.

"저도 올린 머리는 영 불편했는데 부마께서 이 머리가 좋다 하시니 할 필요가 없겠네요?"

어울리지 않는 올림머리에서 풀려난 것이 즐거운지 살랑살랑 고갯짓을 하는 연우의 움직임에 긴 머리카락이 찰랑거렸다. 작은 연우의 얼굴이 긴 머리카락 안에 갇히듯 감춰졌다.

"공주님, 부마님. 폐하께 문안 가실 시각이옵니다."

살랑살랑 긴 머리채를 휘날리며 나서는 공주의 모습에 유모가 기겁을 하고 다시 끌고 안으로 들어간 것은 당연했다.

혼인을 하고 첫인사를 하는데 머리를 올리지 않았다니. 궁 안 법도에 절대 맞지 않는 일이었다. 절대 올리지 않겠다며 고집을 부리던 연우가 서하의 고갯짓에 더 이상 아무 말 없이 유모를 따라 들어간 것이 다행이라면 다행이었다.

내궁의 뜰에 내려선 서하가 눈이 시리게 푸른 하늘을 올려다보았다. 다른 것은 다 다르다 하여도 이리 올려다보는 하늘은 어디에서도 똑같다는 사실이 새삼 반가웠다.

어려서 형님인 태자의 손을 잡고 달리기를 하다 올려다본 하늘도, 건과 함께 사냥을 위해 끝없이 달리던 벌판에서 바라보던 하늘도 지금의 저 하늘과 모두 같았으니까.

그저 천여의 궁에 갇혀 있던 자신이 이곳 가여의 궁에 갇힌 것이다. 별반 달라진 것이 없는 삶이니까.

뒤쪽에서 문이 열리는 소리에 빛을 담지 않은 서하의 눈동자가 뒤를 향했다. 무심함이 가득 고인 검은 눈동자 안에 다시 머리를 올린 작은 신부가 들어왔다.

태웅전의 웅장한 전각을 막 벗어나자마자 연우가 다시 올린 머리를 풀어냈다.

시원하게 흘러내리는 머리가 좋은지 함박웃음을 머금은 연우가 자신의 곁에 나란히 걸음을 옮기는 서하를 올려다보았다. 앞만을 바라보던 서하의 시선이 공주를 내려다보았다.

"제가 궁 안을 구경시켜 드릴게요."

"……."

"조원전 말고는 가 보신 곳이 없으시지요?"

"궁이야 가여나 천여나 비슷하지 않겠습니까."

관심 없는 일이었다. 조금씩 다를 뿐 천여나 가여나 궁 안이란 비슷해 보였으니까. 방금 나온 가여 황제의 침전인 태웅전도 천여 황제의 천룡전과 별반 다르지 않았었다.

"어찌 그것이 비슷합니까?"

"기본적인 것들은 두 나라 다 비슷하니 그러하겠지요."

"천여에는 제가 없지 않습니까!"

그녀의 뒤를 지나 그저 허공에 시선을 두고 있던 서하의 시선이 황당함을 담고 작은 연우를 내려다보았다. 동그란 다갈색 눈가득 담긴 아침빛이 눈부셨다.

"이제부터 이곳이 서방님의 집 아닙니까? 하니 둘러보셔야지요. 제가 확실하게 안내해 드릴 수 있습니다. 가셔요. 어서."

작은 손이 자신의 커다란 손에 감겨들었다. 당황을 담은 서하의 눈빛은 바라보지도 않은 채 작은 손이 커다란 손을 잡아끌었다. 당겨지지 않자 작은 손에 힘이 실렸다.

마지못한 서하가 발을 떼자 연우가 달리기 시작했다.

"여긴 서고입니다."

가까이 다가서는 것만으로도 익숙한 서책의 내음이 풍기는 곳 앞에 선 연우가 달려서인지 조금 붉어진 볼을 한 채 외쳤다.

넓은 궁 안을 달린 탓인지 작은 가슴이 들썩거렸다. 연우가 문을 열자 훅, 코끝으로 짙은 종이 내음이 스며들었다.

"어, 큰오라버니 계셨네?"

벽면을 가득 채운 서책들 쪽으로 향했던 서하의 시선이 연우의 말에 돌려졌다. 넓은 서고 한쪽 구석에 짙은 그림자가 드리워져 있었다. 구석이어서인지 그저 사람의 인영이라는 것만을 알아볼 수 있는 그 모습을 연우는 정확하게 아는 듯 보였다.

다가서는 연우를 따라 서하가 그쪽으로 움직였다. 가까이 다가서자 익숙한 이의 모습이 창을 통해 들어오는 햇빛에 그대로 드러났다. 머리카락 한 가닥 흐트러짐 없는 모습에 붉은 태자의 관복을 입은 경운이었다.

서책에서 고개를 든 경운의 투명한 다갈색 눈이 연우와 서하를 발견하고는 부드럽게 휘었다. 따스함이 가득한 미소가 이제 막 부부가 된 두 사람을 바라보고 있었다.

"태웅전에 들었다 오는 것이냐."

"예. 큰오라버니. 서방님께 궁 안을 보여 드리고 있는 중입니다."

쥐 죽은 듯 고요하던 공간이 카랑카랑하고 맑은 연우의 목소리로 가득 찼다. 공기의 색감이 달라지는 듯했다.

"참, 화운위의 전각 안에 연무장을 새로 만들었다 들었는데 마음에 드십니까. 신경을 쓴다고 했습니다만."

생각이 난 듯 물어 오는 따스한 경운의 말에 서하가 살짝 고개를 숙여 보였다.

"감사할 뿐입니다."

"무예와 사냥 등을 즐기시고 조예가 깊다 들었는데 혹여 상대가 필요하시면 언제든 무운에게 청하시면 될 것입니다. 어려서부터 그쪽으로는 꽤 실력을 인정받고 있는 아이이니 상대가 될 수 있을 것입니다."

따스한 미소를 머금은 경운의 말에 어젯밤 신방에서 쏟아 내던 연우의 말이 떠올라 서하의 시선이 자신도 모르게 연우를 향했다. 연우의 눈이 샐쭉 치켜 올라갔다.

"무운 오라버니를 서방님께서 이기시면 황실 사냥에서 선두에 서시게 해 주실 것입니까?"

두 사내의 커다랗게 열린 눈이 동시에 작은 소녀를 향했다. 동그란 눈을 반짝이며 연우가 다짐을 받아야겠다는 듯 경운을 바라보았다. 서하의 손이 이마를 짚었다. 이 작은 소녀의 욕심이 이제야 확연하게 느껴져 왔다. 자신을 이 가여 최고의 무사로 만들고 싶은 것이다.

확답을 주지 않으면 움직이지 않겠다는 듯 자신을 뚫어지게 바라보고 있는 연우와 난감한 듯한 표정으로 아무런 말이 없는 서하를 번갈아 바라보던 경운이 약한 웃음을 토해 내며 고개를 끄덕였다.

"약속하마."

함박웃음을 얼굴 가득 담으며 자신을 올려다보는 연우의 해맑은 눈빛 앞에 서하는 아무런 말도 할 수가 없었다.

"이곳은……."

담장을 넘어 들려오는 소리만으로도 이곳이 어디인지 확연히

느껴지는 곳으로 다가서는 연우를 잡지 못하고 서하가 낮게 읊
조렸다.

활이 과녁을 뚫는 소리가 담장 밖에까지 들려왔다. 담장 위에
매달린 붉은 깃발에는 수리가 창공을 날고 있는 모습이 수놓여
있었다. 하늘의 왕 수리는 활의 상징이기도 했다.

자신을 따라오던 서하가 멈춰 선 것을 느낀 연우가 고개를 돌
렸다.

"궁터입니다. 무운 오라버니가 살다시피 하시는 곳이고요. 꼭
보여 드리고 싶은 곳입니다."

자신은 말할 사이도 주지 않고 거침없는 발걸음으로 이미 궁
터 안으로 들어서는 연우의 작은 뒷모습을 바라보던 서하가 한
숨을 내쉬며 걸음을 떼기 시작했다. 저 작은 소녀는 기어이 자
신을 오라비와 붙여야 직성이 풀릴 모양이었다.

넓은 궁터에 검붉은 무사복을 입은 무리가 가득했다. 가여로
온 첫날 도성으로 들어서는 길목을 지키고 있던 이들이었다. 그
날도 느꼈던 것이지만 저들은 황궁 수비대가 아니라 둘째 무운
황자의 호위 무사들인 모양이었다.

무사들이 둘러싸고 있는 궁터 한가운데 서 있는 검은 무복의
이가 서하의 시선 안에 들어왔다. 무운이었다. 막 시위를 당기
려던 무운의 시선이 뛰듯 달려 들어오는 연우에게 멈췄다.

자신의 신경을 거스른 것이 불편한지 무운의 반듯한 미간이
거칠게 일그러졌다. 과녁을 향했던 무운의 활이 내려졌다.

그때였다. 자신들에게 다가서려는 무운을 막으려는 것처럼
다급하게 들려온 목소리는.

"이런, 공주 부부께서 이곳엔 어쩐 일이십니까."

달리듯 다가서는 이는 막내, 지운 황자였다.

부드러운 미소를 담으며 무운을 막아선 지운이 서하를 향해 살짝 고개를 숙였다. 서하 역시 앞에 선 지운과 그 뒤로 다가서는 무운을 향해 고개를 숙여 보였다.

여전히 인상을 구긴 무운은 자신에게 예를 취하는 서하는 바라보지도 않고 연우를 노려보았다. 서늘한 다갈색 눈동자가 작은 소녀를 내려다보고 있었다.

"궁터에는 오지 말라 하였다."

서늘하게 새어 나오는 무운의 말에 연우가 서하의 옆으로 한 발 다가서며 무운을 노려보았다. 자신의 보호막이라도 되는 듯 서하의 곁으로 다가서는 연우의 모습에 지운의 눈빛 안에 흥미로움이 고이기 시작했다.

"서방님께서 함께하시니 상관없잖아."

퉁명스러운 반말이 연우의 입에서 새어 나왔다. 경운에게와는 달리 너무도 편하게 두 황자를 대하는 연우였다.

부마의 존재가 큰 힘이라도 되는 듯 고개를 치켜드는 연우에게로 무운이 고개를 숙였다. 차가운 다갈색 눈동자와 반짝이는 다갈색 눈동자가 허공에서 서로를 노려보았다. 똑같은 색의 눈동자가 다른 빛을 품고 반짝였다.

"네 낭군이 그리 믿을 만하다 믿는 거냐?"

조롱이 담긴 무운의 말과 눈빛에 입술을 악문 연우의 시선이 곁에 선 서하를 올려다보았다. 동그란 눈 가득 담겨 있는 분노와 갈망이 서하에게 전해져 왔다. 간절함을 담은 그 눈빛에 서하가 약하게 신음 섞인 한숨을 내뱉었다. 귀찮지만 물러설 수도 없는 상황이 되어 버린 것이다.

"공주를 지킬 정도는 된다고 생각합니다만."

예상치 못한 서하의 말에 무운의 날카로운 시선이 허공으로 들어 올려졌다. 아무것도 담기지 않은 먹빛 서하의 시선과 끓어오르는 분노를 담은 무운의 시선이 부딪쳤다. 무운이 연우를 향해 굽히고 있던 허리를 천천히 폈다.

장신인 두 사내가 서로를 마주했다. 궁터를 지나는 바람이 그 둘 사이를 휘몰아치며 스쳐 갔다. 무운의 검은 무복이 바람에 날렸다.

"그럼, 한 수 배워도 되겠습니까. 화운위."

살짝 비틀린 무운의 입가에서 지독하게 낮은 목소리가 새어 나왔다. 놀라는 지운의 얼굴과 달리 연우의 얼굴에 득의만만한 미소가 번져 왔다.

나란히 선 두 사내의 긴 팔에 활이 시원하게 당겨지는 모습이 긴장감이 서린 모두의 시선에 들어왔다. 공평하게 하고자 일부러 서로의 활이 아닌 일반 군사들의 활을 가져온 상황이었다. 저 멀리 있는 과녁을 향해, 처음 잡은 낯선 활을 자연스럽게 당기는 두 사내의 모습은 이들이 분명 고수임을 느끼게 했다.

"서방님께서 무운 오라버니를 이기시면 사냥에서 선두를 맡기신다고 했어. 큰오라버니가."

"뭐?"

"나한테 약속하신걸? 두고 봐. 우리 서방님께서 반드시 이기실 것이니까."

황당한 표정을 한 지운이 한 점 불안도 담지 않고 기세등등한 연우를 물끄러미 바라보다 시선을 서하에게로 돌렸다. 앞만을 바라보며 낯선 활의 시위를 점검하는 그의 옆모습은 한 점의 흔들림도 담고 있지 않았다.

겉으로야 혼인으로 이제 한 가족이 되었다 해도 그것은 그저 형식일 뿐이었다. 천여와 가여가 서로의 필요에 의해 혼인 조약을 맺고 지금은 평화롭기 그지없는 시대를 만들고 있지만 두 나라는 수많은 크고 작은 전쟁을 했던 관계였다. 국경의 가장 많은 부분을 마주하고 있으니 당연한 일일 것이다.

긴 세월 동안 이어져 오던 적국의 관계가 몇 대 전부터 조금씩 그저 대치로 변하였을 뿐이었다. 만약 지금이라도 서로가 맺은 조약을 한쪽에서 조금이라도 어긴다면 바로 두 나라는 적이 될 것이다.

그런 상황에서 이곳에 와 있는 사람이 서하 황자였다.

그런 그가 저리 조금의 긴장도 담지 않고 여유로운 모습으로 가여 최고의 무사라 일컬어지는 무운에게 도전장을 낸 것이다. 무운을 도발해서 대체 무엇을 어쩌자는 것인가.

"시작해도 되겠습니까."

활을 당기던 무운이 여유롭게 화살을 활시위에 걸며 묻자 서하가 고개를 끄덕였다. 과녁을 바라보며 선 무운이 팽팽하게 활을 당겼다.

퍽!

단단한 팔의 힘을 증명하듯 활이 엄청난 속도로 날아 그대로 과녁의 한가운데를 정확히 뚫었다. 활 끝이 한참을 바르르 떨렸다. 움켜쥐고 있던 연우의 주먹에 파란 힘줄이 돋아났다. 그걸 지켜보는 지운의 얼굴이 난감함으로 일그러졌다. 이 꼬마 공주님의 승부욕을 익히 잘 알고 있는 그였다.

입가에 은은한 미소마저 띠우며 몸을 돌린 무운이 서하에게 자리를 양보하며 뒤로 물러섰다. 과녁을 향해 자리를 잡는 서하를 바라보는 연우의 속눈썹 끝이 바르르 약하게 떨렸다.

서하의 긴 오른팔이 거침없이 활시위를 잡아당기다 그대로 놓아 버렸다. 한순간의 흔들림도 멈춤도 없는 움직임이었다. 그리고 활을 따라 움직이던 모두의 시선이 커다랗게 열렸다.

파악!

낯선 소리가 궁터를 울렸다. 활이 과녁을 뚫을 때면 나는 소리가 아닌 무엇인가 부서지는 듯한 파열음이었다. 모두의 눈앞에 파열된 것이 그대로 드러나 있었다. 그 소리의 주인공은 무운이 먼저 쏜 활이었다. 박혀 있던 무운의 활 속으로 서하의 활이 박혀 들며 무운의 활이 그대로 부서져 내린 것이다.

경악이 어린 모두의 시선 안에 아무런 느낌도 담기지 않은 서하의 검은 눈동자가 들어왔다. 그저 무심하게 과녁을 바라보던 그의 시선이 곁에 선 무운을 돌아보았다. 차갑게 일그러진 무운의 눈동자에 시리게 검은 눈동자가 박혀 들었다.

"이 정도면 공주를 지킬 수는 있다고 생각합니다만. 무운 황자님."

"인정, 합니다."

이를 악물듯 토해 내는 무운의 낮은 목소리에 살짝 고개를 숙여 보인 서하가 활을 내려놓고 몸을 돌렸다. 활짝 웃는 얼굴을 한 연우가 앉아 있던 커다란 의자에서 폴짝 뛰어내려 서하의 곁으로 다가섰다.

만족스러운 웃음이 한가득 담긴 소녀의 동그란 눈이 자신의 낭군을 한껏 올려다보았다. 자랑스러움이 가득한 그 동그란 눈을 서하가 마주 바라보았다. 그때였다.

"검 또한 배울 기회를 주시겠습니까. 화운위."

고개를 돌린 서하가 금방이라도 터질듯 이글거리는 무운의 눈을 마주하다 천천히 고개를 끄덕였다. 붉게 물든 무운의 얼굴이 거칠게 일그러져 있었다. 감추지 못한 분노와 자괴감이 그 얼굴에 가득 담겨 있었다.

"언제든 청해 주십시오. 저 역시 황자께 한 수 배우고 싶습니다."

"가까운 시일 안에 청하겠습니다. 기다려 주십시오."

이를 악물어 턱뼈가 어긋날 듯 보이는 무운의 표정에 지운이 한숨을 내쉬며 고개를 저었다. 저 지독한 자존심에 엄청난 균열이 갔으니 이 사태를 어찌 해결해야 할지 난감한 지운이었다.

모두가 보는 앞에서 저리 실력 차이를 드러내 보인 것이 무운에게는 죽기보다 싫은 일일 것이었다. 철이 들면서 그 누구에게도 저리 수모를 당해 본 적이 없는 그이니까.

"가셔요. 서방님. 이번엔 황궁에서 가장 높은 청명루를 보여 드리겠습니다."

물방울이 공기 중으로 팡팡 뛰어오르듯 맑고 활기찬 목소리로 서하를 이끌며 걸음을 옮기던 연우가 몇 걸음을 내딛다 다시 고개를 돌렸다.

뚫어 버리기라도 하려는 듯 서하의 뒷모습을 바라보던 무운의 시선과 연우의 시선이 맞닿았다. 생긋 입가를 끌어 올린 연우가 순간 낼름 작은 혀를 내어 보이고는 바로 고개를 돌렸다. 무운의 차갑게 식어 있던 얼굴이 확 불타올랐다.

"저게!"

거칠게 한 발을 앞으로 내딛는 무운의 앞을 지운이 막아섰다.

"제발."

고개를 젓는 지운의 모습에 거친 숨을 참아 내며 돌아선 무운의 어깨가 여전히 격하게 흔들리고 있었다.

"와, 아직도 가슴이 막 뛰어요. 세상에, 어떻게 그게 되는 거예요? 그 얇은 활을 어떻게 다른 활이 뚫고 들어갈 수가 있어요? 그런 건 처음 봐서 정말 놀랐어요. 저 혼자 보았다면 아무도 믿지 않았을 거예요. 저보고 뻥을 친다고 했을 거예요. 모두. 오후가 되기 전에 서방님께서 오라버니를 이겼다는 소문이 온 궁 안에 쫙 퍼질 거예요. 신난다."

무엇이 그리 좋은 것인지 폴짝폴짝 몸을 흔들며 손뼉까지 쳐 대는 연우의 모습을 서하가 물끄러미 바라보았다. 소녀의 웃음소리가 공기 중으로 물결치듯 퍼져 나가고 있었다.

물방울이 퍼지듯 소리가 퍼지는 느낌은 처음이었다. 가늘고 여린 음색 탓이리라.

"검술 실력도 그리 뛰어나신 것이 맞지요?"

살며시 서하를 살피며 묻는 연우의 눈빛에 서하가 하, 낮게 한숨을 토해 냈다. 활로 오라비를 이긴 것도 모자라 이제 검까지 이기라 하는 소녀의 마음이 귀여우면서도 난감했다. 그 치기가 낯설다.

"해 보아야 하겠지만 쉽게 물러서지 않을 정도는 됩니다."

"그럼 됐습니다. 지금 기분으로 청명루에 오르면 하늘을 날 수 있을 것 같습니다."

동그란 눈 가득 맑고 환한 빛을 담으며 거침없이 발을 옮기던 연우의 몸이 그 순간 휘청 흔들렸다. 들뜬 마음에 긴 치맛자락을 잡아야 하는 것을 잊은 것이다.

치맛자락을 밟은 연우의 작은 몸이 앞으로 쏠리는 순간, 서하의 단단한 손이 연우의 팔을 잡았다. 앞으로 기울던 작은 몸이 그 힘에 뒤쪽으로 당겨졌다.

가느다란 팔이었다. 체격이 작다는 것은 느끼고 있었지만 이리 가늘고 작을 줄이야. 자신의 손안에서 금방이라도 부서질 듯 가는 팔이 낯설어 서하가 얼른 손을 떼었다.

"고맙습니다. 서방님."

몸을 곧추세우고는 살짝 고개를 숙인 연우가 치맛자락을 잡고 앞으로 달리기 시작했다. 나풀거리는 긴 머리카락 사이로 드러난 작은 귓불이 조금 붉어져 있는 것이 서하의 시선에 들어왔다.

붉은 치맛자락이 바람에 날리는 듯 보였다. 그 바람 속으로 작은 소녀의 몸이 금방이라도 날아오를 것 같았다. 서하가 그쪽을 향해 한 발을 내디뎠다. 바람 속에 선 소녀가 그를 향해 돌아서서 손을 흔들었다.

작은 손이 바람 속에서 나풀거렸다. 하얗고 작은 손이었다.

기분이 좋은지 저녁을 잔뜩 먹고는 일찌감치 잠자리에 든 연우에게서 벗어난 서하가 어둠을 품은 외궁으로 들어섰다. 아름다운 전각을 밝힌 등불들이 아름답게 밤을 밝히고 있었다.

"궁 안이 황자님의 활솜씨 얘기로 시끄럽습니다. 아십니까."

연우와 궁 안을 다닐 때에는 따르지 않았던 건이 어느새 등 뒤로 다가와 하는 말에 서하가 입가를 슬쩍 틀어 올렸다. 자신이 무운을 이겼을 때의 연우의 표정이 떠올랐기 때문이다.

"검도 겨루기로 하셨다면서요. 괜찮으시겠습니까. 그리 무운 황자를 자극하시면."

"할 일도 없는데 그런 소일거리도 나름 괜찮지 않겠느냐."

달빛에 쓸쓸하게 비틀리는 서하의 입술이 건의 눈 안에 들어왔다.

"공주님과는…… 지내실 만합니까."

쓸쓸함을 담는 주인의 눈빛이 보기 싫어 건이 화제를 돌렸다. 쓸쓸하게 일그러지던 주인의 입술 끝이 살짝 올라갔다. 비소가 은은한 미소로 바뀌고 있었다.

"지낼 만하겠느냐. 그 천방지축인 꼬마와."

말은 그렇게 하고 있었지만 그 입가가 살짝 흔들리는 것을 건은 느꼈다. 아마도 공주를 생각하면 유쾌해지는 것 같았다.

따스함을 담고 있던 그 당돌하던 다갈색 눈동자를 떠올리며 건이 고개를 끄덕였다.

"정말 상상 이상이신 분입니다. 어찌 그리 거침이 없으신지."

"고삐 풀린 망아지라는 표현은 공주를 두고 하는 말일 거다."

"황자님."

건이 주변을 살피며 살짝 서하를 불렀다. 아무리 그래도 공주의 궁 안에서 공주를 망아지라 칭하다니. 하지만 서하는 상관없는 듯 고개를 저었다.

"망아지보고 망아지라 하지, 무엇이라 한단 말이냐."

어둠이 짙게 내려앉은 허공을 바라보며 하는 서하의 말에 진이 얕게 숨을 토해 냈다.

어쩌면 공주가 저리 어리고 천방지축인 것이 나을지도 모른다는 생각이 문득 드는 그였다. 서하가 싫어하는 이를 어찌 대하는지 너무도 잘 아는 건이었다. 마음에 들었다면 모르지만 만약 연우 공주가 이미 여인의 태를 지녔는데 마음에 들지 않았다면 그 관계는 끔찍해졌을지도 모른다.

차라리 지금 저리 어려서 서하에게 여인으로서가 아니라 어린 누이처럼 다가오는 공주의 모습이 다행일 것이다. 지금은 공주가 무엇을 하더라도 어려서, 천방지축이라 그러한다고 이해할 테니까.

그리고 몇 번 보지 못했지만 공주 연우는 서리서리 차가운 황자의 태도를 느끼지 못하고 있는 것 같았다. 어려서일 것이다. 황자를 이성으로 인식하지 못하기에 그의 말투에 서운해하거나 화가 나지 않는 것일 테다. 이런 시작이 나쁘지 않아 보였다.

"쉬어라."

"예. 쉬십시오. 황자님."

겉옷을 벗어 던진 서하가 침상 위에 앉았다. 엷은 색감의 문 너머 비쳐 드는 달빛이 넓은 방 안을 금빛으로 연하게 물들이고 있었다. 바닥에 수놓인 듯 흩뿌려진 달빛에 멍하게 시선을 주고 있던 서하의 귀에 인기척이 느껴졌다.

서늘한 서하의 시선이 문 쪽으로 향했다. 손은 이미 곁에 놓아둔 검에 닿아 있었다. 문 너머 달빛을 가리며 다가서는 그림자가 가녀린 여인의 것임을 느끼며 서하가 살짝 숨을 토해 냈다.

"탕제 들이겠습니다."

"탕제?"

"황후마마께서 내리신 것이옵니다. 언제나 주무시기 전에 드시라 내의원에서 연통이 왔사옵니다."

"들이거라."

아침에 연우와 첫 문안을 갔을 때 어의전에 말해 놓겠다던 황후의 말이 떠올랐다. 연우처럼 활기차고 당당하던 황후의 모습이었다. 그런 황후의 성정을 연우가 닮았음을 느낄 수 있었다.

언제나 한 점 흔들림 없이 따스하고 조용하던 자신의 어머니와는 많이 다른 모습이었다. 사위를 생각하는 마음이 느껴져 감사함에 마다하지 않았더니 그새 탕제를 준비해 보낸 모양이었다.

조용히 문이 열리며 막혀 있던 길이 뚫린 듯 달빛과 함께 여인이 들어섰다. 어제저녁 이곳으로 자신을 안내하던 아이였다. 지독하게 고와서 싫었던 아이다.

난이 조심스러운 걸음으로 서하의 곁으로 다가와 탕약을 내밀었다. 탕약을 집어 든 서하가 단숨에 탕약 사발을 비우자 가느다란 난의 손이 곁에 놓여 있던 생강정과를 집어 내밀었다.

무심하게 그것을 응시하던 서하가 손으로 그녀가 들고 있던 소반을 밀어내었다. 명백한 거절이었다. 잠시 허공을 머물던 난의 손이 조심스럽게 거두어졌다.

"제가 무엇을 잘못하였습니까."

손을 거두는 모습에 몸을 돌리려 하던 서하가 살짝 떨려 나오는 난의 목소리에 고개를 돌렸다. 흐리게 스며드는 달빛 아래 숨이 막히게 고운 소녀의 얼굴이 보였다. 그 눈에 맺힌 작은 물기까지도.

"무슨…… 말이냐."

"저는! 화운위를 잘 모시라는 윗전의 분부를 지키는 것입니다. 한데 제가 무엇을 잘못하여서 그리 냉정하게 뿌리치시는 것입니까. 제가 잘못한 것이 있다면 말씀해 주십시오. 고치겠습니다."

갸름한 눈꼬리에 맺힌 눈물이 또르륵 흘러내렸다. 촉촉하게 젖은 그 얼굴에 멎었던 자신의 시선을 거두며 서하가 고개를 돌렸다.

"내가 부르기 전에는 들지 말라 하였다. 내 명이 우스운 것이냐."

"그것은…….."

"앞으로 탕제는 내 호위 무사들에게 전하거라. 그리하면 될 것이다."

"무엇을 겁내시는 것입니까?"

여전히 젖어 있지만 또렷하고 도발적인 난의 물음에 서하가 고개를 들었다. 서하의 얼굴에 균열이 담겼다. 물기가 말라 버린 난의 또렷한 시선이 그런 서하를 똑바로 마주했다.

"겁을 낸다라…… 그래, 어찌 보면 그런 것일지도."

"……."

허탈하게 새어 나오는 서하의 말에 난의 눈동자가 반짝 빛을 품었다. 그런 난을 보며 서하가 큭, 웃음을 토해 냈다.

"품을 수도 없는 어린아이와 혼인이라는 것을 하고, 낯설고 낯선 이곳에서 혼자 견뎌야 하니까. 외로움에 누군가를 곁에 두고 싶을 것 같으냐?"

"……."

"그래서 널 품어 달라, 이 말인 것이냐."

순간 난의 앞으로 성큼 다가선 서하의 커다란 손이 난의 팔을 움켜잡았다. 자신의 팔을 옥죄어 오는 강한 힘에 난이 미간을 좁혔다. 엄청난 손아귀 힘이었다.

비명조차 지를 여유가 없이 자신과 시선을 마주치는 서하를 바라보는 난의 시선 안에 이 방에 들어와 처음으로 살짝 두려움이 담겼다. 그런 난의 시선을 똑바로 응시하며 서하가 다른 한 손으로 난의 목덜미를 잡아당겼다.

서로의 숨결이 얽혀 들 만큼 서로의 간격이 좁아졌다. 뜨거운 사내의 숨결을 고스란히 느끼는 난의 심장이 설렘과 두려움으로 터질 듯 뛰어 대기 시작했다. 그런 난의 표정을 바라보는 서하의 입가에 비릿한 냉소가 맺혔다.

"그렇다면 조금 더 신경을 썼어야지. 이따위 싸구려 향낭 따위가 아니라."

일그러지는 난의 표정은 바라보지도 않은 채 서하가 그대로
난을 내팽개쳤다. 바닥에 쓰러진 몸을 겨우 받치고 있는 난의
팔이 바들바들 떨리고 있었다. 나른한 서하의 시선이 그것을 훑
듯 스쳐 갔다.

"나가."

더 이상 서늘할 수 없을 만큼 차디차게 울리는 서하의 목소리
에 떨리는 다리를 겨우 추스르며 난이 문을 나갔다. 여인이 나
간 문을 태워 버릴 듯 노려보던 서하가 휘청이는 여인의 그림자
가 멀어지자 그대로 침상으로 몸을 눕혔다. 서하의 폐에서 깊은
숨이 토해져 나왔다.

끌어안을 뻔하였다. 그 향낭의 지독한 향내가 아니었다면. 정
말 그럴 뻔하였다. 처음 보는 순간 숨이 막히는 줄 알았으니까.
그녀와 많이, 너무도 많이 닮아 있었으니까.

글 스승인 선원공의 막내딸, 설아. 처음으로 여인을 보고 가
슴이 뛸 수 있다는 것을 알려 주었고 품 안에 품어 보고 싶다는
욕망을 느끼게 해 주었던 여인. 그 여인을 빼어 닮은 궁녀의 모
습이 탐나지 않았다면 거짓일 것이다.

하지만 이런 순간에도 자신의 지독한 이성은 눈앞에서 눈물
짓는 여인의 속마음을 들여다보고 있었다. 보고 싶지 않아도 보
이는 그 여인의 욕망이 끔찍해서 끓어오르던 마음이 얼음처럼
식어 내려 버렸다.

떠나오던 날 수많은 이들 사이에 서서 자신을 바라보던 여인
의 모습이 떠오른다. 너무도 곱고 너무도 아름다워 숨이 막힐

것 같던 낯선 느낌을 처음 느끼게 해 주었던 여인이었다.

"하……."

천장의 무늬가 어둠을 품고 일그러져 보였다. 멍하게 뜬 눈 안으로 그 어둠 속의 짙은 문양들이 파고들 듯 내려앉는다. 가슴에 커다란 돌을 매단 듯 갑갑증이 났다. 천천히 몸을 일으킨 서하가 벽에 등을 기대고 앉았다. 오늘도 불면의 밤을 보내야 할 모양이었다.

❀

자신을 향해 그대로 허공에서 떨어져 내리는 건의 목검을 받아 낸 서하가 몸을 비틀며 조금 뒤로 물러섰다. 엄청난 무게로 내리꽂히는 건의 검은 막아 내고 나면 언제나 팔이 떨어져 나갈 듯 떨려 왔다.

오른손에 들고 있던 목검을 왼손으로 바꿔 쥔 서하가 오른손을 털어 내자 건이 들고 있던 목검을 내렸다. 서하의 눈썹이 비틀렸다.

"견딜 만하거든. 아직 멀었어."

"몸이 편치 않으십니다. 오늘은 그만하십시오."

"견딜 수 있다니까."

아직도 약하게 떨림을 담고 있는 오른손을 쥐었다 편 서하가 두 손으로 목검을 잡고 자세를 잡자 건이 한숨을 토해 내며 마주 섰다.

붉게 충혈된 눈에 어둠을 품은 서하의 얼굴에는 피곤이 가득

했다. 밤새 편하게 잠들지 못했음을 여실히 보여 주는 모습을 하고도 검을 내려놓지 않는 주군의 모습이 안타까울 뿐인 건이었다.

천여를 떠나는 날부터 시작된 주인의 불면은 아직도 계속되고 있었다. 그런 몸으로 오늘은 새벽부터 수련을 하고 있는 것이다. 잡념을 없애고 싶어서일 것임을 모르지 않는다.

신경 쓰이는 것이 있으면 더욱 검이나 활에 집중하는 것이 어려서부터 서하의 버릇이었다. 어차피 말릴 수 없음을 너무도 잘 알고 있었다. 그래서 건이 검을 들었다.

망설이던 건이 검을 들고 마주 서는 순간, 서하의 목검이 바닥을 치고 날 듯 뛰어올랐다. 연무장의 모래가 허공으로 날렸다. 그리고 그 모래바람 사이로 서하의 목검이 그대로 비틀리며 건의 옆구리로 파고들었다.

모래바람에 몸을 돌리려던 건이 자신에게로 박히듯 스미는 검을 피하려 몸을 틀었지만 서하가 조금 더 빨랐다. 돌아서는 건의 옆구리를 서하의 목검이 그대로 베어 버렸다.

"하아, 하아."

목검이라 하여도 그 충격은 만만치 않은 법이다. 왼손으로 옆구리를 쥔 건이 오른손에 쥔 목검으로 땅을 짚은 채 힘겨운 숨을 토해 냈다.

어느새 속도나 무게가 자신과 맞먹을 정도로 성장한 서하를 느낄 수 있었다. 움직임을 느꼈는데도 완벽하게 피하지 못했다. 그만큼 서하가 빨라진 것이리라. 힘겨운 숨을 토해 내는 건의 입가에 미소가 번졌다.

"웃지 마. 진검이었으면 죽었을 거 아냐."

진한 미소를 입가에 담으며 구부리고 있던 몸을 펴는 건을 향해 서하가 퉁명스럽게 말했다. 자꾸만 심해지는 두통을 떨쳐 버리고 싶어 온 신경을 검에 쏟다 조금 힘이 과했던 것이다.

건의 옆구리로 파고들며 과하게 힘이 들어가 있음을 느꼈지만 이미 늦은 상태였다. 그대로 목검이 가격한 건의 옆구리는 내일이면 피멍이 들것이다. 내상을 입지 않아 보이는 것만으로도 다행이었다.

"검을 가르치는 스승들이 가장 원하는 것이 제자에게 죽는 것입니다."

"미쳤어?"

힘겨운 허리를 겨우 펴고 웃고 있는 건을 향해 짜증이 어린 목소리를 뱉어 내던 서하가 살짝 고개를 돌렸다. 조금 열려 있는 중문이 바람에 삐그덕거렸다. 그것뿐 문 너머는 조용했다.

서하가 피식, 입가를 틀었다. 커다란 문에 가려 보이지 않지만 느껴지는 작은 인영의 기척 때문이었다.

조금 열려진 문틈으로 안을 훔쳐보고 있던 연우가 문 쪽으로 시선을 돌리는 서하의 움직임에 놀라 그대로 문 뒤로 몸을 숨겼다. 작은 몸이 커다란 문에 가려 분명 보이지 않을 것이다. 숨까지 참느라 이를 악물었으니까.

잠시 멈췄던 목검의 소리가 다시 들려오자 연우가 빨갛게 달아오른 얼굴로 힘겹게 숨을 토해 냈다. 기척도 내지 않은 그녀의 작은 몸이 다시 문틈으로 다가갔다.

"하……."

한숨이 절로 나오고 있었다.

검을 쓰는 무사들의 모습은 숱하게 보아 왔던 그녀였다. 어려서부터 천방지축이었던 그녀가 궁 안 호위 무사들의 연습장을 구경하지 않았을 리 없었다. 특별한 일이 없는 궁 안의 생활에서 그녀가 가장 좋아하는 것이 무사들의 연습을 구경하거나 사냥을 따라가 구경하는 일이었다.

특히 무운의 무예 연습을 구경하는 것을 좋아해 무운의 핀잔을 자주 사곤 했었다. 그렇게 웬만한 무사들의 검술 모습은 익숙한 그녀의 눈에도 서하의 검은 달라 보였다. 무운의 검도 지독하게 무겁고 단단한 느낌을 준다. 엄청나게 빠르고 엄청나게 강하다. 그래서 가여 제일 검이란 찬사를 받는 무운이었다.

한데, 서하의 검은 무엇인가 많이 달랐다. 무거운 느낌 따위 없다. 그리 빠르게 보이지도 않는다. 그저 물이 흐르듯 공기가 흘러가듯 그렇게 자연스럽다.

한데, 시선이 따라가지 못한다. 그 흐름을 눈이 담지 못하고 있었다. 이상한 느낌이었다.

그때였다. 무엇인가가 자신의 정수리 위를 두드리는 감촉에 연우가 고개를 돌렸다. 한심함을 가득 담은 눈빛으로 자신을 내려다보는 이가 무운임을 알아차린 연우가 얼른 문에서 몸을 떼었다.

비릿한 냉소를 입가에 담은 무운이 문 너머를 잠시 응시했다. 들려오는 소리만으로도 안에서 무슨 일이 벌어지고 있는지 훤히 알 수 있는 상황이었다.

"보기 좋다. 공주가 문에 붙어 서서 낭군 훔쳐나 보고."

"훔쳐본 거 아니야!"

"그럼 뭐 하신 것일까? 우리 공주님이?"

"방해될까 봐! 그럴까 봐 잠시 기다리고 있는 거거든!"

"열녀 나셨네, 아주."

입가를 비틀며 비웃음을 담던 무운이 문에 손을 대려 하자 연우가 그 손을 잡아당겼다.

"뭐야? 이 손 떼지?"

"연습 중이시잖아. 방해하지 말란 말이야."

"언제 끝날지 모르는 연습을 기다릴 만큼 난 한가하지 않아. 내가 너인 줄 알아?"

간절함이 담긴 연우의 시선 따위 가볍게 무시하며 무운이 외궁으로 향하는 문을 거칠게 열어젖혔다. 계속 울리던 목검 소리가 그 순간 딱 멈춰졌다. 연우의 얼굴이 아프게 일그러졌다.

기척도 없이 거세게 문을 열어젖히며 서하의 앞으로 다가서는 이의 모습에 서하의 곁에 있던 무사들이 서하를 둘러쌌다. 무운의 손에 들린 진검 때문이었다. 자신의 시야를 막는 무사들의 움직임에 무운의 눈매가 서늘하게 식어 내렸다.

"됐다."

일순 차갑게 얼어붙은 외궁의 공기를 뚫고 서하의 낮은 목소리가 울리자 무사들이 뒤로 물러섰다.

목검을 건에게 건넨 서하가 다가서는 무운의 앞으로 한발을 내밀다 무운의 뒤로 시선을 주었다. 쭈뼛거리며 무운의 뒤를 따라 들어오는 낯익은 작은 인영 때문이었다.

이 상황이 자신 때문이라 느끼는 것처럼 연우의 얼굴엔 불안함이 가득 고여 있었다. 서하의 차가운 시선이 그런 연우를 지나 무운에게로 향했다. 뜨거운 시선과 차디찬 시선이 허공에서 맞부딪쳤다.

"이곳까지 무슨 일이십니까. 무운 황자님."

금방이라도 터질듯 팽팽하게 긴장된 공기를 뚫고 들려오는 서하의 부드러운 말투에 무운의 미간이 살짝 일그러졌다.

연통도 없이, 기척도 없이 들어선 자신에게 지극히 공손한 서하의 태도가 예상과 다르다 느끼는 무운이었다. 그는 손에 들고 있던 진검을 슬며시 등 뒤로 내렸다.

"오늘 궁 안 호위부의 무술 경연이 있습니다. 며칠 전의 약속을 오늘 지켜 주셨으면 해서 모시러 왔습니다. 저도, 우리 가여의 호위 무사들도 한 수 가르쳐 주시지 않겠습니까."

이상하게 조용하다 생각은 하고 있었던 서하였다. 활 대결에서 너무도 확연하게 실력 차이를 드러내며 패한 무운이 바로 설욕을 하려 할 줄 알았는데 너무도 조용해 이상하다 느끼고 있었다.

오늘을 기다렸던 모양이었다. 모두의 앞에서 확실하게 설욕전을 펼칠 날을. 궁 안의 모든 무사들이 모이는 자리에서 무운이 이긴다면 활로 진 소문 따위는 연기처럼 사라질 것이다. 무사의 진정한 힘은 검이니까.

무운의 입에서 나온 말에 안 그래도 커다란 눈을 동그랗게 뜨며 놀라는 연우의 모습을 시선에 담으며 서하가 입가를 살짝 끌어 올렸다.

"제가 배워야겠지요. 오늘 무운 황자님께 한 수 배우겠습니다."

부드럽게 자신을 낮추고 있지만 명백한 허락이었다. 여유로운 미소까지 담으며 자신의 도전을 너무도 태연히 받아들이는 서하의 모습에 무운의 눈썹이 약하게 일그러졌다. 조금이라도 당황하는 모습을 보이리라 생각했던 자신이 또 한 방 먹은 느낌을 지울 수가 없었다.

"미시에 모시러 오겠습니다."

무운이 돌아섰다. 거칠게 걸음을 옮기는 무운의 움직임에 연우가 흠칫 놀라며 몸을 옆으로 피했다. 그녀의 모습에 서하의 시선이 닿았다. 서하의 그린 듯한 미간이 살짝 일그러졌다.

"무리십니다. 오늘의 몸 상태로는."

조심스럽게 한 발을 내디뎌 서하에게로 다가서려던 연우의 걸음이 굳은 듯 멈춰졌다. 서하의 뒤로 다가서며 걱정이 한가득 담긴 얼굴로 말하는 건의 목소리 때문이었다.

여전히 시선은 연우에게 멈춘 채 서하가 천천히 고개를 저었다. 그의 입가에 미소가 번져 가는 모습이 연우의 시선에 들어왔다. 붉고 얇은 입술에 담기는 서하의 미소에 연우가 숨을 삼켰다. 작은 심장이 순간 덜컹거렸기 때문이다.

"괜찮아. 그리고 이미 허락했어."

"이런 경우는 없습니다. 미시에 있을 경합을 지금 통보처럼 하는 것은 예에 맞지 않습니다. 전하께서는 일개 무사가 아니십니다. 한데 어찌 호위 무사들의 경합에 아무런 선약도 없이 이리 청할 수 있단 말입니까."

"무사란 어느 때라도 준비가 되어 있어야 한다고 입에 침이 마르게 잔소리를 했던 건 누굴까."

장난스러움을 입가에 담으며 멈춰 선 연우에게로 손을 내민 서하가 살짝 건을 돌아보며 고개를 저었다. 입가는 웃고 있었지만 차디차게 굳은 서하의 눈빛에 무슨 말인가를 더하려던 건이 입을 다물었다.

"언제부터 그곳에 계셨던 것입니까."

다른 때와는 달리 조신한 모습으로 한 발 한 발 다가서는 연우를 향해 무심한 듯 서하가 그제야 말을 걸었다. 문 뒤에 숨어 자신을 보고 있었음을 알고 있었던 서하였다. 작은 인영의 기척쯤 바로 느낄 수 있으니까.

서하의 말에는 대답도 없이 연우가 건을 바라보다 서하에게로 시선을 돌렸다.

"혹여 몸이…… 편치 않으십니까?"

걱정 어린 동그란 눈동자가 자신을 바라보고 있었다. 언제나 반짝이며 당돌함을 가득 담고 거침이 없던 눈동자에 어리는 불안이 읽혔다. 잠시 연우의 눈을 바라보던 서하가 고개를 저었다.

"아닙니다."

"하지만 건 님이……."

"원래 건은 걱정이 많습니다. 공주님을 돌보시는 유모님께서도 그러하지 않습니까."

"그렇지만……."

"한데 왜 그리 숨어 계셨던 것입니까."

걱정이 어린 연우의 동그란 눈을 마주한 서하의 입에서 조금은 차가운 목소리가 새어 나왔다. 걱정을 담던 연우의 눈동자가 의아함을 담고 그런 서하를 올려다보았다. 차가움을 두른 서하의 시선이 연우를 내려다보았다.

"그런 모습은 공주로서 해선 안 되시는 모습입니다. 다시는 그러지 않으셨으면 합니다."

걱정이 어렸던 연우의 눈이 커다랗게 열렸다. 작은 손이 치맛자락을 꼭 움켜쥐는 모습이 건의 시야에도 들어왔다. 잠시 흔들리던 동그란 눈동자가 차디찬 서하의 시선을 올려다보았다.

"연습에 방해가 되고 싶지 않아서였습니다. 불편하셨다면 다시는, 그러지 않겠습니다."

긴장으로 잠시 목이 잠겼지만 연우는 또렷하게 말을 마쳤다. 그리고 몸을 돌렸다. 동그란 정수리가 서하의 시선에 들어왔다. 한 발 한 발 걸음을 내딛던 연우가 멈춰 서고 그녀의 걸음을 따라 움직이던 서하의 시선도 멈췄다. 연우가 고개를 돌렸다. 투명한 다갈색 눈동자가 서하의 시선을 가득 채워 왔다.

"저도 가도 됩니까?"

살짝 젖어 있는 연우의 눈동자를 눈에 담으며 서하가 고개를 끄덕였다. 굳어 있던 연우의 얼굴에 다시 작은 미소가 번졌다. 동그란 눈이 빛을 담았다.

"물론입니다."

작은 얼굴에 함박웃음이 번진다. 조신하던 걸음은 사라지고 달리기 시작하는 작은 인영의 뒷모습에 닿은 서하의 눈빛에 작은 따스함이 번져 왔다.

"경합장에 어찌 공주님과 함께 가시려는 것입니까."

달려가는 연우의 뒷모습에 여전히 시선을 주고 있는 서하에게 다가선 건이 낮게 물었다.

사내들만의 자리일 것이 분명했다. 황족의 안전을 책임지고 있는 호위 무사들에게 언제나 경각심과 긴장을 가질 수 있도록 여는 행사일 것이다.

천여에서도 천신제 때나 가례 때에 최고의 호위 무사를 뽑는 경합을 벌이곤 했었다. 그것은 따로 여인들이 오는 것을 금하지 않는다 하여도 어차피 사내들의 시간이었다. 황실의 행사와 맞물려 열릴 때에만 가끔 그 우승자에게 황후가 상을 내린 적은 있어도 경합 자체에 여인이 참석하는 일은 드물었다.

한데 황실의 행사도 아닌 그저 순수한 무인들의 시간에 어린 공주를 참석시킨다는 것이 난감한 건이었다. 게다가 분명 오늘 행사에서 서하는 검을 들어야 할 것이다. 무운 황자가 벼르고 있을 테니까.

"이 궁 안에선 내가 어딜 가든 공주가 함께해야 해."

"……."

"그녀가 내 방패니까."

건조한 서하의 음성이 공간을 울렸다. 건의 아픈 눈빛이 돌아서는 주인을 따라 움직였다.

혼인 조약의 대상자라 하여도 어차피 타국의 황자. 만약 무슨 일이 생긴다 하여도 이 궁 안에서 일어난 일을 천여는 확인할 수 없을지도 모른다. 이곳은 가여의 황궁. 그는 어차피 손님이며 타인이니까.

그가 기댈 것은 어쩌면 너무도 작고 어린 저 공주뿐일지 모르는 일이었다. 이 커다랗고 거대한 황궁 안에서 온전히 황자 서하를 보호해 줄 수 있는 것은 연우 공주라는 이름뿐일 테니까.

❄

거대한 천무대의 입구에 선 서하가 무심한 시선으로 그 안을 응시했다. 수많은 사내들의 열기가 느껴지는 공간이었다. 가여 황실의 내로라하는 호위 무사들은 다 모여 있을 것이다.

그곳에서 오늘 자신의 검을 보여 주어야 했다. 그들을 제압해도, 그들에게 제압을 당해도 좋을 것 없는 선택. 하지만 물러설 수는 더더욱 없는 순간이었다.

"화운위가 아니십니까."

짙은 숨을 삼키며 한 발을 내밀던 서하가 따스한 목소리에 고개를 돌렸다. 새하얀 무복을 입은 지운이었다. 서하가 살짝 고개를 숙였다. 반가움에 환하게 미소를 머금던 지운의 시선이 문득 서하의 뒤로 향하더니 부드럽던 그의 얼굴에 균열이 가기 시작했다. 그의 시선에 연우가 들어간 것이다.

당황을 담은 지운의 시선이 연우에게서 서하에게로 옮겨졌다.

"오늘은 지운 황자께서도 경합에 참여하시는 것입니까."

한가득 난감함을 담은 지운의 물음을 외면하며 서하가 지운이 손에 들고 있는 검을 바라보며 묻자 지운이 고개를 저었다.

"아닙니다. 저는 그저 구경만 할 생각입니다. 제가 나설 자리가 아닙니다. 이곳은."

"아, 그러십니까."

"저는 다음 기회에 한 수 가르쳐 주십시오."

공손히 고개를 숙이며 지운의 날 선 시선이 연우를 향했다. 오라비의 시선을 느낀 연우가 그 시선을 애써 외면하며 서하의 뒤에 바짝 다가섰다. 서하가 아니었다면 이 자리에서 벌써 지운에게 끌려 쫓겨났을 것이었다. 지금도 그러고 싶은 것을 서하 때문에 지운이 참고 있음을 너무도 잘 아는 연우였다.

웅성거리던 공간이 일순 숨죽인 듯 고요해지는 것을 느낀 무운이 고개를 들었다. 천무대 입구로 들어서는 이들이 보였다. 세상 그 어디에서도 한눈에 알아볼 수 있을 정도로 깎아 놓은 듯 아름다운 사내의 모습이 시선을 잡았다. 검은 무복 때문인지 하얀 얼굴이 더욱 새하얘 보였다.

비릿한 냉소를 입가에 머금던 무운이 시선을 돌리려다 놀라며 눈을 부릅떴다. 당당하게 들어서는 서하의 뒤를 따르고 있는 것은 지운이었다. 익숙한 무복이기에 자세히 보지 않아도 알 수 있는 모습이니까.

한데, 지운의 곁에 선 이의 모습이 무운의 시선에 들어왔다. 작고 가느다란 인영. 이곳에서 볼 것이라고는 상상도 하지 못했던 이의 모습에 무운의 얼굴이 거칠게 일그러졌다.

단상에 선 채 꼼짝도 하지 않고 있는 무운의 앞으로 서하와 지운, 그리고 연우가 다가섰다. 난감함이 고인 지운이 분노로 일그러져 있는 형의 모습에 숨을 삼키며 연우의 앞을 막아섰다. 어차피 이미 보았지만 되도록 정면으로는 보지 않게 하고 싶은 마음이었다.

검붉은 무복의 빛깔처럼 검붉게 타오르고 있는 무운의 시선이 한 점 흔들림도 담고 있지 않은 서하의 검은 시선과 맞부딪쳤다. 얼음과 불꽃이 마주했다.

"이런 자리에 불러 주셔서 감사합니다. 무운 황자님."

"이리 함께해 주셔서 감사합니다, 화운위. 한데 왜……."

이글거리는 분노가 지운에게 가려진 연우에게로 향했다. 무심한 듯 그쪽을 바라보던 서하가 별일 아니라는 듯 살짝 고개를 끄덕였다.

"제가 아직 이 궁 안이 낯설지 않습니까. 공주께서 언제나 함께해 주시지 않으면 힘들어서요. 괜찮으시겠지요?"

"……."

붉고 얇은 입술에 미소까지 담고 응수하는 서하의 말에 아무런 대답도 하지 않은 무운이 시선을 돌려 뒤쪽에 있는 이들에게 고갯짓을 했다. 그들이 서하와 지운의 자리 사이에 자리를 하나 더 만드는 모습에 연우의 입가가 환하게 끌어 올려졌다.

"웃지 마라."

곁눈으로 연우를 살피던 지운이 이를 갈며 뱉어 내는 말에 연우가 입술을 삐죽이 내밀며 자신의 자리에 앉았다.

"헉!"

"와……."

곁에서 끊임없이 들려오는 소리에 지운의 미간이 점점 강하게 일그러졌다. 예선을 거쳐 올라온 이들이 보이는 무예 실력은

한 순간 한 순간 손에 땀을 쥐게 하고 있었다. 무운의 연습을 몰래 지켜보곤 했었지만 이런 정식으로 이루어지는 무예 경합은 연우에게 처음일 것이다.

게다가 오늘 분명 부마가 우승자와 검을 겨루어야 할 것이다. 우승자뿐만 아니라 아마도 무운과의 대결도 피할 수 없을 것이다. 그렇게 만들기 위해 부마를 이 자리에 초대한 무운이니까. 그런 상황을 예견도 하지 못한 채 그저 감탄만을 쏟아 내고 있는 어린 누이가 난감한 지운이었다.

"적월부 자경, 승!"

검붉은 무복의 사내에게 일격을 당한 푸른 무복의 사내가 일어나지 못하자 함성이 일었다. 황실 호위부 모두가 모인 자리였지만 역시 무운의 호위 부대인 적월부의 실력이 가장 출중한 것은 어쩔 수 없어 보였다.

특히 적월부의 수장인 자경이라 불리는 사내의 검은 보는 것만으로도 감탄이 나올 만큼 완벽했다. 어차피 자신이 우승할 것이라 여겼던 것인지 자경이라 불린 자는 표정 하나 바꾸지 않고 가볍게 묵례를 할 뿐이었다.

목검이건만 엄청난 위력에 몸이 많이 상한 듯 바닥에 쓰러져 있던 상대는 들것에 실려 연무장을 빠져나가고 있었다.

천천히 환호성이 가라앉기 시작하는 것을 느끼며 한숨을 토해 내던 연우가 의아함을 느끼고 눈을 크게 떴다.

우승자라 불린 사내가 연무장을 떠나지 않고 선 채 서하를 바라보고 있었다. 모여 있는 모든 이들의 시선 역시 그 사내처럼 서하를 향해 있었다.

이 알 수 없는 느낌에 놀란 연우의 눈이 그제야 지운을 보았다. 지운이 가볍게 한숨을 내쉬며 검지를 입술에 가져다 댔다.

조용히 하라는 오라비의 신호에 연우의 눈이 더욱 커다랗게 열린 때였다. 자리에서 일어난 무운이 서하의 앞으로 다가온 것은.

"약속하신 한 수, 저 아이가 배워도 되겠습니까."

너무도 정중하기에 더욱 서늘하게 느껴지는 무운의 눈빛을 마주한 서하가 천천히 자리에서 일어났다. 놀란 연우의 시선이 약한 미소를 머금은 무운과 서하를 번갈아 바라보았다.

"와아!"

이상하게 달아오르는 연무장의 분위기와 조금의 흔들림도 담지 않고 연무장에 내려서 목검을 잡는 서하의 모습에 연우의 눈이 지운을 돌아보았다. 동그란 누이의 눈에 그제야 불안이 담겨오는 것을 느끼며 지운이 한숨을 토해 냈다.

"놀러 온 거 아니었다. 누이야."

"괜……찮으실까? 서방님?"

커다란 눈이 공포를 담기 시작하고 있었다. 어린 연우의 눈에도 조금 전 우승을 한 자경이라 불린 사내는 엄청나게 강해 보였다. 지금도 마주 서는 서하를 사냥감을 보듯 바라보고 있는 모습이 서늘하기까지 했다.

이미 사내로서 절정에 이른 자경은 체격도 서하보다 훨씬 크다. 서하가 키는 크지만 아직 소년의 태를 갖고 있는 반면 20대 후반인 자경은 그 누구도 상대할 수 있을 것처럼 단단해 보이는 모습을 갖고 있었다.

"영광입니다. 화운위."

비아냥거리듯 입가를 비죽이 끌어 올리며 제대로 된 예도 갖추지 않는 눈앞의 사내를 서하가 물끄러미 응시했다.

오만함과 나른함이 섞인 사내의 번들거리는 눈빛을 마주하는 서하의 눈빛은 물처럼 잔잔했다. 엄청나게 연무장을 덮고 있는 이들의 환호성도 자신을 걱정이 고인 눈으로 바라보는 건과 연우의 존재도 그는 느끼지 못하고 있는 것 같았다.

그저 차분히 숨을 고르며 눈앞의 사내만을 응시하는 서하의 모습을 무운이 찡그린 시선으로 바라보았다.

불안도 자신만만함도 보이지 않는 그 무심함이 이상하게 신경에 거슬린다고 무운이 생각했다. 잔잔한 수면처럼 보이는 저 고요를 깨뜨리고 싶은 욕망. 무운이 입술을 악물었다.

북이 울렸다. 자경이 허공으로 날듯 차고 오르며 그대로 내리꽂는 목검에서 바람을 가르는 소리가 공간을 울렸다. 엄청난 힘과 속도가 실린 목검은 살짝 스치기만 해도 살아남을 수 없을 것처럼 느껴졌다.

그런 공격이 수도 없이 서하를 향해 날아들었고 그럴 때마다 연우는 숨을 쉴 수가 없었다. 제대로 된 공격은 할 생각도 없는 듯 계속 피하기만 하는 서하를 향해 날아드는 자경의 목검은 지치지도 않고 있었다.

아니, 모두의 눈에는 그렇게 보였다. 처음에는 그랬다. 결승까지 올라왔지만 그때까지도 제대로 된 승부를 낸 적이 없이 너무도 쉽게 우승까지 한 자경은 힘이 남아돌 지경이었으니까.

가여 제일이라는 무운에게도 절대 밀리지 않는 자경이었다. 무운에게까지 갈 것 없이 자신이 눈앞의 이 천여의 황자라는 녀석을 박살 내고 싶다는 공명심이 가슴을 짓누르고 있었다. 가벼운 몸놀림으로 자신의 검을 피해 가는 이를 향해 더욱 빠르게, 더욱 날카롭게 치고 들어가느라 정작 자신의 체력이 조금씩 떨어지는 것을 그는 잊고 있었다.

"도망이 최선의 공격인 모양입니다. 천여에서는요."

간발의 차로 언제나 자신의 목검을 스치듯 피해 가는 서하를 노려보며 목검을 고쳐 쥔 자경이 씹어뱉듯 뇌까렸다.

이제껏 목검 한 번을 휘두르지 않은 서하였다. 그저 피하고, 물러서고…… 끝없이 치고 들어가는 자신에게서 끝없이 물러나고 있었다. 거칠게 터져 나오는 숨을 삼키며 비릿한 냉소를 머금은 자경의 말에 서하가 픽, 입가를 비틀었다. 얇고 붉은 입술 끝에 냉소가 번졌다.

"때론 그렇지요."

서로의 시선을 마주한 순간 다시 자경의 목검이 허공을 날아 서하를 향해 들어왔고 서하는 날듯 몸을 틀어 목검을 스치듯 피했다. 목검에 온몸의 힘을 실어서였는지 자경의 몸이 아주 조금 휘청거리다 멈춰 섰다. 거친 호흡을 뱉어 내는 자경의 온몸에서는 땀이 흥건하게 배어 나오고 있었다.

"빌어먹을."

단내가 나는 숨을 뱉어 내며 짜증을 눈 가득 담는 자경을 말없이 바라보던 서하가 움직이기 시작한 것은 그때였다. 이제껏 자경이 움직이는 대로 몸을 옮기며 목검을 피해 왔던 서하가 자경보다 먼저 움직인 것은 처음이었다.

예상치 못한 서하의 모습에 모두의 시선이 한 발 늦게 서하를 따라붙는 순간, 검은 서하의 무복 깃이 허공으로 날아올랐다. 바람 한 점 없는 연무장이건만 꼭 바람에 실려 날아가려는 듯 가볍게 허공을 차고 오른 서하의 목검이 그대로 자경의 어깨로 내리꽂혔다. 한순간 늦게 서하의 움직임을 감지한 자경이 몸을 피했지만 이미 한발 늦은 움직임이었다.

파악!

"윽!"

미처 몸을 돌리지 못한 자경의 어깨로 목검이 내리꽂혔다. 뼈가 부서져 내리는 듯 거친 파열음이 터져 나오며 자경이 그대로 무릎을 꿇었다. 허공에서 날리는 바람처럼 가벼워 보이던 서하의 움직임이었기에 모두의 시선이 커다랗게 열렸다. 저런 가벼운 움직임에 어떻게 저런 힘이 실릴 수 있단 말인가.

왼쪽 어깨가 박살이라도 난 것인지 무릎을 꿇은 자세로 움직이지도 못하고 바르르 떨고 있는 자경의 모습에 무운의 얼굴이 차디차게 굳어 왔다.

자경의 어깨가 부서졌다. 단 한 번의 움직임에. 계속 피하기만 하는 서하의 움직임을 간파한 자경은 서하의 공격이 전혀 다른 형태로 들어올 것이라 예상치 못하였을 것이다.

"움직이지 마십시오. 어깨가 더 상합니다."

오른손에 잡은 목검으로 바닥을 짚으며 일어서 보려 안간힘을 쓰는 자경을 물끄러미 내려다보며 서하가 낮은 목소리로 말했다. 다른 이들에게는 들리지 않게 하려는 배려마저 담긴 목소리였다. 자경의 힘겨운 얼굴이 그 순간 더욱 일그러졌다.

천여에서도 알아주는 검객이라는 소문은 듣고 있었다. 가여 제일이라 불리는 무운에게 활로 확실한 패배를 안겼다는 것도 알고 있었다. 한데 오늘 승리에 취해서 마주한 그 모습이 아직 너무도 어린 소년 같아서 우습게 본 것이 실수였다. 오늘의 우 승을 치욕이란 이름으로 덧씌운 것이다.

"큭, 큭."

낮은 소리가 자경의 입에서 새어 나왔다. 우는 소리인지 웃는 소리인지 알길 없는 소리를 흘려내는 사내의 무너져 가는 몸을 가만히 주시하던 서하가 천천히 몸을 돌렸다.

그때였다. 겨우겨우 숨만을 내쉬고 있던 몸이라 믿기지 않을 만큼 빠르게 자경이 그대로 몸을 일으키며 오른손에 든 목검을 휘둘렀다. 부서져 버린 왼쪽 어깨에 힘이 실리지 않아서 오른쪽 으로 심하게 기운 그의 몸이 그대로 쓰러져 내리며 오른손에 든 목검이 서하를 향해 날아들었다.

그리고 그 순간, 본능적으로 목검을 들어 올린 서하의 목검이 자신에게로 날아드는 자경의 목검을 그대로 받아 냈다.

엄청난 힘이 실린 두 개의 목검이 서하의 얼굴 앞에서 그대로 박살이 났다. 목검의 파편들이 스치듯 서하의 온몸을 휩쓸며 떨 어져 내렸다.

"서방님!"

놀란 연우가 앉아 있던 자리에서 벌떡 일어서는 것을 지운이 붙잡았다.

"기다려."

"서방님이 다치셨잖아!"

"여긴…… 천무대야."

천무대. 사내들만의 세상이란 뜻이다. 지금 이곳에 앉아 있는 것으로도 문제가 될 수 있는데 정식 경기에 여인이 끼어들면 정말 문제가 될 것이다.

자신을 향한 지운의 눈빛을 읽은 연우가 안타까움이 가득 고인 눈으로 서하를 바라보며 마지못해 자리에 앉았다. 커다란 눈 가득 고여 있는 연우의 눈물을 보며 지운이 한숨을 내쉬었다.

겨우 숨을 고르는 연우에게서 시선을 뗀 지운의 시선이 연무장 한가운데 여전히 서 있는 서하에게로 향했다. 그림처럼 흔들림 없는 모습으로 선 서하와 달리 연무장 바닥에 쓰러져 있는 자경의 모습은 그의 어깨가 이미 심각한 지경을 넘어섰음을 알려주고 있었다. 그의 어깨는 이미 정상적인 모습이 아니었다.

"화운위 승!"

서하의 승리를 알리는 이의 우렁찬 목소리가 천무대 연무장을 가득 울렸지만 자경이 우승을 했을 때와는 너무도 달리 연무장은 쥐 죽은 듯한 고요만을 가득 담고 있었다.

실려 나가는 자경의 모습에 닿은 가여 무사들의 날 선 시선이 여전히 흐트러짐 한 조각 없이 그림처럼 서 있는 서하를 향해 있었다. 숨 막히는 긴장이 감도는 공간에 서하 혼자만이 이방인임은 의심할 여지조차 없어 보였다.

"이런……."

부서져 내리던 목검 조각들에 스친 서하의 얼굴에 생채기가 보였다. 새하얀 얼굴에 붉은 핏줄기가 맺혀 있었다. 그 얼굴을 미간을 좁힌 채 응시하던 연우가 뒤쪽에서 들리는 건의 목소리에 고개를 돌렸다. 움직임도 없이 서하의 싸움을 지켜보던 건의 얼굴이 아프게 일그러져 있었다. 알 수 없는 불안이 연우의 작은 심장을 조이기 시작했다.

"왜 그러는가? 뭐가 잘못됐어?"

조심스럽게 묻는 연우의 질문에 건이 가만히 연우를 바라보다 살짝 고개를 저었다.

"아닙니다. 공주님."

"정말?"

"……예."

건의 대답에 가슴을 쓸어내리는 연우와 달리 지운의 시선은 서하에게 여전히 고정되어 있었다.

아무런 흔들림을 담고 있지 않은 듯 보이지만 분명 조금 전 자경의 목검이 서하의 오른팔 위쪽을 내려쳤다. 서하가 들어 올린 목검에 맞아 파괴력은 줄었을지 모르지만 분명 자경의 목검이 그의 팔을 가격했었다. 부서지며 가격당했기에 자세히 보지 못한 이들은 모를 것이었다.

하지만 지운은 보았다. 그리고 건도 분명 보았을 것이다. 서하의 오른팔에서 시선을 떼지 않은 지운의 눈에 서하의 오른손이 들어왔다. 여전히 목검을 들고 있는 커다랗고 긴 손가락. 그 손이 약하게 떨리고 있는 것처럼 느껴졌다. 지운의 얼굴이 일그러졌다.

쥐 죽은 듯 고요한 연무장을 가만히 바라보던 무운이 천천히 일어서자 모여 선 무사들이 술렁이기 시작했다. 고요 속에 감춰져 있던 들끓음이 무운의 모습에 서서히 일어나고 있었다.

"무운 황자님! 무운 황자님!"

단상에서 내려서는 무운의 모습에 흥분한 무사들이 무운을 부르기 시작했다. 그들의 열기 가득한 눈빛이 마지막 자존심인 무운을 향해 반짝였다. 연무장 안으로 들어서는 무운도, 그런 무운의 모습을 말없이 바라보는 서하도 알고 있었다. 아니, 모두가 이미 알고 있었을 것이다. 지금 이 순간 무운도 서하도 물러설 수 없게 되어 버렸다는 것을.

쥐 죽은 듯 고요를 담은 연무장 한가운데 서하와 무운이 마주섰다. 지금 이 천무대 안 모든 무사들의 명예를 어깨에 짊어지고 있는 무운은 가여의 자존심을, 가여의 중심에서 홀로 서 있는 서하는 천여의 자존심을 지켜야 하는 위치에 있는 것이다. 시작은 자신들의 마음대로 할 수 있었지만 이제 둘 다 물러설 수 없게 된 것이다.

아무 표정도 없이 그저 무심하게 자신을 보는 서하를 향해 무운이 입가를 살짝 끌어 올렸다. 무운의 미소를 바라보는 지운의 얼굴이 하얗게 질렸다.

"설마……."

낮게 속삭이는 지운의 목소리에 불안을 느낀 연우의 눈이 서하와 무운 두 사람을 번갈아 바라보았다. 숨소리조차 낼 수 없을 만큼 고요한 공간 안에 그 두 사람만이 있는 듯 느껴졌다.

"목검 따위로 진정한 대결이 될 수 있겠습니까. 진검, 괜찮으시겠습니까."

병사가 내미는 목검을 밀어내며 말하는 무운의 목소리에 천무대가 숨을 죽였다. 질끈 눈을 감는 건의 모습이 연우의 눈에 들어왔다.

"물론입니다."

서하의 길고 단단한 오른손에 보검이 쥐어졌다. 검을 쥔 그 손이 아주 약하게 떨리고 있는 것은 건만이 볼 수 있었다. 건의 얼굴이 아프게 굳어 왔다.

"지운 오라버니."

목이 막힌 듯 힘겹게 말을 뱉어 내는 연우의 목소리에 지운이 연우를 바라보았다. 입술까지 하얗게 바랜 모습에 지운이 미간을 구겼다.

"왜 진검을 쓰는 거야?"

"……."

"다치면…… 어떻게 하려고?"

"괜찮을 거야."

"안 괜찮으면?"

"안 괜찮아도 이제 어쩔 수 없어."

"안 말려? 오라버니?"

커다란 눈에 글썽글썽 물기가 맺혀 오고 있었다. 두려움에 작은 입술이 바짝 말라 가는 것도 보였다. 하지만 지운은 아무것도 해 줄 수 없었다.

"이제, 못 말려. 연우야."

목이 메는 듯 힘겹게 말하는 지운의 목소리에 연우가 숨을 삼켰다. 왜 저렇게 진검을 든 채 마주하고 있는지 이해할 수는 없지만 말릴 수도, 그만하게 할 수도 없음이 온몸으로 느껴져 왔기 때문이다.

하얗게 힘이 들어간 작은 손이 의자 손잡이를 꼭 움켜쥐었다. 누가 이기는 것은 이제 중요하지 않았다. 누구도 다치지 않기를, 그것만을 바라는 연우였다.

마주 선 두 사람 사이로 연무장의 바람이 휘몰아치며 지나갔다. 두 개의 검날이 빛을 품어 내며 허공에서 맞부딪칠 때마다 하얗게 섬광이 일었다. 하늘을 품은 채 땅을 박차고 오르는 두 사람의 검은 하늘을 향해 얽혀 들었고 서로의 숨결을 품은 채 떨어지곤 했다.

엄청난 힘과 파괴력으로 밀어붙이는 것이 무운의 검이라면 바람처럼 일정한 초식 없이 흐르는 것이 서하의 검이었다. 타오르는 불꽃을 담은 무운의 눈빛 앞에 흔들림이라고는 담지 않은 서하의 검은 눈동자가 차갑게 얼어붙어 있었다.

불과 얼음이 만난 듯, 끝도 없이 서로를 향해 다가서면서도 절대 한쪽에게 밀리지 않는 두 사람의 대결은 보는 이들에게 숨 쉴 틈조차 주지 않았다.

자신의 검을 막아 내고 한 발 뒤로 물러서 있는 서하에게로 한 발을 내딛던 무운이 아주 잠시 그 자리에 멈춰 섰다. 무운의 움직임을 읽던 서하의 움직임도 멈췄다. 무운의 입꼬리가 약하게 끌어 올려졌다.

"풋."

처음에는 느끼지 못했다. 자신의 검을 막아 내는 오른손이 힘겨워하고 있다는 것을.

한데…… 조금씩 무엇인가 달라지고 있는 그임을 느끼는 무운이었다. 오른손이 조금씩 힘을 잃고 있었다. 아니, 손이 문제가 아니라 팔과 어깨에 분명 무슨 문제가 생긴 것이었다.

문득 무운의 뇌리에 서하를 향해 날아들었던 자경의 마지막 목검이 떠올랐다. 서하의 목검에 부딪쳐 산산이 부서지던 자경의 목검이 부서져 내리기 전 무엇에 부딪쳤었는지도. 서하의 오른팔 위쪽이었다.

천천히 들어 올려진 무운의 눈이 서하의 눈을 뚫어질듯 바라보았다. 아무것도 담겨 있지 않은 듯했던 눈빛 안에 담긴 고통이 이제야 느껴져 왔다. 얇은 입술이 푸른 기를 띠고 있었다. 무운이 살짝 고개를 비틀었다. 이 난감한 상대를 어찌할지 생각해야 했다.

오른손의 떨림은 조금씩 짙어지고 있었다. 얼마 버티지 못할 것이다. 저 팔로는. 아주 잠시 망설임을 담던 무운이 깊게 숨을 삼키며 검을 들어 올렸다.

망설임은 끝나 있었다. 스스로 택했으니 스스로 책임을 지게 하면 된다. 그뿐이다. 무운의 몸이 움직이기 시작했다.

"윽!"

그대로 밀고 들어오는 무운의 검을 받아 낸 서하의 입에서 살짝 신음이 새어 나왔다. 그리고 그대로 몸을 비튼 무운의 검이 서하의 오른쪽 어깨를 향해 날아들었다. 그렇게 무운의 검이 서하의 어깨를 스치는 순간, 서하가 자신의 검으로 무운의 검을 감아 돌며 허공을 차고 올랐다.

무운의 검에 베인 서하의 검은 옷자락이 바람을 안고 펄럭이는 모습이 모두의 시선 안에 들어왔다. 그리고 그렇게 허공으로 날아오른 듯한 검은 옷자락이 내려앉는 순간, 은빛 보검들이 서로에게로 뻗어 나갔다.

차창!

날카롭게 번지는 금속의 파열음. 두 개의 검이 오후의 햇살을 담고 품어 내는 빛에 눈을 찡그리던 모두의 시선이 커다랗게 열리기 시작했다. 마주한 두 개의 은색 검날. 얽혀 든 두 개의 은색 검날 중 하나는 상대에게 미처 닿아 있지 못했다. 그리고 남은 한 개의 검날은 상대의 목에 정확하게 겨누어져 있었다.

"큭!"

무운의 입에서 비릿한 냉소가 터져 나왔다. 웃음 때문에 흔들린 목이 검날에 닿아 핏물이 한 줄기 흘러내렸다. 검붉은 무복 깃에 붉은 피가 점점이 번져 가고 있었다.

연무장을 벗어나며 서하가 내미는 검을 받아 들던 건이 흠칫 놀라며 검을 내려다보았다. 검의 손잡이가 흥건하게 젖어 있었다. 검붉은 핏물로.

놀란 건의 시선이 아무렇지도 않은 듯 천무대를 벗어나고 있는 서하의 뒷모습을 좇았다. 흔들림을 담지 않으려 꼿꼿하게 걷고 있지만…… 자꾸만 왼손이 오른쪽 어깨를 감싸는 모습이 확연하게 시선 안에 들어왔다.

시선을 내린 건의 눈 안에 서하의 오른손을 타고 바닥으로 뚝뚝 떨어져 내리는 핏물이 보였다. 심하게 떨리고 있는 서하의 오른손도.

건이 다급하게 서하의 곁으로 다가갔다.

"황자님…… 손이."

"조용히."

이를 악문 서하의 낮은 목소리에 건의 얼굴이 하얗게 질렸다. 하지만 그저 걸을 수밖에 없었다. 이를 악문 채 걸음을 옮기는 주인을 따라.

쥐 죽은 듯 텅 비어 버린 연무장 한가운데 선 검붉은 인영의 모습에서 지운이 시선을 떼지 못했다. 어둠이 짙게 내려앉은 연무장의 서늘한 공기가 눈앞의 이처럼 짙게 가라앉아 있었다.

그 시리도록 차가운 공간 속에 잠겨 버린 이의 모습이 아프게 지운의 심장을 조여 왔다. 태어나 처음 느끼는 지독한 상실감일 것이다.

서하는 마지막 순간 무운을 베지 않았다. 딱 그만큼의 차이가 무운과 서하의 실력 차였다. 무운은 서하의 안위를 살피며 싸울 만큼 여유를 가질 수 없었는데 서하는 무운을 다치게 하지 않은 채 제압했다. 명백하게 한 수 위의 실력 차. 그 누구도 인정하지 않을 수 없을 만큼 이 승부는 너무도 명확했다.

그것을 과연 형인 무운이 받아들일 수 있을까. 지운은 바짝 타들어 가는 심장을 느끼며 깊게 숨을 삼켰다. 차가운 공기가 폐부 깊숙이 차올랐다. 지독한 두려움처럼.

"하……."

다시는 움직이지 않을 것처럼 보이던 무운이 이제껏 참았던 숨을 토해 내듯 어두워진 하늘을 올려다보며 깊게 숨을 들이마시는 것이 지운의 시선에 들어왔다. 모두가 떠난 연무장에 선 이후 처음으로 움직이고 있는 것이다. 무운이 지운에게로 고개를 돌렸다.

"술 한잔할까? 동생아?"

지독한 아픔이 고여 있을 것이라 생각했었다. 한데…… 무운의 눈은 너무도 맑게 빛나고 있었다. 아무런 아픔도 고통도 보이지 않는 투명함. 그 맑은 다갈색 눈동자를 마주한 지운이 아무런 대답도 하지 못한 채 고개만을 천천히 끄덕였다.

❀

자꾸만 입꼬리가 끌어 올려지는 것을 참지 못하고 입가에 진한 미소를 담으며 연우가 앞서 걷고 있는 서하의 뒷모습을 바라보았다.

자경도 이기고 무운도 이겼다. 기대했던 것보다 너무도 강하고 멋진 부마의 모습에 숨조차 내쉬지 못하던 가슴 가득 행복감이 퍼져 오는 것을 느끼는 연우였다.

이제 궁 안의 모든 이들이 인정할 것이다. 자신의 낭군인 부마 서하가 천여뿐 아니라 가여의 제일 검이기도 하다는 것을. 언제나 잘난 척만 하는 무운을 꺾었으니 이제 다시는 무운이 자신을 연무장에 들어오지 못하게 구박할 수도 없을 것이다.

자꾸만 입가에 웃음이 흘러 연우가 손으로 입을 가리며 고개를 숙였다. 그때였다. 낯선 색감이 연우의 시선 안에 들어왔다. 진하게 붉은 흔적이 발 앞에 보였다.

물이 흐른 것처럼 바닥에 흩뿌려져 있는 그 흔적을 무심하게 바라보던 연우의 눈이 천천히 앞쪽을 응시했다. 그 붉은 흔적은 앞쪽으로 쭉 이어져 있었다.

본 적 없는 흔적이었다. 진하게 붉고 무엇인가 끈적이는 것처럼 느껴지는 것. 흥건하게 바닥에 고여 있는 그것이 대체 무엇일까 의아함을 담고 시선을 무심하게 앞으로 주던 연우의 시선이 천천히 굳어 왔다. 들어 올려진 그녀의 작은 눈 가득 그 붉은 자국을 만들어 내고 있는 것의 모습이 들어왔기 때문이다.

그것은 길고 긴, 언제나 너무도 아름답게 보이던 서하의 손끝이었다. 긴 손가락 끝에서 낯선 그것이 주룩주룩 흘러내리고 있었다. 그리고 그 순간, 놀란 걸음으로 서하에게 달려가는 연우의 눈앞에서 화궁 문을 넘어선 서하가 그대로 쓰러져 내렸다.

"황자님!"

"서방님!"

주저앉은 서하의 곁으로 다가간 건의 어깨를 서하의 왼손이 움켜쥐었다. 자신의 어깨를 통해 전해지는 떨림과 고통에 건이 이를 악물며 서하를 부축했다.

커다랗게 열린 눈으로 서하를 바라보는 연우의 두려움이 고인 시선이 힘겹게 뜨고 있는 서하의 시선 안에 들어왔다. 하얗게 질린 서하의 푸른 입술이 겨우겨우 열렸다.

"안으로, 안으로 들어가자. 건아."

"예."

힘겹게 숨을 내쉬며 건에게 의지하는 서하를 바라보던 연우가 몸을 돌리며 외쳤다.

"어의를 불러야겠습니다!"

"공주."

불안이 일렁이는 눈에 벌써 물기를 담은 채 고개를 돌리는 연우의 어깨에 서하의 손이 닿아 왔다. 힘겹게 떨리고 있는 서하의 손에서 흘러내리는 붉은 핏자국이 연우의 고운 옷깃에 얼룩을 만들었다.

"잠시, 잠시만."

"하지만 이리!"

울먹이며 뱉어 내는 연우를 더 이상 마주 보지 못하고 서하가 건의 어깨에 머리를 떨궜다. 건이 조심히 서하를 끌어안고는 연우를 향해 살짝 고개를 저어 보였다. 연우의 눈에 맺혀 있던 물기가 또르륵 떨어져 내렸다.

힘겨운 숨을 겨우 토해 내고 있는 서하를 침상에 눕힌 건이 어떻게 해야 할지 모르고 바들바들 떨고만 있는 연우를 돌아보았다. 작은 몸이 얼마나 놀란 것인지 와들와들 떨고 있었다. 서하의 옷을 벗기고 상처를 확인해야 하는데 연우의 눈이 더 걱정인 건이었다.

그때 소식을 들은 것인지 유모가 달려 들어왔다. 건이 약하게 한숨을 토해 냈다.

"유모님. 공주께서 많이 놀라셨습니다. 화운위께서는 괜찮으실 테니 공주님을 모시고 나가 계십시오."

"안 나갑니다."

건의 말에 연우의 고개가 거세게 저어졌다. 두려움과 놀람에 커다란 눈에 눈물을 한가득 담고도 연우는 움직이려 하지 않았다. 고집스럽게 다물어진 입술이 파랗게 질려 있었다.

"서방님 곁에서 절대 안 떠날 겁니다."

"공주님."

"의원이 필요한 것이 아닙니까. 왜 의원을 부르지 말라 하시는 것입니까."

여전히 두려움에 떨면서도 연우는 평정을 되찾기 위해 안간힘을 쓰고 있었다. 그렁그렁 눈물이 맺힌 눈으로 자신을 똑바로 바라보며 묻는 연우의 물음에 건이 숨을 삼켰다.

"지금의 상태가 밖으로 알려지는 것을 원치 않으실 것입니다. 하지만 상처가 깊다면 의원을 불러야겠지요. 제가 확인할 수 있습니다. 하니 공주님."

"아니요. 곁에 있겠습니다."

더 이상은 말려 봐야 아무런 소용이 없다는 것을 아는 유모가 건을 향해 살짝 고개를 저었다. 더 이상 지체할 수 없기에 건이 조심히 서하의 겉옷을 벗기기 시작했다.

검은색이기에 느끼지 못했는데 서하의 겉옷은 이미 그의 피로 흥건하게 젖어 있었다. 침상이 온통 붉은 피로 물들어 가는 모습을 바라보는 연우의 작은 심장이 터질 듯 뛰어 댔다.

"!"

겉옷 사이로 드러나 보이는 깊은 자상에 건이 입술을 악물며 곁에 있는 수건으로 서하의 상처를 꾹 눌렀다. 오른쪽 팔 위쪽을 깊게 베고 지나간 자상에서 엄청난 출혈이 계속되고 있었기 때문이다.

게다가 옷 사이로 드러난 오른쪽 어깨 역시 시뻘건 색으로 물들어 있었다. 저 어깨로 무운과 맞섰던 것이다.

"황자님."

아득하게 흐려지는 의식을 겨우 잡고 힘겨운 숨을 내쉬고 있는 서하를 향해 건이 낮게 말했다. 감겨 있던 서하의 눈이 조금 열리며 붉은 열기에 감싸인 서하의 검은 눈동자가 드러났다.

"의원이 필요합니다."

"……젠장."

겨우 핏빛 숨결을 내뱉는 서하의 입에서 낮은 신음이 새어 나왔다.

❀

"어찌 이 어깨로 검을 드셨단 말입니까. 조금만 더 어깨를 쓰셨다면 다시는 어깨를 못 쓰게 되실 뻔하였습니다. 이 정도인 것이 천운입니다."

"회복하시는 데 기간이 오래 걸리겠는가."

걱정을 가득 담은 얼굴로 묻는 태자 경운의 물음에 어의가 급히 고개를 숙였다.

"다행히 근육이 워낙 단단하고 건강하셔서 어느 정도 회복되시는 데는 오래 걸리지 않겠으나 한동안은 절대 무리하시면 아니 되실 것입니다. 다시 다치시기라도 하면 그땐 정말 큰일이 나실 수 있습니다. 매일 제가 뜸과 침을 놓으면 바로 차도가 있으실 것입니다."

어의의 말에 모여 있던 모두의 얼굴이 조금 편안해져 갔다.

연우가 나정을 어의전으로 보내려던 순간 화궁으로 어의를 대동하고 달려 들어온 경운이었다. 서하와 무운이 천무대에서 검을 겨루었다는 소식도, 서하가 다친 듯하다는 소식도 지운의 전갈로 들은 경운이 바로 어의를 데리고 온 것이었다.

황제와 태자만을 시료하는 어의가 부마를 시료하는 것은 이례적인 일이었다. 하지만 태자 경운의 명이기에 가능한 일인 것이다.

시료를 끝내고 어의가 물러서는 모습에 연우가 침상 옆으로 다가섰다. 힘겨운 시료를 위해 마비탕을 마시게 하였기에 서하는 잠들어 있었다.

약한 숨결이 새어 나오는 서하의 푸른 입술을 물끄러미 바라보던 연우가 뒤를 돌아보았다. 건과 경운 그리고 유모의 모습이 연우의 시야에 들어왔다.

"오늘 밤은 제가 서방님의 곁에 있겠습니다. 모두 가셔서 쉬세요."

"아닙니다. 공주님. 제가 있겠습니다."

건이 난감함을 담고 고개를 숙였다. 어린 공주가 어찌 병자의 간호를 한단 말인가.

"제 낭군이십니다. 제가 간호를 하는 것이 맞지 않습니까. 하니 모두 물러가 주세요. 쉬셔야 한다고 하지 않으셨습니까."

많이 놀라서인지 눈이 퀭하게 들어간 누이의 모습을 물끄러미 바라보던 경운이 빙그레 미소를 지으며 자리에서 일어났다. 그리고 걱정이 어린 얼굴로 물러서지 못하고 있는 건과 유모를 향해 고개를 끄덕였다.

"공주의 말대로 화운위가 쉬셔야 하니 모두 물러가라. 그리고 혹여 무슨 문제가 생기면 아니 되니 어의는 오늘 화궁 안에 머무시게."

"예. 태자 전하."

"혼자…… 괜찮겠느냐?"

주변을 정리하고는 다정히 자신을 향해 묻는 경운의 모습에 연우가 고개를 끄덕였다.

"할 수 있습니다."

"혹여 무슨 일이 있으면 어의를 부르거라. 힘들면 유모를 부르고."

"예. 오라버니."

경운의 명이기에 건도 유모도 난감한 표정을 감추지 못한 채 침전을 나갔다. 깊이 잠이 든 서하의 곁에 연우만이 남겨졌다.

이분은
내 낭군이시다

어른거리는 불빛 아래 그림 같은 윤곽을 드러내 보이고 있는 서하의 파리한 얼굴을 연우가 물끄러미 내려다보았다. 알 수 없는 아픔이 가슴 저 깊은 곳에 점점 차오르는 것이 느껴졌다.

너무도 넓고 넓은 천무대 연무장에 혼자 서 있던 서하의 모습이 뇌리에 떠올랐다. 수많은 이들이 주변을 둘러싸고 있었지만 그는 혼자였다. 아무도 그의 승리를 원하지 않았다. 그 수많은 이들 중 그 누구도 그의 안위를 걱정하지 않았다.

그곳에 있던 수많은 무사들이 원한 것은 그의 완벽한 패배였다. 그것이 지금 그가 처해 있는 자리인 것이다.

'그럼 제가 무운 황자를 이겨야 하는 것입니까? 사냥에서도요?'
'그래 주실 수 있으시지요?'

131

대체 무슨 짓을 한 것일까. 그저 잘난 척하는 무운을 부마가 이겨 주면 통쾌할 것 같아서 한 부탁이었다. 내 낭군이 될 이가 검을 잘 쓴다는 소리를 듣고 나서부터 혼인을 하면 맨 처음 무운을 이겨 달라고 청하리라 다짐하고 또 다짐했었다.

자신을 놀리고 자신을 무시하는 작은오라비의 코를 납작하게 해 주고 말리라고. 그래서 다신 자신을 놀리지 못하게 하리라고. 그런 우스운 고집으로 부마를 활터에 데리고 들어갔고 천무대에 서는 것을 행복해했었다.

만약 오늘 부마가 무운을 다치게 했다면 엄청난 결과가 터졌을 것이다. 이곳은 가여고, 무운은 이곳 가여의 자존심이니까. 손댈 수 없는 이를 상대로 목숨을 걸고 싸우라 한 것이다. 자신이 이 눈앞의 이에게. 질 수도 없고 이길 수도 없는 싸움을 시킨 것이다. 바보처럼.

"으음……."

낮게 들려오는 서하의 신음 소리에 연우가 그에게로 몸을 숙였다. 파리한 입술에서 새어 나오는 뜨거운 숨결이 고스란히 연우의 작은 얼굴에 느껴져 왔다.

아까 어의가 시료를 마친 후에는 나쁘지 않았던 숨소리가 점점 거칠어지는 것 같았다. 확실하게 알 수 없지만 무엇인가 그의 상태가 좋지 않다는 것은 본능적으로 느낄 수 있었다.

작은 손을 들어 올려 가만히 그의 이마를 짚은 연우가 화들짝 놀라며 몸을 뒤로 물렸다. 손이 데일 듯 그의 온몸이 뜨거웠기 때문이다.

"공주님, 난입니다."

문 너머에서 들려오는 목소리에 연우가 두근거리기 시작하는 심장을 잠시 다잡으며 고개를 돌렸다. 익숙하지 않은 이의 목소리였다. 누구인지 머리에 떠오르지 않는 이였다.

"무슨 일이냐."

"화운위께서 열이 오르실 수도 있다고 어의께서 말씀하셨습니다. 차가운 물을 준비하였습니다."

"들어오거라."

반가움이 가득 밀려왔다. 잘 알지는 못하지만 지금 이 순간 서하에게 차가운 물이 필요할 것이라는 것은 느낄 수 있었다. 열이 오르고 있으니 서둘러 열을 내려야 할 것이다.

문이 열리고 조심스러운 걸음으로 들어서는 궁녀의 기척에 고개를 돌리던 연우의 시선이 굳어졌다. 어두운 방 안으로 스며드는 달빛에 드러난 여인의 모습이 숨 막히게 아름다웠다.

언제가 본 적은 있는 얼굴이었다. 지나가다 마주한 저 아이를 두고 자신의 궁녀들이 소곤거리곤 했었다. 궁 안에서 가장 아름다운 아이라고, 눈독을 들이지 않는 사내가 없다고.

그때는 그저 계집들의 투기일 것이라 생각하며 자세히 보지 않았다. 한데……

지금 눈앞에 드러난 여인의 모습은 숨이 막히게 아름답다는 말을 확실하게 증명해 보이고 있었다. 흑단같이 짙푸른 머리카락을 길게 묶어 내린 작은 얼굴은 새하얀 달빛을 띠었다.

길고 숱이 많은 긴 속눈썹과 그 아래 얄팍하면서 긴 고운 눈, 그리고 곧게 뻗은 얇은 콧날 아래 붉디붉은 소담한 입술. 게다가 여인의 태가 완연하게 잡힌 몸은 어린 연우의 눈에도 아름답기 그지없었다.

그저 멍하게 자신을 보고 있는 연우의 모습은 상관도 없는 듯 침상 옆 탁자 위에 차가운 물그릇을 내려놓은 난이 잠시 서하를 바라보다 들고 있던 면포를 차가운 물에 담았다 꺼냈다. 그리고 차갑게 젖은 물수건을 서하의 이마에 가만히 가져다 댔다.

굳어 있던 연우의 시선이 서하에게로 다가가는 난의 손길에 닿았다. 연우의 동그란 눈에 파란 불꽃이 어리기 시작했다.

"뭐 하는 것이냐."

조심스러운 동작으로 서하의 이마를 닦아 내린 난이 다시 물수건을 물속에 담그려다 차갑게 공간을 울리는 연우의 목소리에 그제야 시선을 연우에게로 돌렸다. 아름다운 눈동자가 무심함을 담고 연우를 바라보고 있었다. 연우의 입꼬리에 날이 섰다.

"화운위께서 열이 높으시기에."

"내가 허락하지 않았다."

"……예?"

나른한 시선으로 연우를 보던 난의 얼굴에 의아함이 담겼다. 허리를 꼿꼿이 세운 연우가 시선을 난에게 고정했다. 차가운 다갈색의 동그란 눈이 자신보다 한참은 성숙한 여인을 서늘하게 노려보았다.

"내가, 서방님의 옥체에 손을 대어도 된다고 허락한 적이 없다는 말이다."

일순 차가운 정적이 공간을 물들였다. 어리둥절함을 담던 난의 고운 눈가가 차갑게 일그러졌다. 일그러지는 눈매마저 너무도 고왔다. 그 고운 눈매가 알 수 없이 짜증스러운 연우였다.

"공주님."

아주 잠시 짜증스러움을 담던 난이 숨을 삼키며 고운 눈매에 연한 미소를 담았다. 어린 동생을 바라보듯 연우를 응시하는 난의 입가엔 잔잔한 미소마저 어려 있었다.

"화운위께선 지금 많이 힘드신 상태이십니다."

"……."

"하니 제대로 된 간호를 받으셔야 한다고 생각하옵니다. 공주께서 이런 것을 해 보신 적이 없으니 제가 하는 것이 낫지 않겠습니까. 열이 높으십니다. 서둘러 열을 내려야 하옵니다."

한 점의 흔들림도 망설임도 없이 자신을 노려보는 연우를 잠시 바라보던 난이 다시 물수건을 집어 들었을 때였다.

"허락하지 않았다!"

아직 어린 그녀의 목소리가 공간을 쩌렁쩌렁 울렸다. 노기가 담긴 그 목소리에 물수건을 집어 들던 난의 손길이 멈춰졌다.

"내 명이 우스운 것이냐?"

날이 선 연우의 목소리가 위엄을 담고 낮게 흘렀다. 어린 소녀의 말투에 노기와 위엄이 함께 어리자 난이 고개를 숙였다.

"어찌 공주님의 명이 우습겠사옵니까. 단지 저는 화운위의 열을 내려 드려야 하기에……."

"내가 할 테니 넌 물러가라."

"공주님. 지금 화운위의 상태가 좋지 않으십니다. 열이 이리 높으신데 미숙하신 공주님께서 어찌 감당한다 하십니까."

"미숙하다?"

노기가 어린 연우의 눈이 파란 불꽃을 담으며 타오르기 시작하는 것을 미처 보지 못한 난의 시선이 여전히 힘겨운 숨을 내쉬는 서하에게 닿았다.

"공주님의 화운위를 염려하시는 마음은 이해하옵니다. 그래서 더더욱 제가 살펴 드려야 하는 것이옵니다. 지금 상황은 공주께서 감당하시기는 힘드실 것이옵니다. 저를 믿으십시오. 공주님."

"내가 누구냐."

"……예? 무슨 말씀이십니까."

"내가 누구냐 물었다. 내가 누군지 모르는 것이냐."

한 점 흔들림 없이 흘러나오는 서늘한 연우의 말에 그제야 난의 눈이 연우와 마주했다. 파란 한기를 내뿜고 있는 연우의 눈빛에 난이 물수건을 내려놓았다.

"공주님이십니다."

"그런데 나를 지금 네가 가르치겠다는 것이냐? 내가 부족하니 너에게 맡기고 가만히 있으라고?"

"공주님, 소인은 그저 화운위가 걱정이 되어……."

"왜 네가 서방님을 그리 걱정하는 것이냐?"

"그것은 화운위가 공주님의……."

"그래, 그래서 내가 한다는 것이다. 나의 낭군이시니 내가 하는 것이 당연한 것이다. 내가 어리다 하나 내가 해야 하는 일이고 내가 할 수 있는 일이다. 네가 무엇이기에 내게 할 수 있다 없다 하는 것이냐. 네가 정녕 죽고 싶은 모양이지?"

어리다고만 생각했었다. 언제나 투정만을 부리고 천방지축으로 궁 안을 돌아다니는 어린아이라 모두가 말했으니까.

한데 지금 이 순간 마주한 어린 공주의 눈빛은 투정 어린 소녀의 것이 아니었다. 자신의 생사여탈권을 쥐고 있는 주인 그 자체였다.

"공주님. 저는 단지……."

"내가! 할 수 있다 하였다. 한 번만 더 말대답을 한다면 사람들을 불러 끌어내겠다. 그걸 원하는 것이냐."

절대 물러서지 않겠다는 듯 하얗게 자신을 노려보며 입술을 악무는 연우의 모습에 난이 몸을 일으켰다. 봉긋하게 솟은 난의 가슴이 거칠게 오르내렸다. 하얗게 질린 긴 손가락이 움켜쥐어졌다.

하지만 더 이상은 아무런 말도 할 수 없는 난이었다. 공주의 명을 어긴 것은 태형을 당할 수도 있는 일이었다. 공주가 명한다면 어떤 이유라 해도 자신은 어쩔 수 없이 부마의 궁을 떠나야 할 것이며 태형을 당하고 궁에서 쫓겨날 수도 있는 것이다.

이를 악문 난이 새초롬한 표정으로 거칠게 자리에서 일어났다. 고개를 꼿꼿이 세우고 당당하게 걸어 나가는 난의 뒷모습을 바라보던 연우의 입에서 마지막 말이 들려왔다.

"내가 부르기 전에는 다신 이곳에 들어와선 안 될 것이다. 명심하여라."

구름이 한 점도 없기 때문인지 수많은 별들이 쏟아질 듯 반짝이고 있는 칠흑 같은 밤하늘을 올려다보고 있던 건이 인기척에 시선을 내렸다.

조금 전 물그릇을 들고 안으로 들어갔던 궁녀였다. 자주 보지는 못하지만 서하의 궁에 있는 궁녀이기에 가끔은 눈에 띄는 아이였다. 아니, 눈에 띄는 것이 아니라 눈길을 사로잡는 아이였다. 이제껏 본 그 어느 여인보다도 아름다운 여인이었다.

어린 신부를 맞이한 부마를 배려해 궁녀들 중 가장 아름다운 아이들을 이 궁에 배치했다는 말은 듣고 있었다. 그중 가장 뛰어난 아이라 들었다.

모든 사내들이 탐내는 인물이라고. 궁 안의 사내들이 모두 부마를 부러워한다고들 수군거렸었다. 하지만 정작 서하 본인은 저 아이에게 눈길 한 번 주는 것을 본 적이 없는 건이었다.

파랗게 질린 얼굴로 서둘러 걸음을 옮기는 여인의 옆모습이 건의 시야에 들어왔다. 너무도 아름답지만 알 수 없는 서늘함을 품은 눈가에 맺힌 것이 별빛에 반짝이고 있었다.

뽀얀 뺨을 타고 흘러내리는 그것을 본 순간, 건이 그 자리에 굳은 듯 멈춰 섰다. 그려 놓은 듯 아름다운 붉은 입술을 악물고 숨을 삼키던 여인이 가늘고 새하얀 손을 들어 볼에 흘러내린 물기를 닦고 있었다. 별빛보다 더 반짝이는 그것이 아름다운 손길에 닦여 사라져 갔다.

말갛게 닦여진 얼굴로 하늘을 잠시 올려다보던 여인이 고개를 돌려 전각 쪽을 바라보다 몸을 돌렸다. 흐르듯 걸음을 옮기는 여인의 푸른 치맛자락에 닿아 있던 건의 시선이 여인이 사라져 버린 중문 너머에 닿았다.

차가운 물이 작은 손을 감싸듯 느껴졌다. 물 안에 잠겨 있던 면 수건을 들어 올린 연우가 조심스러운 손짓으로 수건을 두 손

138

으로 꼭 움켜쥐었다. 수건에 가득 담겨 있던 차가운 물이 손을 타고 팔 안으로 흘러내렸다. 차가운 물기가 긴 소매 안까지 흘러들고 있었다.

물에 담겨진 수건을 짜는 일 따위 한 번도 해 본 적이 없었다. 유모나 하정이 하던 것을 떠올리며 흉내를 내려 하는데도 쉽지 않았다.

젖어 버린 소매를 대충 털어 낸 연우가 아직 물기가 흥건한 수건을 조심스럽게 들고 서하의 곁으로 다가섰다. 열이 오르는지 조금 붉어진 서하의 얼굴은 바짝 말라 있었다. 평상시에는 아름답게 붉던 입술이 하얗게 말라 금방이라도 찢어질 것처럼 느껴졌다.

연우가 물수건을 가만히 서하의 입술에 대었다. 서하의 입술에서 새어 나오는 뜨거운 숨결이 연우의 작은 손을 간지럽혔다. 물에 넣어 차갑게 식어 버린 작은 손이 금방 데워질 정도로 서하의 숨결은 뜨거웠다.

미간을 좁힌 연우가 다시 물수건을 찬물에 담았다 꺼냈다. 아까처럼 물이 소매 안으로 들어가지 못하게 조심스럽게 물수건을 들어 올린 연우가 두 손으로 수건을 꼭 짰다. 이번에는 물기가 소매 안으로 들어오지 않고 물그릇 안으로 떨어져 내렸다.

안도의 한숨을 내쉰 연우가 이번에는 물수건을 서하의 이마에 대었다. 자신이 가끔 열이 오를 때면 유모가 언제나 이마에 찬 물수건을 대어 주던 것이 기억났기 때문이다. 꼭 감긴 서하의 눈썹이 살짝 떨리는 것이 연우의 시선을 잡았다.

길고 숱 많은 속눈썹이 짙게 가라앉아 있었다. 저 눈이 열리면 좋겠다고, 그래서 저 눈 안에 아름답게 자리한 그 검은 눈동자를 볼 수 있으면 좋겠다고 연우가 무심코 생각했다.

약한 약초 내음이 가장 먼저 의식의 끝으로 스며들고 있었다. 그리고 그다음으로 느껴지는 지독한 통증. 오른쪽 어깨에서부터 팔 전체가 끊어질 듯한 통증에 자신도 모르게 약한 신음이 입 밖으로 새어 나왔다.

"하아……."

통증을 이겨 내기 위해 자신도 모르게 숨을 고르던 서하가 알 수 없는 답답함에 천천히 눈을 떴다. 커다랗게 숨을 내쉬고 싶은데 알 수 없는 묵직함이 가슴을 누르고 있었다.

고통은 느껴지지 않는 그저 묵직함. 어깨에서 번지는 아픔의 정체는 확실하기에 지금 이 순간 가슴의 묵직함이 더 답답한 그였다.

뿌옇던 시야가 천천히 밝아지며 가슴을 누르고 있는 갑갑함의 정체가 그의 눈에 들어왔다. 방 안을 가득 채우는 밝은 햇빛 아래 작고 동그란 얼굴이 시야를 채우고 있었다. 익숙한 작은 얼굴.

통증을 겨우 삼키며 살짝 고개를 돌리던 서하의 이마에서 무엇인가가 툭 떨어져 내렸다. 말라 버린 작은 물수건이었다. 수건에 닿았던 서하의 시선이 아직도 가슴 위에 있는 작은 얼굴에 닿았다. 자신의 가슴에 올려져 있는 작은 팔의 소매 단이 몇 겹 말려 올라가 있었다.

꼭 감긴 눈 아래 작은 콧날과 도톰한 작은 입술이 보였다. 아직 어린아이의 그것처럼 보드랍고 작은 이목구비. 물끄러미 가슴 위의 인영을 내려다보던 서하가 그 순간 어깨를 저미는 듯한 통증에 몸을 움츠렸다.

"윽!"

그의 움직임 때문이었을까. 가슴 위에 있던 인영이 몸을 움츠리며 얼굴을 그의 가슴에 비볐다.

꼭 작은 동물이 어미의 품을 파고드는 것처럼 서하의 가슴에 얼굴을 묻으며 꼼지락거리는 인영에게로 서하의 시선이 멎은 순간, 동그란 눈동자가 천천히 열렸다.

짙푸른 눈동자와 맑은 다갈색 눈동자가 한 치도 안 되는 거리에서 마주쳤다. 흔들림 없는 검은 눈동자를 마주한 동그란 눈동자가 커다랗게 열렸다.

"깨셨다!"

놀라움과 기쁨, 환희까지 담긴 작고 가는 목소리를 흘리며 몸을 일으킨 연우가 그대로 서하의 이마에 작은 손을 올렸다. 연우의 뜻밖의 행동에 서하의 몸이 흠칫 굳어 왔다.

"열 내렸네?"

기분이 좋은지 고갯짓까지 하며 환하게 웃음을 머금은 연우가 누워 있는 서하에게로 고개를 숙였다. 닿을 듯 가까워진 소녀에게서 옅은 살 내음이 느껴졌다.

서하가 힘겹게 눈을 깜박였다.

"열이 내리지 않아서서 걱정했는데 다행입니다."

"공주가…… 밤새 이곳에 계셨던 것입니까?"

낮게 잠긴 서하의 목소리에 잠시 미간을 찡그린 연우가 고개를 가볍게 끄덕였다.

"네. 제 서방님이시니 당연한 것이 아닙니까? 제가 물수건도 계속 올려 드렸습니다. 열이 정말 엄청나게 오르셨거든요."

눈까지 동그랗게 뜨고 말하는 소녀의 모습에 웃음이 터지려는 것을 눌러 참으며 서하가 고개를 힘겹게 들어 올렸다. 환하게 밝아진 방 안에는 정말 그녀만이 있었다.

"뭐 필요하세요?"

말갛게 웃는 그녀의 얼굴을 서하가 가만히 응시했다.

밤새 거의 잠을 자지 못했음을 느끼게 하는 흐트러진 머리에 눈에 한가득 피곤을 담고 있는 연우였다. 세상에 태어나 누군가를 간호한다는 것은 들어 보지도 못했을 저 천방지축 어린 공주가 밤새 자신의 곁에서 자신의 열을 내리기 위해 차가운 물수건을 짜고 또 짰다는 것이 믿기지 않았지만 그녀의 모습은 그것이 진실임을 그대로 보여 주고 있었다.

서하가 힘겨운 몸을 일으키려 왼손으로 침상을 짚자 연우가 서둘러 서하의 몸을 부축했다. 여린 팔이라 힘이 들어가지는 않았지만 애를 쓰는 것이 느껴지는 몸놀림이었다.

힘겹게 몸을 일으켜 앉은 서하가 연우가 내미는 탕약 그릇을 받아 들었다.

"한동안은 절대 오른팔을 쓰시면 안 된다고 어의가 말했습니다. 다시 다치시기라도 하면 정말 큰일이라고 말입니다."

아무렇지도 않게 말하려 애쓰고 있지만 잠시 말을 고르는 연우의 숨결이 아주 약하게 떨리는 것을 서하는 느낄 수 있었다. 짙게 가라앉은 서하의 시선이 자신에게서 탕약 그릇을 받아 드는 연우를 응시했다.

"놀라게 했다면 미안합니다."

동그란 시선이 서하를 바라보았다. 커다란 눈 안에 가득한 눈 동자가 약하게 떨리고 있었다.

"왜 서방님께서 미안해하십니까. 이게 다 제가 졸라서 생긴 일인 것을요. 저 때문이지 않습니까."

"아닙니다. 제 불찰입니다."

"싸울 수도 없는 상대랑 싸우라고, 싸워서 이겨 달라 한 저 때문입니다."

여린 목소리가 떨리고 있었다. 이제껏 장난스러움을 담고 있던 얼굴이 더 이상 그 가면을 쓰지 못하고 일그러졌다. 커다란 눈 가득 천천히 물기가 맺혀 왔다.

"질 수도 이길 수도 없는 싸움을 하시게 한 제, 잘못입니다."

툭, 커다란 눈에서 떨어지는 눈물이 서하의 시선 안에 가득 들어왔다. 그때였다.

"황자님, 건입니다."

어의가 들어와 상처를 살피고 환부에 약초를 갈아 붙이는 동안에도 연우는 서하의 곁을 떠나지 않았다. 밝은 빛 아래 적나라하게 드러난 검상의 자국은 여전히 붉은 상처를 드러내고 있었다.

그 상처를 눈에 담는 연우의 얼굴이 아프게 일그러지는 모습을 서하가 물끄러미 바라보았다. 상처의 아픔보다 그녀의 힘겨운 얼굴이 더 신경 쓰이는 서하였다.

"열이 빨리 내리셔서 천만다행입니다. 열이 계속되었다면 고생하실 뻔하셨습니다. 화운위."

안도의 한숨을 내쉬며 말하는 어의의 말에 연우의 볼에 환하게 붉은 미소가 번져 갔다.

"한 달 정도는 절대 오른팔을 사용하시면 아니 됩니다. 상처뿐 아니라 근육도 많이 상하셨으니 회복 기간이 오래 걸리는 것입니다."

"한 달이나 말인가."

"그것만도 천행이라 아셔야 합니다. 조금 더 상하셨다면 오른팔을 쓰시는 데 문제가 생기셨을 수도 있습니다."

"……."

"공주께서 혼자 간호를 하시겠다 하셔서 사실 걱정을 하였는데 정말 열심히 하신 모양입니다. 화운위께서 이리 쉽게 열이 내리신 것을 보니 말입니다."

여전히 서하의 곁에서 떨어지지 못하는 연우를 바라보며 어의가 미소를 머금었다.

할 줄 아는 것이라고는 어리광뿐이라 모두가 말하는 어린 공주가 혼자 간호를 하겠다고 했을 때 걱정이 되었던 어의였다. 태자가 그리하라 명하였으니 다른 말을 할 수는 없었지만 혹여 문제가 생겨도 감당하지 못해 상황을 악화시키는 것이 아닌지 걱정이 되었다.

한데 밤새 부마의 열을 잡아 놓은 것이다. 하룻밤 만에 핼쑥해진 공주의 작은 얼굴이 어젯밤 그녀가 어떤 시간을 보냈는지 말해 주고 있었다.

상처를 다 손본 여의가 자리에서 일어나다 풋, 웃음을 흘렸다.

"두 분 다 쉬셔야겠습니다."

어의의 눈길이 닿은 곳으로 시선을 돌린 서하의 눈에 앉은 채 꾸벅꾸벅 졸고 있는 연우의 모습이 들어왔다. 긴장했던 시간이 지나서일까. 밤새 편히 잠들지 못했던 작은 소녀의 눈이 꼭 감겨져 있었다. 입가를 살짝 끌어 올린 채 그 모습을 바라보던 서하가 건을 불렀다.

"네가 공주님을 내궁에 좀 모셔다 드려야겠다."

"예, 황자님."

조심스럽게 공주를 안아 올려 방을 나가는 건의 모습을 바라보던 서하가 다시 침상에 몸을 눕혔다. 온몸이 무겁게 가라앉으며 감은 눈 너머 어둠이 몸을 집어삼킬 듯 느껴졌다.

천천히 아득해지는 의식을 느끼며 서하가 깊은 잠 속으로 빠져들었다.

눈을 감은 채 온몸을 감아 도는 바람을 느끼며 서하가 깊은 호흡을 삼켰다. 거의 보름 만에 서 보는 연무장이었다. 상처는 깊지 않았지만 바로 지혈을 하지 못해 출혈이 컸던 탓인지 운신하는 데 예상보다 오랜 시간이 필요했다.

게다가 목검으로 가격당한 오른쪽 어깨가 조금의 움직임도 감당하지 못해 문밖 외출도 쉽지 않았던 시간이었다. 이제야 조금 몸을 움직일 수 있게 된 서하였다.

여전히 부목을 대어 놓은 오른팔을 늘어뜨린 채 연무장에 선 서하의 낮은 숨소리가 바람소리에 섞이며 흩어졌다. 시원한 바람이 곧 겨울이 올 것임을 알려 주고 있었다. 가여에서의 첫 겨울이 시작될 것이다.

옆얼굴을, 긴 머리카락을 스치는 바람이 심장으로 스미는 것을 느끼며 천천히 눈을 뜬 서하의 입가에 옅은 미소가 번졌다. 뒤쪽에서 약하게 느껴지는 인기척 때문이었다. 최대한 기척을 죽인 움직임이었지만 서하의 감각에 느껴지지 않을 리 없었다. 그것을 알 리 없는 인영은 조심스럽게 다가오고 있었다.

다섯 보 전부터 느껴지던 걸음이 한 보로 가까워졌다. 허공을 바라보던 서하가 그대로 몸을 돌렸다.

"어머!"

발소리조차 내지 않고 살금거리며 다가서던 연우가 갑자기 자신의 앞에서 몸을 돌리는 서하 때문에 놀라 그대로 뒤로 넘어지려는 순간, 서하의 왼손이 연우의 팔을 잡아당겼다. 작은 연우의 몸이 커다란 서하의 품 안으로 파묻혔다.

두근.

차가운 바람의 내음을 가득 품고 있는 서하의 커다란 가슴에 얼굴을 파묻은 연우가 숨을 삼켰다. 단단하고 넓은 가슴이었다. 잘 손질된 옷에서 풍기는 내음과 바람의 내음이 뒤섞인 듯한 서하의 체취가 작은 연우의 코끝으로 스며들었다. 그 향이 참 좋다고, 연우가 생각했다.

천천히 자신에게서 떨어져 나가는 서하의 향이 못내 아쉽다고 생각하며 연우가 활기차게 고개를 들어 올렸다. 한참을 올려다보아야 시선이 맞춰지는 자신의 부마가 눈앞에 있었다. 이번 일로 더 야윈 서하의 얼굴이 연우의 시선을 채웠다.

"바람이 찬데 이리 나와 계셔도 됩니까?"

차가워진 바람 때문인지 조금 붉어져 있는 연우의 동그란 볼을 내려다보며 서하가 고개를 끄덕였다.

"시원해서 좋습니다. 안에만 있으니 갑갑해 미칠 노릇이었습니다."

"그렇지요? 저도 하루만 궁 안에 갇혀 있어도 갑갑증이 나서 못살거든요. 보름 동안 궁 안에만 있으니 눈이 짓무를 것처럼 재미없었습니다."

"공주께서도 그동안 궁 안에서만 계셨습니까?"

놀란 듯 되묻는 서하의 말에 연우가 조금 쑥스러운 듯 고개를 갸웃거렸다. 쑥스러움을 표현할 때면 나오는 연우의 버릇이었다. 살짝 고개를 옆으로 비틀며 시선을 내린 연우가 기어들어 가는 목소리로 입을 열었다.

"그게, 서방님께서 다니지 못하시니 혼자 다니기도 그렇고, 또 혼자 갈 곳도 없고 해서요. 그래서 제가 그동안 무엇을 하였는지 아십니까?"

쑥스러움은 금방 떨쳐 버린 듯 동그란 눈에 갑자기 반짝이는 빛을 품고 묻는 연우를 바라보며 서하가 의아함을 담고 고개를 저었다. 연우의 입이 환하게 미소를 담았다.

"수놓는 것을 배웠습니다."

"예?"

"처음으로 수놓는 것을 배웠단 말입니다. 그거 정말 어려웠습니다. 한데 그래도 이제 놓을 수는 있습니다. 유모가 천지가 개벽했다고 하였습니다. 제가 수를 정말 잘 놓았거든요."

"이번에 처음으로 수놓는 것을 배우신 것입니까."

"예. 그것이 생각보다 진짜 어렵더라고요. 서방님께서는 해 보신 적이 없지요? 그건 정말 엄청난 노력이 들어가야 하는 일입니다. 조금 더 연습을 하면 제가 서방님의 머리끈에도 수를 놓아 드릴 수 있을 것 같습니다."

너무도 의기양양하게 뱉어 내는 말들에 대답할 말이 없는 서하였다. 여염집 소녀들도 열 살이 넘기 전에 모두가 배우는 것이 바느질일 것이다.

한데 그것을 이제야 시작했으면서 저리 큰소리를 치는 공주의 모습이 황당하고 귀여웠다. 그리고 수를 놓고 앉아 있을 연우의 모습이 안 봐도 상상이 되어 입가에 자신도 모르게 미소가 담기는 서하였다.

"이제 조금은 다니실 수 있는 거지요?"

눈을 초롱초롱 빛내며 묻는 연우의 물음에 서하가 무심코 고개를 끄덕였다. 아직 제대로 쓸 수는 없다 해도 조금씩은 오른팔도 움직일 수 있고 체력 회복을 위해 조금씩은 산책도 하는 것이 좋겠다는 어의의 말도 있었기 때문이다. 일부러라도 걸어야할 판이었다.

"그럼 저랑 청명루에 올라가시겠습니까?"

청명루. 처음으로 공주와 궁 안을 다닐 때 가 본 적이 있는 곳이다. 이 가여의 궁 안에서 가장 높은 곳에 위치한 전각으로, 그곳에 올라가면 가여 도성 안이 모두 내려다보였다.

　세상이 궁금하고 가만히 있지 못하는 연우 공주의 성정에 궁 안에서 그곳만큼 좋아하는 곳은 없는 것 같았다. 오늘도 역시 갑갑증이 도진 공주가 원하는 곳은 한곳도 시선이 막히지 않는 탁 트인 청명루였다.

　"그럴까요."

　기분이 무척이나 좋은지 깡충깡충 뛰듯 걸으며 종알거리는 연우의 이야기를 편안하게 들으면서 전각에 올라서던 서하가 굳은 듯 멈춰 섰다. 낯익은 인영의 낯선 모습 때문이었다.

　갑자기 멈춰 서는 서하의 모습에 의아함을 담고 고개를 돌리던 연우의 눈이 경계를 담고 커다랗게 열렸다. 푸른 가을의 하늘을 이고 있는 청명루 위에 무운이 서 있었다.

　반사적으로 연우가 서하의 앞을 막아섰다. 작은 몸으로 자신을 다 가리기라도 하려는 듯 막아서는 연우의 모습에 서하가 빙그레 미소를 지으며 앞으로 걸음을 옮겼다. 불안하게 흔들리는 연우의 눈동자가 서하를 바라보았다.

　"괜찮습니다."

　두 사람의 기척을 느껴서였을까. 한없이 하늘만을 바라보고 있을 것 같던 무운이 그제야 천천히 고개를 돌렸다. 연우와 똑같은 투명한 다갈색 눈동자가 그곳에 있었다.

　"팔은…… 괜찮으신 겁니까."

　전각 난간에 팔을 기댄 채 도성을 내려다보고 있는 연우의 뒷모습을 바라보고 있던 서하가 곁에서 들리는 무운의 목소리에 고개를 돌렸다. 무운의 짙은 눈빛이 자신의 오른팔만을 바라보고 있는 것을 아까부터 느꼈던 서하였다.

"이제 조금씩 움직여 보고 있습니다. 별문제 없을 것이라 어의가 말씀하셨습니다."

"다행입니다. 곧 그 검을 배울 수 있을 듯하니."

당연한 것을 말하듯 건네는 무운의 말에 서하의 눈꼬리가 살짝 흔들렸다. 그 모습을 바라보던 무운이 픗, 입가를 끌어 올렸다. 선이 굵은 무운의 얼굴에 환한 미소가 번지고 있었다.

"이상한 일이었습니다."

여전히 미소를 담은 얼굴로 서하를 한번 바라본 무운의 시선이 허공으로 향했다. 늦가을의 연한 푸른색이 가득한 하늘이 두 사람의 머리 위를 가득 채우고 있었다.

"철이 들어 처음으로 느낀 패배였는데, 정말 조금의 의심도 없는 완벽한 패배였는데 시원했습니다."

"……."

정말 시원한 듯 입가를 환하게 끌어 올리는 무운의 옆얼굴에 서하의 시선이 닿았다. 처음 보았을 때부터 붉게 타오르던 눈빛이 사라진 무운의 얼굴은 하늘처럼 싱그러워 보였다.

"처음 검을 들기 시작했던 일곱 살 때부터 뛰어나다는 말을 귀에 못이 박히게 들었습니다. 열두 살이 되면서는 궁 안 호위 무사들과 견줄 수 있을 정도로 실력이 자랐고 그때부터 모두가 말했었지요. 가여 제일 검이 될 거라고. 그리고 몇 년이 지나지 않아 그 말은 사실이 되었습니다."

서하가 천천히 고개를 끄덕였다. 자신도 많이 들었던 말이었다. 어려서 검을 들기 시작했을 때부터.

"영민하고 타고난 군주라는 말을 듣는 형님보다 잘하는 것이 있다는 사실이 좋았습니다. 검으로는 내가 형님보다 뛰어나다는 것이 희열을 가져다주었습니다. 세상 그 누구도 날 건드리지 못할 만큼 강해지고 싶다는 욕망이 날 들끓게 했었으니까요. 그 욕망대로 한 걸음 한 걸음 나아가다 보니 우습게도 그 욕망이 날 잡아먹고 있더군요."

선이 뚜렷한 무운의 입가에 씁쓸함이 맺혔다. 천천히 굳어 오는 그 얼굴에 어리는 고통이 고스란히 드러나 보였다.

"가여 제일이라는 말이 독이 되어 날 삼키고 있었습니다. 누구에게도 질 수 없고 져선 안 되는 존재. 그 숨 막히는 시간들을 한 순간 한 순간 버텨 왔습니다."

하루하루 성장해 가는 궁 안 호위 무사들의 도전, 그 도전을 거부할 수도 없던 시간들이 떠오르는지 무운이 허공으로 시선을 돌렸다. 깊게 내쉬는 무운의 숨소리를 들으며 서하의 시선이 연우를 잠시 살폈다.

"그 숨 막히는 긴장의 고리를 화운위가 한 번에 끊어 버리셨습니다."

"……후회하십니까."

눈을 맞추며 묻는 서하의 물음에 잠시 서하의 눈을 바라보던 무운이 거세게 고개를 저었다. 다시 짙은 미소가 무운의 입가에 환하게 맺혔다.

"그 순간의 선택을 다행이라 생각합니다. 다시 시작할 수 있게 되었으니까요. 다시 오르고 싶은 꿈이 생겼고 나를 옭아매고 있던 고리를 끊어 버릴 수 있었으니까요. 제 고리를 가져가셨지 않습니까."

"……."

큭, 서하가 고개를 숙이며 어깨를 들썩였다. 지독하게 정확한 말이었다. 무운의 올가미를 끊어 주고 자신이 그 올가미를 쓴 꼴이 된 것이다.

"몸이 약한 형님 대신이어야 했습니다."

연우에게로 시선을 돌리려던 무운이 서하의 목소리에 고개를 돌렸다. 나직한, 그리고 아픔이 깃들어 있는 듯한 서하의 목소리가 공간을 조용히 울렸다.

"태자로서 언제든 자리를 위협받을 수도 있는, 몸이 약한 형님을 위해 강해져야 했습니다. 황실의 힘을 상징하는 존재가 되어야 했거든요. 정말 싫었던 검이지만 들어야 했습니다, 저는."

짙게 가라앉는 무운의 눈빛과 달리 당사자인 서하의 눈빛은 흔들림이 없었다.

"냉정한 부왕께 하기 싫다는 말은 허용되지 않는 것이었습니다. 그런 부왕의 명을 무서워하는 어머니에게 하고 싶지 않다는 말은 지옥이 될 것이기에 할 수도 없었습니다. 자신 때문임을 알기에 언제나 미안해하는 형에게 나 정말 검이 싫다는 말은…… 죽어도 할 수가 없었습니다. 그래서 검을 들었고 다행히도 검에는 조금 소질이 있었습니다."

"……."

"검은 제게 누군가를 지키는 것입니다. 소중한 이들을 지키기 위해 내가 할 수 있는 최선의 것이라면 나쁘지 않을 테니까. 아마 죽을 때까지 저에게 검은 그런 존재일 것입니다. 누군가를 이기기 위한 것이 아니라 누군가를 지키기 위한 것이 될 겁니다."

"저 아이도 그 누군가가 된 것입니까."

갑자기 묻는 무운의 질문에 서하의 시선이 그대로 굳어졌다. 청명루를 휘감아 도는 가을바람에 자꾸만 날리는 옷깃을 잡느라 씨름을 하고 있는 연우의 모습이 보였다.

작은 손으로 치맛자락을 움켜쥐고 여전히 도성에서 시선을 떼지 못하는 옆얼굴이 보였다.

동그란 눈 가득 싱그러운 호기심이 가득 고여 있는 크고 맑은 눈동자. 자신에게로 향하는 두 사내의 눈길을 느꼈는지 서하와 무운에게로 고개를 돌린 연우가 싱긋 콧잔등을 찡그리며 입술을 삐죽거리고 있었다. 바람에 짜증이 난 모양이었다.

꽁꽁 묶여져 있던 머리에서 나온 얇은 머리카락들이 그녀의 동그란 이마를 자꾸만 간질이고 있었다. 높은 청명루를 휘감아 도는 바람에 저 작은 몸이 날아가 버릴 것 같았다.

"그런 것…… 같습니다."

아픈 자각

코가 짓무를 것 같은 사향 내와 향료들의 내음에 미간을 거세게 좁힌 채 연우가 깊게 한숨을 토해 냈다.

긴 겨울이 다 지나고 처음으로 활짝 날이 개었건만 자신은 지금 살랑이는 봄바람이 아니라 지독한 여인네들의 향내와 소음 속에 있었다. 지금쯤 그는 세상이 좁은 듯 말을 달리고 있을 것인데.

"그건 그렇고 공주님의 합방 날은 정하셨습니까, 황후마마? 이제 준비가 되시지 않았습니까?"

나른한 눈으로 다탁에만 시선을 주고 있던 연우의 눈이 놀람을 담고 들어 올려졌다. 황후가 주최한 여인들의 만찬에 참석한 이들 모두의 시선이 시중의 아내인 재경부인의 한마디에 연우를 향해 있었다.

그 노골적인 시선들에 연우의 동그란 뺨이 붉게 물들었다.

"화운위께서 너무 오래 기다리셨어요. 세상에, 4년이 가깝습니다. 그동안 다른 여인은 보지도 않고 버티고 계시니 어서 날을 잡아 주셔야지요. 황후마마. 피가 끓으시는 화운위께서 혹여 다른 마음이라도 가지시면 우리 공주님만 힘드시지 않겠습니까."

재미있다는 듯 깔깔거리며 말을 내뱉던 여인이 하얗게 노려보는 연우의 눈빛에 흠칫 놀라며 입을 닫았다. 연우의 반응에 미소를 머금은 황후가 고개를 끄덕였다.

"어찌 다들 이리 짓궂으신 것입니까. 그것은 공주와 화운위가 알아서 하실 일입니다."

"황궁 안 모든 궁녀들이 화운위만 뵈면 가슴앓이를 한다고들 하는데 어찌 그리 태평하시답니까. 황후마마. 사내가 여인을 많이 아는 것은 흠이 될 것은 없으나 우리 어린 공주님 마음고생하실까 하여 저희는 걱정이 됩니다."

연우가 입술을 잘근잘근 씹었다. 걱정해 주는 척하면서 내심 이야깃거리를 즐기고 있는 여인들이었다.

부마와 공주의 합방은 두 사람의 문제. 그리고 황실의 문제이니 자신들이 그것에 대해 왈가왈부할 것은 없었다. 그런데도 걱정을 한다는 명목으로 이야깃거리를 만들고 있는 것이다.

이 자리에 앉아 있는 고관들의 부인들 중에서도 젊은 축에 드는 이들은 궁에 들어올 때마다 혹여 부마 서하를 마주할지도 모른다는 설렘에 단장에 신경을 쓴다는 소문도 알고 있는 연우였다.

그러면서 겉으로는 저리 공주를 걱정하는 척하는 것이다.

공주를 걱정하는 것이 아니라 저들이 실상은 부마가 다른 여인을 품기를 기대하고 있는 것이라는 것을 연우는 알고 있었다. 사람의 마음이란 그런 것이니까.

"모두 걱정하지 않으셔도 됩니다. 저희 서방님께서는 저 이외에는 눈길도 주지 않으시는 분이거든요."

잔인하리만치 즐거운 표정으로 말하는 이들을 향해 연우가 또렷한 목소리로 말했다. 그 말을 들은 재경부인의 입가에 비릿함을 담은 차가운 비소가 어렸다.

나이 든 시중이 사별을 한 후 권력을 원하는 가문에서 데려왔기에 환갑을 넘긴 시중의 아내 재경부인은 이제 겨우 20대 초반이었다.

그런 그녀가 이제 사내의 태를 확연하게 갖추기 시작한 부마와 황자 무운에게 관심이 있다는 것은 모르는 이가 없는 궁 안의 공공연한 비밀이었다.

"공주께서 아직 사내를 모르셔서 그리 장담하시는 것입니다. 사내란 마음에 드는 여인은 그저 품어야 직성이 풀리는 존재입니다. 품고 싶은 욕망을 느끼지 않는 여인은 연모하는 게 아니랍니다. 물론 화운위께서는 보통의 사내들과는 다르셔서 그저 바라보시기만 할 수 있겠지만요."

화려하게 분단장을 한 얼굴에 비웃음이 가득한 조소를 담고 고개를 살짝 숙이는 재경부인의 말에 연우가 무릎 위에 놓인 주먹을 꼭 움켜쥐었다. 서늘함이 만찬장 가득 고여 있었다.

거친 발걸음을 옮겨 화궁으로 들어서던 연우가 눈앞에 보이는 낯익은 이의 모습에 걸음을 멈췄다.

아직 내궁에 들어서지 않았는데 갑자기 걸음을 멈추는 공주의 모습에 하정이 의아함을 담고 고개를 빼 앞을 바라보았다. 하정의 얼굴에 난감함이 고여 왔다.

"화운위께서는 폭이 넓은 것을 좋아하십니다. 잊지 않으셨겠지요."

침방의 궁녀가 내미는 새 옷을 받아 들어 살피며 묻는 난의 물음에 침방 궁녀가 고개를 끄덕이는 모습이 연우의 눈에 들어왔다. 아직 연우의 모습을 알아차리지 못한 두 여인이었다.

"당연하지요. 난 님께서 몇 번이나 당부하신 것인데 잊을 리 있겠습니까."

"그게 무엇이냐."

눈을 찡긋거리며 난을 향해 의미를 알 수 없는 미소를 띠던 침방 궁녀가 갑자기 뒤에서 들리는 목소리에 화들짝 놀라며 고개를 돌렸다.

자신들에게 다가오는 이의 존재를 알아차린 두 궁녀가 깊이 고개를 숙였다.

"침방에서 새로 지어 올린 화운위의 무복이옵니다."

"이리 다오."

깊이 고개를 숙이던 난이 연우의 말에 무심코 고개를 들었다. 연우가 두 손을 내밀고 있었다.

"공주님, 어찌……."

"이제부터 서방님의 의복은 모두 내가 확인할 것이니 침방에서 새 의복을 가져올 때에는 모두 내게 먼저 가져와야 할 것이다."

재차 손을 내미는 연우의 손 위에 난이 무복을 올려놓았다. 연우가 조심스럽게 무복을 받아 하정에게 건넸다. 난의 서늘한 시선이 무복을 따라 움직였다.

"서방님께선 아직 돌아오시지 않은 것이냐."

내궁으로 들어서려던 연우가 고개를 돌리며 묻는 말에 난이 움직이려던 걸음을 멈췄다.

"아직 돌아오시지 않았습니다."

고개를 깊이 숙이고 있는 난에게로 연우의 시선이 닿았다. 연우의 대답이 없어서였을까. 조심스럽게 고개를 드는 난의 시선 안에 자신을 가만히 응시하고 있는 연우의 다갈색 눈동자가 들어왔다.

어린 소녀의 것이었던 눈동자가 아닌 완연한 여인의 눈동자가 되어 자신을 보고 있는 공주의 시선에 난의 시선이 멈췄다. 두 여인의 시선이 허공에서 마주쳤다.

세상을 다 아는 듯 짙게 가라앉은 여인의 진갈색 눈동자와 여전히 투명하고 맑기만 한 소녀의 눈동자. 두 여인의 눈동자가 서로를 향해 일렁인 것도 잠시, 언제 그랬냐는 듯 고개를 숙인 난이 연우의 곁을 떠났다.

"하아."

꼿꼿한 걸음으로 자신의 전각 안으로 들어선 연우가 털썩 자리에 주저앉았다. 난의 앞에서는 조금도 흔들리지 않던 눈동자가 약하게 흔들리고 있었다. 하정의 조심스러운 시선이 연우를 살폈다.

"저 아이는 갈수록 고와지는구나, 정말."

"마음에 들지 않으시면 다른 궁으로 보내 버리세요. 공주님."

"무슨 이유로?"

입가에 흐릿한 미소를 머금고 묻는 연우의 물음에 하정이 고개를 갸웃했다.

"공주님의 명이면 되는 거지, 이유가 필요할 게 무엇입니까?"

"다른 아이라면 몰라도 저 아이는 이유 없이 다른 곳으로 보낼 수도 없다."

"왜요?"

의아함을 담고 동그랗게 눈을 뜨는 하정을 물끄러미 바라보던 연우의 시선이 잘 개어져 있는 서하의 무복에 닿았다.

"서방님께서 저 아이에게 시선조차 주지 않으신다는 것은 궁안 모두가 아는 일인데 그걸 알면서도 내가 저 아일 다른 곳으로 보내 버리면 투기하는 것이 되지 않느냐. 어떤 이들은 다른 생각을 할지도 모르고. 소문은 서방님께서 저 아이를 쳐다보지도 않으신다고 하지만 실상은 마음에 두신다고 생각할 수도 있지. 그래서 내가 저 아일 다른 곳으로 보냈다고 말이야."

"아……."

난감함을 담은 하정이 미간을 좁힌 채 고개를 끄덕였다.

"그 아이의 존재가 밉거나 싫은 것이 아니라…… 부러워."

"예?"

"저리 아름답고 성숙한 것이 말이다."

"공주께서도 충분히 어여쁘세요. 제 눈에는 공주님이 난이보다 백배는 더 고우신걸요. 난이는 색기가 넘칠 뿐이라니까요."

"큭, 됐다. 궁 안 모든 사내들이 다 저 아이를 흠모한다는 것은 기정사실이지 않느냐."

"화운위께서는 시선도 주지 않으시니 그건 아닌데요?"

하정이 가슴을 쫙 펴며 당당하게 말했다.

궁 안 모두가 의아해하면서도 고개를 끄덕이는 일이었다. 공주가 너무 어려 합방조차 할 수 없던 혼인으로 부마가 궁녀들을 품을 것이라 의심조차 하지 않았던 이들이었다. 혈기왕성한 젊은 부마에게 몇 년의 독수공방을 요구할 수는 없는 일이니까. 그래서 난을 부마의 처소에 넣었다는 것도 공공연한 비밀이었다.

한데 부마 서하는 가여의 황실로 들어온 지 4년이 다 되어 가는 지금까지 한 번도 여인을 품지 않았다. 품지 않은 것이 아니라 시선조차 궁녀들에게 준 적이 없어 목석이라는 별명까지 가지고 있는 그였다.

"정말 마음에 두지 않으시는 걸까?"

혼잣말처럼 중얼거리는 연우의 말에 하정이 낮게 숨을 삼켰다. 소녀의 고운 얼굴에 드리우는 마음이 무엇인지 하정은 너무도 잘 알았다. 불안감과 기대감. 어린 공주 연우의 가슴에는 부마 서하로 인해 언제나 그 두 가지 마음이 공존하고 있었다.

차라리 처음에는 너무 어려 부마를 오라비들처럼 여기는 듯했었다. 그러나 한 해, 두 해 시간이 가면서 하정은 느낄 수 있었다. 처음 부마를 보았을 때 당당하게 잘생겨서 좋다고 말했던 소녀 연우는 이제 없다는 것을.

이제는 부마의 눈짓 한 번에, 말 한 마디에 행복하고 두려운 여인 연우가 자라나고 있다는 것을.

"공주님!"

밖에서 다급하게 들리는 무사의 목소리에 상념에 잠겨 있던 연우와 하정의 시선이 서로를 마주 보았다.

"화운위께서 천마산의 범을 잡아 오셨다 합니다!"

"!"

서로를 바라보고 있던 두 여인의 눈이 한없이 크게 열렸다.

태웅전 뜰로 달려 들어간 연우가 굳은 듯 자리에 멈춰 섰다. 상상도 해 보지 못한 광경이 눈앞에 펼쳐져 있었다.

범이 엄청나게 큰 동물이라는 것은 수없이 들었다. 집채만 하다고들 했었다.

하지만 범은 상상했던 것보다는 작았다. 살아 숨 쉬던 것이라고는 믿기지 않을 만큼 커다란 몸집의 범이 붉은 피를 뒤집어쓰고 누워 있는 모습은 숨이 쉬어지지 않을 만큼의 놀라움이었다. 원래는 황갈색이었을 범의 온몸이 범 자신의 붉은 피로 검붉게 물들어 있어서 더 무섭게 느껴지는 것 같았다.

두려움과 놀라움을 담은 눈으로 커다란 범을 살피던 연우의 시선이 천천히 태웅전 뜰을 살폈다. 처음 범을 본 놀라움에 서하의 존재를 잊고 있었던 것이다.

불안으로 흔들리며 태웅전 뜰을 서성이던 연우의 동그란 눈이 한곳에 멎었다. 범을 보고도 멈춰지지 않았던 그녀의 숨결이 멈췄다. 작은 입술이 놀라움에 커다랗게 열렸다.

아침에 사냥을 나갈 때 분명 보았던 옷이다. 저 무복의 소매에 자신이 깃털 문양을 수놓아 주었기에 그가 소중히 여기는 무복이었다.

푸른 하늘처럼 아름다운 색감의 무복이어서 연우도 그 무복을 가장 좋아했다. 그의 새하얀 얼굴과 검푸른 눈동자를 돋보이게 해 주는 옷이었기에.

한데 지금 눈앞에 보이는 그 무복은 푸른색이 아니었다. 검붉은 얼룩으로 완전히 덮인 무복뿐 아니라 그의 새하얀 얼굴도, 길고 단단한 목도, 그리고 아름다운 검은 머리카락도 온통 그 검붉은 색으로 덮여 있었다.

온몸을 검붉게 물들인 채 태웅전 뜰을 가득 채운 듯 존재감을 느끼게 하며 서 있는 그의 모습이 낯설어 섬뜩한 연우였다. 자신의 낭군인 부마 서하가 아니라 무사 서하의 모습만이 느껴지고 있었다.

태웅전 뜰에 황제와 태자 경운의 모습이 보이자 뜰에 서 있던 모두가 무릎을 꿇었다. 웅성거림이 가득하던 공간이 쥐 죽은 듯 고요 속에 파묻혔고 그 공간을 노린내와 피 내음만이 가득 채우고 있었다.

"저 범을 누가 잡은 것이냐."

황제가 입가를 끌어 올리며 나란히 무릎을 굽히고 있는 서하와 무운을 바라보았다. 두 사람 다 어떤 상황이었는지를 고스란히 보여 주듯 검붉은 범의 피를 가득 뒤집어쓰고 있었기 때문이다.

서하와 무운의 뒤에 서 있던 지운이 천천히 자리에서 일어났다. 말끔한 그의 무복이 이 순간에는 차라리 낯설어 보였다.

"두 분이 함께 잡으셨습니다. 폐하."

지운의 또렷한 목소리가 태웅전 뜰에 퍼지자 모두의 입에서 약한 환호성이 터져 나왔다. 병사들이 아닌 부마와 황자가 골칫거리인 범을 함께 잡았다는 것은 황실의 경사였다.

"어찌 된 일인지 자세히 설명해 줄 수 있느냐. 모두가 궁금할 듯하구나."

따스한 시선으로 서하와 무운을 바라보던 경운이 하는 말에 지운이 빙그레 미소를 지으며 고개를 끄덕였다. 모두의 시선이 지운에게로 쏠렸다.

"두 분의 활에 상처를 입은 범이 형님께 먼저 덤벼들었습니다. 너무도 찰나지간의 일이라 정말, 큰일이 나는 줄 알았습니다. 그런데 아무도 움직이지 못하고 있던 그 순간에 화운위께서 저 녀석의 등을 타고 올라 그대로 뒷목에 검을 꽂아 넣으셨습니다. 그리고 그 찰나의 순간에 형님도 아래에서 단검을 범의 목에 박아 넣으셨고요. 말 그대로 위와 아래에서 급소를 뚫어 버리셨습니다."

태웅전 뜰이 정막으로 감싸였다. 상상도 하기 어려운 상황이 모두의 뇌리에 떠오르고 있었다. 보지 못한 것이 한이 될 것만 같은 장면이었을 것이다.

"한데 문제는 그 후에 있었습니다."

진지하게 말하던 태도를 바꿔 장난기 어린 얼굴로 모여 선 이들을 돌아보는 지운의 목소리에 들떠 있던 모두의 얼굴에 불안이 감돌았다. 지운의 입가에 미소가 가득 번졌다.

"범이 그 순간 그대로 죽어 버려, 형님께서는 범에 깔려 돌아가실 뻔했습니다."

"와하하하!"

모여선 모든 이들의 입에서 시원한 웃음이 터져 나왔다.

자꾸만 백성들을 해하는 것을 알면서도 딱히 방법이 없었던 황실의 골칫거리였던 범이다. 인간에게 어린 시절 해코지를 당했던 것인지 다른 범들과 달리 이상하게도 인간을 공격하는 습성을 보였던 이 범 때문에 수많은 백성들이 해를 입었다.

그것을 알면서도 쉽게 잡지 못하고 있던 범을 황자와 부마가 힘을 합쳐 잡았다는 것은 황실의 위엄을 세우는 일이기도 하기에 황제의 기쁨은 말로 할 수 없을 만큼 컸다. 게다가 며칠 있으면 황제의 탄신일. 이보다 더한 선물은 없을 것이다.

흡족한 마음으로 두 사람을 치하한 왕이 뜰을 떠나자 군사들이 달려들어 엄청난 크기의 범을 옮기기 시작했다. 수많은 병사들이 달려들어도 범은 어찌나 무거운지 꿈쩍도 하지 않았다.

그 모습을 물끄러미 바라보다 고개를 돌리던 무운의 미간이 살짝 일그러졌다. 태웅전 뜰 한구석에 새하얀 얼굴로 서 있는 작은 인영 때문이었다.

태웅전을 가득 메운 모두가 환호하며 기뻐한 일이 거짓인 것처럼 서 있는 작은 인영의 얼굴은 핼쑥하기까지 했다. 무운의 눈길이 서하에게로 향했다.

"범보다 더 무서운 이가 기다리고 있습니다, 우릴."

무운이 속삭이듯 하는 말에 고개를 돌린 서하가 약하게 한숨을 내뱉었다. 고운 빛깔의 옷에 감싸인 핏기 없는 연우의 모습이 보였기 때문이다.

언제나 발그레하게 붉어져 있는 볼이 하얗게 바래 있었다. 입술도 새하얗게 핏기 하나 담겨 있지 않았다.

치맛자락을 움켜쥔 작은 손가락이 하얗게 마디가 불거져 보일 지경이었다. 커다란 다갈색 눈이 힘겹게 흔들리고 있는 것을 마주 보며 서하가 천천히 연우의 앞으로 다가섰다.

예전보다는 조금 키 차이가 줄어 이제 연우는 서하의 어깨쯤 닿아 있었다. 무심히 내려다보는 서하의 시선을 올려다보는 연우의 눈동자가 물기에 젖어 반짝였다.

"네 몫도 저기 있다. 새하얀 여우가 눈에 띄니 바로 활을 잡으시더라, 네 낭군께서."

말 한 마디 섞고 있지 않은 부부 사이로 무운이 슬며시 끼어들었다. 지운도 부드러운 미소를 띠며 연우의 곁으로 다가섰다. 그렁그렁 물기를 담던 눈을 하얗게 치뜬 연우가 무운을 노려보았다. 다갈색 동그란 눈동자가 차갑게 일그러졌다.

"오늘 분명 단석대로 가신다 하셨습니다."

"마음이 바뀌었다. 그러면 안 되는 것이냐?"

"오라버니!"

연우의 시선을 똑바로 바라보며 말을 하는 무운에게로 날카로운 연우의 일갈이 터져 나왔다. 범을 옮기던 병사들이 난데없는 공주의 날카로운 목소리에 흠칫 놀라며 그들 쪽으로 시선을 주었다.

"저희는 화궁으로 돌아가겠습니다. 잊지 마시고 의원에게 상처들을 보이십시오. 황자님."

여전히 노기로 이글거리는 눈을 하고 무운을 노려보는 연우
는 상관도 없는 듯 서하가 무운에게 약하게 고개를 숙여 보이고
걸음을 옮기기 시작했다.

잠시 어쩔 줄 모르고 무운을 죽일 듯 노려보던 연우가 마지못
한 듯 서둘러 서하를 따라 움직이자 지운이 크크 웃음을 토해 내
며 무운을 향해 눈을 찡긋해 보였다.

종종걸음으로 서하의 뒤를 따르는 어린 누이를 바라보는 두
오라비의 눈에 따스함이 번져 왔다.

화궁 안으로 들어설 때까지 서하는 연우를 돌아보지 않았다.
단 한 번도 돌아보지 않는 서하의 뒷모습만을 바라보며 걷던 연
우가 외궁 안에 들어서서야 멈춰서 자신을 향해 몸을 돌리는 서
하와 마주했다. 여전히 조금의 감정도 담겨 있지 않은 검은 눈
동자가 울컥 서러워지는 연우였다.

"다친 곳 없습니다. 하니 걱정 마십시오."

태웅전에서 마주했을 때처럼 다시 커다란 눈에 그렁그렁 눈
물을 담기 시작하는 어린 공주를 마주한 서하가 살며시 고개를
저으며 부드럽게 말했다. 놀랐을 것이다. 다른 것도 아니고 요
즘 도성을 공포로 물들이고 있는 미친 범을 사냥했다는 소리에.

"범 위에 올라타셨다고요?"

눈에는 여전히 그렁그렁 물기가 어려 있었지만 연우의 목소
리에는 서늘함이 담겨 있었다. 그런 연우를 물끄러미 바라보던
서하가 약하게 숨을 토해 냈다. 여전히 비릿하게 번져 오는 피

167

내음과 그의 숨결이 연우의 정수리에서 부서져 내렸다.

"공주."

"제가 이리 서방님을 다시 뵐 수 있는 것이 천운이었군요. 아무것도 모르고 그저 하정이와 수다를 떨다가 서방님의 시신을 수습해야 했을지도 모르는 일이었네요."

"……."

입술을 악물며 한 마디 한 마디를 뱉어 내는 연우의 모습에 연우 뒤에 선 하정의 심장이 덜컹거리기 시작했다.

"제가 요즘은 왜 사냥을 따라가겠다고 조르지 않는지 아십니까? 다치실까 봐 심장이 조여서 보고 있을 수가 없어서 따라가지 않는 것입니다. 한 순간 한 순간 무사들과 검을 마주하실 때에도, 사냥을 가실 때에도 저는 매일매일 심장이 터질 것 같습니다. 한데 서방님께서는…… 그저 다치지 않았으면 상관치 말라 하시는 것입니까?"

주르륵, 한 줄기 물기가 새하얀 뺨을 타고 흘러내렸다. 하지만 그 물기는 금방 작은 손에 의해 지워졌다.

흘러내리는 자신의 눈물을 작은 손으로 닦아 낸 연우가 서하를 지나쳐 내궁 쪽으로 걸음을 옮겼다.

어찌해야 할지 가늠이 되지 않은 하정이 그저 서하의 눈치를 살피며 연우의 뒤를 따랐다.

내궁으로 들어선 연우가 잠시 멈춰서 뒤를 돌아보았다. 서하는 보이지 않았다. 서운함이 가득한 연우의 코끝이 붉게 물들었다.

"이 무복은 다시 입기는 어려우실 듯합니다."

옷을 벗고는 따스한 탕 안으로 스미듯 잠겨 드는 서하를 바라보던 건이 검붉게 물들어 있는 무복을 내려놓았다.

원래의 색을 알아볼 수 없을 정도로 피로 물든 무복은 손질을 한다고 해도 제 모습을 찾을 수는 없을 것 같았다. 엄청난 노린내와 피 내음도 쉽게 지워지지 않을 것이 분명했다.

피로 엉켜 있던 머리카락을 천천히 쓸어내리며 서하가 무심한 시선으로 건이 가리키는 무복을 바라보았다. 무심한 그의 시선이 무복 소매 끝으로 향했다.

"버리지는 마."

한마디를 남기고 다시 물속으로 얼굴을 담는 주인을 물끄러미 바라보던 건의 시선이 조금 전 주인의 시선이 머물렀던 곳에 닿았다. 얼룩덜룩한 소매 끝에 수놓인 깃털 모양이 보였다. 건의 입가에 연한 미소가 번졌다.

저런 색감은 원래 서하가 좋아하는 것은 아니었다. 서하는 어려서부터 검은 무복만을 입어 왔었으니까. 저런 밝은 색감의 무복은 쳐다본 적도 없는 그였다. 그런 그가 저 무복을 가끔이라도 입는 이유가 무엇인지 아는 건이었다. 공주 연우가 서툰 솜씨로 처음 수를 놓은 옷이기 때문이다.

촤악!

물속에 잠겨 있던 커다란 몸을 그대로 일으켜 세우는 서하의 등 뒤로 건이 커다란 면포를 덮어 주었다. 넓은 등을 감싼 면포 안으로 잔근육들이 보였다. 넓고 단단한 등과 긴 팔다리. 서하의 뒷모습에 닿은 건의 입가에 만족스러운 미소가 번져 갔다.

이제 완연한 시내의 태를 보이고 있는 서하였다. 원래 어려서부터 키는 컸지만 원래 살집이 없는 몸이어서 가늘어 보이기까지 했었다.

그러던 몸이 이제 스무 살이 넘어가면서 단단하고 강한 사내의 몸을 갖췄다. 체격이 좋은 것으로 유명한 무운 옆에서도 이제 조금도 밀리지 않을 만큼 그는 성장해 있었다. 그 모습이 못내 뿌듯한 건이었다.

4년. 나라 간의 정략혼인으로 혼자 타국에 있는 서하였다. 언제 자신의 나라로 돌아갈지 요원한 상태로 지내는 황자가 다행히 공주와도 그 오라비들과도 별문제 없이 지내고 있는 것이 다행이라면 다행이었다.

공주를 누이처럼 여기고 형제처럼 공주의 오라비들과 지내는 모습이 좋아 보일 때도 있지만 가끔은 그 모습이 더 아프게 보이기도 했다. 어디에도 오롯이 마음을 주지 못하고 사는 것 같아서였다. 언제나 이방인처럼 사는 삶. 그래도 하루하루 성장해가며 곧게 버티고 있는 서하의 모습이 못내 고마운 건이었다.

"아까 잡은 여우, 손질됐어?"

"바로 손질해 놓으라고 일렀으니 아마 되었을 것입니다."

건의 입가에 맺힌 미소를 보는 서하의 표정이 의아함을 담았다.

"뭐가 좋은 거야?"

"공주님의 화를 풀어 드리려 하시는 것이 아닙니까. 두 분이 화해하시는 것이 좋은 것입니다."

"싸운 거 아니거든."

무심한 얼굴로 겉옷을 챙겨 입는 서하의 시중을 들며 건이 고개를 갸웃거렸다.

"공주님은 분명 싸우신 것일 텐데요."

"하……."

"공주님은 이제 어린아이가 아니십니다. 그저 작은 선물로 달랠 수 있다고 생각지 마십시오."

"그럼 어찌해야 하는 건데?"

"글쎄요. 제가 어찌 알겠습니까."

어깨를 으쓱해 보이며 돌아서는 건의 말에 서하의 미간에 곱게 금이 갔다. 건의 말이 틀리지 않아서였다.

처음 만났을 때의 연우는 잘 화를 내지 않았었다. 화가 나는 일이 있어도 말을 한번 태워 주거나 청명루에 데리고 가면 언제 화를 냈냐는 듯 금방 웃곤 했었다. 무운과의 대결 이후 자신에게 무사들을 이겨 달라 청하는 법도 없었다.

그러던 연우가 언제인가부터 이해할 수 없는 일들로 자꾸만 화를 내고, 그러고 나면 며칠씩 자신을 보려고 하지도 않았다.

별로 신경을 쓰지 않았지만 오늘 연우의 모습은 신경이 쓰였다. 언제나 반짝이는 호기심을 담고 있어야 어울리는 커다란 눈에 물기가 담기는 것이 낯설고 신경이 쓰이는 것이다. 요즘 들어 자주 그러는 것도 난감한 서하였다.

어느새 깨끗하게 새 옷으로 갈아입고 내궁으로 들어서는 서하의 모습에 하정이 반색을 하며 달려 나와 고개를 숙였다.

공주의 눈물에도 꼼짝도 않던 부마가 내궁으로 온 것이 한없이 반가운 하정이었다.

"수를 놓고 계십니다."

환하게 웃음을 머금고 아뢰는 하정의 말을 귓가로 들으며 서하가 안으로 들어섰다.

조금 놀려 주고 싶어서였다, 기척도 내지 않고 그녀의 방으로 들어선 것은. 어려서인지 그녀도 그의 방에 기척도 없이 들이닥친 적이 많았기에 서하 역시 가끔은 이렇게 아무 기척도 없이 그녀의 방으로 들어서곤 했었다.

다른 때처럼 그저 그렇게, 약간은 놀라게 해 주고 싶어서 숨소리조차 내지 않고 방으로 들어서던 서하가 그 자리에 굳어 버렸다.

어둠이 내리기 시작한 방 안에 작은 호롱불을 켜 놓고 무엇인가를 하고 있는 연우의 모습이 보였다. 일렁이는 호롱 불빛에 작은 그림자가 너울거렸다. 꼭 금방이라도 날아갈 듯 작고 가냘픈 그림자가 방 안을 가득 채우고 있었다.

그 그림자 안에 고개를 숙이고 사내의 무복에 조심스럽게 수를 놓고 있는 여인이 있었다. 낯선 모습이었다.

작고 동그란 눈을 하고 자신을 올려다보던 소녀가 아니었다, 지금 일렁이는 불빛 아래 아름다운 옆모습을 내어 보인 채 조심스럽게 수를 놓고 있는 이는.

"아!"

한없이 수를 놓는 것에만 빠져 있던 작은 그림자가 손끝이 바늘에 찔렸는지 약한 신음을 흘리며 고개를 들었다. 일렁이는 어두운 그늘 아래 커다랗게 드리워진 그림자가 들어 올려진 소녀의 눈에 들어왔다.

그림자의 정체를 확인한 순간 소녀의 반가움이 번지던 동그란 눈에 천천히 냉기가 고여 왔다. 고스란히 내어 보이는 냉기를 느낀 서하의 가슴에 알 수 없는 서늘함이 스며들었다.

"언제 오셨습니까."

수놓던 것을 내려놓으며 연우가 일어섰다. 그녀의 눈에 서하가 들고 있는 새하얀 여우의 가죽이 보였다. 아까 무운이 하던 말이 떠올랐다.

자신의 앞으로 다가서는 연우의 모습을 물끄러미 내려다보던 서하가 무심한 손짓으로 들고 있던 여우 가죽을 내밀었다. 조금 전 느꼈던 여인의 모습이 어느새 사라져 버린 연우를 보는 서하의 눈빛이 약하게 흔들렸다. 연우는 느낄 수 없을 만큼 아주 조금.

"겨울옷을 지을 때 쓰겠습니다. 감사합니다."

냉기가 방 안을 가득 채웠다. 무심한 듯 서하에게서 여우 가죽을 받아 든 연우가 그것을 옆에 내려놓고 다시 수를 앞에 앉는 모습에 서하의 미간이 딱딱하게 굳었다.

예전에는 이런 선물에 환호성을 올리거나 구들이 내려앉을 만큼 뛰어 대던 연우였다. 한데 오늘 연우는 표정조차 바뀌지 않고 있었다.

'공주님은 이제 어린아이가 아니십니다. 그저 작은 선물로 달랠 수 있다고 생각지 마십시오.'

건의 말이 뇌리에 떠올랐다. 어린아이가 아니라 선물로는 안 된다고? 그럼 대체 어떻게 해야 한다는 말인가. 그리고 대체 왜 저리 화가 난 것인지 이해가 되지 않는 그였다.

"아직 화가 풀리지 않았습니까."

낮게 묻는 서하의 말에 수틀에 닿아 있던 연우의 시선이 들어올려졌다. 동그란 눈이 차가움을 담고 있는 낯선 모습에 서하가 숨을 삼켰다. 낯선 그녀의 시선에 심장 저 어딘가가 서늘해지는 것 같았다.

"다치지 않으셨으면 상관할 필요도 없는 제가 화가 났는지 아닌지 신경 쓰실 필요 없습니다."

"……."

"그런데 정말! 범의 위에 올라타셨단 말입니까? 맨몸으로?"

차갑게 시선을 내리며 수틀에 손을 대던 연우가 더 이상은 참을 수 없는 듯 자리에서 벌떡 일어나며 버럭 소리를 질렀다.

하얗게 바랜 그녀의 손끝이 떨리고 있는 것이 서하의 시선에 들어왔다. 푸른 멍이 가득한 작은 손가락이 하얗게 질려 있었다.

"공주."

"제정신이십니까? 대체 어떻게 범의 몸 위에……!"

바르르 떨리고 있는 연우의 작은 손을 자신의 손으로 잡은 서하가 흔들리는 연우의 눈을 마주 바라보았다. 고개를 돌리려던 연우의 시선이 자신을 응시하는 서하의 시선에 붙잡힌 듯 움직이지 못했다.

"나는, 지지 않습니다. 무엇에게도."

무심하던 눈빛에 가끔씩 보여 주는 따스함을 담고 서하가 부드럽게 말했다. 자신의 작은 손을 꼭 잡은 서하의 커다란 손을 가만히 바라보던 연우가 천천히 고개를 들어 올렸다.

따스함을 담고 있는 서하의 시선을 잠시 올려다보던 연우가 거짓말처럼 서하의 손에서 자신을 손을 빼냈다. 자신의 커다란 손안에 담겨 있던 작은 손의 온기가 떠나는 것을 느낀 서하의 얼굴에 의아함이 고였다.

"언제나 저만 걱정하지요. 서방님께서는 저 따위 신경도 쓰지 않으시는데, 저만! 언제나 불안하고 무서워하는 것이지요. 또 다치실까 봐, 그날처럼 또다시 피 흘리며 쓰러지실까 봐 저만 두렵고 무섭고 화가 나지요."

핼쑥해진 눈에 촉촉이 물기를 담고 서하를 올려다보던 연우가 고개를 돌렸다. 왜 이리 감정이 터져 나오는지 자신도 알 수 없는 연우였다.

아침부터 귀족 여인들의 놀림을 받고 한숨이 나오게 아름다운 난을 마주하고 비틀려 있던 심기가 서하의 범 사냥으로 터져 버린 모양이었다. 자신도 자신의 감정이 낯선데 서하로서도 당황스러울 것이었다. 하지만 알 수 없는 서운함이 자꾸만 서하에게로 향하고 있었다.

"놀라서 화가 났을 뿐입니다. 신경 쓰지 마십시오."

눈가를 살며시 훔치며 돌아서 있는 연우를 물끄러미 바라보던 서하가 그저 지나가는 듯한 말투로 입을 열었다.

"계곡에 꽃이 지천이던데, 꽃구경 가시렵니까?"

의원이 무운의 몸 여기저기에 침을 놓고 뜸을 뜨는 것을 바라보던 지운이 낮게 한숨을 토해 냈다.

아까는 재미있는 일을 이야기하듯 모두의 앞에서 말했지만 그 순간 정말 심장이 멎는 줄 알았던 지운이었다.

눈앞에서 범이 무운을 덮쳐눌렀을 때에도, 그 범의 위로 서하가 뛰어올랐을 때에도 지운의 심장은 정말 멈출 뻔했었다. 서하가 피로 범벅이 되었지만 큰 상처는 없는 반면 겉보기에는 멀쩡해 보여도 무운은 그렇지 않았다.

엄청난 무게와 힘을 가진 범이 그를 내리눌렀었다. 범의 발톱이 그의 이곳저곳을 스치고 지나갔었다. 멀쩡하다면 그게 이상할 것이었다.

"늑골이 여러 개 부러지셨습니다. 한동안은 움직임을 조심하셔야 합니다. 황자님. 이 정도이신 것이 정말 천행이십니다. 발톱에 긁히신 상처들은 다행히 크게 위험한 것은 없사오나 혹 덧날 수 있으니 탕약을 지어 올리겠습니다."

난감한 표정으로 이야기하는 의원과는 달리 당사자인 무운은 심드렁한 표정으로 의원의 말을 들을 뿐이었다.

말을 달리면서 가슴이 뻐근하게 저려 오는 것을 느껴 늑골에 문제가 생겼다는 것은 느끼고 있었지만 그런 것 따위 아무 상관도 없는 그였다.

범에게서 풍겨 오던 그 지독하던 노린내와 엄청난 무게감, 그리고 살기 위해 꿈틀대던 그 근육들이 생생하게 떠올랐다. 죽을 뻔했던 그 순간이 그리워 지금의 이 나른함이 차라리 기분 나쁜 무운이었다.

"이제 다시는 두 사람 사냥 갈 때 안 따라가. 한 번만 더 오늘 같은 일이 생기면 나 심장마비로 죽을 것 같으니까."

부축을 받으며 자리에서 일어나 앉는 무운을 보며 지운이 퉁명스럽게 말했다.

"사내 녀석 심장이 그리 약해서 어디에 쓸 거냐."

"심장이 돌 같아서 좋으시겠소."

"하, 다시 떠올려도 미칠 것 같다. 좋아서. 그 순간 그 범 녀석의 심장이 어찌나 빨리 뛰던지, 이놈의 범이 내 검에 찔려서 죽는 게 아니라 지 심장이 터져서 죽을까 겁이 나더라. 내가 죽여야 하는데 그냥 혼자 죽어 버릴까 봐."

"어이고."

지운이 고개를 설레설레 저었다. 무운의 눈이 아까를 떠올리는지 반짝거리며 타올랐다. 그런 무운을 물끄러미 바라보던 지운이 얕은 한숨을 내쉬었다. 아까 태웅전 뜰에서 본 연우의 눈빛이 떠올랐기 때문이다. 서늘함 속에 지독한 두려움을 담고 있었던 누이의 눈이 자꾸만 신경 쓰이는 그였다.

"화운위 무사하실까? 연우가 화가 많이 났던데."

"그 녀석은 요즘 왜 그러는 걸까? 예전 같으면 어떻게 잡았냐고 지가 더 난리가 났을 텐데. 예전에 화운위가 날 이겼을 때 신나 했던 거 기억하지? 그런데 왜 요즘은 화운위가 나랑 사냥을 간다 하거나 무사들과 대련을 한다고 하면 그리 팔짝 뛰는 거냐고, 대체."

생각만으로도 짜증스러운지 무운이 마시고 난 탕약 사발을 거칠게 내려놓았다. 지운의 입가에 웃음이 번졌다.

"철이 없었을 때에는 좋았던 일들이 이제 현실이라는 것을 인식한 거지. 겁이 나는 걸 거야. 여인들이란 그런 것 같아."

"그래서 내가 혼인을 못 하는 거야. 상상만 해도 답답하거든. 사냥도 가지 마라, 검술 대련도 조심해라 어쩌고 하면 내 성질에 말라 죽을 거야, 난."

"큭큭. 그래서 혼인이라는 말만 나오면 그리 정색을 하는 거야? 얼마 전에도 폐하께서 넌지시 물어보시던데? 형님 혼인할 마음이 조금은 생긴 것 같으냐고."

"뭐? 또? 됐다고 말씀드려 줄래. 혼인 그런 거 나 모른다."

"우리가 원해서 혼인을 하고 그럴 수 있는 사람들이야. 어디. 폐하께서 손을 잡고 싶은 이가 생기시면 우리가 그쪽과 혼인을 해야 하는 거지."

씁쓸한 미소를 지으며 지운이 말했다. 경운도 그랬고 부마와 연우도 마찬가지였다. 서로를 원해서 하는 혼인 따위 황실에서는 꿈조차 꿀 수 없는 일이니까. 그런 황실에서 마음에 두지 않은 여인과는 절대 혼인하지 않겠다고 공표한 무운이 존경스러우면서도 때론 난감한 지운이었다.

"난 죽어도 그런 거 못 해."

부러졌다는 늑골이 아픈지 살짝 미간을 좁힌 채 퉁명스럽게 뱉어 내는 무운의 말에 지운이 빙그레 미소를 지으며 고개를 저었다.

❋

말 옆에 서서 연우가 나오기를 기다리던 서하의 시선이 내궁 앞에 놓여 있는 가마에 닿았다.

황후나 공주가 외출할 때면 타는 가마였다. 되도록이면 외부인에게 여인들의 모습을 보이는 것을 꺼려 하는 가여 황실의 규율이었다. 황후나 공주는 외출 시 거의 가마를 이용하는 것이 이곳의 법도였다.

한데 문제는 연우가 가마에 타는 것을 힘겨워한다는 것이었다. 예전에도 황제의 탄신 기념 사냥을 가느라 가마를 타고 나서 힘들어했었던 연우였다.

살짝 미간을 좁힌 채 가마를 바라보던 서하가 막 내궁에서 나오는 연우를 보고 그대로 그녀의 앞으로 다가섰다. 의아함을 담은 연우의 동그란 눈이 자신에게 다가오는 서하를 바라보았다.

"공주는 내가 모시겠다."

"?"

무슨 소리인지 가늠하지 못한 하정이 고개를 드는 순간 연우의 손목을 잡은 서하가 그녀를 말 쪽으로 끌었다. 얼떨결에 말 옆에 서게 된 연우의 놀란 눈이 서하를 올려다보았다.

"말로 모시려 하는데, 괜찮으십니까."

동그랗던 연우의 두 눈에 따스한 빛이 천천히 차오르는 것을 바라보며 서하가 그녀의 작은 몸을 들어 안아 말 위로 올렸다. 그리고 날듯 서하가 그녀의 뒤로 올라탔다.

"계곡 위쪽에 모시고 올라갔다 내려올 테니 쉬실 수 있도록 준비하고 기다려."

서하의 말이 무슨 뜻인지 알아차린 건이 고개를 끄덕이자 서하가 말고삐를 잡았다. 넓은 서하의 가슴이 등 뒤로 느껴지고 단단하고 긴 팔이 자신을 온통 감싸는 느낌에 연우가 숨을 들이켰다. 귓가로 따스한 서하의 목소리가 스며들었다.

"달릴 테니 꼭 잡으십시오."

귓가로 스미는 따스한 숨결에 심장이 쿵 내려앉았다.

처음은 아니었다. 부마와 함께 말을 탄 것이. 4년의 시간 동안 그녀가 화가 나 있거나 우울해할 때면 서하는 그녀를 자신의 말에 태워 달려 주곤 했었다. 바람을 맞으면 기분이 좋아지는 연우의 성격을 알기 때문이다.

커다란 말 위에 올라 세상과 바람을 향해 달리는 기분을 어린 연우는 너무도 좋아했다. 그래서 아무리 화가 나 있거나 기분이 울적할 때에도 서하가 말 위에 태워 주면 그것으로 연우의 기분은 하늘을 날았었다.

한데, 오늘은 기분이 좋은 게 아니었다. 알 수 없는 두근거림과 감각에 긴장한 몸이 상쾌한 바람도, 푸른 하늘도 느끼지 못하고 있었다. 그저 느껴지는 것은 자신의 등 뒤로 닿아 있는 부마의 단단한 가슴과 자신을 감싸고 있는 팔의 온기였다. 바람 속에서 흩어지듯 느껴지는 넓은 세상이 눈앞에 담기는데도 그것은 그저 허상처럼 뇌리 속에 남지 않았다.

언제나 끝나지 않았으면 좋겠다고 느끼던 말 타기가 빨리 끝났으면 하는 것은 이번이 처음인 연우였다. 이 알 수 없는 느낌에서 빨리 벗어나고 싶었다. 이런 자신의 느낌을 그에게 보이고 싶지 않았다. 왜인지 모르지만 그래야 할 것 같았다.

먼 곳을 바라보고 말을 달리던 서하가 잠시 연우의 정수리 위로 시선을 옮겼다. 몇 달 만에 말을 태워서인지 알 수 없는 낯섦이 그를 난감하게 하고 있었다.

앞에 태울 때면 언제나 자신의 가슴에 닿던 그녀의 머리가 이제 거의 자신의 목 언저리에 닿고 있었다. 그리고 자신의 팔 안에 가두어도 떨어질까 두렵던 작은 몸이 이제 조금은 부피감이 생겨서인지 팔 가득 안겨 왔다.

한데 그 감각이 낯설다. 작고 가늘던 몸이 조금은 커지고 부드러워졌다는 사실이 알 수 없는 낯섦을 자각시키고 있었다.

차라리 예전처럼 환호성을 터뜨리며 조잘거리면 좋을 것 같다고 서하가 무심코 떠올렸다. 바람을 안고 달리는 이 순간 자신과 그녀를 타고 흐르는 이 정적이 난감한 그였다.

말로는 더 이상 오를 수 없는 곳에 다다르자 서하가 말을 세우고 가볍게 말에서 내려섰다. 줄곧 앞만을 응시하던 연우의 시선이 그제야 조심스럽게 서하에게로 향했다. 서하가 연우를 향해 긴 팔을 벌렸다. 눈이 부시게 아름다운 초봄의 햇살이 서하의 짙고 푸른 검은 눈동자를 가득 채우고 그 빛이 연우를 향해 반짝이고 있었다.

그 빛에 빨려들 듯 연우가 그를 향해 몸을 기울였다. 단단한 서하의 팔이 가벼운 깃털을 안아 들듯 연우를 조심스럽게 안아 땅에 내려놓았다. 무엇에도 흔들리지 않을 것 같은 그의 단단한 팔에 가슴 저 깊은 곳이 편안해지는 연우였다.

"조금 올라가야 합니다. 괜찮겠습니까?"

부드러운 서하의 말에 연우가 크게 고개를 끄덕였다. 초봄의 싱그러움을 품고 있는 산은 그리 험하지 않았다. 적당하게 따스한 햇볕이 비추는 길을 그와 함께라면 얼마든지 오를 수 있을 것 같았다.

산이어서인지 조금은 서늘하게 느껴지는 바람이었지만 조금 오르자 몸에서 열이 나는지 그 바람이 시원하게 느껴졌다. 다행히 가파르지 않아 치맛자락을 가벼이 잡고도 오를 수 있는 길이었다.

가만가만 발을 옮기는 연우의 바로 뒤에 선 서하가 그녀를 호위하듯 산을 올랐다. 싱그럽게 푸르른 나뭇잎 사이로 비추는 초봄의 따스하고 화사한 햇살이 두 사람을 감싸고 있었다.

"와……."

두 식경 정도를 올랐을 때 힘겨운 숨을 삼키는 연우의 눈앞에 상상도 못 했던 풍경이 펼쳐졌다. 그리 가파르지도 않은 길을 따라 올라온 것인데 어느새 눈앞에는 아득해 보이는 폭포를 머금은 계곡이 있었다.

그리고 그 계곡의 풍부한 수량 덕분인지 진한 향기와 색감을 가득 담은 수많은 들꽃들이 계곡을 감싸듯 피어 있었다. 숨이 막히게 진동하는 꽃 내음이 계곡의 물안개 속에 가득 담겨 짙게 풍겨 왔다.

"저 계곡 위쪽에서 이곳을 본 적이 있습니다. 꽃들이 너무 고와서 공주께 보여 드리고 싶었습니다."

"천상 같습니다. 이곳은."

꽃향기에 홀린 듯 계곡에서 시선도 떼지 못한 채 연우가 잠긴 목소리로 말했다.

어려서도 가끔은 오라비들의 산행에 따라온 적이 있었다. 폐하와 황후마마까지 함께한 사냥에서도 야생 꽃밭은 많이 보았다. 하지만 지금 눈앞에 펼쳐진 이곳은 꿈속에서조차 상상해 보지 못한 모습인 것이다.

저 높은 계곡에서부터 흘러내린 물이 맑은 웅덩이를 만들며 수많은 생명에 생명수를 전달해서일까. 깎아지른 듯한 계곡 위에서부터 여러 가지 모양의 기암괴석들 사이로, 그리고 웅덩이가 만들어 놓은 평평한 공간에까지 수많은 들꽃들이 군락을 이루며 피어 있었다.

진초록의 잎사귀 사이로 형형색색의 꽃들이 흐드러지게 피어 서로의 아름다움을 과시하며 물결쳤다. 계곡에서 부서져 내리는 물안개와 계곡 위에서부터 쏟아져 내리는 햇빛이 만나 만들어 내는 무지개의 빛깔이 꽃보다 아름답지 못할 지경이었다.

"다리 아프시지요? 앉으십시오. 물 좀 떠 오겠습니다."

한없이 꽃구경에 빠져 있을 것 같은 연우를 불러 평평한 돌 위에 앉힌 서하가 커다란 나뭇잎을 따 그 안에 시리도록 맑은 물을 담았다. 푸른 나뭇잎 위에 파문을 만들며 담겨 있는 물을 받아 든 연우의 두 볼에 연한 미소가 번졌다.

"물그릇이 너무 어여쁩니다."

"가끔은 그런 것이 요긴합니다."

연우가 조심스럽게 나뭇잎 물그릇을 입가로 가져갔다. 목으로 넘어가는 그 시원함에 속이 다 얼어 버릴 것 같아 연우가 진

저리를 쳤다. 서하의 입가에 미소가 번졌다.

"와, 이가 시리게 차갑습니다. 이제 완연한 봄인데 어찌 이리 물이 차가운 것입니까?"

"산중에는 아직 봄이 완전히 온 것이 아닙니다. 게다가 이런 계곡은 한여름에도 손이 시리게 물이 차갑습니다."

"발을 담가 보아도 괜찮습니까?"

동그란 눈동자를 반짝 빛내며 묻는 연우의 물음에 서하가 잠시 생각에 잠겼다 고개를 끄덕였다. 아직 많이 차긴 하지만 발을 조금 담그는 것은 상관없을 것 같았다. 생각해 보니 이런 산행을 거의 해 보지 않은 연우에게 두 식경의 시간은 꽤 길었을 것이고 발도 많이 아플 것이다.

조심스럽게 치마를 걷어 올린 연우가 버선을 벗으려 하는 모습을 물끄러미 바라보던 서하의 입가에 웃음이 서렸다. 작은 발에 꼭 맞는 버선을 신은 것인지 땀이 찬 버선이 벗겨지지 않는 모양이었다.

끙끙대며 버선을 벗으려 애쓰는 연우의 모습을 가만히 바라보던 서하가 연우의 앞으로 다가서 무릎을 꿇었다. 난데없이 자신의 앞에 무릎을 꿇는 서하의 모습에 연우가 놀라 발을 내리려는 순간 서하의 커다란 손이 연우의 작은 버선발을 잡았다.

"서방님, 뭐…… 하시는 겁니까?"

"버선을 벗어야 물에 들어가실 것이 아닙니까. 버선 벗으시다가 해가 지겠습니다."

난감한 얼굴로 버선발을 뒤로 물리려 연우가 몸을 움츠렸지만 서하의 손에 잡힌 발은 거두어지지 않았다. 아니, 서하의 손은 꼼짝도 하지 않았다. 그리고 커다란 서하의 손이 작은 연우의 발에서 젖어 딱 붙어 있는 버선을 조심스럽게 벗겨 냈다.

붉게 부어 있는 작은 발이 나타났다. 서하의 미간이 살짝 일그러졌다.

"발이 아프셨습니까."

"아, 아닙니다."

서하의 시선이 여전히 자신의 발에 멈춰 있는 것이 난감한 연우가 발을 움츠리며 고개를 저었다. 나머지 발에서도 버선을 벗겨 낸 서하가 연우의 앞에서 물러서자 연우가 조심스럽게 계곡 물에 발을 담갔다. 작은 몸이 서리서리 차가운 물 때문인지 연우의 몸이 순간 움츠러들었다.

"익! 너무 차갑습니다. 한데, 정말 시원합니다."

계곡의 물만큼이나 시원하고 아름다운 미소가 연우의 얼굴에 걸리는 것을 보며 서하가 빙그레 흐뭇한 미소를 담았다.

"이런 외출, 오랜만이시지요?"

"정말 오랜만입니다. 예전에는 오라버니들 사냥 가실 때에 자주 따라다녔는데. 어머님께서도 요즘은 외출을 하지 않으시니 궁 밖 구경을 할 일이 하나도 없습니다."

'제가 요즘은 왜 사냥을 따라가겠다고 조르지 않는지 아십니까? 다치실까 봐 심장이 조여서 보고 있을 수가 없어서 따라가지 않는 것입니다.'

어제 파랗게 질린 얼굴로 쏟아 내던 연우의 진심이 떠올랐다.

어려서는 그리 따라가겠다고 성화를 해 자신과 무운을 난감하게 하더니 어느 날인가부터 연우는 사냥을 가겠다 하면 따라나서지 않았다.

아니, 어느 날부터가 아니다. 자신이 멧돼지 사냥을 하다 멧돼지에게 공격을 당하는 것을 눈앞에서 본 이후부터였다. 그 후부터 그녀는 사냥에 따라나서지 않았다.

"이제 자주 나올까요? 이렇게 꽃구경도 하고, 도성도 구경하고."

무심한 듯 내뱉는 서하의 말에 물가를 내려다보고 있던 연우의 시선이 거세게 들어 올려졌다. 놀라움과 반가움이 고여 반짝반짝 빛을 품어 내는 연우의 눈동자가 봄의 빛보다 더 아름다웠다.

"도성요? 정말이십니까? 정말 저 데리고 가 주실 것입니까?"

"사고 치지 않으신다고 약속하시면 모시고 가지요."

"약속하겠습니다! 정말입니다!"

한껏 들떠 목소리가 높아진 연우의 볼이 연분홍으로 물들었다. 붉은 입술이 환하게 열려 가지런한 새하얀 이가 다 드러나 보이고 있었다. 문득, 그 붉은 입술에 시선이 간 서하가 고개를 돌렸다.

말도 없이 위험한 범 사냥을 갔다고 불같이 화를 낸 것이 꼭 거짓인 것처럼 환하게 미소를 지으며 행복에 잠기는 연우의 모습에 서하가 편한 마음으로 하늘로 시선을 돌렸다.

숲이 우거져 있고 계곡이 깊어서인지 하늘은 머리 위쪽에만 그 푸른 위용을 보여 주고 있었다. 짙은 계곡과 푸르른 나무들 사이에서 보기 때문일까. 다른 곳에서 막힘없는 하늘을 보던 것과는 달리 계곡 안에 갇힌 듯한 푸른 하늘은 더욱 선명하게 푸른 빛이었다.

저 하늘의 푸른 물결이 쏟아져 내려 이 계곡의 물줄기를 만든 것처럼. 아름답고 푸르지만 갇힌 듯한 저 계곡 위 하늘이 꼭 지금의 자신처럼 느껴져 서하가 얕게 숨을 토해 냈다.

곁에서 들리는 서하의 얕은 숨결에 문득 고개를 든 연우가 하늘을 올려다보고 있는 서하의 옆모습에 시선을 고정했다.

처음 황궁에서 마주쳤을 때의 그는 지금보다 더 여리고 섬세한 얼굴선을 가지고 있었다. 꼭 그린 듯하던 그 모습이 아직도 뇌리에 조금은 남아 있는 연우였다.

자신을 향해 고개를 돌렸을 때 깜짝 놀랐었다. 그림이 움직이는 줄 알고. 그때의 모습에 비하면 지금은 선이 더 굵어지고 단단해져 보이는 서하의 옆모습이었다. 그때가 소년의 모습이었다면 지금은 사내가 되어 버린 모습이랄까.

무심한 듯한 표정으로 한없이 계곡 위 갇혀 있는 하늘을 올려다보는 서하의 짙푸르고 가라앉아 있는 눈동자에 멎은 연우의 시선이 살짝 일그러졌다. 때로 저렇게 아무것도 담기지 않은 서하의 눈동자가 불안하고 안타까운 연우였다.

저 눈빛에 담긴 마음이 어떤 것인지 아직 완전하게 이해하지는 못한다. 하지만 그가 저런 눈빛을 할 때면 자신도 가슴 한쪽이 저리고 알 수 없는 불안이 느껴졌다.

읽히지 않는 그의 눈빛은 언제나 그녀를 불안하게 하는 것을 그는 모를 것이다. 정체를 알 수 없는 불안함을 어떻게 전해야 하는지 연우 자신도 모르는 일이기에.

그의 불안을 느끼게 하는 눈빛에서 벗어나고 싶은 듯 연우가 고개를 돌렸다. 짙푸른 것이 꼭 서하의 눈빛을 닮은 계곡물 저 안쪽에 유유히 헤엄치고 있는 작은 물고기들이 시선 안에 들어왔다.

너무도 투명해서 조금만 손을 내밀면 닿을 듯 느껴지는 거리에서 장난을 하듯 헤엄치고 있는 물고기들을 본 연우가 조심스럽게 자리에서 일어났다.

물속을 헤엄치고 있는 물고기는 어떤 감촉일까 문득 궁금해지는 그녀였다. 손을 스쳐 지나가는 물고기의 감촉을 느껴 보고 싶었다.

그저 그래서였다. 그녀가 푸른 이끼가 가득 덮인 돌 위로 무심히 발을 올려놓은 것은.

"까악!"

작은 발이 돌 위에 온전히 올려지기도 전에 그대로 주룩 미끄러지며 그녀의 작은 몸이 계곡이 만들어 놓은 작은 웅덩이로 삼켜지듯 쑥 빨려 들어갔다.

바닥까지 너무도 가깝게 보이던 작은 웅덩이였다. 한데 그 작은 웅덩이의 깊은 수심이 그녀의 작은 몸을 온전히 삼키고도 남을 정도로 깊을 것이라는 것을 그녀는 상상조차 하지 못했다.

온몸이 조각날 듯한 시리도록 차가운 감각이 맨 처음이었다. 그리고 그다음 순간 연우는 자신의 온몸이 심연으로 끌려 들어감을 느꼈다. 그리고 그 심연의 공간에서 작은 몸이 무엇인지 모를 것에 강하게 부딪치는 순간 머릿속이 아득해졌다.

그때였다. 무엇인가가 그녀의 작은 몸을 끌어안은 것은.

등줄기를 섬뜩한 것이 주욱 훑고 지나가는 느낌이 드는 순간, 귓가를 찢으며 들려온 그녀의 비명이 첫 번째였고 그 비명과 함께 계곡을 울리는 커다란 물소리가 두 번째였다. 자신도 모르게 돌려진 시선 속에 연우의 작은 몸이 짙푸른 계곡물 속으로 빨려 들어가는 것이 서하의 시선에 가득 들어왔다.

조금 전까지 연우가 앉아 있던 바위 위는 텅 비어 있었다. 그녀의 작은 버선과 꽃신만이 남겨져 있을 뿐.

아무것도 생각할 틈 없이 서하가 그녀가 사라진 물속으로 뛰어들었다.

"쿨럭! 쿨럭!"

작은 몸이 힘겹게 떨며 물을 토해 내는 모습에 서하의 얼굴이 거칠게 일그러졌다. 얼마나 물을 삼킨 것인지 알 수 없고 어디를 어떻게 다친 것인지도 확인할 수가 없었다.

서하의 팔에 기대 겨우겨우 물을 토해 낸 연우의 몸이 서하의 팔 안에서 축 늘어져 버렸다.

차가운 계곡의 바람이 젖은 그녀의 작은 몸을 감싸 안았다. 조금이라도 바람에서 보호하고 싶어 품 안 가득 품어 안은 상태였지만 자신의 몸도 흠뻑 젖어 차가운 것은 마찬가지였다.

"공주. 공주."

품 안의 연우를 살살 흔들었지만 연우의 작은 몸은 늘어진 채 서하의 손길에 이리저리 흔들릴 뿐이었다. 얼음 조각이 심장을 스윽 베어 내는 듯한 느낌에 서하가 숨을 삼키며 연우를 안았다. 시리도록 차가운 작은 몸이 떨리기 시작하는 것이 온몸으로 느껴졌다. 시간이 없었다.

초봄의 산은 공기가 차다. 물에 젖지 않았다면 문제 될 것이 없을 정도의 차가움이지만 지금 그녀의 온몸은 시리게 차가운 계곡물에 흠뻑 젖은 상태였다. 게다가 의식도 없다. 옷을 갈아 입혀야 하는데 자신의 옷도 마찬가지여서 갈아입힐 수도 없는 상황이었다.

떨림을 담기 시작하는 그녀의 작은 몸은 곧 열이 오를 것이었 다. 이대로 시간을 조금이라도 지체하면 정말 큰일이 날 수도 있을 것이다.

연우를 들어 안은 서하가 그대로 자리에서 일어났다. 서하와 연우의 몸에서 뚝뚝 시리게 차가운 물이 떨어져 내렸다.

"견뎌야 합니다. 공주."

아주 잠시 파랗게 변해 버린 연우의 작은 얼굴을 응시한 서하 가 그녀를 팔 안에 꼭 품어 안은 채 달리기 시작했다.

자신을 보니 반가운지 머리를 비벼 대는 서하의 애마를 가만 히 쓰다듬어 주던 건의 시선이 조금 떨어진 곳에서 궁녀들에게 할 일을 지시하고 있는 난에게 닿았다. 한 치의 실수도 없이 자 신의 일을 하는 그녀의 모습은 궁 안에서처럼 한 점 흐트러짐도 없었다.

그동안 여러 궁녀들이 바뀌고 새로운 궁녀들이 부마의 궁으 로 들어왔지만 난은 계속 머물러 왔다. 해서 지금은 외궁의 모든 일을 그녀가 담당하다시피 하고 있는 상황이었다. 지금도 모든 궁녀들이 그녀의 지시에 따라 부마와 공주가 오실 것을 대비해 편하게 쉬실 수 있도록 만반의 준비를 하고 있었다.

난에게 잠시 머물렀던 건의 시선이 산 위쪽으로 향했다. 얼마 전 무운과 이쪽으로 사냥을 왔다가 보았던 계곡으로 간다고 했으니 내려오려면 조금 더 기다려야 할 모양이었다.

서하 혼자였다면 왕복에 얼마 걸리지 않을 거리지만 연우를 데리고 움직이려면 왕복하는 데에만 족히 시간이 걸릴 것이 자명했다.

요즘 점점 여인의 태가 확연해지고 있는 연우이건만 서하의 눈에는 여전히 아이로만 보이는 것 같아 걱정인 건이었다.

이렇게 궁을 나와 조금은 다른 시간을 보내면 서로를 다른 시각으로 볼 수도 있는 기회가 될 수 있을 것 같아 이번 산행이 반갑기만 했었다. 다른 것은 그리도 예민하고 감각이 다른 서하이건만 연우의 눈빛이나 마음만은 영 느끼지 못하고 있는 것 같았다.

요즘 들어 연우가 자주 화를 내고 눈물을 보이는 이유, 주변의 다른 이들은 다 알고 있는 이유를 서하 본인만이 모르고 있는 것이다.

"하……."

금방 푸른 물이 뚝뚝 떨어져 내릴 듯 맑은 봄 하늘을 올려다 보던 건이 순간 몸을 일으키며 옆에 차고 있던 검집에 손을 대었다. 자신 쪽으로 달려오는 낯선 기척 때문이었다.

"황자님?"

건의 눈이 커다랗게 열렸다. 수풀을 헤치며 날듯 달려오고 있

191

는 것은 서하가 분명했다. 한데 그 모습이 이상했다.

무엇인가를 품에 가득 품어 안은 서하의 서늘한 모습에 건의 심장이 강하게 울려 왔다. 알 수 없는 두려움이 온몸을 감아 돌았다. 두려움이 가득 찬 건의 눈에 서하의 품에 안겨 있는 것이 들어왔다. 그것은 공주, 연우였다.

임시로 마련한 천막 안으로 급히 연우를 눕힌 서하가 몸을 일으키려다 고개를 숙였다. 자신의 옷을 움켜쥐고 있는 연우의 손이 자신을 놓아주지 않았기 때문이다. 이미 열이 오를 대로 올라 숨소리마저 불안정한 연우가 높은 열 때문에 힘겹게 떨리는 손으로도 그를 놓으려 하지 않고 있었다.

"공주."

"하아, 하아."

너무도 거칠어서 폐 저 깊은 곳에서 무엇인가가 긁혀 나오듯 연우의 숨소리는 힘겨웠다. 두 사람의 모습에 놀란 난이 다가와 공주의 상태를 보고 손으로 입을 가렸다. 다가오던 이들이 굳은 듯 멈춰 섰다. 그들을 돌아보는 서하의 눈빛이 서늘함을 가득 품고 있었다.

"일단 젖은 옷을 갈아입혀야 한다."

그녀에게서 몸도 떼어 내지 못한 서하가 그녀의 곁으로 달려온 시녀들에게 말하자 모두가 난감한 표정을 하며 서로를 바라보았다. 공주의 옷을 여벌로 가져 오지 않은 것이었다. 그저 한나절의 산행이라 그런 것까지는 신경 쓰지 못했었다.

게다가 공주를 이 시야가 다 트인 곳에서 옷을 벗기라는 명이 당황스러운 그녀들이었다. 난감함을 담는 궁녀들을 잠시 돌아본 난이 자신의 궁녀복을 벗기 시작했다. 모두의 눈이 커다랗게 떠졌다.

"저희가 공주님의 의복을 갈아입혀 드리겠습니다. 화운위께서는……."

"괜찮다. 나는 여기 있겠다."

의아함을 담고 서하를 응시하던 난이 이내 고개를 돌려 궁녀들에게 고갯짓을 하자 궁녀들이 천막을 감싸고 섰다. 공주의 모습을 가리기 위해서였다.

침착한 움직임으로 난이 공주의 겉옷을 찢듯 벗겨 내고는 자신의 겉옷을 대충 걸쳐 입혔다. 그리고 공주의 작은 몸을 모포로 감쌌다. 그 와중에도 연우의 작은 몸은 끔찍하게 떨고 있었다.

모포로 덮인 연우의 몸을 서하가 다시 품에 안고 일어섰다.

"황자님, 어찌하시려는 것입니까."

바람 한 점 들어갈 수 없게 하려는 듯 그녀의 작은 몸을 모포로 감싼 서하가 천막을 나서자 건이 앞으로 다가섰다. 걸음을 멈추지 않은 채 서하가 건을 돌아보았다.

"내가 공주를 모시고 궁으로 바로 돌아가겠다. 너도 이대로 말을 달려라. 그리고 내가 도착하기 전에 어의를 준비시켜."

"가마로 모시는 것이……."

"서둘러야 해. 열이…… 너무 높다."

서걱거리는 심장이 느껴질 만큼 메마른 서하의 목소리에 건이 말을 잃었다. 하얗게 질린 서하의 얼굴만으로도 지금 공주의 상태를 짐작할 수 있었다. 거칠고 불규칙적인 공주의 힘겨운 숨소리가 곁에 선 건에게까지 느껴질 정도였다. 모포까지 들썩일 만큼 그녀는 떨고 있었으니까.

한 손에 그녀를 안고 다른 한 손으로 말고삐를 잡은 서하가 달려 나가자 그 뒤를 몇 명의 무사들이 말을 타고 따랐다.

"이곳은 난 님께 부탁드리겠습니다."

"걱정 마시고 어서 가세요."

건이 속곳차림으로 서 있는 난을 향해 가볍게 눈인사를 하고 말에 올랐다. 바람처럼 달려 나가는 그의 뒷모습에 남겨진 이들의 걱정 어린 눈빛이 머물렀다.

❀

새파랗게 질린 얼굴로 화궁 안으로 달려 들어오는 황제와 황후의 모습에 건이 고개를 숙이며 이를 악물었다. 온 궁 안이 발칵 뒤집혀 있었다.

예상했던 것보다 공주의 용태는 심각했고 열도 내리지 않는 상황에서 장기 손상이 의심되고 있었다. 계곡물의 빠른 흐름에 몸이 휩쓸렸던 모양이었다.

작은 몸이 소용돌이에 휩쓸리며 바위 등에 부딪쳤다면 겉으로는 출혈이 보이지 않는다 하여도 안이 많이 상했을 것이 분명했다. 그 때문에 열도 잡히지 않을 수 있을 것이다.

게다가 문제는 호위 무사들도 없이 서하 혼자 공주를 데리고 나갔다 생긴 일이라는 것이었다. 걱정이 가득 고인 건의 눈빛이 환하게 밝혀진 내궁 안쪽을 안타깝게 응시했다.

공주의 침실 안으로 급하게 들어서는 황제와 황후를 보고 태자 경운이 그들의 옆으로 다가섰다. 이미 소식을 듣고 달려와 있는 세 황자였다. 하얗게 질려 비틀거리는 황후의 팔을 잡은 경운이 황후를 연우의 침상 곁으로 이끌었다

연우의 옆에 앉아 있던 서하가 황후의 모습에 자리에서 일어나다 멈칫하는 모습이 황후의 눈에 들어왔다. 가늘고 작은 손이 서하의 옷깃을 꼭 움켜잡고 있는 것이 눈에 들어왔다. 황후의 눈에 물기가 가득 고이기 시작했다.

"연우 공주야."

무너지듯 침상 곁에 앉은 황후의 눈에 금방이라도 바스라질 것 같은 작고 여린 딸의 모습이 들어왔다.

어제까지 해맑게 웃으며 수많은 귀족 여인들 앞에서도 기죽지 않았던 딸의 모습이 꼭 거짓인 것처럼 딸의 모습은 파랗게 탈색된 것처럼 보였다. 꼭 감긴 눈은 다시는 떠지지 않을 것처럼 짙은 그림자를 드리우고 있었고 겨우겨우 뱉은 숨이 새어 나오는 입술은 파랗게 죽어 메말라 있었다.

하루 만에 자신의 딸이 아닌 다른 아이가 누워 있는 것처럼 낯설어 황후의 심장이 바닥으로 곤두박질칠 지경이었다. 딸의 얼굴에 머물던 황후의 시선이 천천히 움직였다.

살기 위해 잡고 있는 것처럼 작고 가는 손가락이 부마의 옷자락을 잡고 있는 것에 황후의 시선이 닿았다. 그렇게 어린 각시에게 옷자락을 내어 주고 움직이지도 못한 채 침상 곁에 앉아 있는 사위의 하얗게 바랜 얼굴에 닿은 황후의 얼굴이 아프게 일그러졌다.

"대체 왜! 둘만이 나간 것입니까!"

핏물이 배어 나올 듯 악문 황후의 입술에서 작은 악다구니가 쏟아져 나왔다. 경운이 떨고 있는 황후의 팔을 잡았다.

"어마마마."

"하정이라도 있었으면! 다른 이들이라도 있었으면 다치지 않았을지도 모르지 않습니까!"

"황후, 그만하시오."

방 안에 들어와 이제까지 아무런 말도 없던 황제가 천천히 앞으로 걸음을 옮겼다.

짙게 가라앉은 다갈색 눈동자가 겨우겨우 숨을 토해 내고 있는 어린 딸과 그 곁에 죽은 듯 움직이지 않고 앉아 있는 사위를 훑어 내리고는 침상 옆에 어쩔 줄 모르며 지키고 서 있는 어의를 향했다. 입술이 메말라 힘겨운지 잠시 숨을 고른 황제가 어의를 향해 입을 열었다.

"공주의 상태를 정확히 말하라. 어의."

"의녀가 살핀 바로는 내상이 의심되는지라 아직 정확한 상황을 말씀드릴 수가 없사옵니다. 폐하. 일단 해열을 위한 탕제와 침을 준비하여 열을 잡으며 내상을 확인하려 하옵니다."

"생명이 위험하다거나 하는 것은…… 아니겠지."

낮으나 약하게 떨리는 황제의 물음에 어의가 일순 숨을 삼켰다. 다른 이도 아니고 황제의 물음이다. 조금의 거짓이나 꾸밈도 없어야 하는 것이다. 말 한 마디에 자신의 목을 걸어야 하기에.

모두의 시선이 어의를 향했다. 힘겹게 숨을 삼킨 어의가 천천히 입을 열었다.

"혹여 열이 쉬이 잡히지 않고 그것이 내상 때문이라면…… 위험하실 수도 있사옵니다."

경운의 팔에 겨우 의지해 있던 황후의 몸이 주르륵 바닥으로 미끄러져 내렸다.

"제 불찰입니다."

숨조차 제대로 내쉬지 못하고 있는 모두의 귓가로 낮고 차디찬 목소리가 들려왔다. 여전히 옷깃은 연우의 손에 맡긴 채 일어선 서하가 모두를 향해 고개를 들었다. 어둠을 짙게 품은 검은 눈동자가 모두를 향해 있었지만 그 검은 눈동자에는 아무것도 비치지 않고 있었다.

"모든 것이 제 잘못입니다."

아프게 새어 나오는 서하의 목소리에 무운의 미간이 아프게 일그러졌다. 어떤 상황이었는지 서하의 모습을 보는 것만으로도 느낄 수 있는 무운이었다.

흙과 나뭇잎 등으로 얼룩진 장의는 여기저기 찢겨져 있었다. 헝클어진 긴 머리와 새하얀 얼굴에 수없이 새겨진 작은 상처들. 그가 물에 빠졌던 연우를 구해 내 어떻게 여기까지 달려온 것인지 그의 모습만으로도 한눈에 느껴져 왔다.

"아니야……."

그 순간이었다. 숨 막히는 정적을 뚫고 가늘고 힘겨운 목소리가 들려온 것은. 허공을 향했던 서하의 짙게 가라앉은 눈동자가 거칠게 침상 위로 향했다. 떠지지 않을 것 같던 연우의 눈이 아주 조금 열린 모습이 보였다. 열에 들떠 거칠게 흔들렸지만 그 눈동자 안에는 분명 서하가 담겨 있었다.

"서, 서방님 잘못 아니에요. 제가, 하아. 제가 조른 거예요."

말라 터진 입술로 겨우겨우 힘겹게 말을 뱉어 낸 연우의 눈이 다시 천천히 감기기 시작했다. 그리고 계곡에서부터 지금까지 한 번도 놓지 않았던 서하의 옷깃이 작은 연우의 손에서 스르르 떨어져 내렸다.

그녀의 작은 손이 힘없이 침상 위로 내려앉았다.

"어쩌죠? 삼키셔야 하는데…… 어떡해요. 유모님."

조심스럽게 입안으로 흘려 넣는 탕약이 주르륵 말라 버린 입술을 타고 그대로 흘러내려 버리자 하정이 울음을 머금으며 유모를 돌아보았다. 연우가 성장하면서 경운의 아들인 태손을 돌보기 위해 태손궁에 기거하던 유모가 급히 달려온 상태였다. 그 누구보다도 연우에 대해 잘 알기에 그녀의 곁을 하정과 함께 지키기 위해서였다.

"이리 다오. 내가 해 보마."

유모가 떨리는 손으로 탕약 사발을 받아 들었다.

며칠 전까지만 해도 환하게 웃는 모습으로 태손궁에 놀러 와 어린 조카와 놀아 주던 연우였다. 어찌나 어린 태손을 어여뻐하는지, 어린 태손이 어미보다 고모인 연우를 더 좋아한다고 모두가 알 정도로 연우는 태손을 귀히 여겨 왔다.

따스한 봄볕에 태손과 정원에서 뛰어 놀던 연우의 모습이 여전히 뇌리에 남아 있는데 약조차 삼키지 못하고 있는 연우의 모습은 유모에게도 심장을 도려내는 듯 힘겨웠다.

"삼키셔야 해요. 공주님. 삼키셔야 열이 내려요. 제발."

유모가 조심스러운 손길로 가만히 연우의 마른 입술 사이로 탕약을 흘려보냈지만 탕약은 조금도 연우의 목으로 넘어가지 못한 듯 다 흘러내려 버렸다.

그때였다. 커다랗고 마른 손이 유모가 든 탕약을 잡았다.

"화운위."

한나절 만에 핏기가 다 빠져 버린 사람처럼 창백하고 푸른빛까지 담긴 서하의 얼굴이 무심하게 탕약을 들고 연우의 곁으로 다가갔다. 불안을 담은 유모의 시선이 그런 서하를 좇았다.

유모가 화궁으로 들어섰을 때부터 서하는 연우의 발치에 앉은 채 꼼짝도 하지 않고 있었다.

연우가 조금 전까지 서하의 옷깃을 절대 놓지 않고 있었다는 이야기를 들었던 유모였다. 그런 상태로 그녀를 안고 산을 달려 내려와 말을 달렸다는 부마의 모습은 이제껏 한 번도 보지 못한 모습이었다.

검은 머리카락이 그의 넓은 어깨에 흐트러져 꼭 밤의 한 자락을 품고 있는 사람처럼 보였다. 하얀 얼굴에는 나뭇가지에 긁힌 듯 상처가 가득했고 옷은 물에 빠진 상태 그대로 구겨질 대로 구겨져 부랑아처럼 흉측하기까지 했다.

겨우겨우 숨결을 잡고 있는 연우보다 더 파리한 안색으로 연우 쪽으로 움직인 서하가 그녀의 앞에 무릎을 꿇고 앉았다. 그리고 탕약을 한 모금 자신의 입안에 머금었다.

"화운위?"

놀란 유모와 하정이 보는 앞에서 서하가 커다란 손으로 작은 연우의 얼굴을 가만히 들어서 천천히 그녀의 입술에 자신의 입술을 가져갔다. 뜨거움이 가득한 작은 입술에서 새어 나오는 숨결을 고스란히 품으며 서하가 연우의 마른 입술을 열었다.

기도로 넘어가지 않게 하기 위해 한 손으로는 조심스럽게 힘없이 늘어져 있는 그녀의 목을 들어 안고 서하가 그녀의 작은 혀를 자신의 혀로 누르며 탕약을 그녀의 목 안으로 흘려 넣었다.

본능적인 움직임이었을까. 연우의 목울대가 살짝 움직였다.

"흑!"

서하가 다시 한 모금을 연우에게 넘기게 하는 것을 바라보던 하정이 두 손으로 얼굴을 감싸며 울음을 토해 냈다.

"공주님이 바라시던 화운위와의 첫 접문은 이런 게…… 아닌데. 이런 거 아닌데."

울음소리에 섞여 겨우겨우 들리는 하정의 목소리에 서하의 움직임이 차갑게 굳어졌다.

불투명한 문 사이로 달빛이 연하게 들이치고 있었다. 아까 낮에 보았던 맑은 하늘 덕분인지 달빛이 투명하리만치 맑았다. 그 맑은 달빛 아래 어둠을 품은 사내의 그림자가 작은 소녀를 감싸듯 드리워져 있었다.

차라리 낮에는 거친 숨소리라도 흘려 내던 연우의 입술은 이제 숨소리조차 느껴지지 않고 있었다. 가까이 다가가 그 약한 숨결을 느끼지 않으면 숨을 쉬고 있지 않은 것처럼 보일 정도로 연우의 숨결은 약했다. 한 시진마다 어의가 들어와 연우의 상태를 살폈지만 연우의 상태는 변화를 보이지 않았다.

"화운위께서도 잠시 쉬셔야 합니다. 안색이⋯⋯."

"⋯⋯."

감각을 잃은 사람처럼 자신이 들어오는 기척에도 움직이지 않는 서하를 향해 어의가 조심스럽게 물었지만 서하에게는 들리지 않는 것 같았다.

어의가 조심스러운 걸음으로 방을 나가자 절대 움직이지 않을 것 같던 서하의 그림자가 움직이기 시작했다. 길고 단단한 서하의 손가락이 여전히 뜨거운 열기를 품고 있는 연우의 작은 볼에 닿았다.

'싫지 않으시다 하니 그것으로 되었습니다. 마음이 놓입니다.'

싫지 않다는 그 말에 환하게 웃던 어린 소녀의 얼굴이 문득 떠올랐다. 지금 눈앞에 있는 파랗게 질려 버린 작은 얼굴이 아니라 연한 홍조를 띠던 작은 얼굴이. 계곡물보다 더 시리도록 맑던 그 다갈색 눈동자가.

불현듯 두려움이라는 낯선 감각이 등줄기를 타고 흘러내렸다. 그 맑던 동그란 눈동자가 눈앞에 있는데 볼 수가 없는 것이다. 어쩌면, 다시는 볼 수 없을지도 모른다.

처음 조원전으로 뛰어 들어오던 그 작은 그림자부터 오늘 낮 환한 봄볕 아래 아름답게 웃고 있던 모습까지가 머릿속을 휘감아 왔다. 서하가 미간을 좁히며 입술을 악물었다.

제대로 바라봐 주지도 않고 지나쳤던 순간들이 아프게 가슴속으로 밀려들고 있었다. 기억 속에 담긴 줄도 몰랐던 순간들이

봇물처럼 머릿속을 휘저으며 떠올랐다. 연우의 볼에 멎었던 서하의 시선이 천천히 움직여 그녀의 하얗게 늘어져 있는 작은 손가락에 닿았다.

함께하던 조반마다 그가 좋아하는 것들은 일부러 그의 앞쪽으로 밀어 놓던 작은 손가락.

한시도 피멍이 가실 날 없이 바늘에 찔려 가면서도 자신의 무복에 어설픈 수를 놓아 주던 가늘고 새하얀 손가락.

파랗게 질린 채 옷깃을 놓지 않던 그 아프고 아픈 손가락.

서하의 커다란 손이 연우의 작은 손을 가만히 쥐어 잡았다. 뜨겁게 느껴질 정도로 메마른 작은 손가락이 커다란 손안에서 금방이라도 바스라질 것처럼 느껴졌다. 자신의 가슴도 그 손가락처럼 바스라질 것 같아 서하가 힘겹게 숨을 삼켰다.

느끼고 있었다. 동경과 호기심이 가득하던 그 동그랗던 눈동자가 조금씩 변하고 있다는 것을. 이 작은 소녀의 심장에 자신이 어떤 존재인지를. 알면서도, 느끼면서도 외면해 왔었다. 그랬다. 그 감정들을 온전히 받아들일 수 없을 것 같아서 차라리 모른 척하려 했었다.

스스로도 모르는 자신의 감정이 그녀를 다치게 할까 두려웠다. 아직 자신에게 그녀는 어린 누이였고 정략결혼의 대상자였으니까. 어설픈 감정 놀이로 그녀를 다치게 하고 싶지 않았다. 그저 지금처럼 그렇게 그 고운 미소만으로 행복하고 싶었다. 한데…….

수면 밑으로 사라지는 그녀의 모습을 본 순간 심장이 멎는 줄 알았다. 아무것도 떠오르지 않았고 그 어떤 생각도 할 수가 없었다. 아무 계산도 하지 않은 채 물속으로 뛰어든 것은 스스로도 이해할 수 없는 자신의 모습이었다.

그리고 지금, 다시는 떠지지 않을 것 같은 그녀의 눈동자 앞에서 이렇게나 그녀의 그 동그란 눈동자가 그리울 줄 미처 알지 못했었다. 지금 이 순간까지도.

무운이나 무사들과 대련을 할 때마다 차마 말리지 못하고 힘겹게 돌아서던 모습을 알고 있었다. 어려서는 따라다니던 사냥을 어느 날인가부터 따라오지 못하고 입술만을 베어 물며 배웅하던 이유도 알고 있었다.

자신에게 머물지 않는 서하의 시선을 한없이 아프게 따르던 그녀의 시선을 기억한다. 아주 잠깐 머물러 주는 자신의 시선에 행복해하며 짓던 미소가, 어쩌다 내밀어 주는 자신의 손길에 붉게 물들던 귓불이 이렇게 선연한데 지금 눈앞의 그녀는 다시는 웃을 수 없을 것처럼 어둠 속에 잠겨 있었다. 지금 이 순간이 미칠 것 같은 서하였다.

짙은 어둠 속으로 그의 심장이 잠겨 들고 있었다.

누가, 그래?
내가, 공주와 합방하지
않았다고?

　진한 한숨을 삼키며 태자궁으로 들어서던 경운이 자신의 앞을 막아서는 무운의 모습에 고개를 들었다. 이를 악물고 서 있는 무운의 모습만으로도 이미 무운이 무엇을 확인하려 이곳에 와 있는지 알 수 있는 경운이었다.

　무운의 뒤에는 난감한 표정으로 어쩔 줄 몰라 하는 지운의 모습도 보였다. 아마도 이 일을 알고 지운이 무운에게 달려갔을 것이다. 그 누구에게도 발설되지 못하게 입단속을 한 상황이지만 궁 안에서 일어나는 모든 일을 지운은 알 수 있으니까.

　다른 일이라면 알고도 모르는 척하는 지운이지만 이번 일만은 그럴 수 없었던 모양이다.

"어디 다녀오시는 것입니까."

"들어가자."

"태웅전입니까."

"무운아."

"정말……입니까?"

붉게 물든 무운의 눈동자가 아프게 일그러졌다. 그 모습에 어찌할 줄 모르는 지운은 하늘을 보며 숨을 삼켰다. 짙은 그림자를 품은 경운의 눈이 무운을 바라보았다.

"만약의 사태에 대비하는 것뿐이다."

"하, 만약의 사태? 그게 뭡니까? 우리 연우! 아직 살아 있습니다!"

"…….."

경운이 질끈 눈을 감았다. 조금 전 태웅전 안에서 자신이 뱉어 낸 말이었다. 지금의 무운처럼 이를 갈며 자신도 뱉어 냈다. 아버지와 천여의 예부령 앞에서. 아마 자신의 일갈에 대답하지 못했던 아버지의 심정도 지금의 자신의 심정과 같았을 것이다.

"아직 멀쩡하게 살아 있는 아이를 두고, 지금 무슨 거래들을 하는 겁니까? 내가 죽여 버릴 겁니다. 그 천여의 예부령 놈!"

무운이 거친 걸음으로 달려 나갈 듯 움직이는 것을 경운이 붙잡았다. 늑골이 부서져 조금의 움직임에도 지독하게 고통스러울 텐데도 무운의 얼굴에는 고통은 흔적도 찾아볼 수 없었다. 터질 듯 타오르는 눈빛이 고통조차 다 삼킨 듯 보였다.

"국경의 상태가 좋지 않아. 불안해서 생각하는 자구책일 뿐이

다. 만에 하나의 수까지…… 생각해야 한다. 그게 폐하의 위치
시니까."

"빌어먹을! 빌어먹을!"

무운이 거세게 발을 구르다 가슴이 조이는지 털썩 바닥에 주
저앉았다. 쓰러지듯 주저앉는 무운의 모습에 놀란 지운이 무운
을 부축하려 하자 무운이 거칠게 지운의 팔을 밀어냈다.

"건들지 마!

버럭 고함을 치는 무운의 눈에서 물기가 뚝 바닥으로 떨어져
내렸다.

난감함이 가득 담긴 얼굴로 내궁 안으로 들어서던 건이 막 내
궁 안쪽에서 나오는 난을 보고 걸음을 멈췄다. 그녀의 손에 들
린 것은 죽 그릇이었다. 차갑게 식은 듯 보이는 죽 그릇은 손 한
번 대지 않은 채였다. 그것이 누구를 위한 것이었을지는 묻지
않아도 알 수 있었다.

"여전히 들지 않으십니까."

"……보지도 않으십니다."

사흘째였다. 부마 서하가 물조차 제대로 마시지 않고 있는 것
이.

공주 연우가 의식을 차리지 못하고 사경을 헤매고 있는 사흘
동안 그 곁에 머물고 있는 서하는 살아 있는 이가 아닌 것처럼
느껴졌다.

잠도 자지 않았고 연우의 곁을 한시도 떠나지 않았다. 이러다
부마저 쓰러지겠다고 어의가 불안해할 지경이었다. 모두가 건

에게 제발 부마를 쉬게 해야 한다고 난리였다.

하지만 건은 그럴 수 없었다. 아니, 그렇게 할 수 없다는 것을 알고 있었다. 자신의 주인이 지금 느끼고 있을 마음이 어떠한 것인지 너무도 잘 알기에.

"황자님. 건입니다."

예상했던 대로 안에서는 그 어떤 기척도 느껴지지 않았다. 자신의 목소리를 안쪽의 어둠이 삼켜 버리는 듯 어둠이 깔린 내궁 안 침전에서는 숨소리마저 들려오지 않았다. 건이 조심스럽게 문을 열었다.

숨이 가슴 저 깊은 곳에서 갇혀 버리는 느낌이었다. 건이 겨우겨우 숨을 토해 내며 한 발을 안으로 들여놓았다.

그 무엇도 들리지 않고 보이지 않는 것처럼 서하는 들어서는 건의 기척에도 움직이지 않았다. 방 안으로 환한 한낮의 햇빛이 들이치고 있는데도 안은 어둠으로 가득 차 보였다. 환한 빛 안에 짙은 어둠이 똬리를 틀고 있는 것처럼 서하 혼자만이 빛 속의 어둠이었다.

건이 차마 내뱉지 못하는 숨을 다시 목 안으로 눌러 참으며 서하의 곁으로 다가섰다.

"황자님, 예부령 하찬이 뵙기를 청하고 있습니다."

들리기는 하는 것일까. 미동도 없던 서하의 고개가 천천히 들어 올려졌다. 퇴색된 듯 메말라 버린 검은 눈동자가 건을 올려다보았다. 그리고 말없이 서하의 긴 몸이 건을 마주 보고 일어섰다.

차를 따르는 여인의 손끝에 머문 하찬의 시선이 손끝을 떠나 손목으로, 그리고 더 위로 천천히 들어 올려졌다.

천여에서도 아름답다는 여인들은 수없이 보아 온 자신이었다. 뛰어난 말주변으로 인물이 좀 반반하다는 여인들은 너무도 쉽게 품 안으로 끌어안아 보았던 자신이었다.

한데 이제껏 본 어떤 여인보다도 아름다운 여인이 눈앞에 있었다. 자신이 지금 참담하고 애통한 일에 대해 이야기를 하러 온 것이라는 것조차 까맣게 잊을 만큼 하찬의 시선은 자신의 옆에 서 있는 궁녀에게 향해 있었다.

자신의 시선을 느낄 텐데도 이미 그런 것에는 이골이 난 듯 여인은 눈짓도 주지 않고 주저하지도 않았다. 그저 무심한 듯 차를 따르고 다과를 내려놓을 뿐이었다. 그런 담담한 모습이 사내를 더 애타게 한다는 것을 아는 것처럼 보이는 여인이었다.

하찬이 꿀꺽 마른침을 삼켰다.

"이름이…… 무엇이냐."

입가에 진득한 미소를 담으며 묻는 하찬의 물음에 여인이 물끄러미 하찬을 내려다보았다. 궁녀 주제에 천여의 예부령을 똑바로 바라보는데도 그 눈빛에 홀린 듯 하찬은 그 사실조차 자각할 수가 없었다.

"황자님께서 오셨습니다."

여인이 그 고운 입술을 열려는 순간 밖에서 들려오는 소리에 하찬의 미간이 제어할 사이도 없이 거세게 일그러졌다. 밖에서의 기척을 기다리기라도 한 듯 여인이 살짝 고개를 숙이고는 밖으로 나갔다. 하찬이 짜증이 가득 고인 얼굴로 자리에서 일어나다 들어서는 이의 모습에 놀라 고개를 들었다.

사흘 동안 곡기도 입에 대지 않고 있다는 이야기는 들었다. 아직 합궁도 하지 않은 부부이지만 그래도 이곳은 가여의 궁 안이니 황자가 하는 행동에 잘하고 있다고 감탄한 하찬이었다.

어려서부터 영민하더니 이런 곳에서 어찌 처신해야 하는지 가르쳐 주지 않아도 잘 알아서 하고 있어 다행이라 여겨졌다. 공주가 위독한데 신경도 쓰지 않고 있다면 가여 황실의 동정표를 살 수는 없을 것이니까.

한데 지금 눈앞에 보이는 이의 모습은 그저 상황을 위해 신경을 쓰고 있는 이의 모습이 아니었다. 한 번도 본 적 없는 서하의 모습에 하찬이 입을 열지 못하고 그저 멍하게 서하만을 바라보고 있었다.

"앉으세요."

힘에 겨운지 푸른 입술에서 얕은 숨을 뱉어 내며 하찬에게 말한 서하가 하찬의 맞은편에 앉았다.

빛이라고는 찾아볼 수 없게 차디차게 식은 눈동자, 치료하지 않아 아직도 제대로 아물지 못한 얼굴의 상처들, 파리하다 못해 푸르게 말라 버린 서하의 입술이 하찬의 시선 안에 가득 차 왔다. 지금 위독한 사람이 공주가 아니라 혹 황자인 것은 아닌지 의아함이 들 정도였다.

"무슨 일입니까. 폐하의 전갈입니까."

1년에 한 번씩은 폐하의 전갈이나 태자의 전갈을 가지고 가여

210

를 다녀가곤 했던 하찬이었다. 의례적인 예부령의 발걸음에 실려 오는 천여의 소식을 듣곤 했던 서하였다. 이번 일로 천여의 이들도 놀랐을 것이었다.

"차선책을 마련해 놓았습니다. 황자님."

눈앞에 앉아 있는 하찬에게도 머물지 못하고 허공만을 맴돌던 서하의 시선이 이 방에 들어와 처음으로 하찬에게로 향했다. 무슨 소리인지 알아듣지 못한 듯 자신을 멍하게 바라보는 서하를 향해 하찬이 빙그레 입가에 미소를 담았다.

"다행히 아직 합방도 하지 않으신 상태가 아닙니까. 게다가 국경의 경비도 저희 쪽에서 우위를 점하고 있는 상황이라 가여의 황제께서도 거절하시지 못하셨습니다."

"무슨 말을 하고 있는 겁니까. 예부령."

아주 살짝 서하의 목소리에 떨림이 담겨 있었지만 하찬은 알아차리지 못한 듯 보였다.

"어의가 황제의 노여움을 살까 하여 이야기하지 못하고 있지만 의녀들 사이에서는 이미 가망이 없어 보인다는 소리가 공공연하게 떠돈다 합니다. 하니 저희 쪽에서도 준비를 해야겠지요."

"준……비?"

빛이라고는 한 점도 담겨 있지 않던 서하의 눈동자에 서서히 빛이 돌아오고 있었다. 자신에게 초점을 맞추기 시작하는 황자의 모습에 스스로 만족하며 하찬이 다시 입을 열었다.

"정령공에게 올해 열일곱이 되는 따님이 있답니다. 아직 정혼도 하지 않은 상태고요. 금상첨화가 아닙니까. 그 여인을 폐하의 양녀로 입적하여…… 헉!"

황자가 자신의 말에 관심을 보이는 듯한 모습이 반가워 활짝 미소까지 담으며 이야기를 이어 가던 하찬의 입에서 단말마의 비명이 힘겹게 새어 나왔다. 갑자기 자신에게로 몸을 숙인 황자가 그대로 자신의 목을 틀어쥐었기 때문이다.

길고 단단한 손가락이 목을 조여 오는 움직임에 하찬의 얼굴이 점점 푸른빛을 띠기 시작했다. 서하의 손에 힘이 실릴수록 하찬의 얼굴은 점점 일그러졌다.

"죽여…… 줄까?"

정말 금방이라도 죽일 듯 목을 조여 오는 서하의 움직임에 하찬이 손발을 버둥거렸다. 눈이 튀어나올 것만 같은 고통과 심장이 터질 것 같은 고통이 동시에 느껴져 왔다. 끔찍한 고통 속에 하찬은 확연하게 느낄 수 있었다. 지금 이 순간 죽을 수도 있다는 것을.

"컥! 큭큭!"

죽일 듯 조여 오던 손이 거짓말처럼 어느 순간 목에서 떠났다. 막혔던 숨구멍으로 밀려드는 공기를 이겨 내지 못해 하찬이 바닥으로 굴러떨어지며 밭은 숨을 토해 냈다.

겨우 몸을 일으켜 숨을 고르던 하찬이 움찔 놀라며 몸을 뒤로 물렸다. 서하의 긴 가죽신이 눈앞에 보였기 때문이다.

"다시 한 번 그대의 입에서 버러지 같은 이야기가 나오면, 그대는 죽는다. 내 손에."

"하오나 황자님!"

돌아서려는 서하의 다리를 하찬이 붙잡았다. 힘겨움에 잔뜩 일그러진 하찬의 얼굴이 안타깝게 서하를 올려다보았다.

　천천히 힘겨운 숨을 토해 낸 서하가 하찬과 눈높이를 맞추어 앉았다. 싸늘한 빛을 품은 짙은 먹빛 눈동자에 하찬은 다시 목이 막히는 듯한 느낌을 느껴야 했다.

　"천여로 돌아가서 폐하와 태자께 전해. 내 여인은 연우 공주 한 사람뿐이라고."

　"하지만 아직 합방조차 하지 않으셨으니 이 혼인은……."

　"누가 그래? 나와 공주가 합방하지 않았다고?"

　"……예?"

　입가에 시리게 차가운 냉소를 머금은 채 서하가 하는 말에 하찬의 얼굴이 하얗게 질렸다.

　무슨 말인가. 분명 공식적인 합방은 아직 이루어지지 않은 부부인 것을 아는데. 당황으로 얼룩지는 하찬의 얼굴에 서하의 시선이 다가왔다. 하찬의 눈을 뚫어 버리기라도 할 듯 차가운 눈이 번뜩이고 있었다.

　"내가 그리 참을성이 많아 보였나 보군. 이런……."

　"하면…… 이미 두 분께서……."

　곤혹스러움으로 일그러지는 하찬의 얼굴을 재미나다는 듯 응시하던 서하가 못을 박듯 말했다.

　"다시 한 번 그대가 이 가여의 궁 안에서 내 눈에 보이면 다시는 천여로 돌아갈 수 없을 거야. 내 약속하지. 하니 돌아갈 수 있을 때 돌아가. 지금 당장."

　당황스러움과 난감함으로 더 이상 입도 열지 못하는 하찬을 뒤로하고 조원전을 나선 서하가 다가서는 건을 보고 멈춰 섰다.

아무것도 담겨 있지 않던 주인의 눈이 알 수 없는 번들거림을 담고 있는 것을 느끼며 건이 마른침을 삼켰다. 두려움이 가슴속에서 일렁거렸다.

"하찬이, 이곳의 폐하를 뵈었느냐."

"폐하와 경운 태자 전하를 뵈었습니다."

"태자궁으로 간다."

이를 바드득 갈며 내뱉은 서하가 거칠게 걸음을 옮기다 휘청흔들리며 옆의 기둥을 잡는 모습에 건이 서하의 팔을 잡았다.

"황자님."

"괜찮아."

"무엇이라도 넘기셔야 합니다. 이러다 큰일 나십니다."

"넘기라고?"

"……."

건의 팔에 기대 고개를 든 서하의 입가가 아프게 비틀려졌다. 푸르게 말라 버린 입술에서 흐릿한 실소가 터져 나왔다.

"그녀가 깨어나면."

스스로에게 다짐하듯 낮게 속삭이며 서하가 건을 잡았던 손을 내렸다. 힘겹게 숨을 삼킨 서하가 긴 몸을 곧추세운 채 천천히 걷기 시작했다.

지운의 부축을 받으며 겨우 걸음을 옮기던 무운이 앞에서 걸어오는 이를 발견하고는 그 자리에 멈춰 섰다. 낯익은 이의 낯선 모습이 눈앞에 거짓말처럼 보이고 있었다.

흐트러져 어깨와 얼굴을 가득 덮은 머리카락은 윤기라고는 하나도 찾아볼 수 없었다. 새하얗고 질리도록 아름답던 얼굴은 금방이라도 부서져 내릴 듯 창백함을 담고 있었다. 따스한 온기는 담겨 있지 않아도 언제나 서늘하게 반짝이던 눈빛은 알 수 없는 광기로 번들거렸다.

자신이 알고 있는 이이건만 모르는 이처럼 낯선, 부마 서하였다. 서하라는 것을 자각한 순간 무운의 심장이 거칠게 뛰기 시작했다.

"이 새끼!"

무엇에 홀린 듯 자신과 지운에게는 시선도 주지 않고 그냥 지나쳐 가는 서하를 무운이 끌어당겼다. 거칠게 서하를 끌어당긴 무운의 손이 서하의 멱살을 잡아 쥐었다. 잘 여며져 있지 않던 서하의 옷깃이 무운의 움직임에 활짝 벌어져 버렸다.

죽일 듯 붉어진 눈으로 노려보는 무운의 눈을 서하의 짙푸른 눈이 마주했다. 나락을 알 수 없는 어둠으로 가득 찬 검은 눈동자가 무운의 눈앞에 있었다.

"우리 연우 아직 안 죽었어."

서하를 씹어 먹고 싶은 듯 아드득 이를 갈며 내뱉는 무운의 말에 서하의 눈이 흐릿한 미소를 담았다. 무운의 눈가가 더 일그러졌다.

"한데…… 만약의 사태를 위한 대책? 만약의 사태?"

바르르 입술을 떨며 뱉어 낸 무운의 손에서 거짓말처럼 힘이 빠져나갔다.

힘겹게 쥐고 있던 서하의 멱살을 놓아 버린 무운이 허탈한 표정으로 몸을 돌리는 순간 서하의 입에서 작지만 또렷한 목소리가 새어 나온 것을 무운도 그 곁의 지운도 들을 수 있었다.

"만약의 사태가 오면…… 대책 따위 필요 없어. 나도 없을 테니까."

자신들의 귀로 들려온 말에 놀라 고개를 돌린 지운과 무운의 눈앞에 금방이라도 쓰러질 듯 휘청거리며 태자궁 안으로 들어서는 서하의 뒷모습이 보였다.

한순간도 흔들림 없던 사내의 모습이 아니라 지금 당장이라도 불어오는 바람에 무너져 내릴 것처럼 보이는 사내의 등이 시야를 가득 채워 왔다.

아뢰지도 않았는데 태자의 집무실 문을 열어젖히는 부마를 말리지 못한 내관이 어쩔 줄 몰라 하며 태자의 앞에 고개를 숙였다. 식은땀을 흘리며 어쩔 줄 몰라 하는 내관에게 나가라는 손짓을 한 경운이 아픈 눈빛으로 문에 기대서 있는 서하를 올려다보았다.

4년이라는 시간 동안 한 번도 흐트러진 모습은 보인 적이 없는 그였다. 언제나 단정히 묶어 올린 머리와 조금의 흐트러짐도 없던 옷차림. 웃음을 머금을 때조차 계산되어진 듯 보이던 그의 얼굴이었다.

안타까우리만치 한순간도 긴장을 놓거나 편하게 행동하는 것을 본 적이 없었다. 그저 아주 잠깐씩 연우을 향해 미소를 머금을 때의 스쳤던 따스함을 제외하고는.

한데 지금 눈앞에는 눈살을 찡그리게 할 정도로 흐트러진 그가 있었다. 저 흐트러짐이 의미하는 것이 무엇인지 두려운 경운

이었다. 떨리기 시작하는 심장을 지그시 누르며 경운이 천천히
시선을 들어 올렸다.

"무슨 일입니까. 화운위."

"대책이란 것을…… 세우셨다 들었습니다."

"……."

경운의 미간이 꿈틀 흔들렸다. 냉정하게 대책이란 것을 세운
것은 자신인데 이 순간 저 푸른 입술에서 새어 나올 말이 두려운
그였다. 이중적인 스스로의 감정.

서하가 자신들의 선택을 받아들였으면 하는 바람은 머리에
서, 그가 거부했으면 하는 바람은 심장에서 요동치고 있었다.
심장이 조금 더 강하게 뛰고 있다면…… 잘못된 선택일까.

"제가 그 대책을 거부한다면, 어떻게 하시겠습니까."

"화운위."

"어떤 상황이 와도 선택하신 그 대책은 받아들이지 않을 것입
니다. 이것은 천여의 황자로서 드리는 약속입니다. 제 선택이
천여의 선택이니 다른 이의 말은 필요 없습니다. 무슨 일이 있
어도 저는 가여의 화운 공주, 연우를 놓지 않습니다."

"그 아이가 깨어나지 못한다 하여도 말입니까."

경운의 목에서 약하게 떨림을 담은 말이 새어 나왔다. 이 순
간 한 나라의 태자가 아니라 그저 오라비로서의 바람을 담는 경
운의 눈에 붉은 기가 어렸다.

"……예."

"하……."

알 수 없는 한숨이 경운의 입에서 새어 나왔다. 울음도 미소

도 담을 수 없는 경운의 일그러진 얼굴을 외면하며 서하가 몸을
돌렸다.

그때였다. 다급한 발걸음 소리가 태자궁 안으로 들려왔다.

"공주님께서 깨어나셨다 합니다!"

한참을 공주의 곁에서 떠나지 못하던 황후가 화궁을 떠나자
한참이나 소란스러웠던 화궁에 정적이 찾아왔다. 화궁을 대낮처
럼 밝히던 불빛들이 작게 사그라들었다.

공주의 상태가 안정을 보인다는 것을 확인한 어의가 그동안
머물렀던 화궁을 떠났지만 의녀들은 아직 화궁을 지키고 있는
상태였다. 혹여 있을지 모르는 상황에 대비하기 위해서였다.

마지막으로 의녀와 하정이 침전을 떠나자 그제야 연우가 힘
겨운 시선을 침전 안쪽 어둠 속으로 돌렸다. 여전히 꼼짝도 하
지 않고 어둠 속에 앉아 있는 인영을 향해서였다.

제대로 된 의식이 돌아온 이후부터 연우는 느낄 수 있었다.
어의가 진맥을 할 때에도, 황후와 황제가 눈물로 그녀의 얼굴을
쓰다듬을 때에도 저 뒤쪽 어둠 속에 그가 있다는 것을. 어둠의
소맷자락 안에 숨고 싶은 듯 다가오지 않는 그를 알면서도 그녀
는 그를 부르지 않았다.

마지막 기억은 깊은 수렁으로 잠겨 드는 자신을 끌어안은 품
이었다. 마지막 모든 것이 어둠 속에 잠길 때에도 그것만은 확
신할 수 있었다. 자신을 끌어안은 품이 누구의 품인지는. 그 품
이 저 어둠 속에 있었다.

"얼굴…… 보고 싶어요."

보이지 않아도 느낄 수 있었다. 자신의 목소리에 그림자의 숨결이 달라졌다는 것을.

아까 침전을 나가기 전·하정이 조용히 그녀에게 말해 주었다. 부마가 자신이 깨어나지 못한 사흘 동안 어떻게 지냈는지. 잠긴 하정의 목소리만으로도 확연하게 느낄 수 있었다. 그 시간 동안 저 사람에게 지옥이 펼쳐져 있었다는 것을.

"이리…… 아!"

그를 부르고 싶어 팔을 들어 올리던 연우가 단발마의 비명을 지르며 몸을 움츠렸다. 옆구리 쪽의 내상 때문인지 팔을 들어 올리려는 작은 움직임에도 몸 안이 베이는 듯 아파 왔기 때문이다.

그녀의 작은 비명에 어둠 속에 잠겨 있던 그가 그녀의 곁으로 달려왔다. 어둠을 한 조각 베어 내 만든 듯 느껴지는 서하를 바라보는 연우의 눈에 물기가 어리기 시작했다.

"어의를 불러오겠습니다."

하얗게 바랜 입술로 연우를 바라보던 서하가 몸을 돌리다 멈춰 섰다. 연우의 작은 손이 서하의 옷깃을 잡았기 때문이다.

미동도 하지 못하고 멈춰 섰던 서하가 천천히 고개를 돌려 자신의 옷깃을 잡은 연우의 손을 내려다보았다. 사흘 전 그날처럼 작은 손은 자신의 옷깃을 놓지 않고 있었다. 그 작은 손이 너무도 고마워 숨이 쉬어지지 않는 서하였다.

"얼굴 보면 나 다 나을 것 같은데 얼굴 좀 보여 주시면 안 됩니까?"

내상과 약하게 남아 있는 호흡곤란 때문인지 힘겹게 흘러나오는 연우의 목소리에 미간을 좁힌 서하의 얼굴이 천천히 연우에게로 향했다. 힘겹게 작은 입술에서 새어 나오는 숨결이 느껴졌다. 몸을 돌려 침상 옆에 무릎을 꿇은 서하가 가만히 연우를 응시했다.

"모두 내가 죽다 살아왔다고 하던데 나만 죽다 살아온 게 아닌 모양이네요."

"……."

"이게 뭐예요."

힘겹게 들어 올려진 연우의 손이 서하의 거칠어진 얼굴을 가만히 쓰다듬었다. 얼굴 곳곳에 새겨진 작은 생채기들 위에 피딱지가 앉아 있는 모습은 너무도 낯설었다.

잠을 자지 못해 검붉은 핏물이 고인 눈동자와 생기라고는 하나도 없이 바짝 마른 입술. 제대로 여며지지 않아 속살이 훤히 내어 보이는 옷차림을 한 서하는 연우에게도 너무도 낯선 모습이었다. 가슴 저 깊은 곳이 알싸하게 아려 오는 연우였다.

"화운위, 공주님. 하정입니다."

밖에서 들리는 하정의 목소리에 서로만을 향하던 두 사람의 시선이 문 쪽으로 향했다. 탕약 그릇을 든 하정의 뒤로 다른 시녀들이 따르고 있었다. 미음 그릇이 두 개 보였다.

"어의께서 미음을 조금 드셔 보게 하라셔서요. 미음을 몇 숟가락이라도 드시고 탕약을 드셔야 한다고 하셨습니다."

곁눈질로 연우의 곁에 앉아 있는 서하를 바라보며 입가에 미소를 띤 하정이 연우를 부축하려 하자 서하가 연우의 작은 몸을 조심스럽게 들어 자신의 몸에 기대게 했다. 단단한 서하의 몸에 기댄 연우가 편하게 숨을 들이켰다. 그 모습을 보는 하정의 입가에 환한 미소가 담겼다.

"왜 미음이 두 그릇이냐?"

하정이 시녀에게서 받아 든 쟁반을 연우의 앞에 내려놓자 연우가 의아함을 담고 물었다. 하정이 낮게 한숨을 쉬며 서하를 바라보았다.

"사흘 만에 처음 드시는 것이니 화운위께서도 이번에는 미음을 드셔야 할 것 같아서요."

"뭐?"

"사흘 동안 물조차 제대로 드시지 않으셨답니다."

놀란 연우의 눈이 서하를 바라보았다. 연우의 시선을 외면한 서하가 허공으로 시선을 돌렸다.

자신이 내미는 미음을 조금씩이라도 받아 삼키는 연우의 모습에 하정이 환하게 미소를 짓다 금세 눈물을 글썽였다. 연우의 얼굴이 살짝 일그러졌다.

"나 이제 괜찮은데 왜 자꾸 그러느냐."

"탕약도 삼키시지 못해 그리 애타게 만드신 분이 이제 미음도 이리 드시니 믿기지 않아서 그럽니다. 열은 엄청나게 오르시지, 어의께서는 꼭 탕약을 드시게 해야 한다고 그러시는데 탕약은 조금도 삼키지 못하시지. 저와 유모님 속이 재로 변했단 말입니다."

"……그랬구나."

"그때 화운위 아니셨으면 정말! 탕약도 못 드셔서 큰일 날 뻔하셨거든요."

"서방님께서 어떻게 하셨는데?"

무슨 뜻이냐는 듯 동그랗게 눈을 뜨는 연우에게 대답을 하려 입술을 열던 하정이 순간 입을 다물었다. 자신을 바라보는 서하의 눈과 마주쳤기 때문이다. 화르륵 하정의 얼굴이 붉게 물들었다.

"탕약은 여기 둘게요."

갑자기 서둘러 방을 나가는 하정의 모습에 연우의 시선이 서하에게로 향했다. 무슨 일이 있었던 듯한데 무슨 일인지 가늠조차 되지 않았다. 의아함을 가득 담고 바라보는 연우의 시선은 상관도 없는 듯 서하가 자신과 연우가 마신 미음 그릇을 밀어 놓고 연우의 앞에 놓인 탕약 그릇을 집어 들었다.

"내가 어떻게 공주에게 탕약을 마시게 했는지 궁금합니까."

의아함을 담고 자신을 응시하는 연우의 앞에서 서하가 탕약을 자신의 입으로 가져갔다. 연우의 눈동자가 커다랗게 열리는 순간 서하의 손이 그대로 연우의 목을 감았다.

푸르게 말라 버린 서하의 입술이 연우의 작은 입술에 닿는 순간 놀라 벌어진 연우의 입속으로 탕약이 흘러들었다.

천천히 자신에게서 떨어지는 서하를 연우가 멍하게 올려다보았다. 지금 무슨 일이 있었는지 가늠이 되지 않는 듯 동그란 연우의 시선이 거세게 흔들렸다. 서하의 긴 손가락이 연우의 입가에 묻어 있는 탕약을 가만히 닦아 냈다.

"이건 접문이 아니라 탕약을 먹이기 위한 하나의 방법이었을 뿐입니다."

담담하게 흘러나오는 서하의 말에 연우의 눈빛이 아프게 젖어 드는 순간, 서하의 입술이 다시 열렸다.

"이게 그대와 나의 첫 접문입니다."

흔들림 없던 서하의 눈동자가 자신의 눈앞에 다가온 것을 연우가 느낀 순간, 서하의 입술이 연우의 입술을 덮어 버렸다. 까칠하지만 뜨거운 입술의 감촉에 놀란 연우가 서하의 옷깃을 부여잡았다.

다른 이의 숨결이 자신의 숨결에 섞이는 느낌은 너무도 낯설었다. 하지만 그 따스하고 조금은 촉촉한 숨결이 입안으로 스며들며 자신의 입술을 여는 느낌은 온몸이 짜릿할 만큼 자극적이었다.

힘이 들어가지 않는 몸 전체로 아릿한 감각이 관통하는 것을 느끼며 연우가 자신을 안고 있는 서하의 어깨를 움켜잡았다. 서두르지 않고 천천히 자신의 마른 입술을 베어 물며 조금씩 숨결 속으로 스미듯 들어서는 서하의 움직임에 꼼짝도 할 수 없는 연우였다.

어떻게 해야 할지 몰라 다물어져 있는 연우의 입술을 서하의 이가 살며시 물자 연우의 입술이 살짝 벌어졌다. 그 순간 거칠게 서하의 혀가 연우의 입안으로 밀려들듯 들어섰다. 연우의 손끝에 힘이 실렸다.

머릿속이 텅 비어 버리는 느낌이었다. 아직 힘도 들어가지 않는 온몸이 그의 숨결에 빨려 들어가는 것 같았다. 작은 혀를 감아올리며 그녀의 입안을 훑어 내리는 서하의 움직임에 연우는 그저 도망가기 바쁠 뿐이었다.

하지만 도망가는 연우를 놓아줄 리 없는 서하의 숨결은 연우의 안으로 깊이, 더 깊이 파고들 뿐이었다.

"하아, 하아."

가는 어깨를 들썩이며 힘겨운 숨을 내쉬는 연우에게서 천천히 떨어져 나온 서하가 붉게 물들어 있는 작은 연우의 볼을 한 손으로 가만히 감쌌다. 따스한 온기가 서로에게로 흘러들었다.

"죽을 만큼 후회했었습니다. 그대 마음 받지 못했던 거."

아무것도 담겨 있지 않던 먹빛 눈동자에 서서히 온기가 스미는 것을 연우가 그저 멍하게 바라볼 뿐이었다.

"이제부터 다 받을 겁니다. 그대의 마음. 그리고 내어 드릴 것입니다. 이 마음도."

따스한 눈빛을 마주한 동그란 눈이 조금씩 붉어지기 시작했다. 그리고 그 눈동자에 물기가 채 맺히기도 전에 서하의 입술이 다시 연우의 입술에 닿았다. 꼭 감겨진 연우의 눈에서 눈물이 볼을 타고 흘러내렸다.

연우의 탕약을 들고 내궁 침전으로 들어서는 난의 모습에 건의 얼굴에 의아함이 담겼다. 언제나 하정이 하던 일이었다.

건의 의아함을 읽은 듯 난이 연한 미소를 담고 건을 올려다보았다. 고운 입술에 걸리는 부드러운 미소가 건의 심장을 아프게 울렸다.

"하정이 몸살이 난 모양입니다. 오늘은 아침부터 일어나지 못하네요."

건이 고개를 끄덕였다.

그럴 만할 것이었다. 연우가 의식 없이 서하의 품에 안겨 돌아오던 날부터 한시도 편히 앉아 본 적 없던 하정이었다. 연우가 의식을 차리고 어의도 이제 위험한 고비는 넘겼다 하니 긴장했던 몸이 더 이상 견디지 못하고 앓아누운 모양이었다.

연우가 의식을 찾은 후부터 서하가 한시도 내궁을 떠나지 않아 외궁의 궁녀들도 모두 내궁의 일에 동원되어 있었다. 공주 부부가 내궁에서 함께 지내니 내궁과 외궁으로 나누어져 일을 하던 궁녀들이 함께 일을 하게 된 것이다. 난도 며칠 전부터 내궁에서 생활하고 있는 것을 보았던 건이었다.

"아뢰어 주시겠습니까."

공주가 아직 몸이 좋지 않다 하나 그래도 공주와 부마가 함께 있는 침전에 들어가는 것이 난감한지 난이 건을 향해 조용히 말했다. 처음부터 궁녀들이 자신의 거처에 들어오는 것을 병적으로 싫어했던 서하이기에 더 조심하는 것일 테다. 그래서 난이 긴장하고 있음을 느끼는 건의 얼굴이 살짝 어두워졌다.

서하의 반응에 언제나 민감한 그녀였다. 그러면서도 언제나 그녀의 시선이 서하에게서 떨어지지 못하고 있음을 건은 알고 있었다. 단 한 번도 바라봐 주지 않는 서하를 향해 있는 그녀의 시선이 어느 순간부터 진심이 되었음을 알고 있는 건이었다.

문 안을 향해 있는 그녀의 시선을 물끄러미 바라보던 건이 안쪽을 향해 입을 열었다.

"황자님, 공주님의 탕약을 들이겠습니다."

"들이거라."

조심스러운 걸음으로 들어서던 난이 멈춰 섰다. 침상에 연우를 안듯 자신의 품에 품고 앉아 있는 서하의 모습 때문이었다.

자리옷만을 입은 연우를 넓은 품 안 가득 안은 서하가 연우의 앞에 서책을 펼쳐 놓고 있었다. 자그마한 연우의 몸이 서하의 품 안에 파묻힌 듯 보였다.

들어서는 난을 느낀 두 사람의 시선이 아주 잠시 들어 올려졌다가 다시 서책으로 향했다. 그들의 너무도 무심한 시선에 하얗게 바랜 얼굴로 난이 연우의 앞에 탕약을 내려놓았다. 그리고 침상으로부터 한 발 뒤로 물러섰다. 다정함이 가득 담긴 서하의 목소리가 들려왔다.

"해서 지금의 폐하께서 반란을 정리하시고 보위에 오르신 것입니다. 그 일로 민심을 한 몸에 받으신 폐하께 상왕께서 선위를 하셨다 합니다."

"그때 천여 폐하께서 춘추 몇이셨습니까?"

"열일곱이셨다고 들었습니다."

"헉! 열일곱에 군부에서 일으키는 난을 평정하셨단 말입니까?"

"태자 시절부터 군을 장악해 두셨기에 가능했다 들었습니다."

"와, 대단하신 분이십니다. 천여의 폐하께서는요. 그런 분이라면…… 많이 무서우시겠습니다."

조심스럽게 묻는 연우의 물음에 서하가 미소를 머금은 채 고개를 끄덕였다.

"아버지라는 이름보다 폐하라는 이름을 당연시하시는 분이십니다. 명을 거역하는 것은 그 누구라도 인정하지 않으십니다. 자식이라 해도 예외는 없습니다."

"어려서 많이 혼나셨습니까?"

"형님이신 태자께서는 폐하의 명을 거역하신 적이 없어 혼나신 적도 없지만 저는 무척이나 많이 혼이 났었지요. 장난이 심했으니까요."

"서방님께서요? 정말요?"

"왕실에서 유일하게 폐하의 말을 듣지 않는 골칫덩어리가 저였습니다."

"역시 용감하셨네요. 서방님께서는요."

동그란 눈에 장난기를 담는 연우를 바라보는 서하의 눈 안에 따스함이 가득 고여 있었다. 한 번도 본 적 없는 서하의 눈빛을 난이 멍하게 바라보았다.

4년 가까운 시간 동안 곁에 머물렀지만 한 번도 본 적 없는 눈빛이었다. 언제나 긴장과 차가움을 두른 칠흑 같은 눈동자를 간직하고 있던 이에게 저런 눈빛이 존재할 수 있다는 것이 당황스러울 정도였다.

저런 눈빛이 아니라 해도 그저 무심히 지나치는 시선조차 다른 이에게는 주지 않는 이의 낯선 모습에 심장이 아려 오는 난이었다.

"한데 하정이는 어디 가고 네가 들어온 것이냐?"

서하의 품에 안긴 채 그제야 이상하다 느낀 것인지 연우가 난에게 물었다. 아무 감정도 담기지 않은 투명한 연우의 눈동자에 난의 시선이 멈췄다. 알 수 없는 감정이 휘몰아쳤다. 투명하고 아름다운 저 눈동자가 지독하게 미웠다.

뜨거워지는 자신의 심장을 지그시 내리누르며 난이 고개를 숙였다.

"몸이 좋지 않아 오전부터 일어나지 못하고 있사옵니다."

"이런……."

"약 드십시다. 공주."

걱정스러움을 감추지 못하는 연우의 앞에 서하가 탕약을 들어 보였다. 연우가 두 손으로 탕약 그릇을 들자 서하의 손이 그 옆의 정과를 집어 들었다. 난의 시선이 서하의 손을 따라 움직였다.

"잠시 입에 물고 있으면 쓴맛이 없어질 것입니다."

탕약을 비워 낸 연우의 입에 정과를 조심스럽게 물려 주며 서하가 따스하게 말했다. 연우의 눈동자 가득 행복한 온기가 펴져 갔다. 차갑게 일그러진 얼굴로 빈 탕약 사발을 치우려 다가서는 난에게 서하의 건조한 음성이 들려왔다.

"밖의 햇볕이 따스하더냐."

자신을 향한 물음에 놀라 고개를 든 난의 눈 안에 시선은 여전히 연우를 향한 서하의 모습이 들어왔다. 난이 다시 고개를 숙였다.

"완연한 봄이옵니다."

"바깥바람 좀 쐬시겠습니까?"

갑자기 물어 오는 서하의 물음에 연우가 동그랗게 눈을 떴다. 아직 걸음을 걷지 못하는 자신에게 외출을 하자는 말을 이해할 수 없는 그녀였다. 서하가 입가를 부드럽게 말았다.

"제가 안아 모시겠습니다. 너무 안에만 계시니 갑갑하시지 않습니까."

"……."

연우를 향해 부드럽게 미소 짓던 서하가 무심한 얼굴로 난을 향했다. 얼굴은 돌렸지만 시선은 난에게 머물러 있지 않았다.

"공주를 내가 모실 것이니 정원에 자리를 마련하라 건에게 일러라."

"……예."

혹여 바람이 찰까 걱정이 되는지 연우의 자리옷 위에 겉옷을 입힌 서하가 조심스럽게 연우를 안아 들었다. 날아갈 듯 가벼운 연우의 몸을 느낀 서하의 미간이 살짝 일그러졌다. 걱정이 담긴 연우의 시선이 서하를 조심스럽게 바라보았다.

"무겁지 않으십니까."

"……."

"서방님?"

자신의 물음에 대답을 하지 않는 서하의 모습에 연우가 살짝 서하의 얼굴을 올려다보았다. 차갑게 굳은 서하의 얼굴이 보였다.

"화……나셨습니까?"

"예."

"……."

"제 스스로에게 화가 납니다."

서하의 말에 놀란 연우의 눈이 동그랗게 커졌다. 그런 연우의 눈을 안타까움을 담고 응시한 서하의 입가가 씁쓸함을 담았다.

"공주가 이리 여위신 것도 모르고 있었으니 말입니다."

화르륵 연우의 작은 볼이 달아올랐다. 품 안에 안고서 이런 말을 하니 시선조차 어찌해야 할지 알 수가 없는 연우였다. 그런 연우의 마음은 아는지 모르는지 그녀를 들어 안은 서하가 성큼성큼 침전을 나섰다. 연우가 쑥스러움에 서하의 품 안에 얼굴을 묻었다.

따스하고 화사한 봄볕이 가득 내려앉아 있는 정원 한쪽에 연우를 조심히 내려놓은 서하가 그녀를 보호하듯 그녀의 등 뒤를 감싸고 앉았다. 환하고 따스한 빛 안에 앉은 두 사람의 모습에 궁녀들과 무사들의 입가에 미소가 맺혔다.

오랜만에 햇빛을 보아서인지 눈이 시린 느낌에 연우가 빛과 반대 방향으로 고개를 돌리자 서하의 얼굴이 연우의 눈앞으로 다가왔다.

갑자기 다가오는 서하의 움직임에 연우가 움찔 놀라며 몸을 뒤로 물렸다. 서하의 미간이 거세게 일그러졌다.

"절 피하시는 것입니까?"

"갑자기 다가오셔서 그런 겁니다."

"그러니까 그게 절 피하신 것이 아닙니까."

투정을 부리는 아이처럼 표정까지 샐쭉해지며 퉁명스럽게 말하는 서하의 낯선 모습에 연우가 큭큭 웃음을 뱉어 냈다.

오랜만에 까르르 웃음을 흘리는 연우의 모습이 보기 좋아 서하의 입가에 행복한 미소가 환하게 맺히는 모습이 건의 눈에 들어왔다. 건의 얼굴에도 행복함이 가득 번졌다.

"혼인 안 한 사람은 배알이 꼴려서 못 보겠다."

뒤쪽에서 들리는 익숙한 목소리에 환하게 웃던 두 사람의 시선이 동시에 돌려졌다. 찬란한 봄볕을 한 조각 베어 내 품은 듯 검붉은 무복을 입은 무운의 모습이 봄볕을 가득 안고 있었다.

무엇을 하다 온 것인지 한눈에 알 수 있는 모습이었다. 시리게 푸른 바람을 품은 무운에게서 낯익은 바람의 내음이 풍겨 오고 있었으니까.

"혼자 사냥 가니까 심심해서 죽을 뻔했다. 어서 나아서 화운위 좀 양보해라. 제발."

무운이 퉁명스럽게 뱉어 내며 연우와 서하의 곁에 털썩 주저앉았다.

언제나 서하와 함께 가던 사냥을 혼자 갔다 일찍 돌아온 길이었다. 함께 말을 달리고 함께 활을 겨뤄야 하는 이가 없으니 영 사냥할 맛이 나지 않았던 무운이었다.

"함께 사냥 갈 수 있는 여인을 만나서 혼인을 하는 것이 좋을 것 같은데? 자꾸 우리 서방님 빼앗아 가지 말고."

시무룩한 무운의 얼굴을 재미나다는 듯 바라보며 연우가 눈을 찡긋해 보였다. 무운이 고개를 저으며 금방이라도 푸른 물이 떨어져 내릴 듯 푸른 하늘을 올려다보았다.

"그런 여인이 나타나면 정말 당장 장가간다. 내가. 약속할게. 진짜로."

손가락까지 내밀며 진지하게 말하는 무운의 말에 연우가 다시 까르르 웃음을 토해 냈다. 맑은 연우의 웃음소리가 화궁 안을 가득 메우고 있었다.

피곤했었던지 어느새 잠이 들어 버린 연우를 침전에 눕히고 나오던 서하가 자신을 기다리고 있는 무운 앞으로 다가섰다.

슬쩍 침전 쪽을 바라본 무운의 시선이 무엇인가를 탐색하듯 서하를 응시했다. 조금 전까지 장난기만을 담던 무운의 눈빛에 낯선 진지함이 담겨 있었다.

"술 한잔…… 어떻습니까. 화운위."

자신이 먼저 한잔하자고 청해 놓고는 아무런 말도 없이 연거푸 술잔만을 입안에 털어 넣고 있는 무운을 서하가 물끄러미 바라보았다.

자신과 달리 무운은 감정이 그대로 드러나는 사람이었다. 지금 온몸으로 무엇인가 편치 않다는 것을 품어 내고 있는 무운을 느끼며 서하가 자신 앞의 술잔을 들어 올렸다.

"미안함. 혹여 그게 화운위의 마음입니까."

짙은 안개가 고인 무운의 다갈색 눈동자가 서하를 향했다. 술잔을 들어 올리던 서하의 손끝이 그대로 굳어 버렸다.

"무슨 말씀입니까. 그게."

잠시의 흔들림이 꼭 거짓인 것처럼 태연하게 술잔을 입에 부어 넣는 서하를 무운이 물끄러미 바라보았다. 어쩌면 자신도 모르고 있을지 모른다고 느꼈는데 그것은 아닌 것 같았다.

"연우는 무척이나 행복해 보입니다. 다행스럽게도. 화운위께서 원하시는 결과일 테니 만족스러우실 것 같기는 합니다."

서하의 시선이 무운을 향했다. 마음을 감추고 싶어 차디차게 얼어붙는 서하의 눈빛을 무운이 똑바로 바라보았다. 먹빛이 가득했다.

"정략혼이란 것이 원래 서로에게 호감이나 마음이 생겨 맺어지는 것이 아니니 어차피 남녀의 정이 없는 관계도 허다한 법이지요. 다행히 서로에게 마음이 생긴다면 천행이라 해야 할 것이니까요. 해서 나는 차라리 홀로 늙어 죽으면 죽었지, 그런 관계 죽어도 싫어서 혼인 따위 하지 않습니다. 아시다시피."

"……."

"마음을 노력으로 만들어야 하는 거, 나는 못 하니까."

차디찬 정적이 두 사람 사이를 스치고 지나갔다.

무운에게 닿았던 시선을 돌려 허공을 잠시 바라보던 서하가 다시 무운을 바라보았다. 안타까움이 서린 무운의 얼굴을 바라보는 서하의 얼굴에 연한, 그러나 조금은 쓸쓸한 미소가 번졌다.

"그저 누이처럼 생각했었습니다. 귀엽고 사랑스러운 누이. 처음 보았던 그날부터 공주는 제게 그런 사람이었습니다."

"누이라…… 이런."

무운의 얼굴이 아프게 일그러졌다. 서하가 천천히 고개를 저었다.

"나쁘지 않았습니다. 따뜻하고 다정한 공주가 여인이 아니라 누이로 다가왔으니까요. 밀어낼 필요도 애써 받아들여야 할 필요도 없기에 좋았습니다. 그 순수한 마음 그저 그대로 보면 되었으니까. 외로운 시간들 속에 따스한 공주의 마음이 얼마나 위로가 되어 주었는지 모릅니다."

"……."

"한데……."

차가운 어둠이 서하의 눈빛을 얼렸다.

"그렇게 언제나 따스한 누이처럼 항상 곁에 있을 것 같았던 공주가 떠날 수도 있다는 것을 자각한 순간 두려워졌습니다. 한 없이 보여 주던 그 마음을 외면하며 지냈던 시간들을 되돌려 줄 수 없을지도 모른다는 자각이 지독하게 무서웠습니다. 날 살아 가게 해 주었던 마음인데…… 한 조각도 난 되돌려 주지 못했던 겁니다. 그 긴 시간 동안. 자각조차 못 한 채 그저 받기만 했던 것이지요. 지독히 이기적이게도 말입니다."

술잔이 넘치도록 무운이 따라 놓은 술을 서하가 그대로 들이 켰다. 서하가 내려놓은 빈 술잔에 무운이 다시 술을 따랐다.

"전 공주가 좋습니다. 이 감정이 무엇인지 아직 확실하게 알 지는 못하겠습니다. 저 스스로도. 하지만 공주가 아프지 않았으면 좋겠고 행복했으면 좋겠습니다. 그게 저 때문이라면 더욱 좋 겠습니다. 해서 노력해 보려 합니다."

"그래서 천여의 예부령에게 이미 두 사람이 합궁을 했다 한 건가. 그 누구도 화운위와 공주의 관계를 인정하지 않을 수 없 도록 화운위 스스로를 연우에게 묶으려고?"

자신의 속마음을 모두 꿰뚫어 보기라도 할 듯 시선을 돌리지 않는 무운에게서 시선을 돌린 서하가 잠시 허공을 바라보았다.

모두에게 못을 박고 싶었다. 자신과 공주가 부부임을. 그 누 구도 자신들의 운명을 마음대로 하지 못하도록.

그렇게 다른 이들에게는 조금의 흔들림도 보이지 않고 있는 자신이지만…… 스스로의 마음은 스스로도 아직 자신할 수 없는 서하였다.

"묶어야 한다…… 생각합니다. 전."

"하……."

무운이 살짝 미간을 좁힌 채 눈앞의 사내를 바라보았다.

누이를 위해서는 이 선택이 나쁘지 않을 것임을 무운은 알고 있었다. 눈앞의 사내는 자신이 선택한 것은 그 무엇이라도 진심을 다해 책임지는 사람임을 4년이라는 시간 동안 확실하게 느낄 수 있었으니까.

지독하게 철저하고 지독하게 책임감이 강한 사내는 분명 스스로 다짐한 마음을 지켜 낼 것이다. 그것을 의심하거나 걱정하는 것이 아니다. 무운이 걱정하는 것은 서하 스스로도 모를 그의 마음이었다.

서하는 검을 좋아하지 않는다. 특히 살생은 지독하게 싫어한다. 그런데도 검을 들고 살생을 한다. 필요하다 느끼면, 자신이 해야 한다 느끼면 망설이지 않고 행한다. 그렇지만 그것으로 절대 행복하지 않은 사내다.

자신이 검을 들고 그 검으로 원하는 것을 이루어 내는 것에 말로 할 수 없는 환희와 행복을 느끼는 것과는 달리 눈앞의 사내는 그 검으로 인해 이뤄야 하는 것에서 절대 행복을 느끼지 못한다.

그런 사내가 해야 한다고 느낀 연모라는 것이 진정 눈앞의 사내를 행복하게 해 줄 수 있을까 그것이 두려운 무운이었다. 누이의 행복도 중요하지만 눈앞의 이도 행복했으면 하니까.

"진정으로 묶이고 싶으면……."

무운의 얼굴이 서하 앞으로 성큼 다가왔다.

투명함을 가득 담은 연우와 똑같은 다갈색 눈이 알 수 없는 따스함을 담고 있었다.

"조카나 좀 빨리 만드시는 것이 좋지 않겠습니까. 그보다 확실하게 묶이는 방법은 없을 듯한데."

"풋!"

무운의 옭아매는 듯한 시선에서 벗어나기 위해 술잔을 입으로 가져가던 서하가 삼키지 못한 술을 토해 냈다. 무운의 시원한 웃음소리가 허공으로 흩날렸다.

둘만의 혼인식

아직 준비가 끝나지 않았다는 공주를 기다리며 서하가 내궁 안 화원을 천천히 거닐었다.

유난히 꽃이 많은 화궁이었다. 기다리고 기다리던 공주가 태어나자 황제가 너무도 기뻐 공주에 어울리는 전각을 지으라고 명해서 지어진 궁이라 했다.

보통 만들어져 있는 전각이 황손에게 하나씩 주어지는 것에 비하면 공주의 탄생이 황제에게 어떤 기쁨이었는지 이 궁만으로도 알 수 있었다.

그래서일까. 화궁은 언제나 꽃으로 가득했다. 철에 따라 피어나는 꽃들은 다 달랐지만 언제나 꽃이 활짝 피어 있어 그 진한 향과 아름다움에 취한 벌과 나비 또한 언제나 가득한 화궁이었다.

무심한 시선으로 흐드러지게 피어 있는 꽃들에 시선을 주고 있던 서하가 뒤에서 들리는 기척에 고개를 돌렸다. 연우의 준비가 다 끝난 모양이었다.

오늘은 지운 황자의 혼인 연회가 열리는 날이다. 오전에 혼인식을 끝낸 황궁이 화려하고 아름다운 혼인 연회로 벌써부터 들끓고 있었다. 자신과 연우의 혼인 이후 근 4년 만에 있는 황실의 경사이기에 황실은 축제 분위기로 들끓고 있었다.

아직 조금은 조심해야 하는 연우이기에 오전 혼인식에는 잠시만 참석했다 온 서하와 연우였다.

하지만 혼인 연회에는 꼭 참석하고 싶다고 연우가 조르는 바람에 참석을 결정했던 것이다.

"!"

바람이 불어 꽃향기가 날렸다. 그 향기를 머금은 듯 연붉은 입술을 환하게 끌어 올리며 웃고 있는 소녀의 모습에 서하가 순간 호흡을 멈췄다. 지독한 꽃 향 때문일까. 머릿속 그 어딘가가 아득해져 오는 듯했다. 꽃보다 더 아름답게 웃고 있는 소녀의 모습에.

꽃보다 붉은 홍색의 예복은 그녀를 위해 그 색이 존재하는 것처럼 연우에게 너무도 잘 어울렸다. 꽃에 감싸인 듯 붉은 그녀가 한 발 한 발 그의 앞으로 다가오고 있었다.

그저 멍하게 자신의 앞으로 다가서는 연우를 바라보던 서하의 뇌리에 4년 전 혼인식 날 그녀가 입고 있었던 대례복이 떠올랐다. 공주가 옷을 입은 것이 아니라 옷에 감싸인 듯 보이던 모습이 또렷이 기억 속에 남아 있었다.

지금의 모습과 너무도 달랐던 그때의 연우를 떠올리는 서하의 입가에 웃음이 담겼다.

　"큭."

　멍하게 자신을 보고 있다 갑자기 입가에 손을 가져가며 나직한 웃음을 품어 내는 서하의 모습에 연우가 그 자리에 굳은 듯 멈춰 섰다.

　하정이 보여 준 명경 속의 모습이 제법 마음에 들었다. 한데 지금 이 순간 자신을 보며 웃음을 품어 내는 서하의 모습에 등줄기에 서늘한 얼음물이 부어지는 듯 느껴지는 연우였다.

　여전히 자신의 모습은 웃기기만 한 것일까. 갑자기 온몸에서 기운이 쏙 빠지는 느낌이었다.

　화사한 미소를 머금던 얼굴이 갑자기 새초롬하게 굳어 있었다. 서하가 미간을 좁혔다. 그녀가 자신의 웃음을 잘못 이해한 모양이었다.

　다가오던 걸음이 멈춰진 곳으로 서하가 발을 내디뎠다. 그리고 크고 단단한 손바닥을 그녀의 앞에 펴 보였다. 연우의 짙게 가라앉은 시선이 무심하게 서하의 손바닥으로 향했다.

　"손, 주십시오."

　아무 감정도 담기지 않은 듯한 어조로 말하는 서하의 말에 연우가 무심한 얼굴로 작은 손을 내밀었다. 커다란 서하의 손 위에 가늘고 작은 연우의 손이 올려졌다. 서하의 커다란 손가락들이 연우의 가는 손을 품었다.

　손을 잡은 후에도 움직이지 않고 그저 손만을 내려다보고 있는 서하의 모습에 연우의 눈에 의아함이 고여 왔다.

"꼭 작은 나뭇잎 같았습니다."

나른하게 울려오는 서하의 목소리 안에 웃음이 배어 있다고 연우가 생각했다. 편안하고 행복한 미소가 담겨 있는 것 같은 서하의 목소리가 정원을 채웠다.

"너무도 작고 작아서 대체 얼마나 지나야 조금이라도 크는 걸까 의심이 들 정도였습니다."

"무엇이 말입니까?"

대체 무엇을 말하는지 상상이 되지 않아 연우가 동그란 눈을 들어 올렸다. 새초롬하던 눈빛 안에 이미 냉기는 사라지고 없었다. 호기심만이 동그란 눈 가득 담겨 있었다. 그 따스한 눈동자를 바라보는 서하의 입가에 환한 미소가 번져 왔다.

"공주님의 손 말입니다."

"……예?"

"한데 이제 제 손안에 온전히 가득 찹니다. 이렇게."

따스한 미소를 담고 자신을 응시하는 서하의 아름다운 눈빛에 연우가 꼴깍 마른침을 삼켰다. 심장이 내려앉는 줄 알았다. 살짝 붉어져 오는 연우의 눈가를 사랑스러운 눈길로 가만히 바라보던 서하가 그녀의 손을 잡아끌었다.

새로운 신랑 신부를 위한 무희들의 춤이 연회장을 아름답게 수놓고 있었다. 그 화려한 춤사위에 닿아 있던 연우의 시선이 연회장 한가운데 앉아 있는 신랑 신부에게로 향했다.

면사로 가려진 얼굴은 잘 보이지 않았지만 꽃이 만개한 듯 아름다운 자태가 대례복을 입고 있음에도 확연하게 느껴져 왔다.

올해 열여덟이라 하였다. 붉은 대례복이 너무도 잘 어울리는 모습에 왠지 모르게 가슴 한쪽이 욱신거리는 연우였다. 대례복에 파묻혀 걸음조차 잘 걸을 수 없던 자신의 혼인식이 떠올랐다. 작은 몸에 맞춘 대례복은 우습기만 했었다. 궁녀들이 모두 웃을 정도로.

짜증이 가득 담긴 얼굴로 술잔만을 기울이고 있던 무운이 곁의 서하에게 눈짓을 했다. 연우를 보라는 무운의 눈짓에 서하의 고개가 연우에게로 향했다.

무엇인가 편치 않은 듯 살짝 구겨져 있는 연우의 미간이 보였다. 입술까지 잘근잘근 씹고 있었다. 그녀가 마음이 좋지 않을 때 하는 버릇이었다.

"어디 아픕니까?"

여전히 새 신부에게로 시선을 주고 있던 연우가 귓가로 스미는 따스한 숨결에 움찔 놀라며 고개를 돌렸다. 서하의 다정한 시선이 자신의 눈앞에 다가와 있었다. 걱정이 어린 그 눈빛에 또 가슴이 뛰어 대는 연우였다.

"아닙니다."

"조금이라도 힘이 들면 이야기해야 합니다. 오래 머물지 않아도 되는 자리입니다."

다정한 서하의 말에 연우가 고개를 끄덕였다. 무운의 입가가 비릿하게 끌어 올려졌다.

"이래서 독신은 외로운 것이군. 젠장. 나만 혼자잖아."

"원하신다면 내일이라도 폐하께서 혼인을 시켜 주실 것인데 무엇이 문제입니까. 제가 폐하께 아뢰어 드릴까요?"

"됐습니다. 혼자 많이 달달하십시오. 외로울랍니다. 이대로."

손사래까지 치며 서하의 장난에 장단을 맞추던 무운이 서하를 향해 살짝 눈짓을 했다. 그만 일어나라는 무운의 눈짓에 서하가 고개를 끄덕이고는 연우를 손을 잡았다.

"무운 황자께서 책임져 주신다고 하니 우리는 도망가 볼까요?"

장난기까지 담고 반짝이는 서하의 검은 눈동자에 홀린 듯 연우가 그가 이끄는 대로 일어섰다.

궁 안의 모든 이들이 연회장에 몰려가서인지 다른 때와 달리 궁 안은 쥐 죽은 듯 고요함을 담고 있었다.

건의 손짓에 궁녀들과 무사들이 열 보 정도 뒤에서 따르기 때문일까. 서하가 연회장을 나설 때 잡고 있던 손을 놓지 않은 채 걸음을 옮기고 있었다.

작은 손이 단단한 껍질 속에 담겨 있는 것 같았다. 검을 오래 잡아서인지 서하의 손바닥은 단단함을 가득 담고 있었다. 그 단단한 느낌이 연우는 언제나 좋았다. 그 손을 잡고 있으면 가슴 저 깊은 곳이 편안해져 오기에.

"기억하십니까."

아무런 말도 없이 걷고 있는 서하에게 연우가 묻자 서하의 시선이 연우를 향해 돌려졌다. 그 한없이 깊은 시선이 달빛에 반짝이고 있었다.

가슴 저 깊은 곳이 말랑거리는 느낌을 느끼며 연우가 작게 한숨을 삼켰다.

"우리 혼인식 말입니다."

쑥스러운지 살짝 시선을 돌리며 말하는 연우의 말에 서하의 입가에 은은한 미소가 번졌다.

"한순간도 잊지 않고 있습니다. 살짝 입만 대어야 하는 술을 모르고 한 모금 꿀꺽했던 공주가 미간을 어떻게 구겼는지까지."

"예?"

"그 순간 곁에 있던 하정의 얼굴이 어떻게 변했었는지도 기억합니다."

연우의 작은 볼이 붉게 물들었다. 그 모양을 재미나다는 듯 물끄러미 바라보던 서하가 몸을 숙여 연우와 시선을 마주했다.

또 무슨 장난을 치고 싶은지 그 반짝이는 검은 눈동자에 빛을 품는 서하의 모습이 불안한 연우였다.

"신방에서 공주가 어떤 모습으로 잠들었는지도 다 기억합니다. 공주의 코 고는 소리까지도."

"서방님!"

연우의 놀란 시선이 뒤쪽을 향했다. 혹여 따르는 이들이 들을까 두려운 것이었다.

"하하하."

시원한 서하의 웃음이 울려 퍼지자 토라진 듯 고개를 돌린 연우가 서하의 손에서 자신의 손을 빼내려 힘을 주었다. 하지만 절대 그녀의 손을 놓지 않으려는 듯 힘을 주는 서하의 손에서 작은 손을 빼낼 수는 없었다.

"아!"

마지못한 듯 서하에게 손을 맡기고 걸음을 옮기던 연우의 입에서 약한 탄성이 새어 나오자 서하가 고개를 들었다. 하늘을 가로지르며 떨어져 내리는 유성우의 모습이 시선에 들어왔다.

고개를 돌린 서하의 눈앞에 가만히 눈을 감고 있는 연우의 모습이 보였다. 커다란 눈이 감겨 있는 그곳에 길고도 가는 속눈썹이 가지런하게 보였다.

살짝 떨림을 담고 있는 그녀의 속눈썹 끝이 반짝였다. 속눈썹 끝이 약하게 젖어 오고 있었다.

무심하던 서하의 시선에 균열이 갔다. 꼭 악문 그녀의 작은 입술이 아프게 보였다. 그래서였을 것이다. 그의 입술이 그녀의 꼭 악문 입술 위에 닿은 것은.

커다란 몸에 닿아 오는 작은 몸이 가는 떨림을 담기 시작함이 온전히 느껴져 왔다. 한 손으로는 여전히 그녀의 작은 손을 잡고 나머지 한 손으로 그녀의 목을 끌어안은 서하가 연우의 입술 위에 머문 자신의 입술을 떼지 않았다. 보드라운 그 감촉에 등줄기를 타고 전율이 흘렀다.

단단한 가슴 위로 그녀의 봉긋한 가슴이 느껴졌다. 알 수 없는 뜨거움이 발끝에서부터 온몸을 덮치는 느낌에 숨을 삼킨 서하가 천천히 그녀에게서 물러났다.

천천히 시선을 들어 올리는 연우의 눈동자에 어린 물기가 물러서려는 서하의 시선을 움켜잡았다. 뜨거움이 이제 심장까지 가득 채워 버렸음을 온전히 자각하며 서하가 연우의 손을 잡아 끌어 달리기 시작했다.

"잠시."

달리기 시작하는 주인들을 따라 달리려는 무사들과 궁인들의

앞을 건의 팔이 막았다. 입가를 끌어 올린 건이 그들을 돌아보
았다.

"기다린다. 모두."

그들의 앞에 달빛이 튀듯 아름답게 빛을 머금으며 달리고 있
는 남녀의 모습이 들어왔다. 금방이라도 밤하늘 별빛 속에 잠길
듯 아름다운 모습이었다.

"하아, 하아."

내궁 안으로 뛰어 들어온 두 사람이 멈춰 섰다. 자신의 보폭
에 맞추느라 힘겨운 숨을 내쉬고 있는 연우를 향해 서하가 돌아
섰다.

붉게 물들어 있는 연우의 볼 위로 서하의 따스한 손이 올려졌
다. 부서지기라도 할까 봐 겁을 내는 듯 서하의 거친 손이 연우
의 볼 위를 조심스럽게 머뭇거렸다.

"다시 할까요? 우리 둘만의 혼인식."

따스함이 담긴 서하의 목소리에 연우의 작은 손이 자신의 입
가로 올라왔다. 그녀의 커다란 눈 가득 눈물이 그렁그렁 차오르
기 시작했다.

"공주?"

"조금 전 유성우를 보면서 제가 무엇을 빌었는지 아십니까?"

투둑, 연우의 볼 위로 떨어져 내리는 눈물에 서하의 미간이
아프게 일그러졌다.

"서방님의 진짜 각시가 되게 해 달라고 빌었습니다."

아프고 아프게 일그러진 서하의 눈 가득 눈물을 머금은 채 환

하게 웃고 있는 연우의 모습이 들어왔다.

달빛이 내린 정원에 피어 있는 꽃들을 살피던 서하가 한쪽 구석에 조용히 달빛을 온몸 가득 품고 있는 작은 꽃의 가지를 꺾어 들었다. 새하얗고 작은 봉오리가 꼭 연우를 닮은 것 같아서였다.

발갛게 상기된 얼굴로 자신을 바라보고 있는 연우에게 다가간 서하가 꺾어 온 작은 꽃가지를 그녀의 머리에 살며시 꽂았다. 화려하지 않지만 너무도 고운 모습에 서하의 입에서 한숨이 새어 나왔다.

여전히 쑥스러운지 고개도 들지 못하는 연우를 품 안에 안다시피 다가선 서하가 가만히 연우의 이마 위에 입을 맞췄다.

"잊지 마십시오. 오늘이…… 우리의 진짜 혼인식입니다."

부드러운 숨결이 이마에 닿아 흩어졌다. 연우가 천천히 고개를 드는 순간 서하의 뜨거운 입술이 그녀의 작은 입술을 삼켜 버렸다. 달빛 아래 작은 품을 품어 안은 커다란 사내의 그림자가 정원을 채우고 있었다.

뜨거운 숨결이 새하얀 목 위에서 흩어져 내리는 감각에 연우가 숨을 삼켰다.

상상도 하지 못했던 뜨거움이었다. 그저 그의 입술이 닿아 오는 감각만으로도 온몸에 전율이 일고 시야가 하얗게 바래 갔다. 몸속 어딘가부터 뜨거운 열기가 천천히 밀려 올라오는 것처럼 온몸이 뜨거워지고 있었다.

한순간도 흐트러지지 않은 모습만을 보이며 다정하게 미소를 보여 주던 사내가 맞는 것일까 의아함이 들 정도로 이 순간 서하의 손길은 거칠고 뜨거웠다.

가느다란 그녀의 허리를 들어 안은 서하가 새하얀 목덜미에 입술을 대며 그녀의 예복을 거칠게 끌어 내렸다. 강한 손아귀 힘에 진한 홍색의 예복이 그대로 끌려 내려와 그녀의 새하얀 목과 어깨가 그대로 드러나 보였다.

서하의 단단한 팔에 안겨 있어 손조차 자유롭지 못한 연우가 그 상황에 고개를 돌리며 입술을 깨물었다. 숨이 막힐 것처럼 뜨거워지는 심장이 낯설고 쑥스러웠다.

처음이었다. 그의 앞에 이렇게 맨살을 드러내는 것은. 온몸이 붉게 물들어 버리는 것 같았다. 하지만 그런 감정을 채 온전히 느끼기도 전에 자신의 어깨에 이를 박으며 옷깃 사이로 손을 넣어 매듭을 풀어 버리는 서하의 몸짓에 머릿속이 하얗게 바래는 것만 같았다. 연우의 고개가 자신도 모르게 뒤로 꺾였다.

"하아."

터져 버릴 것 같은 심장에서 겨우 숨을 토해 내며 서하가 옅은 불빛 아래 드러난 연우의 모습을 천천히 훑어 내렸다. 아직 어리다 느꼈는데 어느새 자란 것이었을까. 겉옷은 온전히 벗겨지고 반쯤 벗겨진 단의 속에서 비쳐 보이는 연우의 몸은 이제 소녀의 것이 아니었다.

풍만하다고 할 수는 없지만 고운 태가 잡힌 새하얀 몸은 한숨이 나올 만큼 아름답고 부드러웠다. 언뜻언뜻 속의 사이로 비치는 봉긋한 가슴골과 잘록하게 한 손에 잡히는 부드러운 허리, 그리고 그녀에게 입술을 묻을 때면 코끝으로 스미는 지독한 여인의 살 내음. 그 모든 것에 온몸이 터질 듯 열기로 감싸이는 것을 느끼는 서하였다.

여전히 터질 것처럼 심장부터 머리끝까지 가득 차 오는 열기에 서하가 그대로 연우의 속의 옷깃 사이로 입술을 묻었다. 달큰하고 따스한 온기가 온몸으로 스며 왔다.

다른 내음이 섞이지 않은 온전한 살 내음이 코끝을 마비시킬 만큼 향기로웠다. 자신을 방해하듯 막고 있는 그녀의 단의를 찢어 내듯 벗기는 서하의 손길이 다급했다.

"서방님, 하아."

어찌할 줄 모르고 그의 열기에 따라가느라 숨조차 제대로 내쉬지 못하는 연우가 가쁘게 그를 불렀다. 여린 음색에 낮은 열기가 스며 있어서인지 서하에게는 그녀의 부름조차 자신을 도발하는 촉매제처럼 느껴졌다.

자신을 부르는 그 부름이 너무도 고와 서하가 그녀의 가슴에서 입술을 떼어 자신을 부르는 그 입술을 삼켜 버렸다. 가쁜 숨을 토해 내던 연우의 가는 손이 서하의 어깨를 그러쥐었다.

가는 손가락 마디마디에 힘이 어렸지만 서하의 단단한 어깨는 움직이려 하지 않았다. 그저 그의 어깨에 매달릴 수밖에 없는 그녀의 가는 몸이 거칠게 숨을 삼켜 갔다.

자신의 혀로 그녀의 혀를 감아 돌리며 그 숨결을 한숨도 남기지 않고 빨아낼 듯 탐하는 동안 그의 손은 뜨거움을 품고 가슴과 허리를 공략하고 있었다. 손안 가득 들어오는 크지 않은 가슴의 감촉은 세상에 태어나 처음 느끼는 부드러움이었다.

세상에 이런 부드러움이 존재할 수 있을까, 열기로 터질 것 같은 머리로 아주 잠깐 생각하며 서하가 그 가슴 한가운데 자리하고 있는 분홍 점을 손가락으로 움켜쥐었다. 그 순간 그녀의 상체가 그대로 활처럼 휘어지며 자신을 잡고 있던 그녀의 손가락이 바르르 떨려 왔다.

가슴에서 허리로 서서히 움직이는 서하의 손길에 자지러질 듯 온몸을 떠는 연우의 가는 몸짓은 서하를 더욱 흥분시키고 있었다. 가슴과 허리에서 만족하지 못한 서하의 손길이 연우의 속곳에 닿았다.

서하의 손길에 이미 허물어져 힘겨운 숨만을 내쉬던 연우가 그 순간 몸을 움츠렸다. 본능적인 움직임이었다. 세상에 태어나 한 번도 다른 이에게 내어 보인 적 없는 곳에, 연모하는 이라 하여도 사내의 손이 닿는 것은 당황스러운 것이리라.

가쁜 숨만을 내쉬던 연우의 몸이 조금은 딱딱하게 굳은 것을 느낀 서하가 가만히 그녀의 작은 몸을 들어 안은 채 침상 위에 앉았다. 몸이 들어 올려져 자신과 서하의 모습이 온전히 시선에 들어와서인지 연우의 눈동자가 어지럽게 흔들렸다.

열기와 혼돈으로 살짝 일그러진 그녀의 작은 얼굴이 어느 때보다 고와 보였다. 서하의 거친 손이 그대로 연우의 가늘고 새하얀 등을 주욱 훑어 내리자 연우가 몸을 뒤로 꺾었다. 그녀의 작은 입술에서 참지 못하고 신음이 새어 나왔다.

"하아⋯⋯."

한 손으로는 그녀의 가는 허리를 받쳐 안은 서하의 손길이 천

천히 그녀의 둔부를 더듬었다. 손끝에 닿는 여인의 육체가 불에
덴 듯 뜨거웠다. 그 뜨거움이 더욱 그리워 서하의 손길이 그녀
의 아래로 천천히 스며들듯 들어섰다. 서하의 목을 끌어안고 있
던 그녀의 입에서 앳된 신음이 터져 나왔다.

"하악!"

그녀의 꺾이는 고개를 따라 그의 입술이 비명이 새어 나온 입
술을 삼키며 천천히 그녀를 침상 위에 눕혔다. 그리고 손길을
떼고 싶지 않은 마음을 잠시 누르며 서하가 자신의 옷을 벗어 던
졌다.

나른하게 젖은 연우의 눈길이 서하의 몸에 닿았다. 얼굴은 붉
게 물들어 있었지만 연우는 시선을 돌리지 않았다. 붉은 홍조를
머금은 소녀의 눈이 아름다운 자신의 사내를 올려다보았다.

힘겨운 숨을 삼키느라 들썩이는 그녀의 작고 소담스러운 가
슴에 시선을 주던 서하가 가만히 입술을 내려 연우의 붉게 물든
눈가에 입을 맞췄다. 그리고 조용히 입술을 열었다.

"나의 연우. 나의 신부."

그 순간 커다랗게 열린 연우의 눈 가득 번져 있던 물기가 그
녀의 눈가를 타고 흘러내렸다. 그리고 서하가 그대로 그녀의 몸
안으로 자신의 몸을 밀어 넣었다.

"아흑!"

그녀의 입에서 신음이 흘러나오며 작은 몸이 파르르 떨려 왔
다. 고통과 쾌감 속에 어쩔 줄 모르는 작은 몸이 서하의 가슴 안
으로 파고들었다.

힘겹게 떨리는 그 작은 몸을 느끼면서도 자신의 질주를 막을

수 없는 서하가 그 작은 몸을 꼭 품 안에 가두며 더욱더 자신을 밀어 넣었다. 그의 어깨에 매달린 그녀의 작은 몸이 거칠게 흔들렸다.

"하아, 하아."

약하게 새어 나오는 그녀의 신음을 귓가로 들으며 서하가 그녀의 촉촉하게 젖은 이마에 가만히 입술을 내렸다.

끝없이 폭주하고 싶었지만 참아야 했다. 금방이라도 터질 것 같은 자신의 몸을 애써 누르며 그녀가 익숙해질 때까지 그는 그녀의 이마에, 눈꺼풀에, 붉게 물들어 있는 고운 볼에 가만가만 입을 맞췄다.

"연모……합니다. 공주."

부드러운 입맞춤 뒤에 귓가로 뜨겁게 스미는 그의 고백에 그녀의 몸이 바르르 떨려 왔다. 그녀의 움직임에 더 이상 스스로를 제어할 수 없어진 서하가 다시 폭주하기 시작했다. 너무도 사랑스러워 견딜 수 없는 여인에 대한 욕망이 그를 몰아세우고 있었다.

끝없이 묻고 또 묻어 가는 그의 품 안에서 작은 여인의 신음에도 뜨거움이 점점 번져 가고 있었다. 힘겹지만 조금씩 자신의 움직임을 따라오는 연우의 바르르 떨리는 작은 몸을 커다란 품에 가득 안으며 서하가 그녀의 안에 자신을 묻고 또 묻었다.

쑥스러움을 담고 고개도 들지 못한 채 이불을 끌어당겨 몸을 가리려는 연우의 손을 서하가 움켜잡았다. 그리고 그녀가 끌어올리려는 이불을 그대로 벗겨 내 버리는 서하였다.

울상이 된 연우의 붉어진 얼굴에 미소를 머금은 서하의 입술이 다시 그녀의 부풀어 오른 입술에 닿았다. 애써 그의 손아귀에서 벗어나려 작게 버둥거리는 그녀의 몸짓도 지금은 너무도 사랑스러운 서하였다. 붉게 물든 작은 얼굴과 끝없던 자신의 접문에 도톰하게 부풀어 오른 입술도 애틋하기만 했다.

버둥거리는 그녀의 허리를 커다란 손으로 품 안으로 끌어당긴 서하가 그대로 그녀의 가슴을 움켜쥐었다. 말캉하고 부드러운 감각에 다시 아래가 단단해지는 감각이 몰려왔다.

그의 몸의 변화를 느낀 것인지 그녀의 작은 몸이 화들짝 놀라며 자신에게서 떨어지려는 것이 느껴졌다. 하지만 그녀를 놓아주고 싶은 마음은 조금치도 없는 그였다.

가슴을 만지작거리던 그의 손이 천천히 아래로 내려가자 연우가 움찔 몸을 떨며 그의 손을 잡았다.

"놓아주십시오."

기어 들어가는 목소리로 말하며 다시 이불을 당기려는 그녀의 손을 서하가 꼭 움켜잡아 자신의 가슴으로 올렸다.

"어여쁘니 가리지 마십시오."

서하의 말에 연우의 얼굴이 더할 수 없이 붉은 홍조를 띠었다. 그 얼굴이 너무도 고와서 서하가 가만히 그녀의 볼에 입술을 가져다 댔다. 화끈함이 느껴질 정도로 따스한 그녀의 볼이 부드럽게 입술에 닿아 왔다. 그 느낌이 너무 좋아 자신도 모르게 미소가 번졌다.

볼에 머물렀던 입술을 가만히 떼어 도톰하게 부풀어 오른 입술 위에 살짝 얹자 연우의 몸이 움찔 떨리는 것이 느껴졌다. 이미 또다시 뜨거워진 그를 느꼈을 것이다. 연우의 입술에 닿아 있는 입술 끝을 살짝 올리며 서하가 옅은 웃음을 토해 냈다.

"힘들었습니까."

"……예."

"싫었습니까."

"…….."

"싫었군요."

"아닙니다!"

놀란 듯 버럭 고함을 치는 연우의 목소리에 그녀에게서 몸을 뗀 서하가 입가에 환한 미소를 담았다. 스스로 대답을 해 놓고는 또 그것에 놀라 다시 붉어지는 연우의 동그란 볼에 서하의 손가락이 스치듯 닿았다.

홍조가 번진 볼 위를 긴 손가락이 부드럽게 움직였다. 볼 위만을 서성이기 아쉬운 듯 가만히 그녀의 입술 위를 배회하던 그의 손이 그녀의 목덜미를 쓸었다. 연우의 몸이 흠칫 떨렸다.

연우의 반응이 너무도 즐거운 서하의 손이 다시 천천히 밑으로 내려가기 시작하며 그의 입술이 그녀의 귓가로 스며들었다.

"싫지 않았다면…… 혹시 좋았습니까?"

갑작스러운 물음에 놀란 연우의 눈이 커다랗게 열렸다. 힘겨움이 가득 묻어 있던 동그란 눈동자가 놀람을 담고 커다랗게 열리는 모습이 어여뻐 서하의 입가에 진한 미소가 번졌다. 그의 눈이 반짝 빛을 발했다.

알 수 없는 두려움에 연우의 심장이 쿵 울려 왔다. 그리고 입가에 진하게 만족스러운 미소를 담은 서하의 입술이 가려지지 못한 연우의 가슴 위로 그대로 내려앉았다. 이미 진한 꽃잎들이 만개한 가슴 위를 스치는 감각에 연우의 입에서 다시 약한 신음이 새어 나오기 시작했다.

"좋았군요. 이런."

놀라 입을 열려던 연우가 순간 자신의 입술을 베어 무는 서하의 움직임에 침상을 움켜잡았다.

서하의 묵직한 체중이 다시 그녀의 작은 몸 위로 느껴졌다. 따스함이 아닌 뜨거움으로 일렁이는 사내의 검은 눈동자는 이미 그녀의 모든 것을 삼킬 듯 일렁이고 있었다.

이미 그를 멈추게 할 수 있는 것은 아무것도 없다는 것을 느낀 연우가 가만히 눈을 감으며 그의 커다란 몸을 꼭 끌어안았다. 그리고 다시 뜨거운 열기 속에 잠기는 몸을 속수무책으로 느껴야만 했다.

출정

　새벽의 여명이 내궁 뜰을 온통 황금빛으로 물들이는 시각, 숨 죽인 듯 조용하던 내궁에 긴장이 어렸다. 새벽의 여명과 함께 전해진 소식 때문이었다.

　"마족이 선족을 기습했다고 합니다."

　모여 선 중신들과 종친들 앞에 흔들림 없는 모습으로 선 경운 의 말에 중신들의 입에서 한숨이 새어 나왔다.

　마족과 가여의 국경 지역에 작은 군락을 지으며 살고 있는 것 이 선족이었다. 작은 부족이었지만 그들이 사는 거점이 마족과 가여에게 모두 중요한 지역이었다.

　게다가 선족은 예로부터 내려오는 비방으로 약재를 가공해 주변 여러 나라에 팔고 있었다.

　그런 이유로 작고 병력조차 제대로 갖추지 못한 선족이 국경 지역에서 견딜 수 있는 것이었다.

꼭 필요한 지역을 선점하고 있고 약재 창구 역할을 하고 있으니 만에 하나 한쪽에서 선족을 공격하거나 합병하려 한다면 다른 한쪽은 절대 그것을 묵과할 수 없다. 그야말로 전면전을 불사해야 하는 존재였다. 아직은 두 나라가 전면전의 위험을 감수할 수 없기에 지금까지 선족의 존립이 가능했던 것이다.

한데 그런 선족을 마족이 공격했다는 것은 가여로서는 위급 상황일 수밖에 없었다. 선족을 마족에게 내어 주면 유리한 거점과 가여 약재의 거의 전부를 포기해야 하기 때문이었다.

그렇다고 만약 이 상황에서 내어놓고 마족과 전면전을 강행한다면 국운을 걸어야 할 수도 있는 일이다. 전면전까지는 가지 않고 선족의 존립을 지키는 것이 가장 좋은 방법이었다.

"우리와 천여의 국경이 아닌 선족의 일부를 기습했다는 것은 선족과 우리를 도발하려는 목적이지, 전면전을 원하는 건 아닐 겁니다. 우리가 어떻게 나오는지 확인하고 싶은 것일 테지요. 만약 우리가 이번 일에 상관치 않는다면 선족은 마족에게 합병될 수밖에 없는 처지가 될 테고 유리한 위치를 그들에게 내어 주게 될 뿐입니다."

중신들 사이에서 침묵이 감돌았다. 제대로 전면전을 하는 것도 아니면서 어찌 선족을 지켜 준단 말인가.

"이렇게 하시면 어떻겠습니까."

조용한 황궁 안에 무운의 우렁찬 목소리가 울렸다. 무운의 곁에 서 있던 서하와 지운의 시선이 앞으로 나서는 무운을 따라 움직였다.

"가여의 이름으로 병부가 움직일 수 없다 하시니 도성과 황성을 지키기 위해 훈련 중이던 저희 적월부가 출병하겠습니다. 숫자가 많지는 않으나 뛰어난 이들만으로 구성된 병력이니 선족과 힘을 모은다면 마족의 작은 침공은 감당할 수 있을 것입니다. 폐하나 태자 전하의 이름으로가 아니라 제가 이끌 것이니 전면전의 시작은 아닌 것이 되고 말입니다."

"천여에서도 원한다면 도성 수비대를 보내겠다고 연통이 있었사옵니다."

시중의 말에 모두의 시선이 일순 서하에게로 쏠렸다. 두 나라가 함께 동맹을 맺어 마족을 경계하고 있는 상황이었지만 기실 가여가 많은 부분을 감당하고 있는 것이 현실이었다. 그런데 이번 도발 역시 가여가 많은 부분을 감당할 수밖에 없는 모습이 불만인 중신들이었다.

"천여의 병력도 제가 함께 이끌 수……."

"제가 무운 황자님과 함께 출병하겠습니다. 천여의 병력은 저의 이름으로 출병합니다."

중신들의 웅성거림을 잠재우기 위해 무운이 입을 여는 순간 서하의 차가운 목소리가 황궁을 울렸다. 무운의 고개가 서하 쪽으로 거세게 돌려졌다.

거부의 의사를 담고 거칠게 고개를 젓는 무운을 바라보며 서하가 천천히 고개를 저었다. 칠흑 같은 그 눈빛 앞에 무운이 깊은숨을 삼켰다.

젖어 있는 연우의 머리를 가만가만 빗겨 내던 하정의 시선이 새하얀 연우의 목과 어깨에 닿았다. 낯선 흔적이 보였다. 하정의 입가에 자신도 모르게 미소가 지어졌다.

기다리고 기다리던 순간을 보낸 공주의 모습이 기특해 보일 지경이었다. 이제 공주의 가슴 졸이기도 끝난 모양이었다. 자신의 가슴이 이리 설레는데 공주는 오죽할까 행복한 하정이었다.

머리를 틀어 올리면 아무래도 눈에 잘 띌 수밖에 없는 목의 붉은 자국 위에는 분을 조금 더 발라야겠다고 생각하며 연우의 머리를 틀어 올리고 꽃잠을 집으려던 하정이 놀라 고개를 숙였다. 자신의 앞에 앉아 있는 연우의 어깨가 약하게 떨리는 것을 알아차렸기 때문이다.

"공주님, 어디 불편하세요?"

"모르겠어. 조금 전부터 가슴이 자꾸만 뛰네."

연우가 작은 주먹을 가슴 위로 올리며 깊은숨을 토해 냈다. 조금 전까지 아무렇지도 않았던 공주의 변한 모습에 하정의 얼굴이 하얗게 변했다.

"어의 불러올까요? 또 호흡이 곤란하신 것 아니에요?"

"그건 아닌 거 같은데 이상해. 하아. 괜찮아질 거야."

"별일 아닐 거예요. 국경이란 언제나 시끄럽잖아요."

"……."

새벽에 그의 품에서 정신이 들었을 때에는 세상 그 무엇도 부럽지 않을 것 같은 기분이었다. 커다란 품 안에 자신을 품어 안고 가만가만 다독이던 그의 손길에 정신이 아찔할 만큼 행복했었다. 이마에서 콧잔등을 지나 부드럽게 입술에 입 맞춰 주었을 때에는 하늘을 날 것만 같았다.

한데…… 문제가 생겼다는 전갈로 그가 곁을 떠난 그 순간부터 이상하게 마음이 불안한 연우였다.

자주는 아니었지만 마족과의 국경 분쟁은 있어 왔던 일이고 그것은 병부 쪽에서 알아서 할 것이었다. 그저 천여의 대표로서, 부마로서 황궁에 간 것일 뿐이다. 한데 알 수 없는 불안이 연우의 작은 심장을 온통 잠식하고 있었다.

"오실 때가 되었는데……."

하정이 손질해 준 머리를 가만히 명경에 비춰 보며 연우가 시선을 중문 쪽으로 돌렸다.

그때였다. 중문 너머 그의 모습이 보였다. 그의 모습만으로 불안이 연기처럼 사라지는 것을 느끼며 그에게로 달렸다.

어느새 머리 손질까지 마치고 안 하던 분단장까지 곱게 한 연우가 자신에게로 달려오는 모습을 서하가 물끄러미 바라보았다. 하루 만에 소녀에서 여인이 된 듯 느껴지는 모습이었다. 여인들은 어느 순간 자란다고 하더니 그런 모양이었다.

한데…… 그 모습이 너무 고와서 아득해지는 서하였다. 저 고운 미소가 사라질 것이 못내 아프다.

"다녀오셨습니까?"

볼을 붉게 물들인 채 환하게 미소 짓는 연우를 향해 서하가 천천히 고개를 끄덕였다. 행복함이 가득한 얼굴로 서하를 물끄러미 바라보던 연우의 얼굴에서 조금씩 미소가 사라져 갔다. 그의 눈빛이 연우의 심장에 스며들고 있었다. 빛이 사라져 버린 먹빛 눈동자가.

"두 시진 후면 출발이라…… 눈도 붙이지 못하겠군."

하루 종일 이어진 회의와 준비에 지치는지 붉은 눈을 힘껏 감았다 뜨며 자리에서 일어나던 무운이 함께 몸을 일으키는 서하를 돌아보았다.

어제 연회장을 떠날 때부터 두 사람의 공기가 이상하다 했더니 어젯밤 처음으로 합방을 했다는 소식을 지운에게 들은 무운이었다.

그래서였을 것이다. 황궁에서의 일에는 절대 나서지 않는 지운이 오늘 아침 황궁에서 서하가 출병하겠다는 것을 거세게 말린 이유는. 전면전이 아닌데 두 나라의 황자가 다 나설 필요가 무엇이냐 강변하던 지운의 말을 잘라 버린 것은 형님 태자였다.

지운의 마음을 모르는 바는 아닐 것이지만 이번 상황은 분명 향후 천여와 가여 두 나라의 관계에도 영향을 줄 것이기에 서하가 천여의 수장이 되는 것이 맞다고 경운은 생각하고 있는 듯했다. 자신 역시 태자의 선택이 틀리지 않았다는 것은 알고 있었다.

만약 이번에 자신이 두 나라의 군대를 끌고 승리를 거둔다면 가여가 주도권을 쥐는 형국이 될 테니 두 나라의 평등한 관계에 틈이 생길 것이다. 실패한다면 그것은 또 자신이 수장이기에 가여에게 책임이 돌아올 수도 있다. 확실히 이번 싸움은 자신과 서하가 함께 움직여야 할 것이었다.

하지만 정치는 그렇다 해도 이제 막 시작된 두 사람의 시간이 이렇게 기약할 수 없게 되는 것이 힘겨운 무운이었다. 누이가 얼마나 기다렸던 시간인지를 알기에 더욱 그러했다.

"연우는…… 괜찮은 건가."

걱정이 어린 무운의 눈빛을 마주하던 서하가 낮게 한숨을 내쉬며 고개를 약하게 저었다. 괜찮을 리 없으니까. 아침에 하얗게 질리는 얼굴을 보고도 바삐 화궁을 나서야 했기에 달래 줄 시간도 없었던 그였다. 하루 종일 그녀가 혼자 얼마나 가슴을 졸이며 지냈을지 보지 않아도 상상이 되고 있었다.

"아, 이래서 난 정말 장가 못 간다니까."

짜증스러운 표정으로 고개를 저으며 걸음을 옮기는 무운의 뒷모습을 물끄러미 바라보던 서하도 걷기 시작했다.

두 시진 후면 전장으로 출발해야 한다. 그 전에 그녀를 안심시켜 주고 싶었다. 되지 않을 일인 건 알지만 그래도 최대한은 그녀를 덜 아프게 해 주고 싶었다. 어떤 수를 써서라도.

쥐 죽은 듯한 고요 속에 잠긴 내궁으로 들어선 서하를 맞이한 것은 연우가 아니라 하정이었다. 얼굴 가득 근심이 고인 하정이 살며시 고개만을 숙일 뿐 아무런 말도 없이 그의 시중을 들었다. 연우는 방 안에서 나오지 않았다. 깊은 한숨을 토해 내며 서하가 방문을 열었다.

어둠이 가득 깔려 있을 것이라 생각했던 침전 안이 환한 불빛에 감싸여 있었다. 의아함을 담은 서하의 눈이 무엇인가에 열중해 있는 그녀의 모습을 찾았다.

그 언젠가처럼 그녀는 수를 놓고 있는 것처럼 보였다. 불빛아래 고개를 숙이고 열심히 무엇인가를 하고 있는 그녀의 곱고반듯한 이마가 가장 먼저 보였다.

그 모습을 보는 순간 동그란 그 눈동자가 너무도 보고 싶다 생각이 드는 서하였다. 그리웠던 것이었을까. 그 아름답고 동그란 투명한 눈동자가.

"어, 오셨습니까?"

이제야 그가 들어선 것을 알아차린 듯 그녀가 자리에서 벌떡 일어났다. 그리고 그때 서하의 시선 안에 그녀가 수를 놓고 있던 것의 정체가 들어왔다.

그녀의 앞에 펼쳐져 있는 것은…… 자신의 갑옷이었다. 서하의 심장 저 깊은 곳이 욱신거렸다.

"무엇을 하고 계십니까."

잘 지어지지 않는 미소를 머금으며 서하가 묻자 연우가 환하게 미소를 머금었다. 낯선 미소가 서하의 가슴으로 들어와 박혔다. 환하게 웃고 있었지만 연우의 눈은…… 짙게 젖어 있었다.

"서방님의 갑옷에 뭘 좀 달고 있습니다."

"무엇을?"

"……."

무엇이기에 자신의 갑옷에 달고 있는 것을 자신에게 말하지 못하는 것일까 의아한 서하였다. 한 발을 내디딘 서하의 시선에 갑옷 허리띠에 촘촘히 바느질 되어 있는 것이 보였다.

허리띠 사이에 집어넣고 꼼꼼하게 수놓듯 바느질을 하고 있는 것은 벽조목이었다. 가슴 저 깊은 곳이 끝없는 땅속으로 꺼지는 것만 같은 서하였다.

"예전에 어머님께서도 출정하시는 아버님의 갑옷에 달아 주셨다고 하시면서 보내 주셨습니다. 분명 효험이 있다고 하셨습니다.”

서하에게 하는 말이었지만 그것은 스스로에게 다짐하는 말이었다. 창백한 얼굴에 힘겨운 미소를 머금은 채 일부러 씩씩하게 말하려 애쓰는 연우의 모습을 서하가 물끄러미 응시했다.

울며 가지 말라 할 것이라 생각했었다. 그러면 어찌 달래야 할까 고민하던 서하였다. 한데 저리 태연한 듯 웃고 있는 모습이 더 가슴 아프리라곤 생각도 하지 못했다.

서하가 그대로 손을 뻗어 허깨비처럼 서 있는 연우를 끌어 품 안에 안았다. 작고 가는 몸이 바르르 떨고 있었다. 아마도 하루 종일 이리 떨었을 것이리라. 놓지 않겠다는 듯 연우를 품에 꼭 안은 서하가 아무 말도 하지 못했다. 무슨 말을 해야 하는 것인지 아무 말도 떠오르지 않았다.

“안 가시면…… 안 되는 것이지요?”

떨림을 억지로 누르는 연우의 목소리가 가슴에 부딪쳐 서하의 심장을 울렸다.

“가지 말라고 떼를 쓰면…… 안 되는 것이지요?”

힘겹게 참던 말끝이 무너지며 연우가 서하의 몸을 꼭 끌어안았다. 자신의 가슴 앞섶이 서서히 젖어 오는 것을 느끼며 서하가 가만히 연우의 머리를 쓰다듬었다.

“약속하겠습니다. 공주. 털끝 하나도 다치지 않고 돌아올 것입니다. 그대의 곁으로. 제 약속…… 믿으시지요?”

따스하게 젖어 드는 서하의 음성에 연우가 서하의 가슴에 얼굴을 묻은 채 고개를 끄덕였다.

투툭, 끄덕이는 연우의 몸짓에 그녀의 커다란 눈에 맺혀 있던 눈물방울이 바닥으로 떨어져 내렸다.

급한 걸음으로 화궁으로 들어선 무운이 막 내궁을 나서는 서
하를 발견하고 다가섰다. 낯선 서하의 갑옷을 눈으로 훑던 무운
의 눈에 서하의 허리띠가 들어왔다. 씁쓸한 미소가 무운의 입가
에 번졌다.

"오셨습니까."

자신을 보고 고개를 숙이는 서하는 바라보지도 않고 무운이
그 뒤를 따라 나오는 연우의 앞으로 다가섰다. 바람이라도 불면
그대로 날아가 버릴 듯 휘청거리고 있는 누이의 모습이 고스란
히 느껴졌다. 미간을 좁힌 무운이 자신을 조심스럽게 올려다보
는 연우를 마주하고 섰다.

"오라비가 태어나 처음으로 네게 약속하마."

조롱이나 놀림이 한 치도 섞이지 않은 묵직한 무운의 목소리
에 연우가 퀭한 눈을 들어 올렸다. 얼마를 울었는지 붉은 기로
가득한 연우의 눈에 무운이 입술을 악물었다.

"이 오라비가 무슨 짓을 해서라도 화운위를 무사히 너의 품으
로 데려다주마. 그러니 아무 걱정 하지 말고 있어야 한다."

애써 누르고 있었는지 발그레하던 연우의 눈에 또다시 물기
가 차오르기 시작했다. 무운이 한 발 뒤로 물러서며 서하에게
자리를 내어 주었다.

"눈물은 화운위가 닦아 주고. 가자, 모두."

무운이 그대로 몸을 돌려 화궁을 나서자 주변의 이들이 모두
물러났다. 내궁 앞 정원에 서하와 연우만이 남겨졌다.

"다녀오겠소."

한 점 흔들림 없이 차분한 검은 눈동자가 연우를 가만히 바라보았다. 그 모습을 새기기라도 하려는 듯 한순간도 그녀에게서 시선을 떼지 않는 서하였다. 한참 동안 보지 못할 그 고운 모습을 심장에 새기고 싶었다. 그래야 견딜 수 있을 것 같아서였다.

흘러내리는 눈물을 손등으로 닦아 낸 연우가 고개를 들었다. 동그랗고 투명한 눈동자가 물기에 더욱 아름답게 반짝이고 있었다.

"제가 기다리는 거, 잊지 마셔요."

환하게 웃어 주고 싶어서, 그렇게 고운 모습 보여 주고 싶어서 연우가 웃는다. 아프고 아프게.

저 멀리 천여와의 국경 지역이 가까워지고 있었다. 국경 지역의 작은 성에 천여의 도성 수비대가 도착해 있을 것이었다. 엄청난 속도로 질주하던 적월부가 속도를 줄였다. 수백의 말이 내뿜던 열기와 숨소리가 잦아들고 있었다.

"4년 만에 보는 거 아닙니까, 화운위. 저 국경을."

무운의 말에 서하가 천천히 고개를 끄덕였다. 저곳을 통해 가여로 들어왔었다. 아득한 시간 속 기억들이 되살아났다.

"오는군요."

무운의 말에 고개를 든 서하의 눈 안에 익숙한 이들의 모습이 들어왔다. 천여의 상징인 흑색의 무복에 감싸인 이들이 달려오고 있었다.

맨 앞에서 무리를 이끄는 낯익은 이의 모습에 서하가 깊게 숨을 삼켰다. 자신의 무예 스승이며 천여 최고의 검객인 수비대 대장 우헌의 모습이었다. 기억 속의 모습보다 조금 변한 듯한 그의 모습이 천천히 다가오고 있었다. 가슴이 뛰었다.

"우헌 대장입니다. 황자님."

뒤에서 조금은 흥분된 듯한 건의 목소리가 들려왔다. 건도 그에게 검을 배웠다. 천여의 내로라하는 검객들은 다 우헌의 제자들이니까. 다가선 우헌의 주름진 얼굴에 서하의 따스한 시선이 닿았다.

"천여의 도성 수비대 대장 우헌, 서하 황자님을 뵈옵니다."

다가오는 천여의 군사들을 위해 적월부가 좌우로 낸 길로 다가선 우헌이 서하의 앞에 고개를 숙였다. 노장의 얼굴에 가득 담긴 만족스러운 미소가 서하와 건을 향해 있었다.

"저게…… 부족 마을이라고?"

저 멀리 보이는 낯선 풍경에 미간을 좁힌 무운이 곁에 선 이를 돌아보며 물었다. 건물이라고 부를 만한 것도 없는 허허벌판에 동그랗거나 네모난 천막들이 모여 있었다. 그렇게 펼쳐진 마을의 뒤로 깊이 우거진 숲이 광활하게 펼쳐져 있었다.

"약초를 캐기 위해 돌아다니는 생활을 하는 부족이라 특별하게 집을 짓지 않고 삽니다. 저것은 게르라고 하는 이동식 집입니다. 약초가 나는 계절 동안 이곳에서 머무는 것이지요. 보기에는 저래 보여도 집으로서의 기능은 충분합니다."

"저런 모습으로 마족과 마주하고 살고 있다는 거야? 무슨 수로?"

의아할 뿐이었다. 거칠고 용맹스럽다고 알려진 마족의 영토 바로 곁에서 성 하나 없이 어찌 견디며 살고 있는 것일까. 적월부 하나만으로도 한 시진이면 쑥대밭을 만들고도 남을 것처럼 보이는 선족의 모습이 난감을 넘어 황당한 무운이었다.

"아, 오는군요. 저들이 선족의 무사들입니다."

새하얀 물결이 밀려오는 것처럼 보였다. 하얀 무복이라니…… 무운의 황당함을 담은 눈길이 저 멀리서 모래가 밀려오듯 달려오는 이들에게로 향했다.

넓은 황야를 가로질러 무운의 앞으로 달려오는 무사 무리를 무심한 시선으로 바라보던 무운의 눈이 점점 커져 갔다. 새하얀 무복과 탈색된 듯 연회색을 띠고 있는 머리카락들이 시야를 채워 왔다.

불어오는 모래바람이 시야를 가리자 분명 저 너머 달려오던 무리가 바람에 가려져 보이지 않았다. 달려오는 것이 분명한데 모래와 그들이 뚜렷이 구분되지 않았다.

"뭐야?"

"보호색을 입고 있는 모양입니다."

무운의 곁에 있던 서하가 감탄이 섞인 목소리로 말했다. 황량한 벌판 모래바람 속에 섞인 그들은 정말 보이지 않았다. 무운의 입에서 감탄사가 약하게 터져 나왔다.

모래바람이 잦아지면서 가까워지고 있는 그들의 모습이 시야에 들어왔다. 수십의 기병이었다. 아마도 이쪽을 마중 나온 이들인 모양이었다. 다가오는 그들을 응시하며 앞쪽으로 말을 몰던 무운의 미간이 약하게 일그러졌다. 선족 무리들의 맨 앞에서 달려오는 이가 시선에 들어왔기 때문이다.

처음에는 그저 무장이라고 생각했다. 말을 달리는 모습이나 자세가 무인의 그것이었으니까. 무심한 시선으로 자신의 앞에서 말을 멈추는 이를 바라보던 무운의 얼굴에 점점 균열이 갔다. 무엇인가 낯선 것이 심장 안에서 서걱거리는 느낌이었다. 이런 느낌은 처음인 무운이었다.

다가서며 한 손으로 거칠게 투구를 벗은 이가 무운의 앞으로 다가섰다. 투구에서 쏟아지듯 흘러내린 진회색의 머리카락이 바람에 흩날렸다. 그리고 그 바람에 눈앞에 다가선 이의 모습이 그대로 무운의 시야에 들어왔다. 낯선 진회색의 눈동자가 빤히 무운을 올려다보았다.

"그대가 가여의 무운인가?"

"뭐?"

무운의 눈꼬리가 거칠게 들어 올려졌다.

"그쪽은 천여의 서하?"

"야!"

상대의 나른한 시선이 서하에게로 향하는 것을 바라보던 무운이 버럭 고함을 질렀다. 주변의 공기가 서늘하게 식어 내렸다. 무심한 진회색의 눈이 무운을 향했다.

"죽고 싶은 거냐? 어디서…… 일개 무장 따위가 우리 이름을 함부로 부르는 거냐!"

"아, 인사가 늦었군요. 난 선족 족장의 딸 카린입니다. 선족의 부대를 이끌고 있습니다."

"……뭐? 족장의…… 딸?"

기가 막혀 입조차 다물지 못하는 무운의 반응은 철저하게 무시하며 카린이라 자신을 소개한 여인이 서하를 향해 입을 열었다.

"우리가 안내하겠습니다."

서하가 천천히 고개를 끄덕이고는 뒤쪽으로 손을 들어 올렸다. 가여와 천여의 부대가 움직이기 시작했다.

"저게…… 계집이라고? 설마?"

부대 전체를 이끌며 맨 앞에서 달리는 이의 모습에서 시선을 떼지 못하고 멍하게 말하는 무운을 바라보며 서하가 큭 낮은 웃음을 흘렸다.

무운의 반응이 당연하게 느껴졌다. 자신이 스스로를 여인이라 소개해서 안 것이지, 부대를 이끌고 있는 눈앞의 이는 전혀 여인임을 느낄 수 없는 모습이었다. 말을 달리는 모습도, 부대원들을 통솔하는 손짓 하나도 그저 무사일 뿐 전혀 여인다움을 느낄 수는 없었으니까. 체격까지 작지 않아 다른 이들 사이에 파묻혀 있으면 절대 알아차릴 수 없을 것 같았다.

"선족은 사내가 없는 거냐? 왜 계집애가?"

"어려서부터 선족의 부대를 이끌어 왔다고 알고 있습니다. 무예로나 정치적인 식견으로나 선족 족장의 오른팔로 손색이 없다고 알려진 여인입니다."

"뭐야? 너 알고 있었어? 한데 왜 나한테 말 안 한 거야?"

"……이러실 듯하여."

선족에 대한 안내를 하기 위해 따라온 군사가 숨을 죽이며 고개를 숙였다. 무운 황자의 성격상 함께 적을 토벌해야 하는 선족의 수장이 여인이라 하면 분명 난리를 칠 것임을 알고 있었다. 그래서 말하지 못했던 것이다. 어차피 만나야 하고, 만나면 해결될 문제이기에.

"미치겠군. 성벽 하나 없는 곳에서 계집과 함께 싸우라는 거잖아."

선족의 영토로 들어서며 무운이 짜증을 섞어 내뱉었다.

말에서 내려 자신들에게 다가오는 카린을 바라보며 무운이 깊은 한숨을 토해 냈다.

말 위에 앉아 있을 때에는 몰랐는데 걸음을 옮겨 오는 모습을 보니 여인의 태가 확연하게 느껴지고 있었다. 일부러 숨기지 않는 이상 사내와 다른 것을 감출 수는 없을 것이었다. 아니, 카린이란 여인은 일부러 숨기는 것 따위 알지도 못하는 것처럼 보였다.

짜증을 고스란히 드러내고 있는 무운의 눈빛을 무심히 지나 카린이 서하를 향해 입을 열었다.

"막사를 치실 겁니까?"

"준비해 왔습니다."

"막사는 곤란한데."

"무슨…… 말입니까."

말도 섞기 싫은지 입을 꾹 다물고 있는 무운을 대신해 서하가 카린과 대화를 계속했다.

"이곳은 시야가 사방으로 트여 있어서 그쪽에서 가져온 막사를 설치하면 마족 척후병의 눈에 띄기 쉽습니다. 불편해도 우리 식의 게르를 설치하는 것이 좋을 겁니다. 게르는 눈에 많이 띄지 않으니까."

"그렇겠군요. 한데 우리는 그것이 준비되어 있지 않습니다."

"우리가 알아서 하겠습니다. 그쪽의 병력이 얼마나 됩니까?"

"가여의 병력이 삼백, 천여의 병력이 이백입니다."

"오백이라…… 큰 공사 해야 하겠군. 그쪽에서 가져온 막사도 개조해서 사용할 수 있으면 하겠습니다."

"이봐, 선족 아가씨."

"아가씨가 아니라 카린 대장."

무운의 시선을 오롯이 받으며 카린이 씩 입가를 끌어 올렸다. 시원한 바람이 담긴 그 미소에 무운이 숨을 삼켰다. 이 넓은 초원 지대를 가로지르는 바람이 느껴지는 미소였다.

잠시 멍하게 그 미소를 바라보던 무운이 다시 생각이 난 듯 얼굴을 거세게 일그러뜨렸다.

"그래, 까짓것 카린 대장. 근데 왜 나한테만 말이 그리 짧은 거냐?"

"그쪽도 짧으니까."

"그쪽?"

"족장께서 기다리고 계십니다. 따라오십시오."

아예 무운은 무시하는 듯 서하를 향해 말을 한 카린이 앞서 걸음을 옮기기 시작했다. 카린의 뒤를 따르는 서하의 모습에 짜증이 가득한 얼굴로 무운이 그 뒤를 따랐다.

게르는 멀리서 보았을 때에는 많이 초라해 보이고 작아 보였지만 가까이서 보니 전혀 다른 모습이었다. 규모가 생각보다 작지 않았고 안쪽으로 들어갈수록 엄청난 수의 게르가 보였다.

천여나 가여의 도성 안처럼 수많은 이들이 그 게르 사이를 왕래하며 삶을 이어 가는 것이 또렷하게 느껴졌다. 조금 어두운 색의 피부와 회갈색 머리가 선족의 특징이었다. 황량한 벌판에서 긴 세월을 살아온 종족의 특징이리라.

서하의 시선이 자신들에게 길을 안내하며 성큼성큼 걸음을 옮기고 있는 카린에게로 향했다. 웬만한 사내보다 큰 보폭으로 거칠 것 없는 걸음을 옮기는 뒷모습은 정말 여인이라고 하기에 믿기지 않을 정도였다.

하지만 그런 모습으로 걷다가도 선족민들이 다가오면 따스하고 다정한 모습으로 응대해 주고 있었다. 선족민들이 그녀를 어떻게 생각하고 있는지는 그녀를 바라보는 표정만으로도 느낄 수 있었다. 그들의 보호자, 그들의 수장이었다. 그녀는.

그녀의 걸음이 멈춰진 곳은 거대한 게르 앞이었다. 웬만한 전각보다 훨씬 큰 게르는 선족 수장의 거처답게 화려하고 아름답게 단장되어 있었다. 이동식 건물이라고 믿기지 않을 만큼 단단하게 만들어진 게르의 입구가 열렸다.

밖에서 보는 것보다 넓은 게르 안에서 그들을 맞이한 것은 창백함을 가득 두른 중년의 사내였다.

침상에 누워 있던 사내가 그들을 보고 일어나 앉자 곁에 서 있던 여인이 모포를 사내의 어깨에 둘러 주었다. 사내가 고갯짓을 하자 여인이 조심스러운 걸음으로 게르를 나갔다. 카린과 같은 회갈색의 눈동자를 한 사내가 서하와 무운을 올려다보았다.

"어서 오시오. 내가 선족의 수장 리한이오."

"가여의 황자 무운입니다."

"천여의 황자 서하입니다."

가볍게 고개를 숙여 보이는 두 사람을 바라보는 중년 사내의 눈가가 아프게 일렁였다.

"사흘 전…… 내 아들이 납치되었소. 그들이 요구하는 것과 내 아들을 교환하길 원하고 있소. 그들은."

무운과 서하가 서로의 얼굴을 바라보았다. 마족이 선족을 습격했다는 이야기는 들었지만 선족의 후계자가 인질이 되어 있다는 이야기는 처음 듣는 것이었다.

"그들이 무엇을 요구하는 것입니까."

"그것이……."

"살심초입니다."

망설이는 족장을 대신해 족장의 뒤에 서 있던 카린이 입을 열었다. 흔들림 없는 그녀의 목소리에 무운의 눈이 그녀를 향했다.

"살심초? 그게 뭔데?"

"광증에 사용하기 위해 두 가지 독초를 접붙여 만들어 낸 약초인데…… 위험한 약초라 사용하지 않기로 한 약초입니다. 우연히 그 독초를 입수한 마족에서 그것을 원하는 것입니다."

"그깟 독초 하나 가지겠다고 지금 인질을 잡고 거래하자는 거란 말이야? 마족이?"

황당하다는 듯 미간을 좁히는 무운에게는 시선도 주지 않은 채 카린이 서하를 바라보았다. 서하의 눈빛이 짙게 가라앉았다. 차분한 서하의 음성이 게르 안을 울렸다.

"후계자의 생사를 걸고도 줄 수 없는 약초라면…… 많이 위험한 것이겠군요. 그 약초를 그들이 어디에 쓰려는 것인지 아십니까."

"그들은 그것을 양귀비와 함께 북쪽의 변방 국가들에게 넘기려는 것이오. 두 가지를 함께 쓰면 양귀비의 약효가 배가되니까. 엄청난 대가를 받을 수 있는 노다지가 되는 것이오."

"그 약초의 효능이…… 무엇입니까."

조심스럽게 묻는 서하의 말에 카린과 족장의 시선이 서로를 바라보았다. 망설이는 그들의 모습에 서하와 무운의 얼굴에 긴장이 어렸다.

"이름 그대로…… 사람의 마음을 죽일 수 있는 약초입니다. 광증에는 때론 효과를 보이기도 하지만 정상적인 사람이 그 약을 마신다면, 정신이 다른 이에게 온전히 지배될 수도 있습니다. 그들이 원하는 것은 그런 이유입니다. 하지만 그 독초를 복용했을 때 어떤 후유증이 생길지는 확실히 알 수 없습니다."

게르 안이 고요에 감싸였다. 들어 본 적도 없는 황당한 이야기였다. 하지만 지금 그것이 현실로 눈앞에 있는 것이다.

선족이 이 주변의 모든 국가들에게 약초를 대고 있다는 것은 모두가 알고 있는 일이었다. 몇백 년 전부터 이어 내려오는 약초 재배 기술과 제약 기술로 수많은 나라들 사이에서 소수 부족이면서도 버텨 내고 있는 선족이었으니까.

선족의 비법이 아니라면 당장 백성들의 고통과 수많은 질병을 감당할 수가 없는 국가들이 선족은 건드리지 않고 그들의 영역을 인정해 주고 있었다. 한데 마족 일각의 욕심이 그런 금기를 깨뜨리려 하고 있는 것이다.

출병하기 전에 예상한 상황과 전혀 다른 상황이었다. 마족이 원하는 것은 가여와 천여의 도발이 아니라 선족이 가지고 있는 독초였다. 마족 수뇌부에서 정치 싸움이 시작되면서 정치적 자금이 필요해진 이가 벌인 일이리라.

게다가 후계자까지 납치되어 있는 이 상황에서 만약 사태가 해결되지 않는다면 선족은 스스로 마족에게 투항해야 할지도 모른다. 예상보다 일이 훨씬 복잡해져 있었다. 그저 자신들의 존재를 마족에서 보여 주는 것에서 끝나는 것이 아니라 선족의 후계자를 구출해야 하는 것이다.

서하가 짙게 가라앉은 눈으로 모두를 바라보았다.

"마족 일각에서 만든 일이군요."

서하의 말에 리한이 고개를 끄덕였다. 온화함과 단단함을 담은 중년 사내의 얼굴에 근심이 가득 고였다.

"마족의 수뇌부가 분열되고 있습니다. 해서 돈과 힘을 갖기 원하는 이들이 편법을 쓰려 하는 것입니다."

"전면전은 피하되 아드님을 구해야 이 상황이 해결되는 것이겠군요."

"우리 부족 안에서도 독초를 주고 내 아들을 데려와야 한다는 의견이 일어나고 있소. 그들이 독초를 가지고 무슨 짓을 하든 우리와는 상관없는 일이라는 의견들이오."

무운의 미간이 거세게 일그러졌다. 서하가 무운을 향해 약하게 고개를 저었다.

"하지만 나는 그렇게 생각지 않소. 그 독초는 절대 유통되어서는 안 되는 것이오. 만들어져서는 안 되는 것이 만들어진 것이오. 우리의 책임이오. 해서 어떤 위험을 감수하고라도 나는 그것의 유통을 막아야 한다 생각하오."

"그럼 아드님을 포기할 수도 있다는 겁니까?"

무운이 입가에 비릿한 냉소를 머금고 던지듯 물었다. 카린의 눈이 서늘하게 무운을 노려보았다. 터질 듯 뜨거운 다갈색 눈동자와 회갈색 눈동자가 맞부딪쳤다.

"그것만으로 모든 문제가 해결된다면 그럴 수…… 있소."

"아버지!"

"그것만으로 절대 해결되지 않을 것이니 그것이 문제겠지요."

고뇌하듯 뱉어 내는 리한의 말에 고함을 지르는 카린을 바라보며 서하가 입을 열었다. 아프게 일그러진 리한의 눈이 서하를 바라보았다.

"권력 다툼에 마음이 급한 그들은 이쪽에서 아드님을 포기한다면 또 다른 대상을 찾겠지요. 마을을 계속해서 급습할 수도 있을 것입니다. 그들을 움직이지 못하게 하는 방법은…… 가여와 천여가 선족과 손을 잡았다는 것을 알려 주는 것입니다. 권력을 원하는 그들에게 우리와의 전면전을 조장했다는 굴레는 치명적일 테니까요."

"내가 가여와 천여에 연통을 한 이유도 그것이오. 우리가 연합을 했다는 것만으로도 그들에게는 엄청난 부담이 될 거니까."

"일단 쳐들어가야 한다는 거네. 구해 와야 할 거 아닙니까. 게다가 우리가 함께하고 있다는 것도 알려 주어야 하고."

싸움을 시작할 생각에 생각만 해도 기분이 좋은지 입가에 진한 미소를 담으며 무운이 서하를 돌아보았다. 서하가 고개를 끄덕였다.

"이 아이가 함께할 것입니다."

리한이 카린을 향해 고개를 돌리자 무운의 환하던 얼굴에 쫙 균열이 갔다. 짜증이 제대로 어린 무운의 얼굴을 바라보는 카린의 회색 눈동자에 서늘함이 고였다.

리한이 게르를 나서자 카린이 손가락으로 리한의 게르 뒤쪽을 가리켰다. 리한의 게르보다는 작지만 꽤 규모가 큰 게르가 눈에 띄었다.

"제 게르로 가서 현재 상황과 공격 계획에 대해 논의하죠. 두 분의 거처는 정리 중일 겁니다."

무심한 얼굴로 카린의 게르로 들어선 무운이 그 자리에 굳은 듯 멈춰 섰다.

모르고 들어왔다면 이것이 여인의 게르라고는 절대 생각하지 못했을 것 같은 모습이었다. 온통 갑주와 검들, 활들로 가득한 공간은 무사의 공간이지 여인의 공간은 아니었다.

자신의 공간을 어이없다는 눈으로 둘러보는 무운은 상관없다는 듯 카린이 탁자 앞으로 다가서는 서하의 앞에 커다란 지도를 펼쳤다.

"수리안이 잡혀간 곳은 숲을 지나 마족의 영지가 시작되는 곳

277

에 있는 작은 성입니다. 그곳의 영주는 마족 수장의 조카로 잔인하기가 지독한 놈입니다."

거칠게 구겨지는 카린의 얼굴에 서하가 카린을 물끄러미 바라보았다.

"아는 이입니까."

"패잔병들의 머리를 잘라 돌려보내는 놈입니다."

이를 갈며 내뱉는 카린의 목소리로 느낄 수 있었다. 이미 그자와 이 선족 소녀의 악연은 오래되었다는 것을.

"이번엔 제 놈의 머리가 잘려 돌아가겠군."

탁자 옆 의자에 삐딱하게 앉아 심드렁한 표정으로 지도를 바라보던 무운이 던지듯 말을 뱉었다. 카린의 차가운 회갈색 눈동자가 무운을 노려보았다.

"내가 자를 거니까…… 손대지 마. 그놈의 머리는."

무운이 벌떡 의자를 차며 일어섰다. 커다란 소리를 내며 앉아 있던 의자가 바닥으로 넘어졌다.

"이게 진짜!"

"이게가 아니라, 카린 대장."

으르렁거리는 늑대처럼 입술을 씰룩이며 자신과 시선을 맞추는 카린의 모습에 무운이 허공을 보며 낮게 한숨을 토해 냈다. 사내 녀석이라면 벌써 반쯤 죽여 놓았을 것을 참느라 무운의 이마에 파란 핏줄이 곤두섰다.

"너, 왜 나한테만 말을 놓는 거야? 대체?"

"그쪽이 날 무시하니까."

"……"

"난 선족의 무사 카린이다. 그대들처럼 자신의 종족을 지키기 위해 검을 든다. 하니 무사로 존중해. 그렇지 않으면 나도 너를 무사로 존중할 수 없다."

찬란한 빛을 가득 품고 반짝이는 회갈색 눈동자가 한 치의 흔들림도 없이 무운을 응시하고 있었다. 그 눈빛이 머리끝부터 심장으로 쑤욱 박혀 드는 느낌에 무운이 크게 숨을 들이켰다. 한 번도 느껴 보지 못한 느낌이었다.

막사로 들어서는 서하의 모습에 모여 있던 사내들이 일제히 무릎을 꿇었다. 4년 만에 보는 자신들의 주군을 바라보는 이들의 눈에 물기가 약하게 어리고 있었다.

"모두…… 오랜만이다."

"황자님!"

모두의 입에서 같은 말이 터져 나왔다. 서하의 시선이 그런 그들을 하나하나 훑어 내렸다. 함께 말을 달리고 검을 섞던 이들이었다. 태자 대신 그들과 무술을 익히고 병부를 살피며 우헌의 가르침을 받아 왔던 친우며 동지들이었다. 기약할 수 없었던 이별 후 그들과 전장에서 다시 만난 것이다.

"이제 사내가 다 되셨습니다. 가여로 떠나실 때에는 아직 소년이셨는데."

따스한 차 한 잔을 앞에 놓고 마주한 우헌이 만족스러운 얼굴로 서하를 바라보았다. 자신이 성장한 동안 스승은 그만큼 세월의 흔적을 온 얼굴에 이고 있었다. 서하의 미간이 살짝 일그러졌다.

"스승님께서는 여전하십니다."

"세월이 흐르긴 한 모양입니다. 황자님의 입에서 공치사가 다 나오고 말입니다."

머리가 희끗해진 스승의 입가에 은은한 미소가 번졌다. 가슴 속 저 깊은 곳에 자신만의 열기를 감추고 언제나 태자의 검으로 살려 힘겹게 버티던 서하를 기억하는 스승이었다.

뛰어난 감각을 지니고 있지만 검이 아프던 소년. 그래서 하루하루 자라나는 실력이 스스로에게 족쇄가 되던 소년의 편안해진 모습이 반갑기만 했다. 예전에는 날카롭기만 하던 그에게서 느껴지는 여유가 좋았다.

"형님께서는…… 무탈하십니까."

서하의 조심스러운 물음에 우헌이 낮게 한숨을 내쉬었다. 큰 문제는 없다 하나 몸이 약한 태자는 하루하루가 살얼음을 딛고 서 있는 것처럼 보일 때가 많았다. 강한 황제에게 그런 태자가 만족스러울 리 없었다. 가장 큰 문제는 태자에게 아직 후사가 없다는 것이었다.

"조금 힘겨우신 듯합니다."

"……"

어둠을 담는 서하를 바라보던 우헌이 기분을 바꾸게 하고 싶은 듯 입가에 장난스러운 미소를 담았다.

"천여의 화운 공주님과는 금슬이 좋으시다 들었습니다."

서하의 얼굴이 약하게 붉은 기를 띠었다. 아마도 예부령 하찬에게서 나온 말일 것이다. 합궁조차 하지 않았을 때 하찬을 단념시키기 위해 이미 합궁했다고 말했었으니까. 다행히 그것이 거짓말이 되지 않은 것이 다행이라 느껴지는 서하였다.

"소중한 사람입니다."

"힘드셨겠습니다. 공주께서. 황자님을 이곳으로 보내 드려야 했을 때 말입니다."

다 알고 있다는 듯 따스한 눈으로 자신을 보는 스승의 말에 서하가 고개를 끄덕였다. 눈앞에 있는 이 노령의 스승은 수도 없이 이런 선택을 했었을 것이다. 평생을 전장에서 살아온 무장이니까.

"제가 많이 울리고 있습니다."

아련함을 담은 서하의 눈가에 그리움이 고이는 것을 바라보는 우헌의 얼굴에 미소가 번져 갔다.

"아, 젠장!"

무운이 거칠게 일어나 앉아 풀어 헤쳐진 머리를 벅벅 긁었다. 하루 종일 말을 달렸는데도 피곤하기는커녕 정신이 또렷해지기만 하고 있었다.

낯선 침상도 낯선 공간도 견딜 만했다. 그것들이 잠 못 들게 하는 것이 아님은 스스로 잘 알고 있었다. 그런 것으로 잠들지 못하는 사람이 아니다, 자신은.

사냥을 가서는 그저 수풀 위에서도 누우면 잘 수 있는 것이 그였다. 한데 나름 신경을 써서 준비해 준 숙소 안에서 잠들지 못하고 있는 것이다, 지금. 자신이.

더 이상 억지로 잠들기 위해 노력하는 것을 포기한 무운이 겉옷을 대충 걸친 채 막사를 나섰다. 보초를 서고 있던 적월부의 병사가 다가서려는 것을 손으로 제지한 무운이 한 손에 검을 든 채 휘적휘적 걸음을 옮겼다.

낯선 게르의 모습들과 사방이 뚫려 있는 벌판의 모습이 이곳이 가여가 아님을 여실히 보여 주고 있었다. 가여의 궁 안이나 도성은 한밤중에도 사람들의 왕래가 빈번하건만 이곳은 쥐 죽은 듯한 고요만이 가득했다. 주변에 보초를 서는 병사들만이 보일 뿐 어두운 밤에 게르를 나와 다니는 이들은 없는 모양이었다.

조용한 공간을 천천히 걷던 무운이 눈앞에 펼쳐진 짙푸른 하늘을 바라보았다. 성벽도 큰 전각도 없어서인지 이곳의 하늘은 더 넓은 것 같았다.

아무것도 거치는 것 없이 온전히 시야를 채워 오는 수많은 별들과 하늘의 모습에 시원함이 가슴 가득 밀려왔다.

"하……."

무운이 그 자리에 선 채 깊게 호흡했다. 세상의 모든 공기가 가슴속으로 스미는 듯 시원함이 느껴져 왔다. 하늘이 심장으로 빨려 들어오는 것 같았다. 가슴이 벅차올랐다.

천천히 걸었다. 그저 잠들지 못하는 시간이 낯선 곳에서의 이물감 때문이라고 스스로에게 자각시키며 그렇게 걸었다. 그러다…… 잠들지 못하는 이유를 보고 말았다.

촌락 입구에 세워진 망루 위에 서 있는 인영이 무운의 시선에 들어왔다. 새벽의 어둠 속에 잠긴 모습은 그림자만이 보였다. 하지만 그 그림자만으로도 충분히 알 수 있었다. 저 그림자의 주인공이 누구인지.

벌판을 가로지르는 바람이 망루 위 그림자의 길게 풀어 헤친 머리카락을 허공으로 날리고 있었다. 문득 투구 안에서 흩어져 내리던 회갈색 머리카락이 떠올랐다.

망루 한쪽에 기대선 채 저 멀리 어딘가를 바라보고 있는 그림자의 눈빛이 어둠 속에 가려져 보이지 않는데도 이상하게 보이는 듯 느껴지는 무운이었다. 그 회갈색 눈동자가 눈앞에 드리워진 것 같았다.

카린은 처음부터 보고 있었다. 들판에 살아서인지 선족은 시력이 좋다. 해서 어두운 밤이라 해도 옅은 달빛이나 별빛만 있으면 웬만한 거리의 물체는 식별할 수 있다.

선족에서는 거의 볼 수 없는 큰 키와 단단한 체형이 맨 처음 눈에 들어왔다. 그것만으로는 두 사내 중 누구인지 알 수가 없었다. 큰 키도, 감탄이 나올 만큼 단단한 체형도 두 사내는 거의 비슷했으니까.

하지만 그것도 잠시 그 사내가 누구인지 카린은 바로 알 수 있었다. 걷는 모습에서 확연하게 그 사내의 모습이 느껴져 왔으니까.

세상 그 무엇에도 지지 않을 듯 거만한 사내였다. 노골적으로 불편함을 드러내던 사내의 다갈색 눈동자가 기억났다. 자신을 그렇게 보는 사내는 선족에서는 없었다. 그 누구도 감히 자신을 그런 눈으로 보지 못했다. 그렇게 빤히 자신에게 여인이라는 각인을 눈빛으로 새기는 사내는 없었다.

다시는 움직이지 않을 듯 그 자리에 선 채 망루 위를 올려다보는 사내를 카린이 물끄러미 내려다보았다. 보이지 않는 사내의 다갈색 눈이 어떤 표정을 하고 있을지 궁금했다.

확인하고 싶었다. 그대로 카린이 망루 위에서 뛰어내렸다.

"진짜 계집이긴 한 건지…… 원."

10척도 넘어 보이는 곳에서 날개라도 단 듯 가볍게 뛰어내리는 카린의 모습에 무운이 혀를 찼다. 툭툭 옷에 묻은 먼지를 대충 털어 내며 자신에게 다가오는 카린의 모습이 환한 달빛 아래 천천히 뚜렷해지고 있었다.

흰빛의 무복과 회갈색의 머리카락, 그리고 머리카락보다 조금은 더 옅은 회갈색의 눈동자가 달빛과 동화되어 달빛을 품은 듯 보였다.

"내일 제대로 싸우려면 잠은 자 두는 게 좋을 텐데."

"남 말은……."

삐딱하게 대꾸하는 무운의 말에는 관심도 없는 듯 카린이 옆에 있는 기둥에 기대섰다. 팔짱을 낀 채 어둠을 응시하는 카린의 모습을 곁눈으로 슬쩍 살핀 무운이 짙은 어둠이 가득한 숲 쪽을 바라보았다. 무엇이라도 삼킬 수 있을 것처럼 지독한 어둠만이 느껴지는 공간이었다.

"저쪽은 지키지 않나? 뭐가 나올지도 모르게 생겼는데?"

"그곳은 안전하다. 밤에 마족은 숲으로 들어오지 못해. 길을 모르니까 길을 잃고 죽을 수도 있거든."

"선족에는 위험하지 않고?"

"우리의 생명인걸. 우리에게는 위험하지 않아. 우리의 삶을 이어 가게 해 준 모든 것이 저 안에 있다."

"약초 말인가?"

"약초도 물도, 우리의 모든 것이 저 안에 있지."

무운의 시선이 모든 것을 삼켜 버릴 것처럼 짙은 어둠을 품고 있는 숲의 입구에 닿았다. 자신에게는 무엇이 있는지도 가늠되지 않는 어둠의 공간이 이들에게는 생명의 공간이라는 말에 그 어둠이 조금은 다르게 느껴지는 무운이었다.

숲을 응시하는 무운의 옆얼굴에 카린의 시선이 닿았다.

선족에서는 본 적 없는 그림처럼 생긴 사내가 둘이나 영토 내로 들어와 선족 여인들이 얼마나 흥분하고 있는지 알고 있는 그녀였다. 짙푸르도록 검은 머리카락과 그만큼 검은 눈동자를 가진 사내는 선이 곱고 단아한 느낌을 주었다.

정중하고 침착했다. 잔잔히 고여 있는 수면처럼 흔들림이라고는 하나도 담고 있지 않은 듯 보였다.

한데 지금 눈앞에 서 있는 사내는 반대였다. 터질듯 타오르는 다갈색 눈동자는 바라보기도 버거울 만큼 뜨거운 열기를 품고 있었다. 햇볕에 잘 그을린 듯한 구릿빛 피부와 단단한 체격, 진한 붉은빛을 품은 입가의 진득한 미소는 이 사내가 세상 그 무엇도 겁내지 않는 오만한 사내라는 것을 적나라하게 보여 주고 있었다.

예의라고는 눈 씻고 찾아도 보이지 않을 만큼 자신보다 위가 없다고 느끼는 듯한 태도가 처음에는 엄청난 거부감을 주었다. 곁에 서하라 불리는 사내가 없었다면 아마 벌써 검을 맞부딪쳤을지도 모를 만큼 지독하게 화를 끓게 하는 사내였다.

한데 지금 곁에 서서 무심한 다갈색 눈으로 숲을 응시하고 있는 사내의 모습은 어딘지 모르게 황량해 보였다. 아직 세상을 제대로 달려 보지 못한 커다란 우리 속의 범처럼. 터질 듯한 열

기를 제대로 품어 내지 못한 듯 사내에게서는 소년의 치기가 엿
보였다.

숲을 향했던 무운의 시선이 카린을 돌아보았다.

"그대의 동생, 몇 살인 거냐?"

"수리안? 열셋."

무심하게 대답하는 카린의 말에 무운의 미간이 구겨졌다.

"아직 아이잖아. 그런데도 후계자인 거냐?"

"……아버지의 유일한 아들이니까."

"선족도 어쩔 수 없나 보지? 선족을 온전히 지키는 무사를 두
고 어린애를 후계자로 삼은 걸 보면."

의아함을 담은 카린의 얼굴이 무운을 향했다. 무운의 눈이 달
빛을 품고 지독하게 반짝이고 있었다. 그 눈빛이 너무 진하다고
카린이 문득 생각했다.

"아, 자야겠다. 잠은 오지 않지만."

무심한 듯 돌아서며 손을 들어 올리는 무운의 뒷모습을 바라
보던 카린이 입을 열었다.

"여인을 불러 줄까? 그게 필요할 듯한데?"

"난 여인은 취미 없다. 무사라면 모를까."

비아냥거리듯 말을 하는 카린의 말에 고개를 돌린 무운의 대
답이 들려왔다. 목소리에는 놀림이 가득했지만 그 눈은 웃고 있
지 않았다.

그의 말뜻을 뒤늦게 깨닫고 커다랗게 눈을 뜬 카린의 앞에 거
침없이 걸음을 옮기고 있는 무운의 단단한 뒷모습이 들어왔다.
어둠을 지고 걷는 듯 묵직한 사내의 걸음은 주저함이라고는 하

나도 담고 있지 않았다.

"저희 부대가 안내와 선공을 맡겠습니다. 숲의 비로로 성안까지 들어갈 수 있습니다."

"내가 함께할게. 화운위가 뒤를 맡아 줘. 괜히 많은 수가 들어가면 시간만 걸릴 거니까 궁 안 침투는 나와 선족이 맡는다."

"알겠습니다. 문제가 생기면 들어가겠습니다."

"웬만하면 들어오지 말지. 털끝 하나도 상하게 하지 않겠다고 내가 연우한테 약속했으니까."

무운이 서하를 보며 싱긋 미소를 담았다. 무운의 시원한 미소에 카린의 시선이 닿았다 떨어졌다.

한낮인데도 짙은 어둠이 깔린 숲속으로 병력이 움직이기 시작했다. 선족의 무사들과 적월부가 앞장서고 서하의 천여 수비대가 그 뒤를 따랐다. 불안함을 가득 담은 선족인들의 배웅을 받으며 숲속으로 들어선 그들 앞에 상상도 해 보지 못한 숲의 정경이 펼쳐져 있었다.

하늘이 보이지 않을 정도로 우거진 숲은 진한 습기와 향을 엄청나게 품고 있었다. 보통 사냥을 할 때면 달리던 숲과는 너무도 달랐다. 나뭇잎 하나조차 짙고 푸른 기를 담뿍 품고 있었다.

그 사이를 거닐면 온몸에 물기가 가득해질 것같이 습기가 가득한 숲이었다. 이 숲에서는 달려도 목이 마르지 않을 것 같다고 무운이 생각했다. 그만큼 숲속을 채운 공기는 습했다.

"향이 왜 이리 지독해."

온갖 풀과 나무에서 흘러나오는 향이 엄청나게 짙어서 코를 막고 싶을 지경이었다. 머릿속까지 습기와 향에 젖어 드는 느낌이었다. 짜증스럽게 고개를 흔드는 무운 쪽으로 슬쩍 시선을 돌리던 카린의 눈이 순간 서늘해졌다.

끔찍하게 서늘해지는 눈빛에 의아함을 느끼던 무운이 그대로 몸을 틀었다. 본능적으로 자신 쪽을 향해 날아오는 무엇인가를 느꼈기 때문이다. 무운의 움직임에 무운의 뒤에 있던 적월부원들이 검집에 손을 대었다. 부원들을 향해 손을 들어 올린 무운이 앞을 바라보았다.

"뭐야?"

무운의 붉어진 눈동자가 자신 쪽으로 손을 들어 올리고 있는 카린을 노려보았다. 그 손안에서 방금 무엇이 날아온 것인지는 확인하지 않아도 알 수 있었다.

살기가 가득한 무운의 다갈색 눈동자를 물끄러미 바라보던 카린이 손끝으로 무운의 뒤쪽을 가리켰다. 무운의 시선이 돌아 뒤를 향했다.

방금 무운이 지나왔던 위쪽으로 길게 늘어져 있던 굵은 나뭇가지에 진한 홍색의 빛깔을 지닌 뱀이 매달려 있었다. 그 뱀의 머리에는 카린의 손에서 떠난 것이 분명해 보이는 작은 단검이 박혀 있었다.

"물리면 끝이야. 그냥 죽는 거야. 약도 물론 없고."

가볍게 농담처럼 내뱉고 다시 앞으로 말을 움직이는 카린을 어이없다는 듯 바라보던 무운의 눈이 다시 뱀에게로 향했다.

지독하게 선명한 홍색의 뱀은 보는 것만으로도 소름이 끼칠 만큼 아름다웠다.

그러니 분명 독사일 것이다. 그것도 치명적인.

"아, 젠장. 이 숲 진짜 마음에 안 들어."

짜증으로 와락 얼굴을 일그러뜨린 무운의 입에서 한탄 섞인 말이 터져 나왔다.

"가여의 황자님은 거칠 것이 없는 분이시군요."

조금 전의 소란을 보고 우헌이 미소를 머금은 채 곁에서 말을 달리는 서하에게 말했다.

처음 선족의 대장인 카린을 만났을 때에도 황당한 반응을 보였던 무운을 기억하는 우헌이었다. 황자인데도 의식적인 격식이나 자제는 전혀 갖고 있지 않은 무운의 모습이 낯선데 싫지 않은 우헌이었다. 정치인이 아닌 무인으로서의 기질을 가진 이의 모습이 순수해서 좋은 것이다.

"가여의 왕실에서 가장 황당한 두 사람 중 하나입니다."

조금 전 상황을 떠올리며 서하가 빙그레 미소를 담았다. 4년간 보아 왔던 자신은 익숙한 모습이지만 다른 이들이 보기에는 황당할 것이다. 일국의 황자가 저리 거칠 것 없이 자유롭게 감정을 드러내고 행동한다는 것이.

"두 사람이라면…… 저런 분이 또 계십니까?"

"풋. 있습니다. 못 말리는 장난꾸러기가."

누군가를 떠올리는지 짙푸른 눈동자 가득 그리움을 담는 서하의 얼굴에 우헌의 눈길이 머물렀다. 그 눈동자의 빛만으로도 충분히 느낄 수 있었다. 그 못 말린다는 장난꾸러기를 이 황자가 얼마나 아끼고 있는지.

"고모! 고모!"

뒤뚱거리는 걸음으로 연우에게 다가선 어린 태손이 동그랗고 작은 손안에 들고 있던 것을 내밀었다. 작은 손이 꼭 움켜쥐어 형태가 일그러져 버린 약과였다.

하지만 태손이 자신의 앞에 온지도 모르는지 허공을 향한 연우의 시선은 돌려지지 않았다. 그 모습을 바라보는 황후의 눈에 아픔이 고여 왔다.

"공주님, 태손께서 부르세요. 공주님."

연우의 모습에 모두가 당황스러워하는 것을 느낀 유모가 얼른 태손 곁으로 다가가 연우를 조심스럽게 불렀다. 그제야 허공을 향해 멍하게 떠져 있던 연우의 눈동자가 눈앞에 있는 작은 조카를 바라보았다.

고모의 시선이 자신에게 향한 것이 그리 좋은지 동그란 눈에 함박웃음을 가득 담으며 태손이 작은 조막손을 다시 내밀었다. 끈적이는 약과가 들려 있는 작은 손은 온통 조청이 묻어 있었다. 연우의 멍한 시선이 그 작은 손을 물끄러미 내려다보았다.

"고모, 까! 까!"

자신이 내미는데도 무심한 시선으로 바라만 보는 것이 답답한지 태손이 들고 있던 약과를 연우의 얼굴에 들이밀었다. 그제야 태손의 의도를 알아챈 연우가 연하게 미소를 지어 보이며 태손의 손에서 약과를 받아 들었다.

그러나 그뿐이었다. 그저 무심한 손길로 받아 든 약과를 내려

놓지도, 입에 가져다 대지도 못한 연우가 다시 허공으로 시선을
주었다.

혼인식 다음 날 바로 출정이 있어 미뤘던 황실 여인들의 연회
를 간단하게 마련한 자리였다. 새로이 황실의 일원이 된 지운의
아내가 황실의 여인들에게 인사를 하는 자리이기도 했다.

마족과의 문제로 상황이 좋지 않기에 화려하지 않게 간소한
연회를 준비하라 지시했던 황후였다. 하지만 실상은 연우 때문
에 간소하게 준비하라 이른 것이었다.

"몸이 좋지 않은 것이냐."

얼굴빛이 파리한 연우를 보며 황후가 조심스럽게 물었다. 서
하가 무운과 함께 출정한 지 이틀이 지나 있었다. 그 이틀 동안
잠 한숨 자지 못한 듯 연우의 얼굴은 파리하고 초췌했다. 얼마
전까지 붉은 기를 담고 있던 고운 얼굴이 이틀 사이 너무도 많이
상해 있었다.

"아닙니다. 어마마마."

"……공주께서는 가셔서 쉬시는 것이 좋을 듯합니다. 황후마
마."

아까부터 연우를 살피던 태자비가 황후를 보며 간절함을 담
고 말했다. 마음이 지옥일 텐데 이런 화려한 행사에 앉아 있는
것 자체가 힘겨울 것 같아서였다. 얼굴은 비쳤으니 몸이 좋지
않다는 핑계로 일어나도 하등 문제 될 것이 없을 모임이었다.

태자비의 의중을 알아챈 황후가 고개를 끄덕이자 하정이 얼
른 공주의 팔을 잡아 일으켰다. 허깨비처럼 하정의 손길에 일어
난 연우가 연회장을 빠져나왔다.

끈에 묶인 인형처럼 하정의 손길에 끌려 화궁 앞까지 온 연우가 불현듯 화궁 앞에 다다르자 굳은 듯 그 자리에 멈춰 섰다. 그저 자신의 손길에 끌려오던 것과는 너무도 달리 바닥에 붙어 버린 것처럼 움직이지 않는 연우의 모습에 하정이 숨을 삼켰다.

"공주님…… 왜 그러세요?"

"아니야."

입술에 담긴 것이 울음인지 웃음인지 분간이 안 되는 연우의 표정에 하정의 얼굴이 하얗게 질렸다. 하정의 손을 놓은 연우가 휘청거리며 걸음을 옮겼다. 그리고 그 걸음이 외궁 앞에 다시 멈춰 서자 하정이 손으로 얼굴을 가렸다. 서하가 떠난 후로 외궁은 연우에게 그리움이었다.

처음 연우가 서하를 만나고 4년이라는 시간이 흐를 동안 서하는 하루도 외궁을 떠난 적이 없었다. 눈을 뜨면 외궁으로 달려가던 연우였다. 무심한 듯한 시선으로 달려 들어오는 연우를 맞이했던 서하가 이 공간에 없다는 것을 연우는 아직도 받아들일 수가 없는 것 같았다.

무의식적으로 외궁 앞에 서고, 비어 있는 외궁에 절망하고 있었다. 이틀째 그녀는 그런 모습이었다. 아직 서하가 이곳에 없다는 것을 받아들이지 못하는 것 같았다.

"좀 누우세요. 예?"

한없이 외궁 앞에 서 있을 것만 같은 연우를 이끌어 하정이 내궁으로 들어섰다. 하정이 겉옷을 벗겨 주고 조심스럽게 침상에 눕히자 연우가 쓰러지듯 누웠다.

하정이 조용히 문을 닫고 나가는 기척을 느낀 연우가 악물고 있던 숨을 토해 냈다. 참으려 해도 참아지지 않는 울음이 목을 조이고 온몸을 떨리게 하고 있었다. 가슴 저 깊은 곳이 무엇인가에 짓눌린 듯 숨이 제대로 쉬어지지 않았다. 움켜쥔 주먹이 달달 떨렸다.

"하아, 하아."

겨우겨우 숨을 내쉬며 연우가 움켜쥐고 있던 주먹을 천천히 폈다. 그녀의 가늘고 작은 손이 자신이 누운 침상을 가만히 쓰다듬었다. 이틀 전 그가 이 침상 위에 남긴 따스함을 찾고 싶은 듯 그녀의 작은 손이 침상 위를 더듬었다. 침상 위를 스치는 그녀의 손가락 끝이 아프게 흔들리고 있었다.

자신의 작은 몸을 꼭 품어 주던 커다란 몸이 그립다. 가는 등을 다독이던 그의 커다란 손이 미치도록 그립다.

그 뜨겁던 숨결이, 그 아름답던 눈동자가 그리워서 미칠 것만 같은 연우였다. 손 내밀면 느껴지던 그의 뜨거운 몸이, 자신의 온몸을 감싸던 그의 서리서리 길고 단단하던 손길이 없다는 것이 숨 막히게 끔찍했다.

"윽, 흑. 흑흑. 으윽."

그가 없는 빈 공간에, 끔찍한 연우의 목에서 제대로 뱉어 내지도 못하는 울음이 가득 차 왔다.

살심초

　끝나지 않을 것 같던 숲의 어둠이 조금씩 옅어져 가는 것을 모두가 느낄 즈음 카린이 병력을 멈춰 세웠다.

　"저쪽 동굴 아래로 들어가면 성의 지하로 침투할 수 있는 공간이 나옵니다. 그들은 모르는 곳이기에 보초는 거의 없을 것입니다. 저와 무운 황자가 진입하겠습니다. 서하 황자께서는 뒤쪽에 대기해 주십시오."

　"그곳의 지리를 알긴 하는 거야? 들어갔다가 길도 못 찾는다거나 하는 건 아니겠지?"

　걱정스러운 질문을 하면서도 앞으로 닥칠 일이 재미나 죽겠다는 표정으로 무운이 물었다. 황당한 표정으로 무운을 잠시 응시하던 카린이 뒤쪽으로 고개를 돌렸다. 카린을 따르는 이들이 무릎을 꿇고 있었다.

"그곳에 들어갔다 돌아온 이들이 있습니다. 해서 그 안의 지리는 문제없습니다."

"문제가 생기면 어떻게 연통하시겠습니까. 연통을 받는 즉시 들어가겠습니다."

서하의 말에 카린이 무엇인가를 들어 보였다. 약초 같은 것을 종이에 둘둘 싼 것이었다.

"이것을 태우면 엄청난 연기가 납니다. 푸른 연기입니다. 탈출에 문제가 생길시 태우겠습니다."

"탈출 못 하게 되면 성의 안쪽으로 치고 들어가면 되지. 성을 그냥 차지하면 될 거 아니야."

"그건 안 됩니다."

눈을 반짝이며 신나게 말하는 무운의 말을 서하가 서늘하게 잘라 버렸다. 서하의 말이어서인지 대꾸도 못 한 무운이 한숨을 토해 냈다.

"우리는 마족과 전면전을 시작하는 것이 아닙니다. 우리가 선족을 돕는다는 것만을 보여 주고 후계자를 탈출시키는 것으로 끝내야 합니다. 싸움을 키우시면 안 된다는 것입니다."

기운이 빠지는지 시선을 누그러뜨린 무운이 입가에 미소를 담으며 숨을 삼켰다. 카린과 무운을 선두로 적월부 일부가 어둠 속으로 스미듯 사라져 갔다.

"젠장! 여기 하수구로 연결된 거야? 설마?"

질척이는 발밑에 짜증을 가득 담으며 뱉어 내는 무운의 말에 카린이 대꾸도 없이 뒤쪽을 향해 손을 들어 올렸다. 무운과 카린을 따르던 선족 무사들과 적월부 대원들이 몸을 웅크렸다. 카린의 단단한 손이 아직도 서 있는 무운을 확 잡아 앉혔다.

"성안 지하에는 여러 개의 공간이 있다. 해서 조를 나누어 들어가 확인해야 한다. 우리 쪽에서 안내를 맡고 적월부는 뒤를 맡는다. 수리안을 확보하면 이것을 불면 된다."

카린이 대원들에게 나무피리를 내밀었다.

"피리 소리가 울리면 모두 바로 철수한다. 시간을 지체하면 그쪽의 병력이 더 움직일 테니 최대한 빠르게 움직여야 한다."

"준비는 그만하고 이제 들어가지? 날 새겠다."

서늘하게 긴장을 담고 있는 카린의 앞에 진한 미소를 담은 무운의 얼굴이 들이밀어졌다. 이미 검을 빼 든 그의 눈빛은 이 어둠 속에서도 지독한 빛을 품고 있었다.

"보초…… 별로 없을 거라고 안 했나?"

일그러지는 카린의 얼굴을 슬쩍 바라보며 무운이 낮게 뱉어냈다. 예상과 달리 성 지하로 들어가는 입구는 철통같은 경비로 막혀 있었다.

"입구에 대한 비밀이 샌 모양입니다. 대장."

선족 무사들의 얼굴이 아프게 굳어 왔다. 수리안의 호위 무사들은 절대 쉽게 입을 열 이들이 아니다. 그들이 저 입구의 비밀을 마족에게 불었다는 것은 그들이 자신들의 의지로 견딜 수 없는 상황이었다는 것이리라. 어쩌면…….

"어차피 물러설 수는 없는 거잖아. 힘들어도 저기로 들어가야 하는 거 맞는 거지?"

297

망설이는 듯한 카린의 얼굴을 살피던 무운이 아무 망설임도 없이 검집에서 검을 뽑았다.

"가자."

어둠을 가득 품은 적월부의 검붉은 무복이 빛 속으로 쏟아지 듯 달려 나갔다.

"뒤는 우리에게 맡기고 찾아. 어서."

언제나 담고 있던 나른함과 비릿한 냉소가 사라진 무운의 얼굴이 카린의 시야에 들어왔다. 차갑게 식어 있는 다갈색 눈동자가 그 어느 때보다 아름다워 보였다. 그 눈동자에 어리는 자신의 모습을 바라보며 카린이 고개를 끄덕였다.

"수리안을 찾아라!"

선족 무사들 사이로 사라져 가는 카린의 흰색 무복을 바라보며 무운이 옆쪽에서 달려드는 병사의 가슴에 그대로 검을 찔러 넣었다. 병사의 입에서 뿜어져 나오는 검붉은 피가 무운의 얼굴에 쏟아져 내렸다.

"젠장."

거칠게 고개를 저어 피를 털어 낸 무운이 병사의 심장에서 그대로 검을 빼 들었다. 심장이 터져 나가는 느낌이 손끝을 통해 자신의 심장으로 스미는 것을 느끼는 무운의 입가에 미소가 번졌다.

"나쁘지 않네. 이거."

검붉은 피로 물든 그의 검이 허공으로 다시 날아올랐다.

"수리안 님이다!"

지하 감옥의 가장 구석 작은 방에서 들려오는 소리였다. 달려 들어간 카린의 눈앞에 기절한 듯 누워 있는 동생의 모습이 보였다. 그 곁에는 푸르게 질린 얼굴로 겨우겨우 숨만을 내쉬고 있는 수리안의 호위 무사들이 보였다.

"대장."

생각보다 문제가 없어 보이는 수리안의 모습에 가슴을 쓸어내리던 카린의 귀에 아드득 이를 가는 듯한 목소리가 들려왔다. 수리안의 호위 무사들을 살피던 이가 카린을 바라보며 고개를 저었다.

호위 무사들의 온몸은 푸른 기를 띠고 있었다. 고신을 가한 흔적이 보였지만 그것은 큰 문제가 된 것 같지 않았다. 문제는 그들의 피부색과 입에서 흘러내린 듯한 굳은 핏물이었다. 죽은 것이 아닌데도 죽은 듯 숨결조차 제대로 품어 내지 못하는 그들은 시체처럼 차가웠다.

"이런……."

혹시나 했었다. 고신으로 입을 쉽게 열 이들이 아니었다. 그들의 입을 열게 한 것은…… 살심초인 것이다.

"가자."

안타까움이 가득 고인 얼굴로 카린이 고개를 돌렸다.

"젠장!"

끝없이 쏟아져 들어오는 적들을 보며 카린이 입술을 악물었다. 수리안의 호위 무사들에게서 이곳으로 숨어드는 비밀 통로를 선족에서 알고 있다는 것을 들은 그들이 준비를 해 둔 모양이었다.

도망치는 것은 어렵지 않겠지만 이대로 수많은 적들에게 노출된 채 도망친다면 숲속으로 이어진 비밀 통로가 발각될 수 있을 것이다. 그렇게 되면 선족은 마족의 입안으로 들어가는 것이나 마찬가지인 신세가 될 것이다.

"끝도 없겠는데 어떻게 할까? 카린 대장!"

달려드는 수많은 적들을 거침없이 베어 내며 수리안 앞의 길을 뚫는 카린의 등 뒤로 무운이 다가섰다. 서로의 등을 마주한 채 달려드는 적을 베는 두 사람의 검이 허공을 붉은빛으로 물들이고 있었다.

끝없이 밀려오는 적들을 베어 내느라 조금은 힘겨워서일까. 아주 잠시 어지러운 머리를 거칠게 털어 내며 무운이 다시 검을 들었다. 쉴 틈도 주지 않고 몰려드는 적들이 보였다.

"젠장! 끝도 없네."

짜증이 제대로 오른 무운이 옆에 쓰러진 적월부원의 손에 들린 검을 왼손에 잡았다. 양손에 검을 쥔 무운이 날듯 적군들 위로 치고 올랐다. 허공을 가로지르는 은빛 검날에 검붉은 피가 휘날렸다.

수리안을 등 뒤로 놓은 채 검을 휘두르던 카린이 또다시 입구로 밀려 들어오는 한 무리의 적을 확인하고는 품속에 품고 있던 약초 종이를 꺼내 곁에 있는 횃불에 가져다 댔다. 그리고 입구 쪽으로 그것을 던졌다.

짙푸른 연기가 화르륵 피어오르며 바람을 타고 열려 있는 문 밖으로 몰려 나갔다. 허공으로 흩어져 가는 푸른 연기를 힐끗 바라본 무운이 양손에 쥔 검을 휘두르며 시선을 뒤쪽으로 돌렸다. 그녀의 흰색 갑옷과 회갈색 머리는 이미 피로 검붉게 물들어 있었다. 꼭 적월부의 갑주를 입은 것 같았다.

그때였다. 거대한 몸집을 가진 적군의 검과 맞부딪친 카린의 검이 그대로 부러져 버리는 모습이 무운의 시야를 채웠다. 그 순간 무운의 몸이 튕기듯 카린을 향해 달렸다.

"웃!"

무서운 힘으로 밀고 들어오는 이를 막아 낸 순간 검이 그대로 부서져 내리며 카린의 몸이 뒤로 쑤욱 밀렸다. 그대로 벽에 부딪친 탓인지 어깨가 어긋난 듯 팔이 들어 올려지지 않았다. 그리고 눈앞에 다가서는 이의 거대한 그림자가 느껴지는 순간 카린이 이를 악물었다.

수리안이 뒤에 있다. 물러설 곳이 더는 없었다. 조금 전부터 자꾸만 흐려지는 시선을 느끼며 카린이 깊게 호흡을 삼켰다. 구역질이 올라왔지만 힘겹게 숨을 삼켰다.

그때였다. 익숙한 등이 자신과 거구의 적 사이로 스미듯 들어선 것은.

"하앗!"

허공으로 치솟은 무운이 그대로 양손의 검을 갈지자로 휘둘렀다. 그리고 다음 순간 거대한 거구의 목이 꼭 거짓말처럼 툭 바닥으로 굴러떨어져 카린의 발 아래 멈췄다.

"괜찮아?"

긴장이 가득한 눈빛으로 자신을 돌아보며 묻는 무운의 말에 카린이 살짝 고개를 끄덕였다. 알 수 없는 묵직함이 가슴속으로 밀려드는 것 같았다. 저 사내의 눈빛이 눈앞에 있다는 것이 이리 든든할 줄 몰랐었다. 터질듯 불안하던 심장이 다시 제 속도로 뛰는 것을 느끼며 카린이 다시 검을 잡았다.

"황자님, 푸른 연기입니다!"

계획대로 진행되었다면 벌써 무운 일행이 나와야 하는데, 아무 소식이 없어 불안해하고 있던 서하였다. 예상대로 문제가 생긴 것이리라.

서하가 검을 뽑아 들었다. 태자의 상징인 천여의 보검이었다. 검은 피를 원하고 있었다. 서하의 검은 눈빛이 짙게 가라앉았다.

'제가 기다리는 거, 잊지 마세요.'

뇌리에 각인되어 있는 목소리. 서하가 이를 악물었다. 그 목소리를 떨쳐 버리기 위해 천천히 고개를 저었다.

"가자."

달리기 시작하는 서하의 뒤로 적월부와 천여의 무사들이 달리기 시작했다.

눈앞에 펼쳐진 예상하지 못한 모습에 서하가 숨을 삼켰다.

숲에서 마족의 성 지하로 이어지는 통로는 마족에서는 모르는 것이라 하였다.

한데 지금 눈앞에 펼쳐진 상황은 마족이 이 통로를 알고 있었고 철저하게 준비하고 기다렸다는 걸 보여 주었다. 성의 지하로 통하는 입구가 시체들로 가득한 모습은 이미 엄청난 접전이 벌어졌음을 보여 줬기에.

마족이 기다리고 있던 싸움이다. 이것은.

"황자님. 상황이 달라진 것입니다. 노출된 상태에서의 싸움입니다. 한 번만 더…… 생각하십시오."

서하의 입가에 흐릿한 미소가 번졌다.

병법을 조금이라도 아는 자라면 이 싸움은 끼어들지 않는 것이 좋다는 것쯤은 알 것이다. 이미 계획과는 너무도 다르게 진행된 싸움이니까. 게다가 이 싸움은 기실 자신들의 명운을 거는 싸움도 아니다. 하지만…… 언제나 쉬운 선택만 할 수 없다는 것도 알고 있는 서하였다.

"생각 같은 거 하지 않습니다."

"황자님."

"전 들어갑니다."

조금도 흔들리지 않는 서하의 눈동자를 마주한 우헌이 하, 한숨을 내쉬더니 옅은 미소를 지었다. 잘 자라 있었다. 기대했던 것보다 더.

노장의 낡은 검집에서 검이 천천히 빠져나왔다. 너무도 많은 피로 은빛 색을 잃은 검날이 허공으로 치켜 올라갔다.

"전진하라!"

좁은 성 지하의 통로는 질척일 정도로 피가 흥건하게 고여 있었다. 수없이 뒤엉켜 있는 이들 사이로 저 멀리 무운의 모습이 보였다.

앞을 막는 이들을 거침없이 베며 무운에게로 다가서려던 서하가 얼어붙듯 그 자리에 멈춰 선 것은 그 순간이었다.

그의 시선 안에 낯선 벽이 보였다. 그저 벽이었다. 그렇게 보였다. 성 쪽을 향한 문에서는 끝도 없이 병사들이 쏟아져 들어오기에 그 누구도 이런 벽 따위 알아차리지 못했을 것이다.

한데…… 아무런 흔적도 담고 있지 않은 벽 밑쪽에서 무엇인가 정체를 알 수 없는 연기가 조금씩 피어오르고 있었다. 서하의 고개가 거세게 무운 쪽으로 돌려졌다.

"후퇴하라! 독연이다!"

끝없이 밀려드는 적들을 베어 넘기던 무운과 카린이 소리가 들려온 쪽으로 고개를 돌렸다. 날듯 검을 휘두르며 자신들 쪽으로 달려오는 서하의 모습이 보였다.

"입구를 확보했으니 서두르십시오. 독연을 쓰고 있습니다."

자신의 곁으로 다가서며 말하는 서하의 말에 무운의 얼굴이 거세게 일그러졌다.

"독연? 치사한 자식들."

"제가 막겠습니다. 서둘러 퇴각로를 확보하십시오."

"내가 합니다. 막는 건."

마뜩잖다는 표정으로 무운이 하는 말에 서하가 거칠게 고개를 저었다.

"이미 독연에 노출되셨습니다. 시간이 많지 않습니다."

서하의 말에 대답할 말이 없는 무운이었다. 고개를 든 그의 눈앞에 끝없이 싸우고 있는 이들의 모습이 들어왔다. 조금씩 느려지고 있는 그들의 움직임도 함께.

"이들이 쫓을 수 없도록 시간을 벌고 바로 뒤를 따르겠습니다. 하니 어서 서두르십시오.”

선택은 없었다.

“바로, 나와야 합니다.”

무운이 짙게 가라앉은 다갈색 눈동자로 서하를 응시하며 못을 박듯 말했다. 지금 이순간 자신도 모르게 연우의 모습이 떠오른 무운이었다. 오라비로서의 처음 약속, 지켜 줘야 한다. 무슨 일이 있어도.

“걱정 마십시오. 바로 뒤를 따르겠습니다.”

입술에 환한 미소를 담으며 고개를 끄덕이는 서하를 잠시 바라보던 무운이 뒤쪽의 카린에게로 고개를 돌렸다.

“나갑니다. 우리는.”

끝도 없이 몰려드는 것 같던 적군들이 줄고 있었다. 어느 정도 시간을 벌었으니 뒤쪽 무운의 일행은 안전한 곳으로 빠져나갔을 것이다. 자신들도 이제 이곳을 빠져나가야 한다.

“어딜 가시려고?”

그때였다. 성 쪽으로 통하는 통로 쪽에서 거칠고 메마른 목소리가 들려왔다.

“성주 타란입니다.”

하얗게 질린 선족 무사의 입에서 신음 같은 소리가 새어 나왔다. 카린이 말한 자일 것이다. 조금의 흔들림도 없이 적을 상대하던 선족의 무사들 사이에 동요가 일고 있었다. 그것은 두려움이었다.

마족이 원래 체격이 크다는 건 알고 있었다. 하지만 눈앞의 이에 비한다면 어린아이 같은 몸이라고 서하가 생각했다.

태어나 저리 커다란 사내는 처음 보았다. 7척도 넘어 보이는 키에, 뼈대가 나뭇가지처럼 아무렇게나 뻗어 있는 듯 보이는 사내는 보는 것만으로도 엄청난 위압감을 느끼게 하는 모습이었다.

서하가 깊게 숨을 삼키며 자신의 곁에 선 이들을 돌아보았다. 결정을 해야 하는 순간이 온 것이다.

"자경, 건은 나와 함께한다."

당연하다는 듯 자경과 건이 서하의 옆으로 다가와 섰다. 자신의 곁에 다가와 서는 그들을 만족스러운 미소로 바라본 서하가 의아함을 담고 자신을 바라보는 우헌을 향해 입을 열었다.

"우리가 지금 모두 나간다면 저들이 따라올 것이고 그렇게 되면 선족의 비밀 통로가 발각됩니다. 저희가 시간을 끌 동안 스승님께서 남은 병력을 이끌고 나가 주십시오. 선족의 무사들이 길을 안내할 것입니다."

"황자님! 그게!"

"시간을 최대한 끌기 위해선…… 저희가 해야만 합니다. 아시지요?"

"……."

칠흑처럼 짙어진 서하의 눈을 마주한 우헌이 입을 열지 못하고 눈앞에 다가오고 있는 거대한 사내를 바라보았다. 이쪽의 도발에 저자는 모든 것을 걸고 덤비고 있는 것이다. 절망감이 온몸으로 엄습했다.

"제가 남겠습니다. 황자님께서는 제발."

"저보다 오래 버티실 수 있으시겠습니까. 가장 효율적인 방법을 찾는 것이 지휘관의 의무입니다. 저를 두고 가셔야 합니다. 그게 가장 옳은 선택입니다. 그리 가르치셨습니다. 저에게."

우헌이 이를 악물었다. 어려서부터 총명했던 서하는 병법도 빠르게 이해하고 습득했던 제자였다. 거대한 나라와 군을 통솔하기 위해서는 감정보다는 최대한 가장 현명한 실리를 택하는 선택을 해야 한다는 것을 가르친 것은 자신이었다. 그것이 가장 손실을 줄이는 방법임을 강조하고 또 강조했었다. 이 순간 자신의 그런 말들이 발등을 찍고 싶게 후회되는 우헌이었다.

"저희를 기다리시면 안 됩니다. 이곳을 정리하고…… 저희는 저희의 힘으로 돌아가겠습니다."

무슨 말인지 모르지 않는다. 이들을 기다리다가 만약 마족이 뒤따라온다면 선족이 노출되어 고스란히 마족에게 모든 것을 내어 줄 수도 있을 것이다. 서하의 판단은 가장 정확했다. 그리고 가장 잔인한 것이었다.

"도망가지 않겠다고? 맞서겠다는 것인가?"

좁은 지하 공간을 울리는 타란의 목소리는 듣는 이를 공포에 질리게 하기 충분할 만큼 크고 우렁찼다.

서하가 우헌을 바라보며 낮게 고개를 숙였다. 그리고 자신의 옆에 서 있는 자경과 건을 바라보았다. 셋이 함께라면 시간은 충분히 벌 수 있을 것이다. 돌아가는 것은…… 기약할 수 없다 하여도.

"그쪽이 타란인가."

한 발 앞으로 다가서며 타란을 향해 입가에 비릿한 냉소를 담아 보이던 서하가 질끈 눈을 감았다. 머릿속이 빙글 돌았다. 독연이 이미 몸속에 가득 찬 모양이었다. 시간이 많지 않을 것이다.

"네놈은 누구냐."

꿈틀, 커다란 벌레처럼 타란의 짙은 눈썹이 꿈틀거렸다. 고스란히 감정이 드러나는 타란의 투명한 회색 눈을 바라보며 서하가 피식, 입가를 끌어 올렸다.

"글쎄, 그게 상관있나?"

붉은 입술이 비릿한 냉소를 담는다고 느낀 순간 타란은 자신의 눈앞으로 날아드는 검을 느껴야만 했다.

차창!

거대한 사내의 몸이 몇 걸음이나 뒤로 물러서야 했다. 자신보다 한참은 작은 사내의 검에. 타란의 얼굴에 거센 균열이 갔다.

"네놈은 못 보낸다. 죽어도."

"아니, 난 돌아갈 거야. 무슨 짓을 해서든."

갈 수 없음을 알지만, 자신의 선택이 스스로의 발목을 붙잡았음을 알지만 부정하고 싶다. 지켜야 할 약속이 있기에 스스로에게 맹세한다. 돌아가야 한다고. 무슨 짓을 해서든.

허공을 가르는 세 사내의 검이 횃불의 빛을 받아 아프도록 아름다운 빛을 품어 냈다.

수리안은 다행히 큰 상처나 문제는 없어 보였다. 카린이 시선을 돌렸다. 독연에 많이 노출되지는 않았다 해도 힘겨운 느낌을 떨치지 못해 이곳저곳 널브러져 있는 무사들이 보였다. 온 힘을 다해 싸웠으니 심장의 움직임이 격렬했을 것이고, 그만큼 독연은 몸 안으로 더욱 빠르게 퍼져 나갔을 것이다.

그렇게 모두 쉬고 있는 곳에서 쉬지 못하고 서성이는 한 사람의 모습에 카린의 시선이 닿았다. 처음 성의 지하를 빠져나올 때부터 사내의 시선은 계속 성 쪽만을 향해 있었다. 두고 온 이들에 대한 걱정으로 바짝 말라 버린 사내의 입술이 보였다. 장난과 비웃음이 가득하던 다갈색 눈동자에 담긴 초조함이 아프도록 절실하게 보였다.

천천히 자리에서 일어난 카린이 무운의 곁으로 다가섰다. 아프게 일그러진 사내의 눈이 카린을 향했다.

"쉬어야 해. 당신. 독연은 사람을 봐 가면서 스며들지 않는다고."

"내가 남았어야 하는 건데."

"……."

아득하게 젖어 오는 사내의 목소리에 의아함을 담고 카린이 그를 올려다보았다.

"그놈은 기다리는 사람이 있거든."

"당신은?"

아프게 젖어 든 무운의 눈동자가 카린을 바라보았다. 자신의 감정을 들키기 싫은지 무운이 고개를 돌렸다.

"나란 놈 그런 게 있을 리 없잖아. 그러니까 내가 남았어야 한다고."

"가여의 부마라고 했지, 아마? 천여의 둘째 황자고. 일전에 어디선가 들은 적이 있어. 천여의 둘째 황자와 가여의 막내 공주가 혼인 조약으로 혼인한다고. 누이의 남편이군, 그는."

"누이의 남편이고, 내 친구야."

"친구?"

"하나뿐인 친구."

큭, 허탈한 웃음을 흘리며 고개를 숙이는 무운의 눈가가 조금, 아주 조금 붉어진 모습이 카린의 시선에 들어왔다. 낯선 그 모습에 심장이 울려 왔다.

"황자님, 저기!"

갑작스러운 적월부원의 외침에 무운이 고개를 들었다. 저 멀리 달려오는 무리가 보였다.

"오는 모양이네. 당신 친구."

카린의 놀림이 담긴 목소리를 귓가로 흘리며 무운이 달렸다. 아직 힘겨운 몸이지만 그의 걸음이 빨라졌다.

"무운 황자님."

맨 앞에서 달려오던 우헌이 급히 고개를 숙이는 모습에 살짝 고개를 끄덕여 준 무운의 눈이 뒤쪽을 향했다. 맨 앞에 있을 줄 알았는데 대체 어디에 있는지, 바로 눈에 들어오지 않는 이를 찾느라 그의 시선이 허공을 헤맸다.

어디서든 시선을 끄는 이가 대체 오늘은 왜 눈에 바로 띄지 않는지 짜증스러운 무운이었다.

"뭐야? 어디 있는 거야?"

"황자님."

여전히 시선을 뒤쪽으로 향한 채 불안을 담고 읊조리는 무운의 말에 우헌이 조용히 무운을 불렀다. 그리고 그 나직한 음성에 등으로 스윽, 검날이 스미는 듯한 끔찍함을 느끼며 무운이 굳은 듯 그 자리에 섰다.

"미친 겁니까!"

그대로 성 쪽으로 달리려는 무운의 팔을 카린이 잡아챘다. 자신의 팔을 움켜잡은 카린의 손을 무운이 거세게 밀어냈다.

"안 미쳤어. 안 미쳤으니까 가야 한다고. 가서 데려와야 할 거 아니야!"

푸른 인광을 품어 내며 악을 쓰는 사내의 몸이 바르르 떨리는 것을 카린은 알고 있었다. 독연의 힘이 아직 남은 사내의 몸이 떨리는 것을 조금 전 손끝으로 분명 느꼈으니까. 하지만 사내는 조금도 물러서려 하지 않았다.

"적월부가 가면 돼."

거세게 몸을 돌리던 사내의 몸이 휘청, 힘겹게 흔들렸다. 열기가 오르고 떨리기 시작하는 몸은 그의 마음과는 정반대로 움직이고 있었다.

"하아, 하아."

"당신뿐 아니라 모두 아직은 안 돼. 마을로 돌아가서 해독제를 마시고 쉬어야 돌아올 수 있다고. 지금 간다면 당신 친구를 구하는 것이 아니라 모두 함께 죽으러 가는 거야."

"젠장! 젠장!"

덜덜 떨리는 팔로 나무의 기둥을 때리며 어쩔 줄 몰라 하는 무운의 모습에 카린이 한숨을 토해 냈다. 선택은 없었다. 모두에게 해독제와 시간이 필요했다.

"아!"

"공주님!"

연우의 날카로운 비명에 하정이 화들짝 놀라며 급히 연우의 곁으로 다가앉았다. 하정의 눈에 붉은 핏물이 뚝뚝 흘러내리는 연우의 왼손 검지가 들어왔다. 하정의 얼굴이 하얗게 질렸다.

"어떻게 해요!"

놀란 하정이 곁에 있던 천으로 연우의 작은 손가락을 감쌌다. 가위질을 하다 아무래도 살을 벤 모양이었다. 작은 손가락에 감긴 천이 잘 감긴 것인지 살피던 하정이 놀란 눈으로 고개를 들었다.

작은 손가락 끝에서부터 느껴지던 떨림이 연우의 작은 몸을 삼키고 있었다. 작은 얼굴이 새하얗게 질려 바들바들 떨고 있는 연우의 모습에 하정의 심장이 덜컹 내려앉았다.

"왜 그러세요? 그저 조금 베이신 거예요. 별거 아니에요. 공주님."

"이거…… 어떻게 해. 이거…….."

"예?"

무엇을 말하는 것인지 의아함을 담고 연우의 시선이 향한 곳으로 시선을 돌린 하정의 얼굴이 더할 수 없이 거칠게 구겨졌다. 연우의 무릎 위에 놓여 있던 장옷 위에 연우의 붉은 피가 흥건하게 흘러 있는 것이 눈에 들어왔다.

순간 연우가 무엇을 느낀 것인지 가늠한 하정이 덜덜 떨리는 심장을 힘겹게 누르며 애써 입가에 미소를 머금었다.

"아이, 이런 거 별거 아니에요. 그저 천일 뿐인데요. 신경 쓰지 마세요. 공주님. 다시 만드시면 돼요."

편하게 말을 하고 싶은데 자신의 심장도 덜컹거리는 하정이었다. 한시가 힘겨운 공주가 한 땀 한 땀 만들고 있는 부마의 무복이었다. 이 무복이 완성되기 전에 부마가 돌아오기를 기원하며, 그래서 이 무복을 입어 보기를 기원하며 잠조차 제대로 자지 못하는 연우가 만들고 있는 것이었다.

한데…… 그 무복이 붉은 피로 흥건하게 젖어 버린 것이다. 피를 닦아 내려는 연우의 가는 손이 보기에도 안쓰럽게 덜덜 떨리고 있었다.

"어쩌지…… 어쩌지. 하정아."

입술까지 덜덜 떨며 토해 내는 연우의 목소리가 어두운 내궁 안을 울렸다.

달빛조차 숨어 버린 밤, 침상에 웅크리고 앉은 연우가 품 안에 있는 것을 꼭 끌어안았다. 그것을 놓으면 세상이 끝나기라도 하는 듯 품 안의 것을 놓지 못하고 숨소리마저 제대로 내지 못한채 숨을 죽이고 허공을 바라보고 있었다.

불면의 밤은 이제 차라리 익숙했다. 아니, 잠들지 못하는 것이 아니라 들 수가 없는 것이었다. 잠이 들면 그녀의 의식 속으로 찾아오는 지독한 악몽 때문에 연우는 잠드는 것이 두려워지고 있었다.

'약속하겠습니다. 공주. 털끝 하나도 다치지 않고 돌아올 것입니다. 그대의 곁으로. 제 약속…… 믿으시지요?'

자신을 품에 안고 속삭이던 그의 목소리가 이명처럼 귓가로 들려왔다. 품 안에서 느껴지던 푸른 풀잎처럼 싱그럽던 그의 향기도 코끝으로 느껴지는 것 같았다.

한데 품 안에는 그의 단단한 품이 아니라 붉은 피로 물든 그의 무복이 안겨 있었다. 부피감 하나 없는 무복을 가슴에 안은 연우의 눈이 뿌옇게 흐려 갔다.

❋

"으윽!"

짓이겨진 신음 소리를 이를 악물고 삼키는 사내의 모습을 물끄러미 바라보며 타란이 미간을 좁혔다.

처음 마주한 순간부터 영 마음에 들지 않는 녀석이었다. 천여족 특유의 가는 몸집에 계집보다도 더 고운 얼굴을 하고 있는 것이 짜증스러울 지경이었다.

사내라고 할 수 없는 모습을 하고도 대국이라며 자신들을 업신여기는 천여와 가여 놈들은 다 끔찍하게 싫어하는 타란이었다. 해서 바로 찢어 죽이려 했었다. 한데…… 예상과 달리 저놈에게 목을 내어 줄 뻔했다.

"움직이지 마십시오. 타란 님. 출혈이……."

자신의 어깨를 꿰매고는 덜덜 떨며 약초를 바르고 있는 의원

놈을 거칠게 밀어낸 타란이 자리에서 일어났다. 저 약해 보이는 놈의 검에 그대로 어깨를 내어 주었다는 것이 못 견디게 화가 난다. 독연 때문에 저놈이 휘청거리지 않았다면 정말 목이 잘려 나갔을 것이다. 저놈은 분명 목을 겨냥했었으니까.

"견딜 만한 모양이지? 꼬맹이?"

두 팔은 족쇄에 묶인 채 축 늘어져 있는 서하의 턱을 타란이 커다란 손으로 거칠게 들어 올렸다. 여기저기 붉게 맺힌 핏물과 악물어 터져 버린 입술에서 새어 나오는 짙은 핏물 때문인지 서하의 얼굴은 더 새하얗게 보였다.

그 새하얀 얼굴이 마음에 들지 않는 타란이었다. 비릿한 냉소가 비뚤어진 타란의 입가에 맺혔다.

"황자라…… 불렀단 말이지."

"예. 타란 님. 저 커다란 놈이 그렇게 부르는 것을 똑똑히 들었습니다."

타란의 곁에 있던 병사가 한쪽 구석에 팽개쳐진 듯 누워 있는 건을 가리키며 말했다. 깊은 검상을 입은 사내는 자신의 피 위에 널브러져 있었다. 아마 밤을 넘기지 못할 것이다.

"젠장! 이 세 놈을 해치우지 못해 다 놓쳤다는 게 말이 돼!"

갑자기 곁에 서 있던 병사를 그대로 거칠게 밀어낸 타란이 바득 이를 갈았다. 타란의 손에 밀려난 병사가 그대로 벽에 머리를 부딪치고는 바닥으로 주르륵 미끄러졌다.

터질 듯한 화를 감추지 못하고 거칠게 숨을 내쉬는 타란의 곁에 있던 병사들이 일제히 숨을 삼켰다. 두려움이 그들의 눈동자에 일렁였다.

거칠게 숨을 토해 내던 타란의 시선이 벽에 기대앉은 채 겨우 겨우 숨을 내쉬고 있는 이에게로 거칠게 돌려졌다.

자경이 핏빛 눈을 천천히 들어 올려 타란을 노려보았다. 잘려 나간 자경의 왼팔에서는 아직도 엄청난 양의 피가 흘러나오고 있었다.

파랗게 변한 자경의 입술에 비릿한 냉소가 담기자 타란의 얼굴이 끔찍하게 일그러졌다. 거대한 발을 움직여 자경의 앞으로 다가선 타란이 그대로 자경의 다리를 지그시 눌러 밟았다.

자경의 입에서 끔찍한 신음이 터져 나왔다. 그 신음이 마음에 드는지 히죽 웃은 타란이 자경을 향해 고개를 숙였다.

"묻겠다. 저놈이 어디의 황자냐. 천여? 가여?"

"하아, 하아. 저분은 천여의 황자시고 우리 가여의 부마시다."

"그래? 너희 공주가 곧 과부가 되겠구나. 이런…… 큭큭."

"그러기 전에 네놈의 목이 먼저 떨어질 거다."

"그 몸으로 나를 죽이시겠다고?"

비릿하게 입가를 비트는 타란을 올려다보던 자경이 고개를 숙이며 큭큭 웃음을 뱉어 냈다. 사내의 비어 버린 어깨가 들썩 거렸다. 황당한 웃음에 타란의 미간이 딱딱하게 굳어 왔다.

"이놈이!"

타란이 그대로 자경의 멱살을 쥐어 잡아끌어 올렸다. 커다란 자경의 몸이 허수아비처럼 들려 허공에 덜렁거렸다.

"나는 할 수 없다 해도 넌 반드시 죽어. 그것도 오늘."

"아무도 날 죽이지 못해!"

"큭큭. 그럴까?"

316

자경이 푸른 입술을 끌어 올리다 붉은 핏물을 쿨럭 토해 냈다. 자경의 입에서 품어져 나온 핏물이 타란의 손과 팔을 적셨다.

"내 주인은 인내심이 없으시거든."

차오르는 숨을 겨우 삼키며 낮게 뱉어 낸 자경의 몸이 축 늘어져 버렸다.

"빌어먹을!"

그저 선족이 가지고 있는 그 독초만 손에 넣을 생각이었다. 그런 독초 따위의 거래에 가여와 천여가 끼어들 줄은 생각지 못했다. 아니, 끼어든다고 해도 이리 정예병들이 올 것이라고는 생각지 못하고 있었다.

한데…… 엄청난 놈들이 와 적지 않은 자신의 병사들을 다 도륙해 놓았다. 그들이 또다시 찾아온다면 이제 방법이 없다.

타란이 번들거리는 시선으로 족쇄에 매달려 있는 서하를 물끄러미 응시했다. 목을 베고 싶은 욕망은 저놈이 자신의 어깨를 가르고 쓰러져 내린 순간 멈칫했다. 쉽게 죽이고 싶지 않다는 욕심이 그 순간 자신의 선택을 막아 세웠던 것이다.

하지만 이제 선택을 해야 한다. 더 이상 이곳에 머물러서는 안 되는 것이다. 저리 황자라는 놈을 잡고 있으니 분명 적들은 다시 올 것이다.

한데…… 눈앞의 저놈을 어찌해야 할지 그것이 망설여지는 타란이었다. 그저 죽이기에는 왠지 재미가 없으니까.

초조함에 번들거리던 타란의 눈에 반짝 만족스러운 빛이 타올랐다.

"그것을 가져와. 재미있는 일을 만들어 주고 떠나야지? 떠날 때 떠나더라도 말이야."

타란의 입가에 진득하고 비릿한 냉소가 가득 번졌다.

숲은 쥐 죽은 듯한 고요를 담고 있었다. 엄청난 살기와 기운에 숲 전체가 숨을 삼킨 듯 느껴졌다. 거대한 숲을 모두 삼킨 듯 끔찍한 살기를 품은 사내의 모습에 카린의 시선이 닿았다.

엄청난 기를 뿜어내는 사내라는 것은 처음 저 사내를 본 순간 느낄 수 있었다. 한데 지금 그 엄청난 기가 터질 듯 사내를 조이고 있는 것 같았다. 초조함에 일그러진 사내의 붉은 눈동자가 사내의 힘겨움을 고스란히 보여 주고 있었다. 일각의 시간도 사내에겐 지옥처럼 보였다.

"무사할 거야. 당신 친구는."

튀어 나갈 준비로 팽팽하게 당겨진 신경이 고스란히 드러나 보이는 무운의 손 위에 카린이 자신의 손을 올렸다. 무운의 눈이 카린을 향했다. 금방이라도 터질 듯 팽팽하게 당겨져 있는 사내의 신경을 손끝으로 고스란히 느끼며 카린이 살짝 고개를 끄덕였다.

"가자."

흐릿한 의식 속에 자신을 부여잡는 커다란 손길을 느낀 서하가 천천히 눈꺼풀을 들어 올렸다. 아직 독연에서 풀려나지 못한 몸은 상황을 인식하기도 힘겨운 상태였다. 온몸을 조이던 고신도 그래서 차라리 견디기 수월했을지도 모른다.

멍하게 뜨여진 시선 안에 히죽거리며 웃고 있는 사내의 모습이 들어왔다. 지독하게 못생긴 사내의 붉고 두꺼운 입술 끝에 맺힌 비소가 알 수 없게 섬뜩했다. 그리고 코끝으로 알 수 없는 향이 스며들었다. 서하의 몸이 움찔 떨렸다.

"마셔. 마시면 살려 주마. 삼키지 않으면…… 필요 없는 네 목을 따 버릴 거니까."

무엇인가가 입안으로 흘러들어 오고 있었다. 흐릿한 의식이었지만 이것이 엄청난 위험임은 인지할 수 있었다. 아득한 의식 속에 거부해야 한다는 본능만이 온몸을 조이고 있었다.

서하가 거세게 얼굴을 돌렸다. 사내의 엄청난 괴력이 서하의 얼굴을 다시 앞으로 당겼다. 턱이 부서져 나갈 것 같았다.

"돌아가야 한다고 하지 않았나……."

낮게 울리는 사내의 목소리가 귀가 아닌 뇌리로 스며들었다. 그리고 그 순간 흐릿한 머릿속에 또렷하게 떠오르는 얼굴이 있었다. 마지막으로 자신을 바라보며 울음을 담은 웃음을 보여 주던 그 얼굴이. 그리고 떠올랐다. 자신이 한 약속이. 죽을 수 없는 잔인한 이유가.

목으로 넘어가는 비릿한 액체가 끔찍하도록 달았다.

"서둘러라!"

느려 터진 부하들을 향해 버럭 고함을 지른 타란이 거세게 지하 감옥의 문을 걷어차고 막 달리기 시작할 때였다.

"적이다!"

성 쪽에서 비명과 같은 소리가 들려왔다. 느긋하던 타란의 얼굴이 일순간 파랗게 일그러졌다.

"서두르란 말이다!"

곁의 병사들을 거세게 독려하며 앞으로 한 발을 내딛던 타란의 눈이 커다랗게 열렸다. 자신의 바로 앞에 검붉은 무복이 보였기 때문이다. 천천히 들어 올려진 타란의 시선 안에 횃불의 붉은빛을 품은 듯 반짝이고 있는 사내의 다갈색 눈동자가 들어왔다. 붉은 살기가 그 눈 가득 고여 있었다.

"별로 서두를 것 없을 텐데……. 서두르지 않아도 알아서 보내 줄게."

"비켜라! 목숨을 내어놓을 것이 아니라면."

으르렁거리듯 타란의 목에서 잠긴 목소리가 터져 나왔다. 불안이 약하게 담긴 그 탁한 목소리에 무운이 피식 입가를 끌어 올렸다. 자신보다 덩치가 두 배는 되어 보이는 이의 떨림이 느껴져 왔기 때문이다.

"이놈은 내가 맡고 있을게. 들어가."

무운의 고갯짓에 카린과 우헌이 스미듯 안으로 들어섰다.

"으윽!"

위쪽에서 날듯 뛰어내리며 자신을 향해 검을 날리는 사내의 검을 자신의 검으로 막아 낸 타란이 그대로 주욱 뒤로 밀려났다.

엄청난 힘이었다. 자신의 어깨를 베어 내던 녀석의 검이 무섭도록 정확했다면 지금 이 눈앞의 놈은 믿을 수 없을 만큼의 엄청난 힘을 가지고 있었다. 등줄기로 두려움이라는 낯선 감정이 주욱 흘러들었다. 끔찍한 고통이 느껴지는 왼쪽 어깨에 힘을 주지 못한 채 타란이 오른손만으로 검을 들었다.

"상처, 벌어졌다. 너."

타란의 어깨 쪽으로 무운이 손가락을 까닥거렸다. 찢어진 상처에서 붉은 피가 줄줄 흘러내리고 있었다. 아마도 서하나 건, 자경 중 하나가 만든 상처일 것이다.

"아플 테니까 빨리 끝내 줄게. 나도 조금 바빠서."

장난기까지 담긴 듯 보기 좋은 입술을 끌어 올리며 웃음을 머금은 무운의 손에서 검이 날았다. 허공을 가른 검이 움찔 놀라며 몸을 틀려는 타란의 등을 주욱 길게 갈랐다.

커다란 등의 두꺼운 살집이 갈라지는 것이 온전히 손안으로 느껴지는 무운이었다.

"으흑!"

온몸을 뒤틀며 타란이 그 자리에 주저앉듯 무릎을 꿇었다. 검으로 겨우겨우 몸을 받치고 있는 사내의 입에서 거친 숨이 토해져 나왔다.

여유롭게 타란을 응시하던 무운이 슬쩍 곁눈질로 주변을 살폈다. 죽은 듯 쓰러져 있는 자경과 건의 모습이 시선 안에 들어왔다. 그리고 족쇄에 묶여 있던 서하를 카린과 우헌이 내리는 모습이 보였다.

서하의 모습에 무운의 얼굴이 거세게 일그러졌다. 타란에 대한 경계를 늦추지 않은 채 무운이 조용히 물었다.

"어때?"

다급히 묻는 자신의 말에 대답이 들려오지 않자 무운의 눈에 파란 불꽃이 천천히 담기기 시작했다.

"뭐야? 대답해!"

파랗게 질린 얼굴은 여전히 타란에게 향한 채 날카로운 비명과 같은 물음을 토해 내는 무운을 바라보며 카린이 입술을 악물었다. 가장 우려했던 결과였다. 아니, 아직 숨이 붙어 있으니 그래도 다행인 것일까.

"살심초를 마시게 한 거 같아."

"이 미친 새끼!"

무운의 발이 무릎을 꿇고 있는 타란의 턱을 그대로 걷어찼다. 비명조차 제대로 지르지 못한 타란이 뒤로 넘어갔다. 버둥거리는 타란의 손이 바닥을 더듬고 있었다.

무운의 발이 타란의 두터운 손을 꾹 밟아 버렸다. 턱이 박살 나 소리조차 낼 수 없는 타란의 커다란 몸이 경련을 일으키며 바르르 떨렸다.

"카린 대장."

금방이라도 타란의 목에 검을 박아 넣고 싶은 것을 겨우겨우 누르느라 힘겹게 숨을 삼키며 무운이 고개를 돌렸다.

"이놈 목, 그대 거라고 하지 않았나."

❋

달리듯 급히 태자궁으로 들어서던 경운이 익숙한 인영의 모습에 그 자리에 섰다. 이 순간 가장 보지 않길 바란 이의 모습이었다. 터져 나오는 가쁜 숨을 나직하게 내리누르며 경운이 느릿하게 시선을 들어 올렸다. 흔들리지 않기 위해 그가 주먹을 그러쥐었다.

무운에게서 온 전서구의 연락에 병부의 출동 준비를 명하고 오는 길이었다. 무운에게서 출동 요청이 오면 가여와 천여의 병부가 합동으로 출동할 것이었다. 실질적으로 전면전이 시작될 수도 있을 것이다.

전장에서 전해진 이 소식이 누이에게만 비껴갈 리 없음은 알고 있었지만 그래도 제발 가장 나중에 알기를 바란 경운이었다. 전해 줄 수도 없는 소식을 숨겨야 하는 일이 죽기보다 힘겨울 것이기에.

며칠 사이 허깨비처럼 퀭한 눈과 얼굴로 변해 버린 누이가 휘청거리며 다가오는 모습을 물끄러미 바라보며 경운이 속으로 숨을 삼켰다. 입가에 미소까지 짓고 싶지만 그것은 어려울 듯싶었다. 금방이라도 부서질 듯 흔들리는 연우의 눈동자가 아프게 경운의 심장으로 스며들었다.

"소식을 들었느냐."

"괜……찮은 것이지요? 그 사람?"

"암. 그저 만약의 사태를 대비한 준비일 뿐이다. 생각보다 마족이 욕심을 내는 것 같다는 전갈이라 준비를 해 두려는 것뿐이야. 걱정 말거라."

"정말…… 괜찮은 거지요? 오라버니?"

"그렇다니까."

경운이 속으로 신음을 삼켰다. 다행히 무운이 보내온 전서구의 밀지는 자신과 병부령만이 알고 있는 일이었다. 상황이 알려지진다면 궁 안은 불안에 휩싸일 것이다.

궁 안뿐만이 아니라 가여와 천여 두 나라 모두가 긴장하게 될 것이었다. 만약의 사태에 대한 대비라고만 알고 있어야 한다. 그 누구라도.

무운이 이 일을 해결하리라 믿고 있지만 만약의 사태가 벌어지면 병부가 가야 할 것이다. 무운의 전갈이 올 때까지는 이 긴장은 늦춰지지 않을 것이다.

"여기 있었구나."

뒤쪽에서 들리는 목소리에 경운의 손아귀에서 스르르 힘이 빠져나갔다. 걱정을 한 아름 담은 지운과 지운의 처가 달려온 것이었다. 아마도 이 소문에 연우를 걱정해 화궁으로 찾아갔다 여기에 와 있다는 소식을 듣고 달려온 것인 모양이었다.

지운 처의 다정한 손을 잡고 휘청거리며 걸음을 옮기는 연우의 뒷모습을 바라보던 지운이 그녀가 멀어진 것을 보고서야 경운에게로 고개를 돌렸다.

"아직…… 확인되지 않은 겁니까."

지운의 나직한 물음에 경운이 천천히 고개를 저었다. 일각이 끔찍하도록 길었다.

❀

지옥이었다. 무운이 바드득 이를 갈았다. 정신을 놓으려는 서하를 억지로 깨우며 입안에 해독제를 부어 넣는 의원의 손이 붉은 핏물로 축축했다. 울컥울컥 피를 토해 내는 서하 때문이었다.

그런데도 그의 목 안으로 해독제를 부어 넣는 것을 멈출 수는 없었다. 삼키지 않으려 거세게 고개를 젓는 이의 코를 잡고 장정들이 온몸을 타고 올라 핏물을 토해 내는 이에게 해독제를 부어 넣고 있었다.

"으윽! 윽!"

더 이상 몸을 뒤척일 힘도 남아 있지 않은 듯 서하는 해독제를 삼키고 핏물을 토해 냈다. 축 늘어져 버린 몸을 억지로 일으켜 해독제를 부어 넣는 이들을 밀어낼 힘조차 그에게는 조금도 남아 있지 않았다.

미칠 것 같은 광경에 무운이 고개를 돌렸다. 악문 이 사이에서 피 내음이 느껴졌다.

"젠장!"

더 이상 견디지 못하고 서하의 게르를 나가 버리는 무운의 뒷모습에 카린의 시선이 닿았다.

"건 님은 출혈이 크시지만 다행히 급소를 비켜 갔다고 합니다. 자경 님은 왼팔을……. 그래도 두 분 다 위험한 순간은 넘기신 듯하다고 의원이 말했습니다."

"……."

"전서구를 준비해 두었습니다. 황자님."

백지의 서찰 앞에 우두커니 앉아 있는 황자의 모습에 부관이 난감한 표정으로 서 있다 몸을 돌렸다. 이제껏 오랜 시간 보아 온 무운 황자이지만 지금처럼 아무런 표정도 없는 황자의 모습은 처음이었다. 한숨을 내쉰 부관이 막사를 나갔다.

무운의 멍한 시선이 눈앞에 놓인 새하얀 종이에 닿았다. 무엇을 써야 할지 막막하기만 했다. 지금 경운은 서찰을 일각이 멀게 기다리고 있을 것이었다. 만약의 사태에 병부를 동원해 달라는 서찰을 보내 놓았으니 지금 조정은 들끓고 있을 것이다.

만약 서하를 구하지 못하고 타란이란 놈을 베지 못하였으면 병부 전부를 이끌고서라도 마족의 심장부를 칠 계획이었다. 마족의 전부를 박살 내고 말리라 다짐했던 무운이었다. 한데……
이제 대체 무엇을 해야 하는지 알 수가 없어져 버렸다.

서하는 돌아왔고 타란은 죽여 버렸다. 원하던 대로 모든 것이 정리되었다. 한데…… 서하를 구하러 출정하기 전보다 더 불안함이 몰려오고 있었다. 무운이 부르르 몸을 떨었다.

"카린 님, 안 됩니다."

무엇인가를 들고 거침없이 무운의 막사 안으로 들어서는 카린을 따라 들어온 부관이 난감한 표정으로 카린을 막아섰다. 허락도 받지 않고 황자의 거처를 드나들 수 있는 이는 없다. 무운은 그런 것을 용납하는 주인이 아니다.

그때였다.

"됐어. 그냥 둬."

무심한 듯 아무런 감정도 담기지 않은 무운의 목소리가 울리자 부관이 가슴을 쓸어내리며 밖으로 나갔다.

"이게 필요할 거 같아서."

카린이 손에 들고 있던 것을 무운의 앞에 내밀었다. 술병 안에 맑은 술이 찰랑거리고 있었다. 멍한 무운의 눈빛이 찰랑거리는 술을 물끄러미 바라보았다.

"약초로 만든 술이야. 아주 독해."

다른 손에 들고 있던 술잔에 카린이 술을 따르려는 것을 손으로 쳐낸 무운이 술병째로 술을 입안으로 부어 넣었다. 거칠게 부어 넣은 술이 무운의 입가를 타고 흘러내렸다.

아무런 말도 없이 술만을 입안으로 부어 넣던 무운이 자리에서 일어나 침상 곁 바닥에 털썩 주저앉았다. 물끄러미 그런 무운을 바라보던 카린이 무운의 곁에 앉았다. 무운이 내려놓은 술병을 들어 올린 카린이 그대로 술을 한 모금 들이켰다.

"잠드는 걸 보고 오는 길이야. 이제 할 수 있는 것은 다 했으니까…… 기다려야겠지."

"……할 수 있는 거라."

무운의 붉어진 눈이 카린을 바라보았다. 피곤과 열기로 붉어진 눈에 꼭 물기가 어린 것 같았다.

"그곳에서 1차로 약을 토하게 했고 지금 해독제를 먹였으니까 살심초의 약효가 그래도 많이 희석됐을 거야."

"……."

"살 수는 있을 거 같다고 의원이 말했어. 다만 어떤 부작용이 생길지는 아무도 몰라. 최악의 경우, 깨어나지 못할 수도 있는 거고."

"큭큭."

숙여진 무운의 어깨가 흔들렸다. 안타까움이 담긴 카린의 눈이 그 어깨에 닿았다.

"그런데, 그쪽 누이의 이름이 혹시 연우야?"

카린의 갑작스러운 물음에 무운이 천천히 고개를 들어 올렸다. 붉은 기를 가득 담은 사내의 눈이 의아함을 담고 있었다. 빛이 사라져 버린 눈이 낯설다고 카린이 생각했다.

"의식이 있을 때 계속 그 이름을 부른다더군. 그쪽 친구가."

무운의 얼굴이 아프게 일그러졌다. 힘겨운 숨이 그의 붉은 입술에서 터져 나왔다.

"지독한 고집쟁이지. 그 녀석의 아내고 내 누이인 연우는. 내 누이가 그 녀석과 혼인을 한 것이 몇 살 때인 줄 알아? 열두 살이었어. 그때 내 누이가."

"열두 살이라…… 당황스럽네."

카린이 고개를 저었다. 상상도 할 수 없는 일이었다. 자신은 그때 무엇을 하고 있었을까 문득 생각이 들었다. 아마도 그때쯤이 초원을 매일 뛰어다니고 있었을 것이다. 토끼를 쫓아서.

"그 녀석을 처음 본 날 밤, 내 누이가 그 녀석이 묶고 있는 조원전으로 쳐들어가서 자고 있는 녀석을 깨웠어. 그리고 이렇게 말했다더군."

"……"

무슨 기억인데 그리 행복한 것인지 따스한 미소를 담는 무운의 얼굴을 카린이 응시했다. 이 사내의 얼굴에도 이런 미소가 어릴 수 있다는 것이 신기했다. 따스함을 담은 다갈색 눈동자에 웃음이 서렸다.

"좋아한다고. 처음 만난 그날 잘생겨서 좋다고 고백을 했대. 혼인도 하지 않은 사내의 방에 한밤중에 쳐들어가서 말이야."

"멋지다. 그쪽 누이."

카린의 대답에 무운의 시선이 카린을 물끄러미 바라보았다. 허공을 바라보는 카린의 눈에 따스함이 고여 왔다.

"그렇게 누군가를 최선을 다해 사랑한 거네. 처음 만난 그 순간부터."

"……그래서 무서워."

조금 전까지 따스함을 담던 사내의 목소리에 어리는 두려움을 느낀 카린이 고개를 돌렸다. 아까 지었던 미소가 거짓말처럼 사라진 무운의 얼굴은 아프게 일그러져 있었다.

"4년간 그렇게 모든 것을 걸고 연모하던 마음에 상처를 줄까 봐. 내가 약속했는데, 그 녀석에게. 털끝도 다치지 않게 하겠다고. 오라비로서 처음으로 약속한 건데…… 그런 건데."

"그쪽은…… 좋은 오라비구나."

무운의 눈이 카린을 바라보았다. 흔들리는 다갈색 눈동자를 응시하는 카린의 회갈색 눈동자에 연한 미소가 번졌다.

"약속 지킬 수 있을 거야. 그러니까 무서워하지 마. 그쪽에게 그런 모습은 안 어울려."

"……"

아무런 말도 없이 물끄러미 자신을 응시하는 무운의 눈빛을 외면하며 카린이 고개를 허공으로 돌렸다.

"세상 그 무엇도 무섭지 않은 사람 아닌가? 그쪽은?"

"그랬지. 그런데…… 무서운 게 하나 생긴 것 같아."

예상치 못한 대답이어서였을까. 무운의 대답에 의아함을 담고 고개를 돌리던 카린의 목 뒤로 무운의 커다란 손이 감겨 온 것은 그 순간이었다.

갑작스러운 무운의 움직임에 그대로 무운 쪽으로 끌려간 카린의 입술 사이로 무운의 입술이 스며들었다. 지독하게 뜨겁고 바짝 마른 사내의 입술을 느낀 순간, 사내의 어깨를 밀어내려던 카린이 들어 올렸던 팔을 천천히 내렸다. 단단하게 뒷목을 잡은 손길도, 숨결을 모두 빨아들이기라도 할 듯 탐하는 사내의 움직임도 싫지 않았다.

낯선 사내의 숨결에 자신의 숨결을 섞으며 카린이 팔을 들어 사내의 목을 감쌌다. 더 지독할 수 없을 정도의 뜨거움으로 자신을 감싸는 사내의 손길이 등 뒤로 느껴졌다.

"하아, 하아."

얼마의 시간이 지난 것일까. 끝도 없이 숨결을 삼킬 듯하던 사내가 천천히 자신에게서 떨어져 나가자 카린이 힘겨운 숨을 뱉었다. 숨이 막혀 죽을 수도 있을 것처럼 사내는 끝없이 자신을 원했다. 그 뜨거움에 온몸이 녹아내릴 것만 같았던 순간이었다. 사내와의 접문이란 것이 이런 것일까.

여전히 자신의 앞에서 뜨거운 숨결을 토해 내고 있는 사내의 앞에서 카린이 천천히 눈을 떴다. 붉은 기를 담고 아프게 일그러진 사내의 눈이 자신을 바라보고 있었다. 알 수 없는 전율에 심장이 조이듯 아파 왔다.

"그게 그쪽인 거 같아."

무운의 목소리가 카린의 귓가로 울렸다.

자신의 목소리에 커다랗게 열리는 카린의 눈을 가만히 응시하며 무운이 눈으로 카린에게 묻고 있었다. 널 원한다고. 널 갖고 싶다고. 허락……할 거냐고. 사내의 불안으로 흔들리는 다갈색 눈동자와 진한 숨결이 자신에게 묻고 있었다.

카린이 어깨를 움츠리며 숨을 삼켰다. 무운의 눈동자가 아프게 일그러졌다. 그 순간 카린이 무운의 목을 끌어당겨 그의 입술에 자신의 입술을 가져다 댔다.

눈앞에 보이는 촉촉하게 젖은 여인의 속눈썹이 참 길다고 느끼며 무운이 다가오는 여인의 보드라운 입술을 베어 물었다. 일렁이는 불빛 아래 남녀의 그림자가 쓰러져 내렸다.

투명하게 맑아지는 눈꺼풀처럼 의식도 그렇게 맑게 느껴지고 있었다. 이곳에 와 처음으로 제대로 잠든 모양이었다. 나른하게 퍼지는 몸을 음미하며 무운이 곁을 더듬었다. 어젯밤의 온기를 조금 더 느끼고 싶어서였다. 하지만…… 시린 냉기만이 손끝으로 느껴지고 있었다.

맑다 못해 시리도록 차갑게 이성이 돌아오는 것을 느끼며 무운이 천천히 눈을 떴다. 환하게 밝아진 눈 안에 막사의 천장이 들어왔다. 그리고 천천히 돌려진 시선 안에 비어 있는 자신의 옆자리가 보였다.

상상도 하지 못했다. 어젯밤이 그녀의 처음이었다는 것은. 그리고 그렇게나 뜨겁게 안겨 온 것도.

자신의 손길 하나하나에 어쩔 줄 몰라 하며 바르르 떨리던 작은 몸은 여인의 것이었다. 무사복 안에 감춰진 가녀리고 작은 몸은 조금만 힘주어 잡으면 부러질 것 같았다. 자신이 알던 무사 카린은 그곳에 없었다. 그저 여인이었다.

품고 싶고 안고 싶었다. 해서 끝없이 안았고 끝없이 탐했다. 처음임을 안 순간에도 멈출 수가 없었다. 미친놈처럼 그녀의 온몸에 자신의 낙인을 찍고 또 찍었다.

자신을 바라보는 그 열기를 품은 회갈색 눈동자가, 새하얀 온몸에 붉은 꽃을 피운 채 신음하는 그 모습이 미치도록 어여뻐 숨이 막혔다. 끝없이 탐하는 자신의 품에서 까무룩 잠들어 버리는 그녀를 참지 못하고, 다시 그녀의 몸에 박아 넣었을 만큼.

한데……. 꿈이었던 걸까. 자신의 곁에 머물지 않은 그녀의 선택이 이 순간 두려워지는 무운이었다.

"황자님! 화운위께서 깨어나셨답니다!"

멍하게 허공을 올려다보던 시선 안에 다시 빛이 돌아왔다. 거칠게 몸을 일으킨 무운이 그대로 막사를 뛰어나갔다.

"열이 조금 내리신 듯합니다. 대장."

하얀 입술로 반가운 듯 말하는 건의 말에 막사로 들어서던 우헌의 걸음이 빨라졌다.

밤새 곁을 지키다 새벽녘에 건과 교대한 우헌이었다. 피를 너무 흘려 쉬어야 하는 건이었지만 기어코 서하의 곁에 머물겠다 해 말리지 못했던 것이다. 자신도 아직 숨소리조차 힘겨우면서 서하의 모습에 기쁜 듯 웃어 보이는 건의 모습이 안쓰럽기까지 했다.

건에게 주인의 생사는 자신의 생사보다 더 소중할 것이었다. 만약 자신은 살고 서하가 죽었다면 건은 견디지 못했을 것이다. 살아갈 수 없을 것이다. 이 고지식한 이는.

"깨어나셔야 마음이 놓일 것인데 말이다."

손도 대기 어려울 정도로 뜨겁던 서하의 몸이 이제는 미열만이 남은 것을 손끝으로 확인하며 우헌이 한숨을 뱉어 냈다. 언제 깨어날지 알 수 없어 본국에 아직 연통도 넣지 못한 상황이었다. 그저 막연하게 깨어나길 기다리고 있는 중이라는 연락을 어찌한단 말인가.

그리고 믿고 있었다. 곧 깨어날 것이라고. 젊고 단단한 체력을 지니고 있으니 그런 독초 따위 간단하게 이겨 내리라 믿고 싶은 스승의 마음이었다.

그 마음에 답하고 싶던 것일까. 아련함을 담아 서하를 응시하던 우헌의 눈에 약하게 움직이는 서하의 속눈썹이 들어왔다. 그리고 그 순간 건의 입에서도 신음 같은 목소리가 터져 나왔다.

"손가락을! 움직이셨습니다!"

놀란 눈으로 서하를 응시하는 두 사람 앞에서 그 기다림에 대답하듯 서하의 긴 속눈썹이 잠시 떨리다 눈꺼풀이 천천히 들어올려졌다. 언제나처럼 검푸른 눈동자가 힘겹게 떠진 붉은 기가 어린 눈 속에 박혀 있었다. 아름다운 그 눈동자를 바라보는 두 사내의 얼굴에 환한 미소가 천천히 번져 갔다.

"정신이…… 드십니까?"

기쁨이 진해서일까. 건이 떨리는 입술 끝에 애써 미소를 지으며 서하를 향해 물었다. 힘겨움에 붉어져 있는 건의 눈 안 가득 물기가 차오르고 있었다. 차오르는 무게를 견디지 못한 듯 건의 눈에서 물기가 새하얗게 바랜 볼을 타고 흘러내렸다.

"다행입니다. 황자님."

건을 물끄러미 바라보던 서하의 시선이 소리가 나는 쪽으로 돌려졌다. 우헌의 따스한 미소가 담긴 얼굴을 알아본 것인지 서하의 입가에 연한 미소가 번졌다.

"스승님."

탁하게 갈라진 목소리였지만 발음도 정확한 서하의 말에 우헌과 건의 얼굴에 안도의 미소가 번져 왔다.

"예. 깨어나셨으니 되었습니다. 몸이 상하신 것이야 시간이 지나면 흔적도 없이 나으실 것이니 걱정이 없었지만 쉽게 깨어나시지 못하실까 두려웠었습니다."

다정한 우헌의 미소에 서하가 살짝 미간을 좁히며 몸을 일으키려 하자 건이 팔을 올려 막았다.

"아직 일어나시면 안 됩니다. 고신은 시료를 확실하게 해야 뒤탈이 없다고 합니다."

"……고신?"

몸을 그저 조금 움직였을 뿐인데도 지독하게 따라오는 통증에 이를 악물던 서하가 의아한 듯 고개를 들었다. 건의 걱정스러움이 가득한 눈이 서하의 상태를 살피느라 온몸을 훑고 있었다. 그런 건을 무엇인가 이상하다는 듯 바라보던 서하가 미간을 좁혔다.

"한데 얼굴이 왜 그런 거야? 꼭 죽다 살아난 이처럼."

"구출이 조금만 늦었어도 모두 죽을 뻔하였습니다. 건도 출혈이 커서 위험했었습니다.

일어나고 싶은 듯 몸을 일으키는 서하의 등을 조심스럽게 받

쳐 앉히며 우헌이 말했다. 무엇인가 의아함을 담은 서하의 시선
이 건의 몸을 스치듯 살폈다. 몸통을 감싼 엄청난 양의 붕대가
겉옷 사이로 드러나 보이고 있었다.

"구……출?"

의아함을 담고 약하게 흘러나오는 서하의 목소리가 그 순간
밖에서 달려 들어오는 이의 커다란 목소리에 그대로 묻혀 버린
것을 건도 우헌도 알아차리지 못했다.

"화운위!"

거칠게 막사의 입구를 열고 달려 들어오는 무운의 모습에 건
과 우헌이 일어나 급히 고개를 숙였다. 겉옷도 제대로 위에 걸
치지 않은 무운이 앉아 있는 서하를 보고 그 자리에 굳은 듯 멈
춰 섰다.

고신으로 이곳저곳 상한 얼굴은 보기에도 아플 만큼 힘겨워
보였지만 그 푸르도록 검은 눈동자가 자신을 마주 보고 있다는
것이 이 순간 너무도 행복한 무운이었다. 가슴 저 깊이 누르고
있던 커다란 돌덩이가 사라져 버린 것 같았다.

다급한 걸음으로 서하의 곁으로 다가선 무운이 환하게 웃음
을 머금었다. 그런데 그 순간, 다가서는 무운을 바라보던 서하
의 눈동자 안에 일순 낯선 서늘함이 고여 왔다.

"누굽……니까. 그쪽은."

모두의 눈 안에 경악이 어렸다.

그대 곁으로

　오랜만에 열어 놓은 문 안으로 어느새 차가워진 바람이 시원
하게 불어드는 것을 느끼며 연우가 가만히 눈을 감았다.

　머리를 만져 주는 하정의 손길이 다정하고 따스해서 편안함
이 느껴지는 기분이었다. 어려서는 유모가, 유모가 떠나고서는
하정이 연우의 머리를 땋아 올려 주곤 했었다.

　"내일이면 도착하시겠지요?"

　몇 가닥으로 땋은 연우의 머리를 조심스럽게 꽃잠으로 틀어
올린 하정이 명경을 연우의 앞으로 밀었다. 명경에 고스란히 보
이는 자신의 얼굴을 연우가 물끄러미 바라보았다.

　며칠 새 핼쑥해진 작은 얼굴이 명경 안에 있었다. 참으려 해
도 자꾸만 입가에 맺히곤 하는 미소가 명경 안에 드러나 보였
다.

"꿈 같아."

아련함을 가득 담은 눈길을 하늘로 향하며 연우가 나직하게 말했다.

선족을 침략했던 마족의 수뇌를 소탕하고 그 마족의 영지까지 합병한 무운과 서하의 군대가 내일이면 도성으로 돌아온다는 전갈이 도착한 지 며칠이 지나 있었다.

싸움의 정리와, 아직 움직이기 힘겨운 이들의 회복을 위해 한동안 선족의 영지에서 머물던 이들이 내일이면 도성으로 귀환하는 날이었다.

늦가을의 하늘처럼 자꾸만 부풀어 오르는 마음을 억누르며 연우가 자리에서 일어났다. 가만히 방 안에 머물기에는 하루가 너무 길었다. 내일이면 돌아올 것이지만 그동안의 기다림이 너무도 힘겨워서인지 그 시간조차 견디기 힘든 연우였다. 무엇인가 하지 않으면 심장이 터질 것 같은 것이다.

아무런 소식이 없던 며칠 동안은 불안함에 지옥이었던 마음이 이제 돌아올 날을 잡은 후부터는 일각이 너무도 길어져 힘겨웠다. 그 따스한 미소가, 단단한 품이, 다정한 목소리가 너무도 그리워 병이 날 지경이었다.

그의 애정을 갈구할 때에는 차라리 포기가 쉬웠던 것들이 그의 마음을 확인하고서는 갖고 싶어 견딜 수가 없는 것이다.

"한시도 곁에서 떨어지지 않을 거야. 한순간도 날 두고는 어디도 가지 못하시게 할 거야."

"그러셔요. 암요. 그러셔야죠."

그동안 탁하게 바래 있던 다갈색 눈동자에 투명한 빛을 담으

338

며 입술을 앙다무는 연우의 말에 하정이 크게 고개를 끄덕였다. 자신의 마음이 이리 좋은데 공주의 마음이 얼마나 좋을지는 상상도 되지 않았다.

"하, 시간이 왜 이리 안 갈까?"

나직하게 숨을 토해 내는 연우의 발그레하게 물든 볼을 바라보는 하정의 눈가에 행복한 미소가 번졌다.

오랜만에 생기가 돌아온 화궁 안은 내일이면 돌아올 부마를 맞이할 준비로 바쁘게 돌아가고 있었다. 전장으로 떠나기 전 공주와 부마가 합궁을 하였으니 이제 공주와 부마는 내궁에서 함께 거처할 것이었다. 외궁의 것들을 내궁으로 옮기고 내궁을 조금 더 손보느라 모두 정신이 없었다.

"이제 좀 사실 만한 모양이네. 얼굴빛이 다시 돌아오셨지?"

궁녀 하나가 곁의 궁녀들에게 손으로 정원을 가리켰다. 하정을 옆에 둔 공주가 찬바람이 불기 시작해 몇 송이 남지 않은 꽃들을 조심스럽게 꺾고 있는 모습이 눈에 들어왔기 때문이다.

부마가 전장으로 떠나고 숨도 쉬지 못하고 사는 듯 보이던 공주가 다시 발그레한 볼을 하고 가끔 환한 미소를 머금는 모습이 자신들도 반가웠다.

"하, 부러워 죽겠다. 화운위처럼 멋진 사내는 아니라 해도 날 연모해 주는 사내가 한 명이라도 있었으면 지금 죽어도 소원이 없을 것 같아."

"그러게…… 그래도 난이는 그런 사내가 있으니 좋겠다."

궁녀들의 수다에 끼지 않고 손만 바쁘게 놀리던 난이 고개를 들었다. 의아한 눈초리를 하는 난을 보며 궁녀들이 까르르 웃음을 터뜨렸다.

"모르는 건 아니지? 건 무사님이 널 마음에 두신 거. 4년이다, 4년. 세상에 어찌 그런 사내가 있을까. 말 한 마디 다정하게 건네지도 못하고 그저 바라만 보니. 어떻게 보면 참 답답한 사내야. 그래도 그 눈빛은 정말…… 내 가슴이 막 저릿저릿하다니까, 그분 눈빛만 보면."

"건 무사님 정도면 화운위나 공주님께 말씀만 올리면 혼인을 시켜 주실 텐데. 난아, 너 이번에 마음 바꿔 먹고 팔자 고쳐라. 쳐다봐 주지도 않는 사내 바라보는 것도 하루 이틀이다. 게다가 그 사내는 저기 저 바라보기도 힘겨운 높은 곳에 계신 분의 지아비신걸. 널 바라봐 주신다고 해도 뭐 특별할 게 있을 거 같아? 건 님이 훨씬 낫지. 나만 보는 답답하도록 우직한 사내가 여인에게는 딱이라고 우리 할머니께서 매일 노래를 하셨단다."

"어머, 그럼 너희 할머니는 그런 연모를 받아 보셨대?"

"못 받아 보셨으니 그런 노래를 부르신 거지! 얘들은!"

궁녀들이 다시 까르르 웃음을 토해 냈다.

궁녀들 사이를 조용히 빠져나온 난이 외궁을 나서려다 멈춰 섰다. 내궁 정원에 앉아 꽃향기에 취해 있는 연우의 모습이 보였다. 막 피어나는 듯 고운 공주의 모습은 활짝 피어 있는 늦가을의 꽃들보다 아름다웠다.

어리고 그저 귀엽기만 하던 소녀가 어느새 여인이 되어 있었다. 그 긴 시간 동안 사내는 저 소녀만을 바라볼 뿐 자신에게는 한 번도 눈길조차 주지 않았다.

처음에는 부마의 마음을 사서 이 지긋지긋한 궁녀의 삶을 끝내고 싶었다. 그저 그런 사내의 여인으로 사는 것은 싫었다. 그런 삶은 자신에게 어울리지 않는다고 생각했었다.

세상 모든 사내들의 마음을 빼앗을 수 있는 자신이 그런 평범한 삶을 택할 이유가 없다고. 정식으로 옆에 설 수는 없다 하여도 그 마음은 자신이 가지고 싶었다. 그래서 그 곁에 있는 이의 눈길 따위 신경조차 써 본 적이 없었다.

그런데…… 너무도 긴 시간이었을까. 부마가 전장으로 떠나는 그 순간 난은 알 수가 없었다. 자신이 두려운 것이 부마가 떠나는 것인지, 그 사람이 떠나는 것인지.

내일이면 그 사람도 돌아올 것이다. 부마가 계신 곳에는 그가 있으니까. 또 언제나처럼 아무런 변화도 없는 그 따스한 눈빛으로 자신을 바라만 볼 것이다, 그 사내는. 그 사내의 손을…… 잡아야 하는 것일까.

난의 얼굴에 늦가을의 바람이 스치듯 지나갔다.

❋

"우헌 대장은 조금 전 출발하였습니다. 저희도 내일 새벽 출발할 준비를 모두 마쳤습니다. 황자님."

자경의 보고를 무심한 표정으로 듣던 무운이 건성으로 고개를 끄덕였다. 아무 표정도 담고 있지 않은 무운의 얼굴을 근심스러운 눈빛으로 바라보던 자경이 살짝 한숨을 토해 내고는 무운의 막사를 나왔다.

대승을 거두고 돌아가는 길이었다. 한없이 행복하고 한없이 자랑스러워야 할 시간이 지옥처럼 심장을 조여 오고 있었다.

　무운의 붉은 입가가 비틀어졌다. 난감한 이 상황 앞에 아무것도 할 수 없는 스스로의 모습이 지독하게 초라하게 느껴졌다.

　'어느 순간부터의 기억만을 도려낸 듯 잃어버리셨습니다. 그것도 다행히 약의 효과를 많이 중화시켜 그 정도인 것입니다. 한데 4년 전의 시간부터 기억하지 못하시는 듯합니다. 무엇 때문에 그 순간부터의 기억이 사라졌는지는 알 수 없습니다만 확실한 건 이 잃어버리신 기억을 다시 찾을 수 없을지도 모른다는 것입니다. 운이 좋다면 부분 부분은 기억이 돌아오실 수도 있습니다만. 그리고…… 살심초의 부작용으로 성격이 변하실 수도 있음을 유의하셔야 할 것입니다.'

　어둠이 심장을 삼키면 이런 기분이 들까. 선족 의원의 말들에 귀를 막고 싶었다. 믿고 싶지 않은 마음에 거짓말 말라고, 죽여버리겠다고 외치고 싶었다. 하지만 차디차게 식어 버린 검은 눈동자로 자신을 말갛게 바라보는 서하의 시선 앞에 그것이 진실임을 인정하지 않을 수 없었다.

　그런 서하의 눈빛을 기억하고 있다. 처음 도성 앞에서 처음 만났을 때 저 먹빛 검은 눈동자는 지금처럼 서늘했었다. 지금 또다시 그는 그 눈빛으로 자신을 보고 있는 것이다.

　'연우야…….'

　자신 따위 잊었다 해도 괜찮다. 까짓것 상관없다. 한데……

대체 누이는 어찌해야 하는 것일까.

"하……."

심장이 터질 것 같아 거칠게 자리에서 일어난 무운이 곁에 있던 술병을 집어 들다가 멈췄다. 무운의 팽팽하게 긴장된 시선이 손에 들린 술병으로 천천히 향했다. 그날 밤, 그녀가 내민 술병이었다.

그날 밤 자신의 곁을 떠난 이후 그녀는 그의 앞에 모습을 보여 주지 않았다. 서하 때문에, 또 가여로 돌아가는 일을 준비해야 하던 자신도 그녀를 찾을 여유 따위 없었다.

아니, 그녀를 찾기가 두려웠다, 사실은. 그 새벽, 그렇게 뜨겁던 것이 거짓이었던 것처럼 곁을 떠나 이 힘든 시간 속에도 자신을 찾아 주지 않는 그녀의 마음이.

술병을 내려놓은 무운이 달리기 시작했다.

키이익—

날카로운 울음소리가 하늘을 울리고 있었다. 무심한 시선의 서하가 고개를 들었다. 어려서 우헌이나 수비대의 사냥을 따라갈 때면 데려갔던 수리가 떠올랐다. 강하고 넓은 날개로 하늘을 제집처럼 날던 수리가 부러웠던 적도 있었다. 어려서는 그랬다.

"춥지 않으십니까."

걱정이 어린 눈길로 다가선 건이 서하의 어깨에 모포를 덮었다. 가끔 고신의 상처들에서 열이 오르면 추위를 느끼는 서하를 걱정한 모양이었다. 서하가 다가선 건을 향해 약한 미소를 보였다.

"조금 추웠는데 이제 따뜻하네."

"탕약을 드실 시각인데 왜 나와 계십니까."

"갑갑해서. 낯설고."

무심한 듯 다시 허공으로 향하는 서하의 텅 비어 버린 듯한 눈에 건의 미간이 살짝 일그러졌다.

"내일이면 돌아갈 것이니 조금만 참으십시오."

"……가여로 가는 것이냐?"

"…….."

"가여로 가야겠지. 내 집이 거기라니."

쓸쓸함을 넘어 체념처럼 들리는 서하의 목소리에 건이 깊은 한숨을 토해 냈다.

처음에 서하는 이 상황을 믿으려 하지 않았다. 서하의 기억은 4년 전 천여에서 자신과 사냥을 갔었던 그 시간에서 멈춰 있었다. 열일곱 살의 시간에서 서하의 시간은 멈춘 것이었다.

우헌과 자신의 설명으로 어느 정도의 상황은 이해한 듯 느껴지지만 기억 속에 한 순간도 남아 있지 않은 시간들을 이해하기란 사실상 불가능할 것이다.

받아들일 수 없다며 분노하던 서하가 이 상황을 인정하지 않을 수 없게 된 것은 자신을 두고 우헌이 천여로 돌아간 이후부터였다. 자신이 돌아갈 곳이 천여가 아니라 이제 가여라는 현실을 인정하지 않을 수 없게 된 것이다.

"공주께서…… 많이 기다리실 것입니다."

불안을 담은 건의 말에 서하가 큭, 웃음을 뱉어 냈다. 자신이 기억하지 못하는 것들 중 가장 당황스러운 것이 그것이었다.

기억 속에 존재하지 않는 아내라니. 그것도 그 여인이 열두 살 때 자신이 그 여인과 혼인을 했단다.

"그 여인이, 아니, 공주가 몇 살이라고 했느냐. 지금."

"열여섯이십니다. 곧 열일곱이 되시는 것으로 알고 있습니다."

"건아."

"예. 황자님."

"내가…… 혹여 그녀를 연모했느냐?"

건의 시선이 서하를 향해 들어 올려졌다. 텅 비어 버린 검은 눈동자가 묻고 있었다. 한 조각의 기억조차 남아 있지 않은 여인을 자신이 연모했느냐 묻고 있었다. 자신의 주인은.

그것이 무슨 의미가 있는 것일까. 기억 속에도 담겨 있지 않은 이이건만.

한숨을 살짝 내뱉은 건이 흐릿하게 입가를 끌어 올렸다.

"많이 아끼셨습니다. 공주님을."

허탈함을 가득 담은 미소가 서하의 얼굴에 어렸다.

달리듯 걸음을 옮기던 무운이 낯익은 모습에 걸음을 멈췄다. 낯익은 이의 낯선 눈동자가 자신을 향해 있었다. 곁에 선 건이 당황스러운 얼굴로 고개를 숙였다.

달리느라 거칠던 호흡을 천천히 가라앉히며 무운이 서하의 앞으로 다가섰다. 여전히 냉랭한 경계를 담은 검은 눈동자가 아프게 무운의 심장으로 들어왔다.

"몸은…… 괜찮은 것입니까."

딱딱하게 흘러나오는 스스로의 목소리에 미간을 좁히며 무운이 물었다. 이런 상황에 미칠 것처럼 화가 치밀어 올랐다. 하지만 서하의 눈에는 아무런 감정도 담겨 있지 않았다. 그 무심함이 미치도록 싫은 무운이었다.

"괜찮습니다."

"내일······ 새벽에 출발합니다."

"예."

빤히 자신을 바라보는 그 낯익은 눈동자에 담긴 서늘함에 심장이 먹먹해지는 것 같다. 따스함을 담고 웃어 주던 이는 이제 정말 없는 것일까. 받아들일 수 없는 이 상황이 미칠 것만 같았다.

"무운 황자님."

힘겹게 서하를 외면하며 돌아서려는 무운을 건이 불렀다. 무운의 아프게 일그러진 시선이 건을 향했다.

"공주께서······ 알고 계십니까."

무운이 질끈 눈을 감았다. 가장 두려운 질문이고 가장 힘겨운 물음이었다. 무운이 천천히 고개를 저었다.

눈앞에 첫날 보았던 그녀의 게르가 보였다. 그러자 이제껏 단숨에 뛰어왔던 용기가 눈 녹듯 가슴속에서 사라져 버리는 것을 느끼는 무운이었다.

두려워서였을 것이다. 물론 서하의 일로 정신이 나가 버린 것도 이유였지만 사실 마음 저 깊은 곳에서 자신을 막고 있던 것은 그녀에게서 확인해야 할지도 모르는 진실이었던 거다.

하지만 이제 두려워하고 있을 시간이 없다. 내일 새벽이면 떠나야 하니까.

깊게 숨을 들이마신 무운이 천천히 게르 앞으로 다가서자 선족의 무사가 고개를 숙였다.

"카린 대장은 안에 안 계십니다. 황자님."

들어서려던 무운이 무사의 말에 멈춰 섰다.

"오늘 아침에 사냥을 가셨습니다. 오실 때가 되었습니다."

"사냥?"

"예."

하, 무운이 깊게 한숨을 토해 냈다. 자신은 하루에도 수십 번 마음속에 지옥이 오고 있는데 그녀는 평상시와 아무것도 다르지 않다는 것을 확인하는 것이 우스웠다. 무엇을 바라고 이 앞에 온 것인지도 알 수가 없어져 버렸다.

"아, 저기 오십니다."

더 이상 이 앞에 서 있을 수가 없을 것 같아 몸을 돌리던 무운의 시야에 저 앞에서 걸어오는 흰색 무복이 보였다. 언제나처럼 거침없는 걸음이었다. 흙바람에 미간을 좁힌 얼굴이 회갈색 머리카락에 가려져 있었다. 처음 보았던 그 순간처럼. 심장이 제멋대로 뛰기 시작했다. 미치도록.

"뭐 하고 계십니까. 들어오십시오."

낯선 그녀의 존칭과 무심한 듯한 그녀의 목소리가 들렸다. 멍하게 게르 안으로 사라져 버리는 그녀의 뒤를 물끄러미 바라보던 무운이 거칠게 게르의 문 안으로 들어섰다.

"내일 새벽에 배웅은 하지 못할 듯합니다. 마족 쪽의 움직임을 살피러 떠나게 되었습니다."

"……."

"서하 황자님의 증세에 대해 저희 의원이 상세하게 작성한 것을 가여의 어의에게 전하시면 도움이 되실 겁니다. 꼭 필요한 약재도 많이 챙겨 두었습니다. 앞으로도 꾸준히 약재는 보내 드리도록 하겠습니다."

"……."

무심한 시선을 똑바로 마주하지 않고 허공을 향한 채 카린이 무운을 향해 말했다. 카린의 말에 무운에게서는 그 어떤 대답도 들려오지 않았다. 조금의 흔들림도 담지 않고 이야기를 하던 카린의 눈이 아주 잠깐 무운의 눈에 닿았다. 하지만 곧 카린의 시선은 허공으로 돌려졌다.

"가여와 천여의 도움, 정말 감사드립니다. 저희가 필요하실 때는 언제든 연락을 주십시오. 언제든 달려갈 것입니다."

"무사로서 말인가."

"……."

절대 입을 열지 않을 것 같던 무운의 입에서 이를 악문 목소리가 새어 나왔다. 카린의 눈이 무운을 향했다. 그녀의 눈에 약하게 어리는 불안을 올곧게 응시하며 무운이 한 발 그녀에게 다가섰다.

숨결이 서로의 얼굴에 닿을 듯 가까워진 거리에 무운이 멈춰 섰다. 터질듯 이글거리는 무운의 눈빛 앞에 차갑게 식은, 아니, 식기 위해 힘겹게 애를 쓰느라 거칠게 흔들리는 카린의 눈동자가 있었다.

"아니면…… 여인으로서?"

"……."

"지금 나랑 장난을 하고 싶은 모양인데…… 난 아니거든."

거칠게 무운이 카린의 손목을 잡아 올렸다. 힘을 제어하지 못하는 무운의 움직임에 손목이 부러질 듯 아파 왔지만 카린은 숨소리도 내지 않았다. 그녀의 모습에 무운의 눈에 핏발이 섰다.

"뭐야? 왜 이제야 존대를 하는 건데? 갑자기 황자로서 존경심이 물씬 느껴지나 보지?"

비아냥거리며 이를 가는 무운의 펄펄 끓어 대는 눈빛을 마주한 카린의 눈이 아프게 일그러졌다. 아무런 감정도 담지 않으려 이를 악물던 그녀의 회갈색 눈동자가 바르르 떨렸다. 그 떨림에 무운의 심장이 저릿해져 왔다.

"다른 말 필요 없어. 내일 같이 가자."

그녀의 눈이 커다랗게 열렸다. 놀란 그녀가 뒤로 물러서려 하자 무운이 그녀의 허리에 그대로 팔을 둘렀다. 한 치의 빈틈도 없이 두 사람이 맞닿았다.

"그날 밤 그대는 분명 날 원했고, 내 품에서 행복했어. 아니라고 말할 건가?"

"……."

"내 곁에서 내 여인으로 살아."

"큭."

아프게 흔들리는 눈동자로 그를 올려다보던 그녀가 큭 낮은 웃음을 토해 내며 그를 밀쳐 냈다. 그녀의 반응에 당황한 그의 손이 천천히 그녀를 그대로 풀어냈다.

한 발 뒤로 물러선 그녀가, 흔들렸던 눈빛이 꼭 거짓이었던 것처럼 다시 차가운 눈동자로 그를 바라보았다.

"이것 봐요. 무운 황자님."

비릿하게 냉소를 머금고 뱉어 내는 그녀의 부름에 무운의 얼굴이 차갑게 굳어 왔다.

"하룻밤 서로 즐겼을 뿐입니다. 뭔가 잘못 알고 계시는 듯한데…… 난 무사 카린입니다. 당신이 가자 하면 가고, 오라 하면 오는 그런 계집이 아니라고요. 가서? 가여의 궁으로 가서 당신의 그림자에 숨어 그렇게 당신의 여인으로 살라고? 죽으면 죽었지, 그렇게는 못 삽니다. 난."

"그림자로 살게 하지 않아. 당당하게 내 여인으로 살게 할 거야."

"난 그 누구의 여인으로도 살지 않아! 난 무사 카린이니까. 난 선족을 지키는 무사야. 한 사내의 여인으로 사는 것 따위…… 한 번도 원한 적 없어!"

핏빛이 이글거리는 카린의 회갈색 눈동자를 무운이 멍하게 응시했다. 자신의 품에서 여인이었던 그 여인은 이제 없어져 버렸다. 다시 선족의 무사 카린만이 남은 모양이었다. 그저 하룻밤의 꿈으로 그 여인은 사라져 버린 것일까.

"정말…… 한 번도 원한 적 없어? 한 순간도 내 여인이 되길 원한 적, 없는 건가?"

터질 듯하던 무운의 눈이 짙은 어둠을 담고 차갑게 가라앉아 있었다. 그 차가운 다갈색 눈동자에 어리는 서늘함에 카린이 마른침을 삼켰다.

이 대답이 마지막이 될 것이다. 이 사내는 다시는 자신에게 묻지 않을 것이다. 두 번 다시는.

"……없습니다. 한 번도."

못을 박듯 한 마디 한 마디를 내뱉는 카린의 대답에 무운이 픽, 입가를 끌어 올렸다. 아름다운 붉은 입술이 차갑게 일그러졌다.

황야를 거칠게 넘어온 바람이 온몸을 감아 도는 감각에 카린이 천천히 감고 있었던 눈을 떴다. 아무것도 거칠 것 없는 산 아래의 벌판이 두 눈에 한가득 들어왔다.

자신들의 마을을 떠나는 가여 무사들의 검붉은 무사복이 벌판의 빛깔 속에 선명하게 들어오고 있었다. 이쪽에서는 저들을 볼 수 있지만 저곳에서는 이쪽이 보이지 않는다.

카린의 물기 어린 눈동자가 무리의 앞쪽을 응시했다. 언제나처럼 한 점 흔들림도 없이 말 위에 앉아 있는 이의 모습이 보였다.

멀어서 그 아름다운 눈빛은 보이지 않았지만 바람에 날리는 그 사람의 다갈색 머리카락이, 뒤에 있는 이들을 향해 들어 올리는 단단하고 커다란 손은 알아볼 수 있었다.

'내 곁에서 내 여인으로 살아.'

가슴이 무너져 내렸다. 그 한마디에 며칠이나 이를 악물고 버티던 심장이 바스러져 버렸다.

무너져 내린 심장의 조각들이 그에게 보여질까, 숨 쉬기조차

두려웠었다. 뿌옇게 흐려지는 카린의 시선 속에서 그의 모습이
멀어져 갔다.

❀

"하아, 하아."

아까부터 한 순간도 가만히 앉아 있지 못하고 서성이는 연우
의 모습에 하정이 행복한 미소를 머금었다. 조금 전 무운 황자
일행이 도성 문을 지났다는 전갈이 도착한 것이다. 이제 두 식
경 정도면 일행이 황궁으로 들어설 것이다. 연우의 긴 기다림이
이제야 끝이 나는 모양이었다.

"좀 앉아 보셔요. 분을 조금 더 발라야 할 거 같아요. 오랜만
에 화운위를 만나시는 것인데 가장 어여쁜 모습을 보이셔야죠.
게다가 얼굴이 많이 상하셔서 화운위께서 많이 속상하실 듯하거
든요. 분을 조금 더 칠하고 연지를 더 붉게 바르시면 조금은 더
생기 있어 보이실 거예요."

"그럴까?"

"그럼요. 아프시고 난 후부터 화운위께서 공주님의 표정만 보
셔도 어디가 편치 않으신지 아는데 이리 많이 여위신 걸 몰라보
실 리가 없어요."

"걱정하게 해 드리기 싫은데……."

연우의 반짝이는 다갈색 눈동자에 걱정이 약하게 어렸다. 조
금 여위어서인지 더 성숙해 보이는 공주의 눈에 어리는 빛이 아
름다워 하정이 한숨을 토해 냈다.

"언제 이리 여인이 되셨을까요."

"내가 정말 여인이 된 거 같아?"

"그럼요. 화운위의 사랑을 많이 받으셔서인지 이제 완연한 여인이세요."

"……보고 싶어 죽겠어."

왈칵 솟아나는 눈물을 연우가 손으로 박박 닦아 냈다. 힘겨운 전장에서 돌아오는 이에게 아픈 모습도 눈물도 절대 보이고 싶지 않았다. 그저 아름답게 웃으며 맞이하고 싶었다. 씩씩하게 잘 지내고 있었다고 자랑하고 싶었다.

"어머! 분이 번지셨잖아요!"

호들갑스럽게 하정이 놀라는 모습에 연우가 깔깔 웃음을 토해 냈다. 시원하게 울려 퍼지는 연우의 웃음소리가 내궁 안을 가득 채웠다.

천천히 걸음을 옮기는 지운의 시선이 앞쪽을 향했다. 자신의 아내와 함께 걸음을 옮기며 무엇이 그리 재미있고 좋은지 환하게 웃고 있는 연우의 모습이 보였기 때문이다.

황궁에서 무운과 서하가 황제와 대신들 앞에서 승전을 고할 것이다. 그 자리에 황실의 일원은 모두 함께하라는 태자 경운의 연락이 있었기에 가는 길이었다.

혼자 있는 연우와 함께 가자는 아내의 말에 화궁으로 가 연우를 데리고 오는 길이었다.

하루하루 파리해져 가던 누이의 얼굴에 다시 봄볕이 돌아온 것이 너무도 반가웠다. 깔깔거리는 연우의 웃음이 저리 좋은지 몰랐다.

공주가 저리 경망스럽게 웃어서 어떻게 하냐고 무운과 걱정하곤 했었던 연우의 웃음이었다. 한데 지금은 그 환하고 맑은 웃음소리가 그리 좋을 수가 없었다.

"이런, 우리가 늦은 모양이다."

지운의 낭패 어린 목소리가 울렸다. 황궁으로 들어서는 그들의 앞에 황궁 마당에 시립해 있는 적월부원들의 모습이 보였기 때문이다. 연우의 심장이 거세게 뛰기 시작했다.

꼭 그때와 같다고 연우가 생각했다. 열두 살 그때, 처음 황궁에서 그를 만났을 때에도 이리 황궁으로 들어서며 그를 찾았었다. 그때의 마음이 호기심이었다면 지금은 심장이 터질 듯한 반가움이었다. 수많은 이들이 시립해 있는 황궁이었지만 그의 모습은 한눈에 들어왔다. 꼭 그때처럼.

"늦었구나. 공주. 어서 오거라."

기쁨이 가득한 얼굴로 반기는 황제의 앞에 지운과 지운의 처인 화연비, 그리고 공주 연우가 고개를 숙여 예를 취하고는 자리에 섰다.

무운의 바로 곁에 선 그의 모습이 시선을 가득 채워 왔다. 이 순간이 혹 꿈은 아닐까 두려움이 엄습해 왔다. 눈앞에 서 있는 그의 모습이 신기루처럼 사라져 버릴까 심장이 콩콩 거칠게 뛰어 숨 쉬고 있기가 힘들 지경인 연우였다.

들어서는 자신들을 향해 아주 살짝 시선을 주었다 다시 앞을 향하는 서하에게 닿지 못한 그녀의 시선이 어지럽게 허공을 헤맸다.

그를 바라보고 있을 수가 없었다. 이 황궁 안에서 그에게 달

354

려가 그 품 안에 뛰어들고 싶은 마음을 누를 길이 없을 것 같아서였다.

가쁘게 숨을 토해 내며 연우가 일부러 시선을 다른 곳으로 돌렸다. 곁에 선 화연비가 떨리고 있는 연우의 손을 가만히 쥐어 주었다. 화연비를 바라본 연우의 눈에 행복한 물기가 가득 차올랐다.

황제의 기쁨에 찬 목소리가 황궁을 가득 울렸다.

"황자 무운, 화운위 서하. 그대들의 공을 치하하노라. 적은 수의 병력만으로 확실하게 마족의 침공을 꺾었으니 어찌 대단하다 하지 않겠느냐."

"황공하옵니다. 폐하."

무운과 서하가 깊이 고개를 숙였다.

고개를 돌려 자신들 쪽으로 시선을 주는 무운을 보며 진한 미소를 담던 지운의 얼굴에서 천천히 미소가 사라져 갔다. 자신을 향한 무운의 시선이 서늘하게 굳어 있었기 때문이다.

이해할 수 없는 일이었다. 지금 세상을 다 얻은 듯 만족스러워야 할 형의 눈빛이 얼음처럼 차가웠다.

다른 이들은 모른다 해도 지운은 알 수 있었다. 무엇인가 잘못되었다고 무운이 말하고 있음을. 지운의 불안을 담은 시선이 황제의 곁에 서 있는 경운 쪽으로 돌려졌다.

불안을 담은 경운의 시선이 지운의 시선과 마주쳤다. 알 수 없는 불안에 흔들리는 네 개의 다갈색 눈동자가 어지럽게 얽혀 들었다.

황제가 황궁을 떠나자 모여 있던 대신들도 흩어져 갔다. 그제야 연우는 허공만을 더듬던 시선을 그에게로 향할 수 있었다. 무운과 서하가 자신들 쪽으로 천천히 걸어오는 모습이 보였다.

황궁 안으로 들어설 때부터 숨 막히던 심장은 이제 금방이라도 터질 것 같았다. 그의 품에 안기면 정말 그렇게 될지도 모른다는 두려움이 일 만큼 심장이 거칠게 뛰었다.

그래도 좋았다. 저 사람의 품 안에서 심장이 터져 죽는다 하여도 지금 이 순간이 너무도 좋았다.

열흘 정도의 시간 동안 힘겨웠던지 조금 마른 듯한 그의 얼굴이었지만 아무 곳도 다친 곳 없이 돌아와 준 그의 모습이 행복해서 하늘로 날아갈 것만 같았다.

하루하루 지옥 같았던 기다림이 보상을 받는 듯 다가오는 그의 모습은 그 어느 때보다도 아름다워 보였다.

한 발, 또 한 발 달려가 그의 품으로 뛰어들고 싶은 마음을 이를 악물어 참으며 연우가 그를 기다렸다. 그가 자신에게 다가오길 기다리는 이 순간이 미치도록 좋았다. 그가 먼저 손을 내밀고 그가 먼저 안아 줄 것이다.

그 순간이었다.

"연우 공주십니까."

숨조차 내쉬지 못하고 바들바들 떨고 있는 연우의 곁을 스친 서하의 시선이 무심하게 화연비에게로 향한 것은.

뚜렷하던 모든 것이 뿌옇게 흐려지는 것 같다고 연우가 생각했다. 귓가로는 그 무엇도 들리지 않았다. 머릿속이 하얗게 바래는 듯 아무것도 떠오르지 않았다. 눈앞을 스치고 지나간 이의 모습도 보이지 않았다.

자신을 부르는 오라비들의 목소리도, 무심한 듯 자신에게로 돌아오는 서하의 시선도 느껴지지 않았다. 그 모든 것이 눈앞의 모든 것을 집어삼키는 짙푸른 어둠 속에 잠기는 것을 그저 멍하게 바라보며 연우가 스르륵 쓰러져 내렸다.

그 누구의 숨소리 하나도 들리지 않았다. 수많은 이들이 남아 있던 그 커다란 황궁 안이 정적으로 가득 찼다. 주변의 시선 따위 상관없다는 듯 무심함을 가득 담은 서하의 시선이 자신의 팔에 안겨 있는 작은 소녀를 물끄러미 내려다보았다.

안으려 한 것이 아니었지만 바로 곁에서 마른 풀이 스러져 날리듯 소녀가 자신에게로 쓰러져 내리는 것을 그저 받아 든 것이었다.

그리고 그 순간 모두의 경악이 어린 표정으로 알 수 있었다. 지금 자신의 품 안에 있는 이 소녀가 자신의 아내, 화운 공주 연우라는 것을.

조금 전 들어선 두 소녀 중 한 소녀가 자신의 아내일 것이라 짐작했었다. 그중 한 소녀는 자신을 외면하지 않고 연한 미소를 보이고 있었다. 한데 그 곁의 소녀는 무엇인가 불안한 듯 자신에게 시선도 주지 못하고 자꾸만 허공을 헤매고 있었다.

그래서 결정했었다. 자신을 바라보고 있는 소녀에게 다가가기로. 그녀가 아내일 것이라 짐작했었다. 한데…… 아니었던 모양이다.

모두의 시선이 불안하게 자신을 보고 있음을 온몸으로 느끼며 서하가 연우를 가만히 들어 안았다. 깃털처럼 가벼운 몸이 두 팔 안에 담겨 왔다. 순간 서하의 미간이 아주 살짝 꿈틀거렸다.

팔 안의 감촉…… 낯설지 않다면 괜한 기대인 것일까.

모두의 시선은 뒤로한 채 천천히 걸음을 옮기는 서하의 뒤를 난감한 표정의 건이 뒤따랐다.

"뭔가 설명이 필요할 것 같아. 형님."

하얗게 질린 지운의 겨우겨우 토해 내는 목소리에 무운이 질끈 눈을 감았다. 태어나 처음으로 도망이라는 것을 가고 싶어지는 무운이었다.

내 심장의 주인

대체 이 상황이 어떻게 된 일인지 가늠도 되지 않는지 침상에 눕혀진 연우와 그 곁에 무심한 표정으로 서 있는 서하를 번갈아 바라보는 하정을 향해 건이 고개를 저었다.

세상을 다 얻은 듯 행복해야 하는 공주가 하얗게 바랜 얼굴로 부마의 품에 안겨 기절한 채 돌아온 것도, 그런 공주를 모르는 사람처럼 그저 무심하게 바라만 보고 있는 부마의 모습도 황당하기만 한 하정이었다. 건을 따라 방을 나가는 하정의 얼굴에 불안함이 가득 고였다.

하정과 건이 방을 나간 후 서하가 물끄러미 침상에 누운 여인을 내려다보았다. 상상했던 것보다 야위고 고운 모습이었다. 바람이라도 불면 날아가 버릴 듯 가녀린 소녀. 저 소녀가 자신의 여인이라 한다.

"아!"

가만히 연우를 바라보던 서하가 갑자기 머리를 감싸며 주저앉았다. 순식간에 머릿속이 금방이라도 쪼개질 듯한 엄청난 두통이 몰려왔다. 온몸으로 흥건하게 식은땀이 배어 나왔다.

"하아, 하아."

이를 악물며 깊게 숨을 토해 내던 서하가 순간 빳빳하게 굳어졌다. 자신의 머리에 닿아 오는 따스한 온기 때문이다.

힘겨운 숨을 삼키며 고개를 드는 서하의 앞에 푸른 입술에서 힘겨운 숨을 토해 내고 있는 작은 소녀가 보였다. 조금 전 자신의 품 안으로 쓰러져 내렸던 그녀. 자신의 아내라는 소녀였다.

"왜, 그래요? 아파요?"

소녀의 울먹이는 목소리와 커다란 눈에 고이는 눈물을 느끼는 순간 또다시 덮치는 고통에 서하가 질끈 눈을 감으며 자신에게 닿아 있던 연우의 손을 거세게 밀어냈다. 바들바들 떨리는 시선으로 연우가 멍하게 서하를 내려다보았다.

꿈이라고 생각했었다. 조금 전 황궁의 일은 꿈일 것이라고, 지독한 악몽일 것이라고 생각하며 눈을 떴었다. 너무도 뛰어 대던 심장이 결국 고장이 난 거라고. 그래서 볼썽사납게 서하의 앞에서 쓰러진 것이라 생각했었다.

한데 지금, 고통에 일그러진 채 자신을 바라보는 낯선 서하의 시선은 그것이 악몽이 아니었음을 알려 주고 있었다.

"하아……."

서하가 깊게 숨을 삼키며 천천히 몸을 일으켰다. 아무것도 떠올리려 하지 않자 머리는 거짓말처럼 깨끗해졌다. 고통이 거짓이었던 것처럼.

투명하게 식어 버린 서하의 시선이 연우를 바라보았다.

"아직 모르고 계셨던 것이군요."

너무도 낯설고, 너무도 차가운 목소리. 연우가 문득 이 낯선 시선과 낯선 목소리가 너무도 익숙함을 깨달았다. 그리고 떠올랐다.

열두 살의 그날, 그는 저 눈빛으로 자신을 보았고 저 목소리로 자신에게 말했었다. 연우의 입가가 약하게 비틀리며 그녀의 입가에 연한 미소가 번졌다. 눈가에 맺히는 눈물과 함께 눈가에도 연한 미소가 함께 번져 갔다.

서하의 의아함을 담은 눈길이 눈앞의 소녀를 바라보았다. 울고 있는지 웃고 있는지 알 길 없는 소녀의 미소가 아프게 그의 심장으로 스며들었다. 다시 머리가 지끈거리기 시작하고 있었다.

"돌아오신 것이…… 맞네요."

연우가 흐르는 눈물을 닦아 내고 활짝 웃었다. 다른 것은 아무 상관도 없었다. 그에게 무슨 일이 있었는지 모르지만, 그가 왜 저런 눈으로 자신을 보는지 모르지만 그니까, 그가 맞으니까 행복한 그녀였다.

"어떻게 생각하는가. 어의."

심각한 표정으로 무운이 내미는 약초를 살피고 선족 의원이 보낸 전갈을 읽는 어의를 지켜보던 경운이 기다릴 수 없다는 듯 입을 열었다.

언제나 침착하고, 무엇이든 서두르는 법이 없는 경운의 처음 보는 모습에 지운과 무운이 깊게 한숨을 내쉬었다. 깊이 팬 미간을 펼 줄 모르고 전갈을 읽고 또 읽던 어의가 조심스럽게 고개를 들었다.

"이리 끔찍한 것이 존재한다는 것이 놀라울 뿐입니다."

무운의 얼굴이 거세게 일그러졌다. 꽉 움켜쥔 그의 주먹에서 핏물이 흘러내렸다. 너무도 옥죄어 손톱이 그의 손바닥을 파고든 모양이었다. 지운이 가만히 그 주먹을 감싸 쥐며 어의를 응시했다.

"어차피 그것은 존재하고 이미 사용됐네. 중요한 것은 그것을 온전하게 해독할 수 있느냐는 것이네. 가능……하겠는가?"

"생명을 건지신 것만으로도 천운이라 생각이 듭니다만……선족 의원이 보낸 약재를 지속적으로 복용하시며 저희 또한 그 치료제를 계속 찾는다면 시간이 조금 걸리더라도 아주 불가능할 것은 아니라고 생각합니다."

"그런가……."

경운의 얼굴이 살짝 펴지는 것을 보던 어의가 잠시 망설이는 듯하다 다시 입을 열었다.

"다만……."

불안한 듯 쉽게 다시 입을 열지 못하는 어의의 모습에 부드럽게 펴지던 경운의 얼굴이 다시 굳어 왔다.

"뭔가."

"이미 약효가 온몸에 퍼지신 것은 확실하기에 그것을 해독시키는 약재를 계속 쓸 경우 여러 가지 부작용이 몸에 찾아올 수 있습니다. 몸이 거부하려는 것이지요. 중독이란 그래서 무서운 법입니다. 어떤 모습으로 부작용이 찾아올지 모르고 그것을 얼마나 견뎌 내셔야 할지도 모릅니다. 해서 부마께서도 공주께서도 힘드실 것입니다."

"그리…… 힘들 수 있단 말인가."

"신체가 아니라 정신을 지배하기 위해서 만들어진 독초의 경우…… 쉽지 않사옵니다."

"빌어먹을! 빨리 들어갔어야 하는 건데…… 내가!"

무운이 주먹으로 바닥을 거세게 내려쳤다. 아프게 일그러져 있는 무운을 바라보는 경운과 지운의 얼굴도 더 아플 수 없게 일그러져 갔다.

어둠이 깊어진 방 안에 마주 앉은 두 사람 사이로 숨죽인 고요가 흐르고 있었다. 서하가 난감한 얼굴로 여전히 숨죽인 채 자신만을 바라보고 있는 소녀를 응시하다 방 안으로 천천히 시선을 돌렸다.

아마도 이 방이 신방인 모양이었다. 낯선 사내의 물건들과 자신의 기억에 남아 있는 익숙한 물건들이 방 안을 가득 채우고 있었다. 익숙한 서책들과 낯익지는 않지만 자신의 것임을 확연히 알 수 있는 의복들, 그리고 자신의 손때가 묻은 지필묵과 활까지.

기억하지 못해도 자신의 지난 4년은 이곳에 있었다. 방 안을 한 바퀴 휘돌아 온 무심한 시선이 앞에 앉아 있는 연우를 향했다.

"독초 중독이라고 하더군요."

어둠 속에 파묻힌 듯 불빛이 닿지 않은 곳에 앉은 채 서하가 입을 열었다. 연우가 어둠 속에 잠긴 그를 가만히 응시했다. 예전 그 어느 때처럼 그는 저 안에서 나오지 않을 모양이었다.

"해서 내게 공주는 기억에 없는 사람입니다."

서늘하기 그지없는 서하의 목소리가 어둠 속을 울렸다. 연우의 입술 끝이 바르르 떨렸다. 손끝도 점점 떨리기 시작했다.

이미 느끼고 있었지만, 그의 눈빛 속에 자신이 없음을 알고 있었지만 진짜로 받아들여야 하는 것은 지옥이었다. 막연한 불안이 현실이 되어 심장에 스윽 검을 꽂고 있었다.

"거처를 다른 곳으로 옮기는 것이 좋을 듯합니다. 이런 나와 함께하는 것은 공주께서도 불편하지 않겠습니까."

"싫습니다."

살짝 떨림을 담고 있었지만 또렷하게 들려오는 그녀의 목소리에 서하가 시선을 들어 올렸다. 거칠게 흔들리던 그녀의 눈동자는 이제 흔들리지 않고 있었다. 물기가 어린 듯 번들거림을 담은 다갈색 눈동자가 자신을 올곧이 바라보고 있었다.

"저는 서방님의 아내고 서방님께서는 제 지아비십니다. 아시지요? 서방님의 기억에 제가 없다 해도…… 그것은 변하지 않습니다. 해서 저는 서방님의 곁에 있을 것입니다."

"이런……."

어둠 속에서 빠져나오듯 그의 커다란 몸이 빛 속으로 걸어 나오는 모습을 연우가 물끄러미 바라보았다.

짙은 미소가 담긴 그의 얼굴은 지독하게 아름다웠다. 한동안 보지 못한 사이에 말라 버린 얼굴은 가는 그의 얼굴선을 더욱 차갑게 보이게 하고 있었다. 그 서늘한 입가에 진하디진한 비소를 머금은 채 다가오는 그의 모습은 한 번도 본 적 없는 사내의 것이었다.

연우의 심장이 얼어붙었다. 빛 속에 섰는데도 어둠을 두른 듯 차가운 서하의 시선이 연우의 바로 앞으로 다가섰다.

서하의 긴 손가락이 가만히 연우의 얼굴을 쓰다듬었다. 따스함이 전혀 배어 있지 않은 서늘한 손가락의 감촉은 낯설고 무서운 것이었다.

작은 접문에도 따스한 손으로 자신의 얼굴을 감싸 주던 서하의 손이 아닌 것 같았다. 단단하고 못이 박인 그의 손이 맞는데, 그 서늘함은 그의 것이 아니었다. 연우의 작은 몸이 부르르 떨렸다.

"그대를 기억하지 못하는 낯선 사내라도 말입니까."

부드러움 속에 서늘한 가시가 박힌 듯 차갑게 귓가로 울리는 서하의 목소리에 연우가 질끈 눈을 감았다. 목으로 뜨거운 숨결이 느껴져 왔기 때문이다.

온몸으로 느껴지는 낯선 두려움에 연우의 작은 몸이 얼어붙어 버렸다.

"큭!"

서하의 입술에 비소가 번졌다. 오기를 부리듯 자신 있다 했지만 그녀의 두려움이 온전히 느껴져 왔기 때문이다.

가만히 가는 목을 손으로 감고 그녀의 새하얀 목에 얼굴을 가져다 댔다. 그 순간이었다. 지독하도록 달큰한 향내가 코끝으로 스미는 순간 서하가 질끈 눈을 감았다.

"윽!"

그의 숨결에 숨조차 내쉬지 못하고 굳어 있던 연우의 귀로 지금 이 순간 들릴 리 없는 소리가 들려왔다. 그리고 절대 자신을 놓아주지 않을 듯 서리서리 강하게 자신의 몸을 조이고 있던 서하의 몸이 자신에게서 떨어져 나갔다.

비틀비틀 뒷걸음질을 치는 그의 얼굴에서 그 서늘하도록 아름다운 비소는 흔적도 없이 사라져 있었다. 그 대신 끔찍한 고통에 일그러진 푸른 얼굴이 보였다. 그의 몸이 주르륵 바닥으로 미끄러져 내렸다.

"하아, 하아."

이를 악문 그의 입술에서 힘겨운 숨소리가 새어 나왔다. 얼어붙어 있던 연우의 몸이 그대로 튕기듯 문 쪽을 향해 움직일 때였다. 그의 손이 그녀의 치맛자락을 붙잡았다.

"필요…… 없어. 의원 따위."

붉은 기를 담은 눈으로 그가 그녀를 올려다보고 있었다. 아프고 아프게 일그러진 그의 눈빛이 보였다. 힘겨울 때면 보여 주던 서하의 눈빛이었다. 연우가 그 자리에 털썩 주저앉았다.

힘겹게 새어 나오던 숨결이 어느새 일정하고 고르게 들려왔다. 어둠이 밀려간 공간에 조금씩 새벽의 빛이 찾아오고 있었다. 뿌옇게 흐려진 시야 속에 그의 얼굴이 가득 차 왔다. 연우의 입술이 천천히 떨려 왔다.

"날 기억하지 못해도…… 괜찮아요. 이리 못되게 굴어도 괜찮아요. 약속 지켰으니까. 털끝 하나 다치지 않고 돌아온다는 그 약속 지켰으니까…… 괜찮아요. 그러니까, 나 괜찮으니까…… 아프진 마요."

자꾸만 흘러내리려는 눈물을 이를 악물어 참으며 연우의 작은 손이 가만가만 서하의 등을 다독였다.

어려서 가끔씩 종알종알 떠들다 잠이 드는 자신을 서하가 이렇게 다독여 주었듯이. 그런 그의 손길이 좋아 일부러 깨어 있으면서도 눈을 뜨지 않았던 그때처럼.

소곤소곤 서로의 귀에 무엇인가를 속삭이며 자꾸만 내궁 안을 힐끔거리는 궁녀들을 거칠게 쫓아낸 하정이 조심스럽게 안의 기척을 살폈다.

침전 안에서는 아직 어떤 기척도 느껴지지 않고 있었다. 이 고요가 대체 무슨 의미인지 알 길이 없는 하정의 마음은 바짝바짝 타들어 가고 있었다.

황궁에서의 일은 온 궁 안에 이미 파다하게 퍼져 있었다. 적월부 대원들의 입에서도 서하의 상태는 흘러나오고 있었기에 이제 궁 안에서 부마의 상태를 모르는 이는 없었다. 그 소문들에 머리가 하얗게 비어 버린 하정이었다.

이 말도 안 되는 상황을 어찌해야 하는지 아무것도 떠오르지 않았다. 그렇게 지독한 악몽 같은 밤이 지났다. 저 안에서 공주는 어찌 부마와 하룻밤을 보낸 것일까.

"약을 드셔야 하는 시각입니다. 탕약은 절대 거르시면 안 된다고 알고 있습니다."

서성이는 하정에게 다가온 건이 말했다. 그도 아마 밤을 하얗게 밝힌 모양이었다. 안 그래도 많이 여윈 얼굴이 더 초췌해져 있었다.

"조금만 기다려 볼게요. 공주께서 기별을 하실 것이에요."

뛰는 심장을 애써 누르며 하정이 안쪽의 기척을 기다렸다.

조용조용 울리는 하정의 목소리가 다 들려왔다. 웅크린 채 서하만을 응시하던 연우가 천천히 몸을 일으켰다.

꼼짝도 하지 않고 밤을 새운 몸이 힘겨웠지만 그에게 탕약을 먹일 시각이라 하니 지체할 수 없었다. 기듯 서하에게 다가간 연우가 살며시 그의 어깨에 손을 올렸다.

"서방님, 일어나셔야 합니다. 탕약을 드셔야 하는 시각입니다. 서방님."

깊이 잠이 든 것일까. 그녀가 흔들어도 서하는 일어나지 않았다. 잠시 그의 모습을 바라보던 연우의 가는 손가락이 그의 얼굴에 조심스럽게 닿았다.

새하얀 그의 얼굴을 가리고 있는 검은 머리카락이 그녀의 가는 손가락에 걸려들어 올려졌다. 천천히 들어 올리는 머리카락 사이로 짙게 드리워진 그의 감은 눈이 보였다.

짙고 긴 속눈썹 아래 새하얗게 바랜 그의 얼굴이 보였다. 하얗게 말라 버린 입술에서 새어 나오는 약한 숨결이 작은 손에 닿아 부서졌다. 따스한 온기가 좋았다.

그녀의 손길 때문이었을까. 길고 짙은 속눈썹이 살짝 흔들리며 그의 눈꺼풀이 천천히 들어 올려졌다.

빛 속에 드러나는 그 검은 눈동자가 너무도 아름다워서 연우가 입술 끝을 끌어 올렸다. 흐릿한 미소가 그녀의 얼굴에 가득 담겼다.

탕약을 한 번에 들이마신 서하가 미간을 좁힌 채 자신의 앞에 앉아 있는 연우를 물끄러미 바라보았다. 꼼짝도 않고 정과를 든 채 자신이 탕약을 비워 내길 기다리고 있는 소녀의 모습이 난감한 그였다.

빈 탕약 그릇을 내려놓는 자신의 얼굴 앞에 소녀의 손가락이 다가왔다. 그 손가락 끝에 있는 당과가 보였다. 서하의 무심한 시선이 연우에게 닿았다.

"뭐 하는 겁니까."

"당과입니다."

"압니다."

"아─ 하십시오."

황당함을 담은 서하의 시선이 연우를 마뜩잖게 바라보았다. 그 시선에 잠시 젖어 들던 연우의 시선이 다시 투명함을 찾았다. 연우가 다시 정과를 들어 올렸다.

"잠시 입에 물고 계시면 쓴맛이 없어질 것입니다."

머릿속에 떠오르는 그 순간에 그가 자신에게 보여 주었던 미소를 이제는 자신의 입가에 담으며 연우가 손을 들어 올렸다. 그때 그가 자신에게 해 주었던 것처럼 자신도 해 주고 싶었다.

재촉하는 듯 눈을 깜박이는 연우의 모습에 서하가 살짝 입술을 열었다. 약하게 벌어진 서하의 입안으로 작은 정과가 쏙 들어왔다.

서하의 마른 입술 끝에 아주 잠깐 온기가 닿았다 떨어졌다.

"밤새 생각을 해 보았습니다."

나직하지만 흔들림 없는 연우의 목소리에 머리를 벽에 기대고 있던 서하가 천천히 눈을 떴다. 아직 힘겨운 몸은 많은 움직임을 허락하지 않았다. 게다가 가여로 돌아온 후 가끔씩 찾아오는 두통은 온몸의 기력을 다 빼앗아 가는 듯했다.

"처음에는 놀라서 아무 생각도 할 수 없었습니다."

"……"

살짝 붉어지는 그녀의 눈동자에서 서하가 시선을 돌렸다. 그 눈은 보고 싶지 않았다.

"한데…… 이런 것도 나쁘지 않다는 생각이 들었습니다."

"나쁘지…… 않다? 무엇이 말입니까."

허공을 바라보던 서하의 시선에 서늘함이 담겼다. 다른 곳을 향해 있던 서하의 시선이 말갛게 자신을 바라보는 연우의 시선을 마주했다. 차가운 냉기가 흘러나오는 서하의 시선에 꿀꺽 마른침을 삼키며 연우가 고개를 끄덕였다.

"무사히 돌아오셨으니까요. 제게 한 약속을 지켜 주셨으니까요."

"제가…… 무엇을 약속하였습니까."

파리한 얼굴에 연한 미소를 담으며 조금은 행복한 듯 말하는 연우를 향해 서하가 물었다. 약속이라고?

"털끝 하나도 다치지 않고 제게 돌아오신다고, 약속하신다 하셨습니다. 그리고 이렇게 돌아오셨지 않습니까. 무사한 몸으로요."

"이게 무사하다 보십니까?"

비릿한 냉소가 서하의 입가에 맺혔다. 알 수 없는 화가 치밀어 오르는 서하였다. 울어도, 화를 내도 모자랄 판에 미소까지 담는 소녀의 모습이 이해가 되지 않았다. 이게 약속을 지킨 것이라고 다행이라는 것인가? 그녀를 흔적도 없이 잊은 자신이 이런 허깨비 같은 모습으로 돌아온 것인데도?

"예. 저는 이것으로 감사하기로 했습니다. 다치지 않으셨으니까요. 살아서…… 제 곁으로 돌아오셨으니까요."

마지막 말에 살짝 떨림을 담았지만 연우는 애써 떨림을 삼키고 있었다. 서하가 큭, 낮은 웃음을 흘렸다.

"살아서 다행이라…… 그대라는 존재에 대해 아무 감정도 없는데도."

무심한 듯 뱉어 내는 서하의 말에 연우가 크게 고개를 끄덕였다. 아련하게 젖어 오는 연우의 눈동자가 서하의 시선을 채웠다.

"서방님을 처음 뵈었을 때도 그리 말씀하셨습니다. 제게 아무 감정도 없다고. 해서 싫지도 좋지도 않다고 말입니다. 그렇게 다시 시작하면 됩니다. 그때처럼."

목이 막히듯 아파 왔지만 연우는 힘겨운 미소를 거두지 않았다. 정말로는 너무도 무섭다고, 나를 잊어버린 당신이 무섭고 다시는 나를 돌아봐 주지 않을까 숨조차 쉬지 못할 만큼 무섭다고 말할 수 없었다. 그것이 현실이 될까 봐.

"저는 기다릴 수 있습니다. 서방님께서 절 기억하실 때까지 언제까지라도 말입니다."

소녀가 웃고 있었다. 그 커다란 눈 가득 담긴 물기를 떨구지도 못한 채 웃고 있는 소녀의 모습이 보기 싫어 서하가 고개를 돌렸다. 알 수 없는 화가 가슴을 짓눌러 왔다.

"여기가…… 연무장이라고."

서하가 외궁 안 연무장 앞에 서서 낯선 공간을 바라보았다. 뒤에 선 건이 짙은 숨을 토해 내며 고개를 끄덕였다.

"예. 황자님께서 쓰실 수 있도록 이곳에 연무장을 만들라 폐하께서 명하셨다고 합니다. 그동안 이곳에서 저와 검을 연습하셨었습니다. 하나도 기억나지 않으십니까."

조심스럽게 건이 물었다.

무엇인지 확실하게 말할 수는 없지만 서하가 기억을 떠올리려 애쓰지 않는다고 느끼는 건이었다. 스스로 자각하고 하는 행동인지 자신도 모르고 하는 행동인지는 모르겠지만 왠지 모르게 그가 기억을 거부하고 있는 것 같았다. 그래서 서하에게 잃어버린 기억에 대해 묻는 것이 조심스러운 건이었다.

"안 나. 아무것도. 천여에 있는 내 연무장만 기억에 있어."

서늘하리만치 잘라 말하는 서하의 말에 건의 얼굴에 어둠이 내려앉았다. 그래도 연무장 안에 서니 움직이고 싶은지 서하가 천천히 검을 뽑아 들었다. 건이 그런 서하의 앞에 마주 섰다.

몸이란 이상한 것이었다. 4년이란 이곳에서의 시간은 백지처럼 잊어버린 서하였지만 이곳에서 자신과 익힌 것을 그의 몸은 고스란히 기억하고 있었다.

그저 부마라는 허깨비 같은 위치에서 아무것도 할 것이 없던 서하는 이곳에서 하루하루 엄청난 훈련을 했었다.

해서 천여를 떠나올 때의 그의 검술과 지금의 검술은 그 차원이 다를 만큼 성장해 있었다. 그리고 지금, 그 4년의 시간은 그의 머릿속에 남아 있지 않았지만 몸은 고스란히 그 성장을 보여주고 있었다.

"이상해. 이 검식을 배운 기억은 머릿속에 없는데 몸이 먼저 움직이고 있거든. 몸이 먼저 움직이고 머리는 그다음에 기억해 내. 웃기지?"

"이것처럼 잊지 않으시고 간직하고 계신 것들이 있을 것입니다. 하나하나 찾아가시면 될 것입니다."

"……공주에 대한 것처럼?"

검술을 잊지 않은 것이 행복한지 붉게 상기되던 서하의 얼굴이 공주를 떠올리는지 서늘하게 굳는 것을 바라보며 건이 한숨을 토해 냈다.

"황자께 가장 소중한 분이십니다. 찾으셔야 합니다."

안타까움이 담긴 건의 말을 흘리듯 들으며 서하가 연무장을 빠져나오다 그 자리에 멈춰 섰다. 그의 시선이 어딘가에 멈춰졌다. 그의 시선을 건의 시선이 따랐다.

궁녀들의 모습이었다. 그 속에 난이 섞여 있음을 보며 고개를 돌리려던 건의 눈 안에 갑자기 궁녀들 쪽으로 거칠게 걸음을 옮기는 서하의 모습이 보였다. 그리고 다가서는 서하를 보고 놀란 듯 고개를 숙이는 궁녀들 앞에 선 서하가 한 궁녀의 손목을 거세게 그러쥐는 모습에 건의 눈이 커다랗게 열렸다.

난이었다.

"설아?"

열기가 담긴 서하의 시선이 난을 뚫어지게 응시하고 있었다. 주변에는 아무것도 존재하지 않는 듯 안타까움과 알 수 없는 간절함을 담은 서하의 시선에 난은 심장이 쿵 떨어져 내리는 것을 느껴야 했다.

처음이었다. 서늘함이 빠진 열기를 담은 부마의 시선은. 사내의 검은 눈동자에 자신이 오롯이 담겨 있었다.

"저는 난이라 하옵니다. 화운위."

난의 대답에 무엇인가를 잃어버린 사람처럼 실망한 얼굴로 서하가 자신이 잡았던 난의 손목을 천천히 풀어냈다. 서하의 손에 잡혔던 손목을 그러잡으며 난이 얼른 고개를 숙였다. 다른 궁녀들의 시선이 느껴져 왔기 때문이다.

"아, 잘못 보았구나."

낭패감이 어린 서하의 서신이 잘게 떨려 왔다. 자신이 잘못 본 것임을 인지한 시선이 아프게 떨리고 있었지만 서하의 시선은 서둘러 자리를 떠나는 난에게서 떨어지지 못하고 있었다.

"건아."

"예. 황자님."

지독하게 낮고 어두운 건의 대답이 울렸다.

"내가 설아를 잊고 살았더냐."

"……."

애틋함이 가득한 눈길로 여전히 멀어지는 난에게서 시선을 떼지 못하는 서하의 모습에 건이 이를 지그시 악물었다.

생각지 못했던 상황이다. 서하는 이미 4년 전 난을 보고 설아를 떠올렸을 것이다. 설아 낭자와 너무도 닮은 난을 보고 건도 놀랐었으니까.

하지만 그뿐, 그는 한 번도 난에게 시선도 주지 않았었다. 그렇게 스스로 지나간 첫정에 대한 마음을 잘라 내었다.

한데…… 4년이란 시간이 잘려 나가 버린 서하의 심장에는 아직 그녀가 남아 있는 모양이었다. 4년 전 그때의 그 마음으로.

건의 얼굴에 난감함이 가득 고여 왔다.

"그래서…… 소중하거나 강한 기억이 있는 곳이나 물건, 상황을 접하시게 해야 한다는 것인가?"

눈을 반짝이며 진중하게 묻는 공주의 모습에 어의가 천천히 고개를 끄덕였다. 친히 어의를 찾아와 부마의 상태와, 자신이 할 수 있는 것을 묻는 공주의 마음이 보여 안타까운 어의였다.

"예. 그런 것들이 자극이 되셔서 조금씩 기억이 돌아오실 수도 있사옵니다. 인간의 뇌에 기억이란 것이 그리 한순간에 다 사라져 버릴 수는 없을 것이기에 아마도 봉인되어 있다고 생각하셔야 하옵니다. 봉인을 해제하는 것은 힘든 일이오나 불가능한 것은 아닙니다. 하니 기억을 깨울 수 있는 것들을 보여 드리십시오."

"봉인을 풀어야 하는 것이군."

"예. 공주님."

어의전 밖으로 나선 연우가 푸르른 초겨울 하늘을 올려다보았다. 눈이 시리게 푸른 하늘에서 금방이라도 푸른 물이 뚝뚝 떨어질 것처럼 하늘은 투명하게 맑았다. 그녀의 시리게 탁한 마음과는 너무도 다르게.

"무엇부터 해야 하는 것일까."

아득했다. 대체 무엇으로 그의 닫혀 버린 봉인을 풀 수 있단 말인가. 그런 짓이 가능하기는 한 것일까. 하지만 포기할 수는 없다 스스로에게 다짐하고 다짐하는 그녀였다. 그의 따스한 품을 찾고 싶고 따스하던 눈빛을 찾고 싶다. 그것을 위해서라면 못할 것이 없을 것만 같은 연우였다.

"어디부터 가 볼까?"

붉은 기가 여전히 가득한 눈을 하고도 씩씩하게 웃어 보이는 연우의 모습에 하정이 깊고 깊은 한숨을 토해 냈다.

힘이라고는 하나도 없는 걸음을 옮겨 내궁으로 들어서던 연우가 자신의 시선 안에 들어오는 이의 모습에 그 자리에 멈춰 섰다.

내궁 안을 휘몰아치는 가벼운 가을바람에 그의 머리카락이 허공으로 휘날리고 있었다. 그의 눈빛처럼 검은 머리카락이 공중으로 날다 그의 새하얀 얼굴을 가리며 내려앉았다. 그 긴 머리카락 사이로 그의 검은 눈동자가 깜빡이고 있었다.

손에 들고 있는 서책에 닿은 그의 시선 때문에 길게 드리워진 검고 긴 속눈썹이 보였다. 아름답게 그 하얀 얼굴에 드리우는 속눈썹의 그늘이 날카롭게 오뚝한 그의 콧날에 어려 있었다.

심장이 다시 뛴다. 연우가 가만히 자신의 가슴에 작은 손을 올렸다. 열두 살의 그때, 자고 일어나 외궁으로 달려 들어가면 그는 저런 모습으로 외궁 뜰에 앉아 있곤 했었다.

자신의 기척에 시선을 들어 자신을 보던 시선은 무심했지만 아름다웠고 무심했지만 그냥 좋았다.

　다시 바람이 불었다. 거추장스럽게 얼굴을 자꾸만 가리는 머리카락이 성가셨기 때문일까. 그가 긴 손가락을 무심히 자신의 얼굴로 가져가다 고개를 들었다.

　환한 빛 속에 짙푸른 검은 눈동자가 연우를 마주 바라보았다. 무심한 그 눈빛이 심장에 박혀 들었다. 다시 사랑에 빠져드는 소녀의 작은 심장이 거칠게 뛰어 대고 있었다.

　서하의 눈동자가 난감함을 담고 흔들렸다. 자신의 눈앞에 내밀어져 있는 작은 손 때문이었다. 어린아이의 손은 아니었지만 이제 곧 열일곱이 되는 소녀의 손치고는 조금 작은 듯 느껴지는 손이었다.

　새하얗고 조금은 동그란 느낌을 주는 작은 손. 그 손이 불쑥 자신의 앞에 내밀어진 것이다. 어쩌라는 것인지 알 길이 없는 서하의 미간이 살짝 구겨졌다.

　"뭡니까."

　"잡으십시오."

　"?"

　머리 위에서 들려오는 맑은 목소리에 서하가 천천히 고개를 들어 올렸다. 투명한 가을빛을 머리 위에서부터 담뿍 담은 소녀의 모습이 눈앞에 있었다. 커다란 다갈색 맑간 눈이 초롱초롱 빛나고 있었다.

　알 수 없는 기시감에 서하가 눈을 살짝 감았다 떴다. 머릿속

어딘가로 스며들던 기시감과 여린 두통이 사라져 갔다.

"함께 가고 싶은 곳이 있습니다."

"……."

"이곳이 이제 다시 서방님의 집이 되셨으니 익숙해지셔야 하지 않겠습니까."

"집이라……."

"서방님께서 가장 좋아하시던 곳이 있습니다. 어서요."

생글생글 눈을 빛내는 소녀의 모습에 더 이상 뭐라고 할 말이 없어 서하가 천천히 굽히고 있던 몸을 일으켰다.

두통만 찾아오지 않는다면 몸은 아무런 문제도 없었다. 기억에는 없지만 고신을 당했던 몸은 아직 치료를 받고 있었다. 하지만 그 정도의 상처는 움직이는 데 아무런 장애도 되지 않았다. 그저 무심히 걸음을 옮기는 서하의 손을 작은 손이 쥐어 잡았다.

"달릴 겁니다. 저를 잡지 않으시면 길을 잃을지도 모릅니다."

황당한 공주의 말에 어이없다는 듯 바라보던 서하가 그녀의 손길에 끌려 달리기 시작했다. 손을 잡지 않아도 이 소녀를 놓칠 리 없었다.

한데 문제는 이 소녀의 손길을 거부할 이유도 없다는 것이었다. 이 소녀는 기억에는 없지만 자신의 아내이기에.

익숙한 손길이 너무도 고마워 눈물이 났다. 커다랗고 단단한 손이 자신의 손에 잡혀 있었다. 열두 살이던 그때부터 언제나 자신의 손보다 한참은 크고 한참은 더 단단했던 손이 지금 자신의 손안에 있었다. 그때의 온기도 함께.

378

낯선 모습이었다. 궁 안에서 이리 달리는 여인은 기억 속에 없었다. 자신의 어머니도, 형수님도, 하물며 궁녀들도 궁에서는 달리는 것이 금기인 것으로 알고 있었다. 사내도 달리기 힘든 궁 안에서 여인이 달리는 것은 본 적도 없으니까.

한데 눈앞에 있는 이 소녀의 모습은 이렇게 달린 것이 한두 번이 아님을 확연하게 느끼게 하고 있었다.

긴 치맛자락을 한 손으로 꼭 쥐어 잡고 문턱마저 가볍게 넘는다. 이런저런 것들이 길을 막고 있는 궁 안에서 이런 속도로 달리는 것은 아마 자신도 이 소녀를 이기지 못할 것 같았다. 작은 다람쥐 같았다.

꽁꽁 땋아 올려놓은 머리가 바람에 흩날려도, 그렇게 날리는 머리에서 꽃잠이 떨어져 내려도 소녀의 달리기는 끝나지 않았다.

"하아, 하아."

가쁘게 숨을 내쉬는 가녀린 어깨가 힘겹게 들썩이고 있었다. 이곳까지 꽤 먼 거리를 한시도 쉬지 않고 뛰었으니 소녀의 숨이 가쁜 것도 무리는 아닐 것이었다.

"너무 오랜만에 뛰었더니 이런 것입니다. 걱정하지 마십시오."

"걱정……해야 합니까."

순간, 무심한 서하의 눈을 마주한 연우의 눈에 아득한 아픔이 스치고 지나갔다. 하지만 그것도 잠시 연우의 커다란 눈이 하얗게 서하를 노려보았다.

너무도 동그란 눈동자 때문인지 노려보는 모양인데도 하나도 무섭지 않다고 서하가 무심하게 생각했다.

"예전엔 하셨거든요. 아주 많이."

"설마……. 뜀박질이 생활화되어 있으신 듯한데."

힘겹게 숨을 몰아쉬던 연우의 호흡이 멈춰졌다. 여전히 들썩이는 작은 가슴을 한 손으로 꼭 누르며 자신의 앞으로 다가서는 연우의 모습에 서하가 한 걸음 뒤로 물러섰다.

연우의 눈이 무엇을 찾기라도 하려는 듯 서하의 짙은 눈을 가만히 응시했다. 차가움이 폴폴 흘러나오는 그 눈에 맞은 연우의 눈이 잘게 떨렸다.

"제가 아는 어떤 분하고는 아주 다르시고 어떤 분하고는 똑같으시네요."

"누구 말입니까?"

미간을 좁힌 서하가 물었다. 짜증스러운데도 이 소녀의 말에 자꾸만 끌려들어 가고 있었다. 이 알 수 없는 감정이 난감하기만 하다. 이 소녀는 자신을 모두 알고 있고 자신은 이 소녀를 전혀 모르고 있으니까.

"제가 알고 있는 열일곱 살의 얼음 황자님하고는 똑같으시고, 스물한 살의 제 낭군과는 아주 다르십니다."

"……."

"저는 또 기다려야 하나 봅니다."

"?"

의아함을 담는 서하의 눈을 더 이상 마주하지 않고 연우가 청명루 전각으로 올랐다. 시원한 바람이 전각 안을 맴돌다 연우의 흘러내린 머리카락을 감아올렸다.

아득한 눈빛의 연우가 여전히 전각 아래 서서 자신을 올려다보고 있는 서하를 바라보았다.

"여기, 기억나지 않으십니까?"

처음 함께 온 곳인데. 처음 손을 잡고 올랐던 곳인데. 그렇게 우리의 추억이 가득한 곳인데…… 모르십니까?

연우의 조금은 상기된 물음에 무심한 시선으로 서하가 넓은 청명루를 둘러보았다. 꼴깍, 연우의 목에서 마른침이 힘겹게 삼켜졌다.

"여기 자주 왔었습니까? 망루는 어차피 어디나 비슷하지 않습니까?"

그 순간이었다. 별다를 것 없는 망루를 그저 스치듯 바라보던 서하가 연우에게 시선을 주다 움찔 몸을 떨었다. 알 수 없는 모습이 뇌리에 떠올랐기 때문이다.

지금 연우가 서 있는 곳이 아닌 조금 더 뒤 전각 아래가 훤히 내려다보이는 곳에 작은 소녀가 전각에 기대서 있었다.

홍색 치마저고리에 총총 땋아 내린 머리가 나풀거렸다. 생글거리는 소녀의 눈동자가 자신을 향해 웃고 있었다. 그리고 그 다갈색 눈동자를 응시하는 순간 머릿속에 벼락이 떨어져 내렸다.

"헉!"

질끈 눈을 감으며 서하가 숨을 삼켰다. 머리가 둘로 쪼개지는 듯 숨조차 제대로 쉬어지지 않았다. 움켜쥔 주먹이 바르르 떨렸다.

서둘러 자신에게 다가오는 듯한 가벼운 발걸음 소리가 들렸다. 이를 악문 채 천천히 눈을 뜬 서하의 시선 안에는 놀란 듯한 얼굴로 달려오는 연우만이 보였다.

텅 비어 있는 전각에는 그 어떤 흔적도 남아 있지 않았다. 머릿속의 고통도 역시 사라져 있었다.

"괜찮으십니까? 또 머리가 아프십니까?"

"아닙니다. 잠시 어지러웠을 뿐입니다."

흔적도 없이 사라진 고통의 흔적조차 털어 내고 싶은 듯 서하가 약하게 고개를 저었다. 소리 없이 찾아오던 것처럼 고통은 소리 없이 사라지고 없었다.

"달리셔서 그런 것일까요?"

걱정이 어린 연우의 눈꼬리가 축 처졌다. 아마도 그를 이리 끌고 달려서 그가 아프다고 느끼는 모양이었다.

"괜찮습니다. 아직 독초의 후유증이 조금 남은 모양입니다."

엄청난 독초였다고 했다. 그래서 그렇게 모든 기억이 흔적도 없이 사라졌을 테니까.

그런 독초의 후유증이 남지 않았다면 그게 더 이상할지도 모를 것이다. 이리 가끔씩 찾아오는 두통은 아마도 그런 것일 테다.

텅 비어 있는 전각 위로 서하가 올라섰다. 시원한 바람이 불어드는 공간이 나쁘지 않았다. 저 멀리 도성의 모습이 보였다. 거대한 도성 안이 드넓었다.

"제가 이곳을 좋아한 것입니까."

"사실은…… 제가 좋아해서 자주 오자고 졸랐던 곳입니다."

살짝 기가 죽은 목소리로 말하며 연우가 서하의 옆으로 다가 섰다. 저 멀리 도성의 모든 것이 시선을 채워 왔다. 연우의 눈에 아련함이 고였다.

"이곳에 서면 세상이 보이니까요. 아주 어려서부터 이곳이 세 상에서 가장 좋았습니다. 제가 접할 수 있는 세상이란 이곳뿐이 었거든요."

보통의 이들이 사는 공간이 보이고 보통의 이들이 살아가는 모습이 보이니까. 언제나 시선을 들어 올리면 보이는 갑갑한 담 장이 아니라 세상이 보이니까.

"저곳을 나가 본 적이 있습니까? 저와 함께?"

서하의 긴 손가락이 도성 안을 가리켰다. 연우의 가슴이 울컥 차올랐다. 그가 했던 약속이 떠올랐다. 저곳으로 데리고 가 주 겠다고 했던 그 약속이. 연우의 머리가 살래살래 기운 없이 흔 들렸다.

"없습니다."

"좋은 남편이었다더니, 아니었던 모양입니다. 도성 구경도 시 켜 주지 않은 것을 보니 말입니다."

비릿하게 입가를 끌어 올리는 서하의 말에 연우의 눈이 동그 랗게 열렸다.

"아닙니다! 가장 좋은 낭군이셨습니다! 저곳도 꼭 데려가신다 고…… 약속했었습니다."

커다란 눈동자 안에 금세 물기가 차올랐다. 눈물을 보이기 싫 은지 거세게 고개를 돌린 연우가 전각을 거친 걸음으로 달려 내 려가기 시작했다.

그 뒷모습을 무심하게 바라보던 서하가 픽, 입가를 끌어 올렸다.

"길 잃는다고 손잡을 땐 언제고…… 이상한 꼬마 아가씨네."

❀

끝도 없이 술잔을 입안으로 쏟아붓고 있는 무운을 지운이 물끄러미 바라보았다.

옆에 앉혀 놓은 절색의 기녀에게 시선 한 번, 손길 한 번 주지 않은 채 연거푸 술잔만을 비우는 무운의 모습이 어딘지 불안하게 느껴졌다.

전장에서 돌아와 무운은 곧바로 병부 정리에 나섰다. 이제껏 실전 경험이 부족하다는 이유로 무운에게 병부를 온전히 맡기지 못하고 있던 경운이 실질적인 병부의 수장으로 무운을 임명한 것이었다.

모두가 기대했던 것만큼 무운은 완벽하게 맡겨진 자리를 수행하고 있었다. 완벽을 넘어 무엇엔가 쫓기는 사람처럼 병부에서 자고 병부에서 떠나지 못했다.

그 때문에 죽어 나가는 것은 병부의 부장들이었다. 일에 미친 사람처럼 제대로 자지도 먹지도 않는다는 무운을 더 이상은 그대로 볼 수 없어 이렇게 끌고 나온 것은 지운이었다.

첫날 황궁에서부터 알 수 없는 불안을 느끼게 했던 무운이었다. 처음에는 서하의 일로 자책을 하느라 그런 것이라 여겼었다.

384

서하를 제대로 지키지 못했다는 자책감이 스스로를 용서하지 못하게 하고 있는 것이라 여겼다.

한데…… 그렇다고 보기에는 석연치 않았다. 무엇인가를 잊기 위해, 잘라 내기 위해 그는 스스로를 괴롭히고 있었다. 지운이 보기엔 분명 그랬다.

"술 먹다 죽으려 작정한 거야?"

말은 한 마디도 하지 않고 술을 끝도 없이 들이켜는 무운에게서 술잔을 뺏은 지운이 부드럽게 물었다. 무심결에 술잔을 빼앗긴 무운이 멍하게 지운을 바라보았다. 아프게 굳어 있는 무운의 다갈색 눈동자가 지운의 눈에 들어왔다.

한 번도 본 적 없는 서늘한 공허가 무운의 눈 가득 담겨 있다. 지운의 심장이 욱신 아파 왔다.

"동생아……."

부드러우면서도 어딘지 아프게 들리는 부름에 지운이 입가에 쓴 미소를 담았다. 어려서는 자주 불러 주던 호칭이었다. 언젠가부터 불러 주지 않았던 호칭으로 부르는 형의 흔들리는 눈빛이 마음에 들지 않는 지운이었다.

무운에게는 이런 모습이 어울리지 않는다. 자신이 가장 자랑스러워하고 가장 강하다고 믿는 형의 흔들리는 모습은 정말 마음에 들지 않는다. 입술을 악무는 동생을 물끄러미 바라보던 무운이 씹어 내듯 말을 토했다.

"여기가 갑갑해. 심장이 갑갑해서 터져 버렸으면 좋겠다."

아프게 일그러진 무운의 눈에 붉은 기가 어렸다. 지운의 눈이 커다랗게 열렸다. 무운의 붉은 입술에서 신음과 같은 소리가 또

다시 새어 나왔다.

"보고 싶고, 안고 싶은데……."

무너지듯 곁의 기녀에게로 쓰러지는 무운을 바라보는 지운의 얼굴에 경악이 어렸다.

텅 비어 있는 자경의 왼쪽 어깨에 닿은 지운의 시선이 아프게 젖어 들었다.

세상 그 누구보다도 강한 사내의 비어 버린 어깨가 너무도 아쉬워 가슴 깊은 곳이 저려 오는 지운이었다. 전쟁은 이렇게 누군가의 삶을 끔찍하게 아프게 하는 것이리라.

"그곳에서 혹여 형님에게…… 여인이 있었더냐."

조심스럽게 묻는 지운의 물음에 자경이 숙이고 있던 고개를 들었다.

"저도 자세히는 모릅니다만 선족의 무사 여인과 하룻밤을 보내셨다 들었습니다."

지운의 눈썹이 거칠게 일그러졌다.

"무사…… 여인?"

"선족 족장의 딸인데 선족 무사들을 이끄는 수장입니다. 그 여인과 하룻밤을 보내신 것으로 알고 있습니다."

"하룻밤? 그것뿐이었더냐?"

"예. 그리 알고 있습니다."

무사 여인? 단지 하룻밤?

지운의 얼굴에 황당함과 의아함이 함께 고였다.

"여기가……."

"천무대입니다!"

우렁차게 대답하는 연우의 모습에 서하가 멍하게 그녀를 바라보았다. 꽃잎을 두른 듯 고운 홍색의 적의를 입은 채 또 정신없이 달려 그녀가 선 곳은 거대한 연무장의 앞이었다. 대체 이소녀와 자신이 함께한 기억이란 무엇들이었을까 갑자기 궁금해지는 서하였다.

"이곳은 무사들의 경합장이 아닙니까."

"예. 이곳에서 처음 오시던 그해, 대회 우승자와 무운 오라버니를 모두 한 번에 꺾으신 곳입니다."

"제가…… 말입니까?"

미간을 좁히며 묻는 서하의 물음에 연우가 살짝 한숨을 토해냈다. 그 일조차 조금도 기억 속에 남아 있지 않은 모양이었다. 살짝 힘이 빠졌지만 기대하지 않았으니 크게 실망할 일도 아니었다. 연우가 커다란 문 앞에 섰다.

거대한 문이 그날 처음으로 그녀에게 열렸었다. 그가 함께했었기에 가능한 일이었다. 그때도 하늘처럼 높고 커다랗던 천무대의 문은 지금도 역시 가슴을 짓누를 만큼 거대했다.

"어서 오시어요."

뒤로 돌아서 자신을 바라보며 손짓하는 소녀의 모습이 서하의 시선에 들어왔다. 살짝 일그러진 그녀의 눈꼬리가 보였다. 환한 미소를 차마 다 머금지 못하는 소녀의 마음이 보였다. 알

387

수 없는 짜증이 스스로에게로 향했다.

하루에도 수십 번 자신에게서 본인의 흔적을 찾고 싶어 애태우는 소녀임을 알고 있었다. 언제나 함께했던 공간에서조차 자신을 조금도 기억해 내지 못하는 자신에게 기대하고 또 실망하고 있음을 알고 있었다. 그러면서 조르지도 화를 내지도 않았다. 그저 기다리고 있는 것이다. 저 소녀는.

웅장한 규모의 천무대가 서하의 시선 안에 들어왔다. 수천의 무사들이 모두 함께 경합을 지켜볼 수 있도록 만들어진 공간이었다. 가여의 모든 무사들의 꿈의 공간일 것이다. 이곳에서 무사가 만들어지고 영웅이 태어날 테니까.

"저곳에 서 계셨습니다. 그날."

연우의 손이 가리키는 곳으로 서하가 시선을 옮겼다. 그리고 눈을 감았다.

떠올려 보고 싶었다. 스스로의 모습을. 하지만 눈앞에는 그저 암흑만이 보였다. 아무것도 떠오르지 않았다.

살며시 서하의 상태를 살피던 연우가 한숨을 폭 토해 냈다. 아무런 미동도 없는 서하의 표정으로 알 수 있었다. 이곳의 기억도 그에게 한 조각도 남아 있지 않다는 것을.

"자경은 아시지요? 이번 싸움에서 왼팔을 잃은 오라비의 부장 말입니다. 그가 그때 우승자였습니다. 그를 서방님께서 이기셨습니다. 그의 왼쪽 어깨를 박살 내셨답니다."

무슨 재미있는 이야기를 전하듯 신나게 말하는 연우의 모습을 서하가 물끄러미 바라보았다. 볼까지 붉게 물들인 연우는 그날의 모습이 눈에 선한지 그 다갈색 눈동자를 반짝반짝 빛내며 그때의 상황을 설명하고 있었다. 연지가 발린 작은 입술이 방긋방긋 열렸다.

"그러고서 무운 오라버니와 진검을 가지고 붙으셨습니다. 아, 진짜 심장이 멎는 줄 알았습니다. 너무 무서웠거든요. 한데 그 싸움에서도 확실하게 무운 오라버니를 꺾으셨습니다. 물론…… 그것 때문에 조금 다치셨고요."

"다쳤습니까? 제가?"

의아한 시선으로 자신을 보는 서하를 물끄러미 바라보던 연우가 서하에게로 다가섰다. 갑자기 자신의 앞으로 다가서는 연우의 모습에 서하가 그녀를 내려다보았다.

그의 어깨 정도에 오는 그녀가 그의 앞에 마주 섰다. 코끝으로 스치듯 느껴지는 달큰한 체향에 서하가 숨을 삼켰다. 머릿속이 지끈, 울렸다.

"여기에 흉터가 있으십니다. 그것이 이곳에서 생긴 것입니다."

연우의 작은 손이 서하의 오른쪽 어깨에 닿았다. 그리 길지 않지만 깊게 팬 자국은 붉은 흉터로 아직도 남아 있었다. 그녀는 알고 있었다. 자신을 서리서리 그 길고 단단한 몸으로 안아 들 때 보았으니까. 그의 어깨에 남아 있는 그때의 그 흉터. 자신이 만들어 버린 그 흉터를.

"제가 조르지 않았다면, 무운 오라버니를 이겨 달라 조르지 않았다면 하시지 않았어도 될 무모한 싸움이었습니다. 생기지 않았을 흉터입니다. 저 때문에 생기신 상처입니다."

서하의 왼손이 자신의 오른쪽 어깨 위에 머물고 있는 연우의 손 위에 놓였다. 자신은 모르는 자신의 흉터를 그녀는 정확하게 알고 있었다. 생긴 이유도, 위치도 모두.

자신의 흉터 위를 살며시 스치는 그녀의 손가락이 아주 조금 떨리고 있음을 느끼며 서하가 연우의 시선을 내려다보았다. 투명한 물기가 약하게 번들거리는 그녀의 눈동자가 무척이나 곱다고, 꼭 맑은 가을하늘 같다고 서하가 생각했다. 그녀의 눈이 심장에 박히듯 들어왔다.

"여기에 흉터가 남았다는 것은 어찌 아는 것입니까?"

"……예?"

그 순간 서하는 보았다. 금방이라도 화르륵 불타오를 듯 붉어지는 연우의 작은 얼굴을.

놀라며 손을 빼내려는 연우의 작은 손을 서하가 움켜쥐었다. 서하의 움직임에 연우의 눈이 거칠게 흔들렸다. 서하의 얼굴이 연우의 귓가로 다가왔다.

"내가, 그대를 안았던 것이군요."

천천히 들어 올려지는 서하의 얼굴을 올려다보는 연우의 눈에 붉은 물기가 어렸다. 알고 있는데, 그가 그 어느 것도 기억하지 못하고 있다는 것은 너무도 잘 알고 있는데도 이럴 때는 숨이 막힌다. 진정한 아내라는 것조차 그는 아직 받아들이지 못하고 있는 것일까.

천천히 서하의 손에서 자신의 손을 빼낸 연우가 몸을 돌려 달리기 시작했다.

이곳으로 향할 때에는 가을 하늘을 수놓듯 아름답던 걸음이 지금은 금방이라도 스러져 내릴 가을 낙엽 같아, 금방이라도 넘어질 것 같아 그 뒷모습을 바라보는 서하의 얼굴에 어둠이 내렸다.

터벅터벅 힘없는 걸음으로 외궁 안으로 들어서던 연우가 담 뒤쪽에서 들리는 궁녀들의 목소리에 굳은 듯 그 자리에 멈춰 섰다. 몇 명의 궁녀들이 모여 깔깔거리고 있었다.

"어머! 정말? 정말 화운위께서 난의 손목을 잡으셨단 말이야?"

"내가 그 옆에 있었다니까. 나만 본 게 아니고 연화랑 자연이랑 다 보았어. 아, 건이 무사님도 보셨어. '설아?'라고 웬 여인의 이름을 부르시며 난이 손목을 그냥 꽉! 내 심장이 다 떨어지는 줄 알았다니까. 다른 여인으로 착각하신 듯 바로 잘못 보았다고 하시며 놓고 돌아서셨지만 그 순간 그 눈빛은 정말, 내 가슴이 막 저릿저릿하더라니까."

"부러워라. 다른 여인과 착각을 하셨다 해도 어쨌거나 화운위한테 손목을 잡혀 본 거잖아. 아흑!"

"혹 예전에 연모하시던 분 아닐까? 지금 화운위께선 그때의 일만 기억하신다고 하셨잖아?"

"천여에서 연모하던 분이신 모양이야. 건 님의 표정이 정말…… 완전 낭패를 보신 표정이셨어."

담장을 짚은 연우의 손이 바들바들 떨렸다. 더 이상 버티고 서 있을 수가 없을 듯 다리까지 떨려 왔다. 그때 다급한 발소리와 함께 하정의 목소리가 들려왔다.

"공주님! 어디 아프세요?"

하정의 목소리에 담벼락 뒤의 궁녀들이 놀라 뛰어 달아나는 소리가 연우의 귓가로 울려 왔다. 그 다급한 발소리들이 꼭 먼 세계의 것들처럼 귓가로 울렸다.

"화운위께서는 함께 안 오셨어요? 함께 나가셨잖아요."

서 있기도 힘들어 보이는 연우의 몸을 받치며 하정이 어쩔 줄 모르는 얼굴로 주변을 둘러보았다. 분명 아까 부마의 기억에 도움이 될지 모른다며 함께 천무대로 간다고 했던 공주였다.

한데 왜 지금 혼자 이리 덜덜 떨고 있는지 이해가 되지 않았다. 게다가 부마는 또 어디에 있는 것인가. 이리 힘겨운 공주를 두고.

부마에 대한 원망에 눈물이 나려는 하정이었다.

내궁 침전에 들어서 겨우 숨을 돌린 연우가 자신을 걱정스러운 눈으로 살피는 하정을 물끄러미 바라보았다. 하정은 알고 있었을 것이다. 궁녀들이 아는 일을 하정이 모를 리가 없으니까.

"하정아."

"예. 어디 아프세요? 의원 불러올까요?"

"너도 알고 있었어?"

"뭘요?"

의아함과 불안함을 함께 담은 하정의 눈동자가 흔들렸다. 연우의 눈가에 흐릿한 냉소가 번졌다.

"서방님께서 다른 여인의 이름을 부르시며 난의 손목을 붙잡으셨다는 거."

"……."

"알고 있었구나."

하얗게 질린 하정의 눈이 어쩔 줄 모르는 듯 마구 흔들렸다. 이것만은 모르게 하고 싶어 그리 궁녀들 입단속을 시켰건만 그 입이 방정인 것들이 어디서 또 떠들었단 말인가. 그것들을 찾아 내 화연비께 일러바치고 말리라 다짐하는 하정이었다.

"그 이름이 설아라고 했는데……."

하정의 얼굴이 이제 아예 파랗게 질렸다. 부마의 입에서 나온 다른 여인의 이름까지 공주가 알고 있었다. 다리가 후들거려 주 저앉고 싶은 하정이었다.

"설아…… 고운 이름이네."

"공주님!"

울어도 시원치 않을 판에 입가에 허탈한 미소를 담는 연우의 모습에 하정이 버럭 고함을 쳤다. 차라리 울고불고하기라도 했 으면 좋겠다 싶은 하정이었다. 요즘은 정말 그랬다.

화도 내고 소리도 지르고 부마에게 왜 나를 기억하지 못하냐 고 막 떼도 쓰면 시원할 듯한데 저리 참아 내는 연우의 모습이 미칠 것 같았다. 그리 참고 참으며 애쓰고 있는데 또 이런 일이 귀에 들어간 것이다.

"하정아, 건 님께 뵙자고 좀 전해 줘."

"공주님. 하지 마세요. 그냥 잊으세요. 4년 전의 시간에 머물 러 계신 분의 기억이잖아요."

"그래. 그게 그분의 지금 기억이야. 내겐 4년 동안의 기억이 소중하지만 그분껜 지금 이 순간 가지고 계시는 그때의 기억이 소중하실 거 아니야."

"싫어요. 저 건 님 안 모셔 올래요."

울상을 지으며 하정이 고개를 저었다. 무슨 말을 묻고 싶은 것인지 알 수 있어서였다. 그것을 알아서 아프기만 하지, 무엇이 도움이 되겠는가.

"그럼 내가 건 님께 갈께."

무덤덤하게 일어서는 연우의 모습에 하정이 깊게 한숨을 토해 냈다.

"알았어요. 모셔 올게요. 모셔 온다고요!"

늦가을 오후의 서늘한 바람을 온몸으로 맞고 있는 작은 공주의 모습을 잠시 바라보다 건이 그 곁으로 걸음을 옮겼다.

황궁에서 쓰러져 내리던 공주의 모습을 기억한다. 자신의 기척에 고개를 돌리는 공주의 맑다 못해 푸르른 다갈색 눈동자가 너무도 고와서 가슴 저 깊은 곳이 아릿해 오는 건이었다.

"부르셨다 들었습니다."

정중히 고개를 숙이는 건을 연우가 올려다보았다. 서하보다도 큰 건은 언제나 이리 고개를 한참 올려야 바라볼 수 있는 사람이었다. 처음 만나던 그날부터. 고개가 꺾어질까 두려울 만큼 키가 크던 사람.

"물어볼 것이 있어서 뵙자고 했습니다."

"설아 낭자에 대한 것입니까."

설아 낭자. 연우가 질끈 입술을 물었다. 건도 알고 있는 이이다. 그렇다면 분명 서하에게 중요한 사람일 것이다.

"어떤 분입니까. 그리고 서방님께 어떤 의미인 분입니까."

살짝 떨렸지만 당당하고 또렷한 시선으로 연우가 건을 올려다보았다. 안타까움을 담은 건의 시선이 연우를 응시했다.

"그것이 왜 궁금하십니까. 4년도 더 지난 과거의 일입니다."

"저희에게는 과거이지만 그분껜 현재니까요."

"공주님."

"그저 알고 싶을 뿐입니다. 그분께 어떤 의미였는지. 4년 전 저는 그저 어린아이여서 서방님의 시간들에 관심도 없었습니다. 그분이 천여에 어떤 시간들을 두고 오셨는지, 또 이곳에서 어떤 시간들을 살아 내야 하는지 상관없었습니다. 제 시간만이, 제 감정만이 중요했었습니다. 지금도 그때와 같아져 버렸습니다. 그분께는 자신이 가지고 계신 4년 전의 시간만이 남아 있는데 저는 그분에게는 없는 4년 동안의 기억을 요구하고 있습니다. 가지고 계시지도 않은 감정을 원하면서요. 우습지 않습니까? 그분의 기억은 상관없이 저와의 기억만이 소중하다고 하는 제가 말입니다."

"……."

"그 설아라는 분, 그분께 얼마나 소중한 존재였습니까."

그저 짜증이나 투정이 아님을 느낄 수 있었다. 연우의 흔들리지 않는 눈이 그렇게 말하고 있었다. 그녀는 지금 그의 마음을 알고 싶은 것이다.

"처음으로 관심을 보이셨던 여인입니다. 그 나이의 소년이라면 누구라도 관심을 보일 만큼 고운 분이셨으니까요. 그저 그렇게 잠깐 지나갔던 고운 소녀셨습니다. 제가 알기에는 그뿐입니다."

"……그랬군요."

연우가 픽, 웃음을 흘렸다. 4년 전 그렇게 서하는 어떤 사내
라도 마음이 갈 만큼 아름다운 소녀에게 마음을 주고 있었던 것
이다. 그런 그에게 투정이나 부리고 어리광이나 부리던 열두 살
의 자신은 어떻게 보였을까.

어둠이 짙게 깔린 내궁 안뜰에 선 하정이 발을 동동 굴렀다.
알 수 없는 불안이 확연하게 눈앞에 온 것을 느끼는 그녀였다.

오후 늦게 건을 만나고 침전 안에서 지금까지 꼼짝도 하지 않
은 연우였다. 무엇인가 그녀가 결심을 하고 있는 것이다.

하정은 안다. 연우는 어려서부터 언제나 이렇게 혼자만의 시
간이 지나고 나면 엄청난 일을 저지르곤 했으니까.

"하정아."

들려오는 나직한 목소리에 하정의 몸이 움찔 떨렸다.

"예. 공주님."

"난이를 데려오거라."

하정이 숨을 멈췄다.

조심스럽게 고개를 숙이고 무릎을 꿇은 채 앉는 난의 모습을
연우가 응시했다. 화궁에서 그녀를 본 것이 4년이 넘었다. 서하
가 가여로 온 그때부터 이 화궁에 있었던 그녀였으니까.

어려서는 어떻게 저리 어여쁠 수 있을까 감탄하며 바라보던
여인이었다. 그리고 너무도 부러웠다. 자신도 빨리 저런 여인이
되어 서하 앞에 서고 싶었으니까. 아이가 아니라 지금 눈앞에

있는 저 여인처럼 아름답고 성숙한 여인이 되고 싶었다.

한데 4년이 지난 지금도 저 여인 앞에 있으니 알 수 없는 초라함이 느껴지고 있었다. 여인으로서 한껏 물이 오른 20대 초반의 여인. 그 여인 앞에 자신은 이제 겨우 소녀의 모습을 한 것이다.

"네게 명할 것이 있어 불렀다."

"하명하십시오. 공주님."

시선도 들지 않고 아래만을 바라보며 난이 공손하게 대답했다. 공주의 입에서 나올 말이 무엇일지 듣지 않아도 알 수 있을 것 같았다. 자신이 공주라 하여도 그렇게 할 것이니까.

알 수 없는 시원함이 가슴속을 가득 채워 왔다. 스스로 끊어 내지 못하는 이 필요 없는 집착에서 놓여날 수 있을 테니까.

"오늘 밤, 화운위의 잠자리 시중을 들어라."

"……."

침묵이 공간을 가득 채웠다. 흔들리지 않던 난의 그림자가 천천히 움직였다. 바닥만을 응시하던 난이 고개를 천천히 들어 올려 한 점 흔들림 없이 자신을 바라보고 있는 어린 공주를 응시했다. 지금 저 입에서 나온 말이 무엇인지 가늠이 되지 않았다.

"공주님, 지금 무슨……."

거칠게 흔들리는 난의 눈동자를 응시하는 연우의 눈동자는 조금도 흔들리지 않고 있었다. 마주한 두 여인의 사이로 어디선 가 밤 부엉이의 울음소리가 들려왔다.

"공주님, 황자님께서는 아직 들어오시지……."

들어서는 여인의 홍색 치맛자락을 보고 급히 옆으로 물러서며 고개를 들던 건의 얼굴이 차갑게 일그러졌다.

　내궁 공주의 거처 바로 옆방에 기거하고 있는 부마였다. 그래서 당연히 공주일 것이라 생각했다. 이 밤 이런 차림으로 부마를 찾아올 사람은 공주뿐이니까. 예전에도 공주는 이렇게 수시로 부마의 거처를 밤낮 없이 드나들었으니까.

　한데 상상도 하지 못한 이의 낯선 방문에 건의 심장이 하얗게 굳어져 갔다.

　"왜 여길……."

　하얗게 바랜 머릿속에서는 그 말만이 나올 뿐이었다. 대체 왜 그녀가 이 시각에 여기 있는지 알 길이 없었다. 왜 그런 옷차림으로 이 밤 부마의 처소를 찾은 것인지도 상상조차 되지 않았다.

　연홍색 엷은 치마저고리에 길게 머리를 내려뜨린 난의 모습은 한 번도 본 적 없는 모습이었다. 궁 안에서 궁녀가 해선 안 되는, 아니, 할 수도 없는 모습이었다. 저런 모습은…….

　"공주께서 명하셨어요. 오늘 밤 이곳에 있으라고."

　거칠게 흔들리는 건의 눈빛을 마주 바라보며 난이 목에서 겨우겨우 숨결을 토해 냈다. 그녀의 말에 심장이 얼어붙는 것을 느끼며 건이 질끈 눈을 감았다.

　공주의 명? 대체…….

　하지만 지금 이 순간 건의 뇌리에는 공주의 명 따위 들어오지 않았다. 아무것도 떠오르지 않았다. 숨 쉬기조차 힘겨운 가슴으로 지금 눈앞에 서 있는 이의 모습만이 보였다.

　한순간도 심장에서 떼어 놓지 못하던 이가 눈앞에 있는데 그 모습이 심장을 갈기갈기 찢어 놓고 있었다. 찢기는 심장에 피가 흐르는 것처럼 구역질이 올라올 지경이었다.

터질듯 옥죄어 오는 심장을 삼키며 건이 겨우겨우 숨을 토해 내던 순간이었다.

"데려가 주세요."

"……."

힘겹게 난을 외면하고 있던 건의 시선이 거칠게 난에게로 향했다. 그녀의 입에서 나온 말이 무슨 말인지 그 순간은 이해할 수가 없었다. 그녀가 자신에게 한 말이라는 것도 확신할 수 없었다.

의아함을 담고 떨리는 건의 시선을 난의 창백한 얼굴이 마주 보았다. 언제나 발그레하던 난의 어여쁜 얼굴이 하얗게 질려 있었다. 그 모습만으로도 건의 심장이 욱신 고통을 삼켰다.

"나 좀…… 데려가 주세요."

아름다운 그 고운 눈에서 물기가 떨어져 내렸다. 숨이 막힐 듯 고운 그 볼 위에 물기가 흘러내렸다. 그 순간 건의 손이 그대로 난의 손목을 잡아당겼다.

그때였다.

"뭐냐? 이건?"

✳

시리게 고운 달빛이 붉은 기가 담겨 있지 않은 정원을 홍색으로 가득 물들이고 있었다. 별빛도 함께 내려앉은 것인지 하늘을 올려다보는 두 개의 별빛이 너무도 고왔다. 반짝이는 물기에 잠긴 별빛이라서 더 그런 것일까.

연우가 말갛게 뜬 눈으로 하늘의 별을 올려다보았다. 하나 둘…… 구름이 없는 오늘 밤, 별이 저리 많은 것이 다행이었다. 저 수많은 별을 세다 보면 이 밤이 지날 것이다. 지옥이 그렇게 지나갈지도 모르니까.

그때였다. 다급함을 담은 거친 걸음 소리가 귓가로 스미듯 들어왔다. 자신의 숨소리 외에는 아무 소리도 들리지 않던 공간에 울리는 그 소리가 무슨 소리인지 모를 연우가 아니었다.

짙은 어둠에 감춰 두었던 심장에 조금씩 피가 돌기 시작했다. 하얗게 바랬던 연우의 입술에 숨결이 돌아왔다. 거칠게 울리던 발소리가 자신의 바로 뒤에서 멈춰 섰다. 거친 숨소리가 귓가를 때렸다.

그 소리가 너무 좋아서, 그 거친 숨소리가 너무도 고마워서 연우가 입술을 악물었다. 바르르 떨리는 입술 끝에 눈에서 떨어져 내린 물기가 맺혔다.

"뭐 하자는 겁니까. 지금."

거친 숨소리를 다 떨쳐 내지 못한 얼음 같은 목소리가 들려왔다. 그 목소리 안에 가득 담긴 불같은 화가 느껴졌다. 터져 나오려는 불길을 겨우겨우 눌러 참는 사내의 목소리가 으르렁 약한 울림을 담고 있었다.

그 지독하게 터져 나오는 분노가 연우의 심장으로 스며들었다. 심장이 따스해져 왔다.

"뭐 하는 거냐고!"

겨우겨우 참아 내던 감정을 터뜨리는 사내의 손길이 거칠게 연우를 돌려세웠다. 작은 몸이 휘청 흔들리며 사내를 향해 돌려세워졌다. 돌려세우던 손길로 휘청거리는 그녀를 바로 세운 사내가 한 걸음 연우에게로 다가섰다.

터질 듯 타오르는 검푸른 눈동자가 연우를 죽일 듯 노려보았다. 거칠게 터져 나오는 사내의 숨결에 온몸이 타 버릴 것 같았다. 그렇게 이 순간 타 버리면 좋겠다고 연우가 생각했다.

"무엇을 말씀이십니까."

거칠게 뛰어 대는 심장을 지그시 누르며 연우가 시선을 돌리지 않고 그의 일그러진 시선을 그대로 받았다. 그 검은 눈동자에 담기는 자신의 모습이 온전히 보였다. 이 짙푸른 밤의 어둠 속에 그의 눈빛 안에서 반짝이는 것은 자신뿐이었다.

"모르신다?"

"……"

"그 아이, 공주가 보냈다 하던데 아닙니까?"

금방이라도 연우의 목을 조르고 싶은 듯 서하의 미간이 강하게 일그러졌다.

"아, 난이 말씀입니까."

"하……."

아무런 감정도 없는 듯 차분하게 말하는 연우의 모습에 서하가 머리를 짚었다. 모르겠다. 자신도 왜 이리 화가 나는지를.

궁 안의 사내에게 잠자리 시중은 흔한 일이다. 황제의 경우 황후나 후궁들에게 가지 않는 날이면 언제나 준비시키는 것이 궁녀들의 잠자리 시중이다. 태자나 황자들도 원하면 언제든 가능한 것이다.

그런데…… 그것을 그녀, 공주가 시켰다는 것이 화가 나는 서하였다.

오후 천무대에서 붉어진 눈으로 돌아서던 그녀의 모습에 잠이 오지 않아 청명루를 올랐다 오는 길이었다. 차갑다 못해 시린 바람을 맞아야 숨 쉴 수 있을 것 같아 건도 없이 혼자 다녀온 것이었다.

한데 그런 자신을 기다리고 있던 건…….

"진정 내가 그 아일 안길 원합니까."

"……."

천천히 숨을 고른 서하의 입에서 차분하고 서늘한 목소리가 새어 나오자 연우가 입술을 악물었다.

터질 듯한 화를 담고 있는 그는 무섭지 않지만 이리 지독하게 차가워지는 그는 무섭다. 한 순간 한 순간 그의 입에서 나올 말이, 그의 움직임이 겨우 가라앉아 가던 그녀의 심장의 떨림을 다시 깨우고 있었다.

"그러시다면, 공주께서 그리 원하신다면 그래야겠지요. 자기 아내조차 기억하지 못하는 못난 제가, 공주께서 원하시는 것이 그것인데 그조차 들어 드리지 못한다면 안 되지 않겠습니까."

이를 아득 갈며 내뱉은 서하가 한 발 뒤로 물러섰다. 연우가 아찔하게 흐려지는 정신에 이를 악물었다. 눈앞이 하얗게 바래는 것 같았지만 물러설 수는 없었다. 하얗게 바랜 입술을 꼭 물고 연우가 똑바로 눈을 떴다.

"확인……하고 싶었을 뿐입니다."

"확인? 무엇을 말입니까."

애써 참으려 하고 있지만 벌써 하얗게 바래는 얼굴과 입술이 금방이라도 쓰러질 것처럼 보이는 연우의 모습에 심장 저 안쪽이 욱신거리는 것을 눌러 담으며 서하가 비릿한 냉소를 입가에 담았다. 터질 듯한 화가 지금 눈앞에 있는 저 여인 때문인지 자신 때문인지 가늠이 되지 않는 서하였다.

"서방님의 가슴에 담긴 이가 있는지 말입니다."

"……!"

"그 자리는 원래 저의 자리입니다. 제가 그 안에 담겨 있었습니다."

그렁그렁 차오르기 시작하는 연우의 눈물에 서하의 미간이 살짝 일그러졌다. 저 눈에 눈물이 차오르는 것이 마음에 들지 않는다.

"제가 없어져 버린 그 자리에…… 혹여 누가 있습니까?"

붉어진 눈을 들어 연우가 서하를 올려다보았다. 가득 차고 넘친 눈물이 그녀의 작은 볼을 가득 덮고 있었다. 그 눈물을 닦아 주어야 하는지 그대로 두어야 하는지 가늠이 되지 않는 서하였다. 서하의 손길이 움찔 떨렸다.

"비어 버린 자리라면, 기다릴 수 있습니다. 언제까지고 그 안에 제가 담길 때까지 기다리고 또 기다릴 수 있습니다. 하지만! 누군가 다른 이가 그 자리에 있다면 저는 기다릴 수가 없지 않습니까! 기다리고 또 기다려도 제가 담길 수는 없는 것이 아닙니까!"

"……공주."

처음이었다. 자신에게 그녀가 이리 소리를 친 적은. 자신을 기억하지 못해도 상관없다고, 언제까지고 기다릴 수 있다고 눈물짓던 소녀에게서는 한 조각의 화도 느낄 수 없었다.

그래서 화가 났었다. 차라리 화를 내는 것이 더 어울릴 것 같은 상황에서 울지도 못하고 웃는 소녀의 모습이 알 수 없게 짜증스러웠고 화가 났다. 그래서 비아냥거렸고 일부러 짜증을 냈다. 한데 지금 자신의 앞에서 절규하는 소녀에게는 그 무엇도 할 수가 없었다.

"어려서는 그런 거 몰랐으니 상관없었습니다. 그저 서방님이 좋았고 혼자만 바라보아도 행복했었습니다. 서방님은 그 누구도 빼앗아 갈 수 없는 저의 낭군이었으니까요. 어린 제게 서방님은 저만의 것이었으니까요. 저와 혼인했으니 저의 것이라 그리 여겼으니까요."

투둑, 바닥으로 떨어져 내리는 그녀의 눈물이 미치게 화가 났다. 서하의 가슴이 뻐근하게 조여 들기 시작했다.

"하지만 이제는 아닙니다! 서방님께서 제가 아닌 다른 누군가를 마음에 담으시는 거…… 견딜 자신이 없습니다, 저는. 제가 없는, 비어 버린 서방님의 가슴을 견디는 것도 숨이 막혀 죽을 것 같은데, 심장이 터져서 죽을 듯 힘이 드는데…… 누군가를 심장에 담은 서방님은 더 이상 기다릴 수가 없습니다."

"기다리지 못하면…… 어쩔 것입니까."

차디찬 자신의 말에 말갛게 투명해진 다갈색 시선이 자신을 응시했다.

그 시선이 너무 맑아서 두렵다고 서하가 생각했다. 그 눈이 자신을 보며 말갛게 웃는다. 그리고 그 웃음이 허공으로 스러져 갔다.

"그만하렵니다."

촛불이 꺼지듯 사그라드는 목소리가 그녀의 입에서 새어 나오는 순간 서하의 팔이 거세게 연우를 당겨 자신의 품 안으로 끌어안았다.

작은 새의 그것처럼 힘겹게 뛰는 그녀의 작은 심장을 느끼며 서하가 그녀를 안은 팔에 힘을 주었다. 금방이라도 부서져 내릴 것 같은 몸을 내려놓을 수 없었다. 정말 자신이 내려놓으면 그녀는 지금 산산이 부서져 버릴 것 같은 두려움이 서하의 가슴을 가득 채우고 있었다.

"그렇게는 안 되겠습니다. 내가."

그녀를 커다란 품 안에 꼭 품어 안은 채 서하가 조용히 말했었다. 품 안에 안긴 그녀의 작은 몸이 그의 말에 움찔 흔들리는 것이 고스란히 품으로 느껴져 왔다. 그녀의 숨소리 한 조각도 모두 심장으로 온전히 느껴지고 있었다.

그 숨결을 잃고 싶지 않았다. 내려놓고 싶지 않았다. 왜인지 알 수는 없지만 지금은 그랬다.

"내 가슴에 누가 있냐고 물었습니까."

여전히 가슴에서 내어 주지 않은 채 하는 서하의 말에 연우의 작은 몸이 굳어 오는 것이 느껴졌다. 그의 대답을 기다리는 그녀의 작은 몸이 바르르 떨리고 있었다.

"내 가슴에 누가 있는지 나도 모릅니다. 해서 그것을 확인해야겠습니다. 내가 무엇을 잃어버린 것인지. 하니 그만두실 수

405

없습니다. 나 역시 내 가슴에 누가 들었는지 알지 못하고는 살아갈 수가 없으니, 내가 확인할 때까지 공주께서도 함께해 주셔야겠습니다."

서하가 천천히 연우를 품 안에서 떼어 놓았다. 따스한 작은 품이 떠난 심장이 서늘하게 느껴졌다. 물기가 가득한 다갈색 눈이 서하를 물끄러미 올려다보았다.

"내 심장의 주인이 그대가 아니라면…… 그때 놓아 드리지요."

한 발 뒤로 물러서는 서하를 연우가 물끄러미 바라보았다. 차가운 밤바람이 두 사람 사이의 공간을 휘돌아 지나갔다.

"그러니…… 이제 다시는 그러지 마십시오."

돌아서려던 연우의 시선이 다시 서하에게로 향했다. 움직이지 않은 채 그녀의 모습을 바라보던 서하에게서 들려오는 낮은 목소리 때문이었다.

"저는 마음에 품지 않은 여인은 안지 않습니다."

뒤쪽에서 들리는 문소리에 건이 천천히 돌아섰다. 조금 전의 낯선 모습이 아닌 낯익은 모습이 눈앞에 있었다.

다시 궁녀의 복색으로 돌아온 난이었다. 한데 이제 그 익숙한 모습에 더 심장이 뛴다. 자신을 향해 그녀가 내뱉었던 말이 아직도 뇌리에 울리고 있었다.

'나 좀…… 데려가 주세요.'

그 순간 서하가 들어오지 않았다면 자신은 분명 그녀를 데리고 궁을 도망쳤을 것이다. 화궁의 궁녀를 데리고 도망친 부마의 호위 무사. 아마 평생을 쫓기며 사는 삶이 되었을 것이다.

한데 그 순간이 다시 온다고 해도 같은 선택을 할 수밖에 없었을 것이다. 그 순간의 선택을 절대 후회하지 않으니까.

"그 말…… 진심이었습니까."

자신을 향해 고개를 숙여 보이고 걸음을 옮기려는 난의 뒤에서 건이 물었다. 난이 그 자리에 멈춰 섰다.

"내가 가자 하면, 함께 가자 하면 갈 것입니까?"

천천히 난이 뒤로 돌아섰다. 숨이 막히게 아름다운 그 얼굴이 아주 살짝 일그러져 있었다. 그 고운 눈에 어리기 시작하는 물기에 건이 입술을 악물었다. 너무도 고와서, 너무도 가슴이 아파서 숨이 막힐 것 같았다.

"예."

난이 천천히 고개를 끄덕였다. 그 고운 눈 가득 고였던 물기가 하얀 뺨을 타고 흘러내리는 순간 건의 손이 그녀를 그대로 끌어당겼다. 거칠게 당기는 건의 손에 종잇장처럼 휘청거리며 난이 건의 품 안으로 쓰러지듯 안겨 들었다.

두근두근, 자신의 심장이 뛰어 대는 것인지 이 단단한 가슴속의 심장이 뛰어 대는 것인지 난은 분간할 수가 없었다. 이 세상 그 무엇에서라도 지켜 줄 수 있을 것 같은 넓고 단단한 품이 자신을 품고 있었다.

공주가 명을 내렸던 순간, 욕심이 나지 않았다면 거짓일 것이다. 긴 시간 동안 욕심내던 순간이니까. 아름답고 귀한 부마의 여인이 될 수도 있다는 유혹은 너무도 달콤한 것이었다.

자신의 손목을 잡고 애틋하게 다른 여인을 부르던 부마의 눈빛을 기억하기에 더욱 그 유혹은 떨칠 수가 없었다. 누군가로 착각했었다 해도 자신이 그 여인과 닮았다는 것이니 부마는 자신을 원할 수도 있었다. 분명 부마의 눈빛은 누군가를 그리워하고 있었다. 그래서 공주의 명을 받아들이겠다 했었다.

한데 이 사내의 앞에 선 순간 모든 것이 변해 버렸다. 땅으로 꺼져 버리고 싶을 만큼, 그런 모습으로 이 사내의 앞에 서 있는 것이 끔찍했다. 그리고 알 수 있었다. 이 사내의 한결같던 눈빛이 어느새 자신의 심장에 박혀 버렸다는 것을.

두려웠다. 이 사내를 잃을 수도 있다는 것이. 그 순간 부마의 여인이 되고 싶다는 생각 따위 하얗게 지워져 버리고 이 사내만이 보였다. 도망가고 싶었다. 자신의 욕심에서.

건의 너무도 커다란 손이 가만히 난의 얼굴을 받쳐 들었다. 너무도 소중한 것을 다루는 듯 조심스러운 그 손길이 미안해 고개를 들 수 없는 난이었다.

그 순간의 선택이 미치도록 후회스러웠다. 이 사내의 그 따스하고 한결같은 눈빛을 마주할 용기가 없었다. 자신은 그럴 자격이 없기에.

거칠게 흔들리며 건의 눈빛을 외면하려는 난을 마주 보며 건이 속삭였다.

"드릴 수 있는 것이 마음뿐이어도 괜찮습니까."

사내의 듣기 좋은 중저음의 목소리가 귓가로 스며들었다. 떨림은 담은 그 목소리가 가슴이 시리게 좋았다. 사내의 옷자락을 잡은 난의 손이 바르르 떨렸다. 고개를 들지 못한 난의 정수리 위로 사내의 뜨거운 숨결이 쏟아져 내렸다.

"한참 부족한 이런 저라도…… 괜찮은 것입니까."

나직하게 떨리는 사내의 목소리에 난이 거세게 고개를 저었다. 부족한 것은 자신인데 이 사내가 자신을 부족하다 하는 것이 싫다.

한없이 넓은 품을 가진 이 사내에게 자신처럼 초라한 여인이 안기는 것이 미안한 것을 이 사내는 모를 것이다. 한없이 부족한 자신임을 그는 모를 것이다. 그저 어여쁜 얼굴만을 가진 바보 같은 계집이라는 것을 모르는 그가 미안하고 불쌍했다.

"싫으……십니까."

난감한 사내의 목소리가 머리 위에서 들려오고서야 난이 고개를 들었다. 난감함을 담고 일그러진 사내의 눈동자가 보였다. 자신이 보인 행동을 거부의 의사로 알아들은 모양이었다.

어쩔 줄 몰라 하며 자신에게서 떨어지려는 사내를 난이 끌어당겼다. 커다란 사내의 몸이 힘이 들어가지 않은 채 작은 여인에게로 끌려왔다. 사내의 눈이 거칠게 흔들렸다.

"놓지 마십시오."

자신을 올려다보며 나직하게 속삭이는 난의 말에 건의 얼굴이 거칠게 일그러졌다. 어찌해야 할지 모르는 사내의 순수한 눈망울이 난을 뚫어질 듯 응시하고 있었다. 난의 얼굴에 울음과 웃음이 함께 맺혔다.

"저를 놓지 말아 주십시오."

말캉한 입술이 자신의 입술에 닿는 감촉에 건의 몸이 딱딱하게 굳었다. 고울 얼굴이 물기로 가득한 여인이 자신에게 다가오는 순간 숨이 막힐 것만 같았다.

자신에게로 스며드는 여인의 숨결이 확연하게 느껴지는 순간 건의 기다란 팔이 난의 작은 몸을 으스러질 듯 끌어안았다. 그녀를 자신의 품 안에 가둔 건의 입술이 난의 입술을 거칠게 베어 물었다. 스르르 열리는 여인의 뜨거운 숨결 속으로 사내의 불같은 숨결이 섞여 들었다.

마른 입술을 자근자근 베어 물고 있던 하정이 휘청거리며 다가오는 그림자를 보고 앉아 있던 자리에서 벌떡 몸을 일으켰다.

서하가 연우를 찾아 뛰듯 달려가는 뒷모습을 본 이후 지금까지 연우를 기다리느라 자신의 심장이 바짝 말라 버린 그녀였다. 난의 이야기를 연우가 꺼냈을 때부터 지금까지 정말 하늘이 노랗게 되는 순간순간이었다.

"공주님."

울먹이는 하정의 목소리가 공간을 울렸다. 금방이라도 바스러질 듯 휘청거리며 걸음을 옮기고 있는 연우의 모습이 시야에 들어왔기 때문이다. 핏기라고는 하나도 없는 모습으로 걸음을 옮기고 있는 연우는 달에서 쏟아져 내리는 달빛만으로도 부서져 내릴 듯 보였다.

바람이라도 불면 흔적도 없이 날아가 버릴 것처럼 느껴지는 연우의 몸을 받쳐 드는 하정을 연우의 흐릿한 시선이 내려다보았다.

"하정아."

"예. 저예요. 괜찮으세요? 화운위는 만나셨어요? 공주님 찾아가셨는데."

연우가 천천히 고개를 끄덕였다.

그랬구나. 하정에게 쫓아와 내가 어디 있는지 채근한 것이구나. 가슴 저 깊은 곳이 싸르르 젖어 들었다.

"좀 누우셔야겠어요, 많이 지치신 것처럼 보여요."

"하정아."

힘이 하나도 남지 않은 모습으로 하정의 어깨에 기대앉은 연우가 눈을 감은 채 하정을 불렀다. 걱정이 가득 어린 하정의 눈이 파랗게 바래 있는 연우의 얼굴을 바라보았다.

"예. 왜 자꾸 부르세요."

"보고 싶어."

"누가요?"

"그 사람."

"예? 지금 방금 보고 오시는 길이라면서요."

큭, 연우의 입에서 아픈 웃음이 새어 나왔다. 큭큭큭, 참지 못하고 자꾸만 토하듯 쏟아져 나오는 연우의 웃음에 하정의 미간이 아프게 일그러졌다. 울음보다 아픈 웃음이 끔찍했다.

"공주님, 차라리 우세요. 울고 싶으면 우시라고요. 병나세요. 그러다."

"웃기잖아."

"뭐가요."

"그 사람이 그 사람이 아닌 게 말이야. 내 앞에 선 그 사람이 내가 그리워하던 그 사람이 아니라서, 그런데도 그 사람은 내가 사랑하는 그 사람이 맞는 거잖아."

"무슨 말씀이세요. 알아듣게 말씀하셔요."

"보고 싶어. 보고 싶어 미치겠어. 나를 사랑해 주던 그 사람이…… 보고 싶어 미칠 것 같아."

"……."

너무도 힘이 들었던 것일까. 자신의 어깨에 기대어 흐느끼다 킥킥 웃음을 토해 내던 연우에게서 약하고 고른 숨소리가 들려오자 하정이 조심스럽게 몸을 움직였다.

그때였다. 누군가의 커다란 그림자가 그들 앞에 선 것은.

"화운위."

놀라 고개를 든 하정이 소스라치며 낮게 소리쳤다. 어느새 온 것인지 아득한 눈길로 연우를 바라보고 서 있는 서하의 모습이 눈앞에 있었다. 차갑게 식은 얼굴을 보니 아까부터 연우를 보고 있었던 모양이다.

서하가 조심스러운 손길로 연우를 안아 드는 것을 보고 하정이 서둘러 침전의 문을 열었다.

조심스러운 손길로 연우를 침상에 눕힌 서하가 우두커니 그 옆에 섰다. 파리하게 바랜 연우의 입술에서 약한 숨결이 새어 나오고 있었다.

조금 전 그 커다란 눈에 물기를 가득 담고 피를 토하듯 쏟아 내던 그녀의 말들이 그녀의 기운을 모두 빼앗아 간 모양이었다.

손만 대면 촛불이 꺼지듯 사라져 버릴 것처럼 연약해 보이는 연우의 모습에 가슴 저 어딘가가 뻐근해 오는 서하였다.

"하……."

텅 비어 버린 가슴이 왜 자꾸만 이 소녀의 눈물에 뻐근해 오는지 몰라서 미칠 것 같다. 아무것도 느껴지지 않는데, 아무런 기억도 뇌리에 떠오르지 않는데 그저 아프고 그저 화가 난다. 이유도 없이.

그녀가 아니라 자신이 더 궁금해져 버렸다. 도대체 자신의 가슴에, 지금 이 텅 비어 버린 가슴 저 깊은 곳에 누가 있는 것인지. 무엇이 있는 것인지.

그리고 알 수 없어지고 말았다. 기억을 찾고 싶어지는 이 지독한 열망이 자신을 위한 것인지, 눈앞의 이 소녀를 위한 것인지.

"하정이라 했느냐."

침전을 나선 서하의 차디찬 먹빛 눈동자가 하정을 향했다. 놀란 하정의 눈이 커다랗게 열렸다. 알고는 있었지만 이렇게 자신을 전혀 모르는 눈으로 바라보는 서하의 모습에 심장이 쿵 내려앉는 하정이었다. 자신도 이러할진대 저 눈빛 앞에 서는 연우가 어찌 견딜 수 있을까.

"이야기해 줄 수 있느냐."

"무슨 이야기를 말씀입니까. 화운위."

"공주에 대한 이야기라면 어느 것이라도."

"예?"

놀란 하정의 눈 안에 아득한 시선으로 하늘을 올려다보는 서하의 모습이 들어왔다. 짙게 가라앉은 서하의 아름다운 눈동자 안에 따스함이 번지고 있었다.

"내가 처음 만났던 열두 살의 공주는 어떤 모습이었는지, 나와 무엇을 하였는지…… 어떤 것이라도."

아득하게 젖어 드는 사내의 눈빛에 울고 싶어지는 하정이었다.

수틀을 앞에 두고 바늘도 들지 못한 채 연우가 멍하게 허공만을 응시하고 있었다. 아무것도 손에 잡히지 않았다. 마음을 모두 쏟아 낸 그 후에 아직 그를 보지 못했다. 예전에는 아무 때나 그가 있는 곳으로 쳐들어갔었지만 이제는 그럴 수가 없었다.

"하……."

깊은 한숨을 내쉬고 수틀로 고개를 숙이던 연우가 자신의 앞에 커다랗게 드리워지는 그림자에 놀라 고개를 번쩍 들었다. 그림자만으로도 심장을 두근거리게 하는 이가 눈앞에 서 있었다. 환한 빛을 등 뒤로 품은 사내의 커다란 몸이 그녀의 시야를 가득 채웠다.

"뭐 하십니까."

"……수놓고 있습니다."

서하의 시선을 외면하며 연우가 수틀로 시선을 내렸다.

"바늘에 실도 꿰지 않고 수를 놓는 재주도 있으신 모양입니다."

놀라 급히 집어 든 바늘에는 실이 끼어 있지 않았다. 미간을 좁힌 연우의 볼이 발갛게 물들었다.

"함께 가고 싶은 곳이 있습니다."

서하의 말에 연우가 번쩍 고개를 들었다. 그가 전장에서 돌아와 처음 듣는 말이었다. 상상도 하지 못한 그의 말에 연우의 눈에 불안이 고였다. 서하가 미간을 좁혔다.

"왜요? 싫으십니까? 기억을 찾는 데 도움이 될까 하여 궁을 둘러보려 하는데요."

"아, 아닙니다. 가겠습니다."

앞장서 걸음을 옮기는 서하의 뒤를 연우가 따랐다. 어제 그리 격하게 감정을 토해 내고 처음 만난 것이었다. 어색함을 떨치지 못한 연우가 조금 서하에게서 떨어져 걸음을 옮기고 있었다. 그 순간 갑자기 걸음을 옮기던 서하가 멈춰 섰다. 그리고 그의 몸이 거칠게 뒤로 돌아섰다.

"내가 길을 잃을까 걱정되지 않습니까?"

"예?"

"길을 잃으면 안 되니 손을 잡아야겠다는 생각이 오늘은 들지 않으시는 모양입니다?"

헉! 연우가 그대로 자신의 손을 잡아당기는 서하의 몸짓에 놀라 숨을 삼켰다. 따스한 손바닥 안에 갇힌 작은 손이 바르르 떨렸다.

"한데…… 어디를 가시려는 것입니까?"

기억도 나지 않는 궁 안을 거침없이 걸어가는 서하의 모습을 의아하게 바라보며 연우가 물었다.

서하가 고개를 돌려 연우와 시선을 마주했다. 살며시 서하에게서 시선을 떼려던 연우가 서하의 대답에 기겁을 하며 그를 돌아보았다.

"조원전으로 갑니다."

화려하고 아름답게 꾸며진 조원전 안에 들어선 서하가 천천히 조원전을 둘러보았다.

무엇인가를 찾는 듯 천천히 주의를 기울여 조원전을 살피는 모습에 가슴이 뭉클해지는 연우였다. 기억의 파편 한 조각이라도 찾고 싶은 듯 서하의 시선은 한곳도 소홀히 하지 않고 있었다.

"뭐가 혹시 떠오르십니까?"

조심스럽게 묻는 연우의 물음에 서하가 고개를 저었다. 연우의 입에서 약한 한숨이 토해져 나오는 소리가 들린 것인지 서하의 시선이 연우에게로 돌려졌다.

나직한 한숨을 뱉던 입가에 연한 미소를 지으며 연우가 조원전 안쪽을 가리켰다.

"저 안쪽에서 지내셨습니다. 처음 가여로 오셨을 때요."

"공주께서는 조원전 안을 잘 아시는 모양입니다."

"예?"

조원전을 살피다 고개를 돌린 서하의 눈빛을 마주한 연우의 심장이 두근, 거친 떨림을 담았다. 짙푸르도록 검은 서하의 눈동자 안에 무엇인가 알 수 없는 반짝임이 담겨 있었기 때문이다.

눈빛을 반짝이는 서하의 입가에 어느새 진득한 미소도 번지고 있었다. 무엇인가 재미난 것을 떠올리는지 서하의 입가가 자꾸만 끌어 올려졌다.

"제가 이곳에 머물 동안 공주께서 혹여 이곳에 오신 적이 있었습니까?"

"!"

연우의 눈이 동그랗게 커졌다. 이걸 대체!

"제가 이곳에 온 첫날 공주께서 이곳으로 절 찾아오셨다고 하정이 이야기해 주었습니다만."

"예? 예…… 그게."

순간 연우의 얼굴이 붉게 물들었다. 궁금해 못 견디겠다는 듯한 표정으로 서하가 연우의 가까이 다가와 시선을 맞췄다. 가까이 다가서는 서하에게서 시선을 돌리지도 못하고 연우가 꿀꺽 힘겹게 침을 삼켰다.

"처음 만난 날 조원전까지 절 찾아와 하셨다던 이야기가 무척 궁금합니다. 하정이에게 물어도 대답해 주지 않아서 말입니다. 기억을 찾는 데 분명 도움이 될 것 같은데 공주께서 이야기해 주셨으면 합니다. 처음 만난 날 있었던 일이니 중요한 일이 아니겠습니까."

"벼, 별로 중요한 이야기는 아니었습니다."

자신에게 머물지 못하고 자꾸만 흔들리는 연우의 눈빛에 서하가 시선을 맞췄다.

"이상합니다. 하정이의 말로는 정말 중요한 일이니 꼭 공주께 들어야 한다고 하였거든요. 해서 자신은 말해 줄 수 없다고 말입니다."

아, 진짜. 연우가 더 이상 붉어질 수 없을 만큼 붉어진 얼굴로 자꾸만 뒤로 물러섰지만 서하는 물러서지 않았다. 연우가 뒤로 몸을 물리는 만큼 서하의 몸도 연우에게로 가까이 다가왔다. 숨소리도 들릴 만큼 가까운 거리까지 다가오는 서하를 연우가 거칠게 밀어냈다.

"모르겠습니다. 저도! 기억이 나지 않습니다!"

순간, 서하의 몸이 물러섰다. 연우의 시선이 자신도 모르게 서하를 좇았다.

붉어진 얼굴을 제대로 들지 못한 채 숨죽이고 조심스럽게 서하를 훔쳐보는 연우의 시선에 다시 조원전으로 시선을 돌리는 서하의 옆얼굴이 보였다. 어딘지 허전해 보이는 그 얼굴이 가슴 저 깊은 곳을 바늘로 찌르는 듯 불편했다.

"무엇인가 중요한 것을 잃은 기분입니다. 이곳이 분명 잃어선 안 되는 것을 간직하고 있는 것 같은데 저는 기억할 수 없고 공주께서도 기억하지 못한다 하니…… 할 수 없군요."

"그리 중요하지 않은 것일 겁니다."

모기 소리처럼 작게 속삭이듯 말하며 연우가 울상을 지었다. 마음속이 괴로워 미칠 지경이었다. 기억하고 싶어 하는 그에게 말해 주고 싶었다.

하지만 그것을 어찌 말한단 말인가. 자고 있던 그에게 달려들어가 첫눈에 반했다고, 그러니 자신을 좋아해 주었으면 좋겠다고 고백했단 말을 지금 어찌한단 말인가.

열두 살의 소녀는 할 수 있었는지 모르지만 지금 열일곱 살이 되어 가는 자신이 어찌 기억도 하지 못하는 이에게 그 말을 할 수가 있을까. 그 말을 전하는 순간 온몸이 녹아내릴 듯 창피할 것이다.

"분명 중요한 일이라 하정이 말했습니다. 안 되겠습니다. 공주께서 말해 주지 않으신다면 무은 황자에게라도 가서 물어봐야겠습니다. 기억하고 계실지 모르니."

"안 됩니다!"

당장이라도 달려가 물어볼 듯 몸을 움직이는 서하의 앞을 연우가 막아섰다. 두 팔까지 들어 올려 완벽하게 자신의 앞을 막아서는 연우의 모습에 서하가 고개를 갸웃거렸다.

"혹시 저에게 첫눈에 반했다, 뭐 그런 고백이라도 하신 것입니까?"

화르륵, 불에 덴 듯 검붉어진 연우가 그대로 몸을 돌려 조원전을 달려 나가는 모습이 서하의 시선 안에 들어왔다. 붉은 치맛단을 꼭 움켜쥐고 달리는 소녀의 옷자락이 바람에 날리고 있었다.

사라져 가는 연우를 물끄러미 바라보던 서하의 시선이 조원전으로 돌려졌다.

스스로 기억하고 싶다. 하정이 말해 주었던 그 모든 것을. 그리고 자신만이 알고 있을 그때 그 순간 그 어리던 소녀의 표정을, 말투를, 눈빛을. 이렇게 바보처럼 한 순간 한 순간 그녀와의 기억을 다른 이의 입으로가 아니라 자신 스스로 기억해 내고 싶다.

"정말 그렇게 고백했던 거네. 꼬마 공주님이."

서하의 입가에 아프지만 따스한 미소가 천천히 번져 왔다.

＊

　병부 체제 정비에 대해 경운에게 묻기 위해 태자궁으로 들어서던 무운이 눈앞에 보이는 이들의 모습에 그 자리에 멈춰 섰다. 익숙한 무복의 모습. 선족의 하얀 무복이 눈에 들어왔기 때문이다.

　갑자기 멈춰 서는 무운을 의아하게 바라보던 병부의 부장이 앞을 바라보며 고개를 끄덕였다.

　"아, 선족에서 마족 국경선 정비에 대한 것을 태자께 알려 드리려 들었다더니 그들인 모양입니다. 아시는 이입니까?"

　"아니."

　차디차게 굳은 무운의 얼굴을 본 부장이 더 이상은 묻지 않고 조심스럽게 뒤쪽으로 몸을 물렸다. 금방이라도 터질 듯 차갑게 일그러진 무운의 얼굴을 보았기 때문이다.

　멀어져 가는 무리들을 말없이 보던 무운이 고개를 돌렸다.

　두 번의 계절이 지나고도 한참의 시간이 지나갔다. 한데도 아직 머릿속에 자리 잡은 그 모습은 자신의 뇌리에서 떠나지 않고 있었다. 잊으려 아무리 애를 써도 되지 않았다. 아무리 술을 마셔도, 사냥을 수없이 다녀도 머릿속의 존재는 자꾸만 또렷해질 뿐 사라져 주지 않았다.

　익숙한 몇몇의 얼굴들 속에 보고 싶은 이의 얼굴은 없었다. 알고 있었다. 이런 곳에 오지 않으리란 것은. 그녀의 곁에서 언제나 그녀를 보좌하던 몇의 얼굴은 알아볼 수 있었지만 무운은 그들을 부르지 않았다. 무운을 보지 못한 듯 선족의 무사들이 태자궁 중문을 넘어 사라지고 있었다.

"가자."

굳은 모습으로 태자궁 안으로 들어서는 무운의 뒤를 따르는 부장의 얼굴이 잔뜩 굳어 있었다. 오늘 병부 훈련은 또 엄청날 것이다. 무운의 심기가 편치 않아졌으니까.

"오늘 선족에서 기별이 왔다던데…… 혹시 봤어?"

병부의 군사들을 엄청나게 굴리고 들어서는 무운의 앞에 고개를 숙이며 그가 내미는 갑주를 받아 들던 자경이 고개를 끄덕였다.

"예. 잠깐 얼굴을 보았습니다. 카린 님의 전갈을 태자께 전달하러 왔다고 하던걸요."

카린. 그 이름 하나에 무운의 가슴이 욱신, 검에 베이듯 베여 나갔다.

"형님께 전하는 전갈 말고는…… 없었어?"

무심한 듯 묻는 무운의 말에 자경이 관복을 내밀며 고개를 저었다.

"없었습니다. 아무것도."

서늘한 바람이 무운의 심장을 할퀴고 지나갔다.

"천무대로 간다."

"황자님!"

금방 병부 훈련을 끝내고 돌아온 길이면서 또다시 검을 들고 방을 나서는 무운의 모습에 자경의 얼굴에 놀람이 담겼다.

나와의 합궁이
처음은 아니겠지요

"생일 선물?"

"예. 매년 공주님과 황자님의 탄신일이 되면 본국의 태자비께서 선물을 보내셨습니다. 이번에는 귀한 명경을 보내셨답니다."

난감함에 서하의 미간이 살짝 구겨졌다. 이곳에서의 일이라고는 하나도 기억하지 못하니 공주의 생일도 기억하고 있을 리없는 자신이었다. 한데 자신이 알기도 전에 본국에서 공주의 생일 선물이 도착했다는 소식은 난감한 일이었다.

내일이라니…… 모르고 있었기에 아무 선물도 준비하지 못한 그였다.

하루하루 그녀와의 시간이 편해지고 있는 것은 사실이었다. 기억이란 것은 우습게도 사라지고 난 후에도 다시 만들어지고 있었으니까.

자신의 기억에 없는 낯선 아내로 다시 공주를 만난 지 여덟 달의 시간 동안 새로운 기억은 하나하나 다시 만들어지고 있었 지만 이상하게도 예전의 기억은 여전히 돌아오지 않고 있었다. 탕약의 효험에 걸었던 기대도 차츰 약해져 가는 요즘이었다.

이렇게 오늘 또 기억해야 하는 소중한 것을 기억하지 못했다. 그녀의 생일도 그녀의 생일에 자신이 어떤 것을 해 주었을지 하 나도 떠오르지 않았다. 난감함에 서하의 얼굴이 일그러졌다.

"혹시 나…… 선물 같은 것도 하고 그랬던 건 아니지?"

"선물 같은 것은 준비하신 적이 없습니다."

예감하고 있었지만 건의 입에서 나오는 말에 왠지 모르게 가 슴 저 깊은 곳이 뜨끔해 오는 서하였다.

"가끔 생일 선물이라고 하시며 무운 황자님과 함께 동행하시 던 사냥에 데리고 가신 적이 있었는데, 공주께서 한번 크게 놀 라신 이후로는 그것도 하지 않으셨습니다."

서하의 얼굴이 난감함을 담고 일그러졌다.

그때였다.

'저곳도 꼭 데려가신다고…… 약속했었습니다.'

일전에 청명루에서 그녀가 꼭 악문 입술로 하던 이야기가 떠 올랐다. 약속. 예전 자신이 했다는 약속을 믿고 있던 그녀.

서하가 자리에서 일어섰다.

"도성에 나갈 거야. 준비해 줘."

"도성을요?"

의아한 듯 묻는 건에게 서하가 입가를 끌어 올렸다.

"약속 지켜야 좋은 남편일 테니까."

"정말 그렇게 말씀하셨다는 거야? 선물로 도성에 데리고 나가신다고? 정말?"

믿기지가 않는지 수십 번 자신에게 확인하는 연우의 물음에 하정이 눈을 하얗게 치떴다. 벌써 열 번은 더 물어본 것 같은데 또 물어 오는 공주였다. 흥분해서 앉지도 서지도 못한 채 왔다 갔다 하는 공주 때문에 외출 준비를 하는 하정은 정신이 하나도 없을 지경이었다.

"계속 그렇게 묻고 또 물으시면 가기 싫으신 것 같다고 건 님께 가서 말할 거예요! 공주님! 좀!"

"알았어. 알았다고. 믿기지가 않아서 그렇잖아."

"그러니 장옷 꼭 입으셔야 하고요. 전모도 꼭 쓰셔야 해요. 알죠? 궁 밖으로의 외출에서는 궁 안에서처럼 천방지축으로 그리 뛰어다니시거나 하면 안 되거든요."

"안 그래! 내가 아이야?"

"네. 아이 같으세요. 지금 딱!"

기분이 좋아 화도 나지 않는지 하정을 향해 날름 혀를 내어 보인 연우가 하정이 내미는 장옷에 팔을 끼웠다. 거추장스러운 장옷을 입어야 하는 것은 싫었지만 지금은 그런 것을 따질 일이 아니었다.

"생일 선물로 도성 구경이라니…… 화운위께서 조금은 기억이 돌아오신 걸까요?"

"글쎄…… 잘 모르겠어."

신나서 방방 뛰던 연우가 갑자기 살짝 풀이 죽었다.

요즘 서하는 예전보다는 못해도 나름 부드럽고 따스하게 자신을 대해 주고 있었다. 하지만 기억은 도통 돌아오는 것 같지가 않아 마음이 조급한 연우였다. 의무감이나 미안함 때문에 그가 신경을 쓰는 것이라면 마냥 좋을 수만은 없으니까.

어서 빨리 기억을 잃기 전 그 따스하고 다정한 서하를 찾고 싶은 하루하루였다. 언제까지나 기다릴 수 있을 것 같았는데 옆에 있는 그를 두고 마냥 기다리는 것이 힘들어져 가고 있었다.

하정이 내미는 전모를 꼭 여미고 방을 나선 연우의 앞으로 서하가 다가왔다. 푸른 장의를 걸친 그의 모습이 초겨울 하늘처럼 싱그러워 보여 연우의 입가에 미소가 번졌다.

반만 묶어 내린 길고 검은 머리가 넓은 어깨를 감싸고 있었다. 눈이 시리게 아름다운 서하의 모습은 언제나 연우의 심장을 두근거리게 하기 충분했다.

"도성까지 거리가 좀 될 텐데 가마를 타는 것이 좋지 않겠습니까."

걱정이 약하게 고인 서하의 시선이 연우의 모습에 닿았다. 저런 차림으로 오래 걷는 것이 가능할지 걱정이 되는 서하였다. 하정이 살짝 고개를 저었다.

"공주님께서는 가마를 힘들어하시잖아요."

"아……."

살짝 굳어지는 서하의 모습에 연우가 그의 곁으로 다가가 커다란 서하의 손에 자신의 손을 밀어 넣었다. 서하의 시선이 그런 연우를 내려다보았다. 전모 너머로 보이는 동그란 다갈색 눈이 서하의 시선과 마주했다.

"이리 손을 잡아 주시면 걸을 수 있습니다. 걱정 마셔요."

자신이 가마를 힘들어한다는 것을 잊은 그가 난감해하는 모습이 싫었다. 기억하지 못한다는 것을 자각하는 서하가 얼마나 힘들어하는지 아는 연우였다. 그런 그의 모습이 싫었다.

자신을 올려다보며 환한 미소를 지어 보이는 연우를 잠시 바라보던 서하가 걸음을 옮기기 시작했다. 건과 하정이 그 뒤를 따랐다.

커다란 성문을 나서는 순간, 연우의 작은 손이 서하의 커다란 손을 꼭 움켜잡았다. 그런 연우의 손길을 느끼며 서하는 가슴 저 어딘가가 찌릿해 오는 것을 느꼈다.

궁을 한 번도 나서 보지 못한 어린 공주가 이 순간 얼마나 설레고 얼마나 떨릴지 상상할 수 있었다. 그런 그녀가 이 순간 자신을 얼마나 의지하고 있는지도.

정신없이 연우의 뒤를 따라 뛰어다니는 하정의 모습을 물끄러미 바라보며 서하가 뒤쪽의 건을 돌아보았다. 황당함을 담은 건의 시선이 정신없이 이곳저곳을 누비는 연우를 따르느라 바쁘게 움직이는 것이 보였다.

30보쯤 뒤에 호위대가 따르고 있었지만 가까이 있는 것은 자신이기에 한시도 연우에게서 시선을 떼지 못하는 건이었다. 그런 건을 놀리기라도 하는 듯 연우는 이곳저곳을 정신없이 누비느라 바빴다.

"원래…… 저런 성향인 거야? 공주?"

서하의 물음에 건이 빙그레 미소를 지으며 고개를 끄덕였다.

"처음 뵈었을 때부터 저러셨습니다. 궁 안에서도 걷는 법은 거의 없으셨고 신기한 것이나 재미있는 것을 보시면 절대 참지 못하십니다. 하고 싶으신 것도 절대 참지 않으시고요."

"내가…… 저런 모습을 견뎠던 거야?"

당황스러운 서하였다. 처음 기억을 잃고 만났던 연우는 슬픔과 힘겨움에 젖어 있는 모습이었다. 해서 저런 모습은 상상도 하지 못했던 그였다. 머릿속에 남아 있지 않은 공주의 모습이 저런 모습들이었을까 의아한 그였다.

"처음에는 힘들어하셨습니다. 공주님을 고삐 풀린 망아지라고 부르기도 하셨으니까요."

"딱 맞네. 망아지."

"저 모습이 진짜 연우 공주이십니다."

서하의 시선이 연우에게서 떨어지지 못하고 그녀의 움직임 하나하나를 모두 좇고 있었다. 황당하고 조금은 기가 막히는데 시선은 떨어지지 못하고 있었다. 전모를 쓰고 있었지만 움직임이 많아 전모의 너울은 수시로 나풀거렸다.

그 나풀거리는 전모 너울 사이로 환하게 웃음 짓는 얼굴이 서하의 시선을 사로잡고 있었다. 어쩌면 저리 환하게 웃을 수 있을까 싶게 연우의 웃음은 맑고 환했다.

궁의 여인들이 거의 감정을 내보이지 않고 살기에 크게 표정이 없는 것에 비해 그녀의 모습은 여염집 여인들보다도 감정을 확연하게 드러내고 있었다.

하정과 함께 노리개와 장신구들을 파는 가게 앞에 멈춰서 움직이지 못하고 있는 연우의 곁으로 서하가 다가섰다. 수많은 물건들에 연우의 눈은 벌써 커질 대로 커져 있었다.

"저 나비잠 너무 어여쁩니다. 안 그렇습니까?"

"가지고 계시는 것들과 비슷하지 않습니까?"

그녀가 가지고 있는 장신구들이 훨씬 고급스럽고 좋은 것들일 것인데 여기 장터의 좌판에서 파는 것이 마음에 쏙 드는 모양이었다. 어린 소녀들의 취향에 맞춰 만든 것인지 고급스럽지는 않지만 물건들은 앙증맞고 귀엽게 만들어져 있었다. 단아하고 고급스럽게 만들어진 궁 안 여인들의 장신구들과는 아무래도 달라 보이는 모양이었다.

"아닙니다. 여기 것들이 훨씬 어여쁩니다. 제가 가지고 있는 것들은 다 어머님께나 어울릴 것 같은 것들이란 말입니다."

입을 삐죽 내밀고 말하는 연우의 모습을 미소를 담고 응시하던 서하의 뇌리에 아주 잠시 작은 소녀의 모습이 떠올랐다. 그리고 그 순간 어김없이 찾아오는 두통에 서하가 숨을 삼켰다. 아릿하게 전해지는 두통을 미리 느끼고 연우에게서 시선을 떼던 서하가 문득 고개를 들었다.

두통은 언제나 무엇인가가 떠오를 때 함께 찾아오고 있었다. 그리고 그가 고통이 힘겨워 그 기억을 떨쳐 내면 두통도 사라져 간다. 떠오르는 모든 것을 막는 것이…… 두통이었다. 서하의 얼굴이 차갑게 일그러졌다.

천천히 시선을 들어 올린 서하가 다시 연우를 지그시 응시했다. 환한 오후의 빛 안에 무엇이 그리 재미있는지 환하게 웃는 그녀의 얼굴이 시선을 가득 채웠다. 하정이 무엇인가를 들어 올리자 흠칫 놀라며 뒤로 물러섰던 연우가 그것을 확인하고는 까르르 웃음을 터뜨렸다.

그 웃음 속에 어린 소녀의 웃음이 함께 겹쳐졌다. 그리고 그 순간 어김없이 찾아오는 지독한 통증에 서하가 질끈 눈을 감으며 이를 악물었다.

"젠장……."

한곳에 서면 움직일 줄 모르는 연우 때문에 일행의 걸음은 느릴 수밖에 없었다.

대장간 앞에서는 넋을 놓고 풀무질을 하는 이의 모습을 바라보고, 꽃신을 파는 곳에서는 하정과 서로 이것이 어여쁘다 저것이 더 어여쁘다 실랑이를 벌이고, 투전판 앞에서는 한번 해 보고 싶다고 해서 모두를 기함하게 만드는 공주였다.

공주의 황당한 고집에 기운이 다 빠진 하정이 도움을 요청하는 듯 서하를 바라보았지만 서하는 그저 연우가 하는 모습을 물끄러미 바라볼 뿐 크게 관여하지 않고 있었다. 문제가 될 만하면 말리겠지만 그저 호기심을 보이는 정도는 상관없어 보인다고 느끼는 서하였다.

그녀는 틀이란 것이 없는 사람 같았다. 어떤 것은 나쁘고 어떤 것은 천하고 어떤 것은 틀렸다는 기본적인 자신만의 틀이 없이 눈에 보이는 대로 자신이 느끼는 대로 표현하고 받아들이고 있었다.

궁 안에서는 언제나 똑같은 생활이어서 저 모습이 많이 보이지 않았던 것뿐이리라. 아마도 어려서는 저 모습이 많이 보였을 것 같았다.

그래서 더 궁금하고 더 기억하고 싶어진다. 저 소녀와 함께했던 4년간의 시간이.

하정과 나란히 엿을 손에 들고 나풀나풀 기분 좋은 발걸음을 옮기던 연우의 시선이 한곳에 머물자 모두가 걸음을 멈췄다. 그 시선이 머문 곳으로 고개를 돌린 건의 시선에 화들짝 놀라는 기색이 떠올랐다.

"여긴 어디야? 정말 화려하고 아름다운데. 뭐 하는 곳이지?"

"글쎄요. 저도 모르겠는걸요. 건 님, 여기 뭐 하는 곳입니까?"

어려서 궁 안에 들어온 하정도 모르는 곳인 모양이었다. 별것도 아닌 것에 놀라는 건을 보며 서하가 무심한 듯 연우를 향해 입을 열었다.

"기방입니다."

"기방요?"

커다랗게 열린 연우의 눈이 그 안으로 빨려 들어갈듯 동그랗게 변했지만 서하는 무심하게 주변을 둘러볼 뿐이었다. 건의 미간이 거세게 일그러졌다.

"황자님."

"뭐."

무엇인가 알 수 없는 난감한 공기가 흐르기 시작하고 있었지만 서하는 모르는 모양이었다. 하긴 기억을 하지 못하니 그럴 만하다고 건이 생각했다.

하지만 공주는 분명 무엇인가 기억하고 있는 눈치였다. 건이 깊이 숨을 삼키며 서하의 귓가에 조그맣게 속삭였다.

"예전에 오셨던 곳입니다. 무운 황자님과 함께요."

"……뭐?"

그때였다. 아직 밤이 오지 않아서인지 조용하던 기방 안쪽에서 누군가가 달려 나오는 소리가 들려왔다. 그리고 진한 분칠에 온몸이 고스란히 드러나 보이는 연한 색의 치마저고리를 입은 여인이 달려 나와 그대로 서하의 팔에 매달렸다. 연우와 하정의 눈이 커다랗게 열렸다.

"화운위 아니십니까! 이 낮에 어찌 이리 발걸음을 해 주셨습니까? 혹여 제가 보고 싶어 오신 것은 아니시지요?"

지독한 사향내가 확 끼쳐 오는 순간 서하가 놀라며 여인의 팔을 거칠게 떼어 내었다. 서하에게서 떨어져 나온 여인의 얼굴이 두꺼운 분칠에도 감춰질 수 없는 실망감을 고스란히 담아냈다.

꼿꼿하게 고개를 들고 앞만을 향해 걷는 연우의 뒷모습에 닿은 서하의 시선이 난감함을 가득 담고 있었다. 아까 기방에서부터 말 한 마디를 하지 않고 걷고 있는 연우였다.

기억에도 없는 기녀가 자신을 알아본 것이 화근이었다. 건의 말로는 무운과 사냥을 다녀올 때 한두 번 들른 적이 있는 기방이라고 하였다. 이 도성 안에서 가장 어여쁜 기녀들이 모인 곳이라 무운은 수시로 드나드는 곳이어서 서하를 데려왔던 모양이었다.

"그런데 대체 공주가 어찌 내가 기방을 다녔다는 것을 안다는 거야? 기방을 갔었다는 것을 다 이야기했었던 거야? 내가?"

"공주가 궁금해하시면 이야기해 주시곤 했었습니다. 기방이란 곳이 그저 술을 마시는 곳이라 알고 계셨을 것입니다. 공주께서는."

"나 미친 거 아냐?"

서하가 스스로에게 화를 냈다. 어느 사내가 자신의 아내에게 기방을 드나들고 있음을 이야기한단 말인가. 자신이 대체 공주를 어떻게 생각했으면 그런 이야기를 했었다는 것인지 이해가 되지 않았다.

"제 기억에는 그때 공주께서 열세 살쯤 되셨을 것입니다. 궁금해하시니 그리 이야기하신 것으로 기억합니다."

아. 서하가 미간을 찡그렸다. 여인이 아니라 아이였던 모양이다. 자신에게 그때의 그녀는. 하지만 그땐 그렇게 아무 감정 없이 얘기하고 들을 수 있던 것이 이제는 아니니 그게 문제였다.

기녀가 자신을 알아보고 팔까지 잡아당겼다. 그것도 꽃처럼 어여쁘고 진한 분칠에 몸이 고스란히 드러나 보이는 이상한 옷을 입고 말이다.

연우를 쫓아 종종걸음을 옮기던 하정이 걱정스러운 얼굴로 서하를 돌아보았다. 서하의 눈짓에 하정이 고개를 살래살래 저었다. 여전히 연우에게서는 찬바람이 쌩쌩 분다는 신호였다.

깊은 한숨을 내쉰 서하가 연우의 곁으로 다가섰다. 하정이 다가서는 서하를 보고 일부러 뒤로 물러섰다.

서하가 옆에 서서 걸음을 옮기는데도 연우는 바라보지 않았다. 이곳저곳을 그리 살펴 대던 시선을 앞으로만 향한 채 꼿꼿하게 고개를 들고 걸음을 옮기고 있었다.

냉기를 폴폴 풍기는 연우의 모습에 서하가 깊이 한숨을 토해 냈다. 그녀가 화가 날 때면 어떻게 풀어 주어야 하는지 기억에 없다. 예전에 공주가 화가 났을 때에 풀어 준 적이 있기는 한지도 모르겠지만 이 황당한 상황에 어떻게 해야 할지 모르겠는 것이 가장 문제였다.

대체 무엇이라고 말을 하고 무엇을 어떻게 풀어 주어야 하는 것일까. 기억에도 없는 잘못이니 더 미칠 노릇이다.

망설이며 그저 옆에서만 걸음을 옮기는 서하의 모습이 마뜩 잖아서였을까. 갑자기 연우가 우뚝 멈춰 섰다. 그녀의 움직임이 멈추자 서하도 멈춰서 그녀를 바라보았다. 하얗게 치뜬 연우의 동그란 눈이 서하를 노려보았다. 서하의 심장이 쿵쿵 울렸다.

"기방은 분명 술만 마시는 곳이라 말씀하셨습니다."

"……기억에 없습니다만."

"당연히 없으시겠지요. 하지만 기억에 없다고 가셨던 것이, 기녀를 옆에 두고 술을 마시셨다는 사실이 없어지는 것은 아니지요."

노기가 활활 타오르는 연우의 눈이 서하를 노려보았다. 동그란 눈도 노기를 담으니 제법 무서워 보이긴 한다고 서하가 생각했다. 자신은 아마도 엄청 화났음을 보여 주고 싶은 모양인데 동그란 눈이 이 순간 조금 우습게 보이는 것은 모를 것이다.

웃을 수도 없는데 자꾸만 웃음이 터질 것 같아 더 난감한 서하였다. 이 순간 웃음이 터지면…… 그다음 사태는 걷잡을 수 없을 것이란 것은 본능적인 감각이었다. 기억에 없다 하여도 그런 것은 느껴지는 법이니까.

"정말 곁에 두고 술만 마시셨을까요?"

"당연합니다."

"어찌 아십니까! 기억도 없는 일을!"

연우의 작은 입술에서 앙칼진 고함 소리가 터져 나왔다. 뒤에 선 건과 하정의 걸음이 움찔 멈추어졌다. 서늘함이 감도는 공주의 눈길 앞에 선 부마의 모습이 안쓰럽게 보이는 두 사람이었다.

"무운 오라버니에게 확인해 볼 것입니다. 진실이 무엇인지."

여전히 화가 풀리지 않는지 다시 고개를 빳빳하게 들고 걸음을 옮기는 연우의 곁에서 조금 물러난 서하의 얼굴에 당황스러움과 곤혹스러움이 고여 있는 것을 보며 하정과 건이 빙그레 미소를 지었다.

"어, 돌다리네."

돌아가는 길 내내 서하에게는 시선도 주지 않고 쌩쌩 찬바람을 날리던 연우가 멈춰 선 것은 작은 시냇물이 흐르는 돌다리 앞에서였다.

멀지 않은 산에서 시작된 작은 내는 비가 온 지 얼마 되지 않아서인지 꽤 많은 수량을 보이고 있었다. 그 내에는 다리가 없었다. 윗면이 평평한 돌을 몇 개 가져다 놓고 그것을 다리 대신으로 삼는 모양이었다.

내도 넓지 않고 돌들도 평평해 건너는 데에는 아무런 문제가 없어 보였다. 재미나 보이는지 연우가 깡충 뛰듯 평평한 돌 위로 뛰어올랐다.

그 순간이었다. 건과 함께 연우와 하정을 살피며 걸음을 옮기고 있던 서하가 굳은 듯 멈춰 선 것은.

"황자님?"

건의 시선이 굳은 듯 서 버린 서하를 향했다가 놀라며 커다랗게 열렸다. 서하의 검은 눈동자가 거칠게 흔들리고 있었다. 그의 새하얗게 변해 버린 얼굴에서는 지독한 공포가 느껴졌다.

무엇을 보고 있는 것인지 너무도 힘겹게 떨리는 시선을 따라간 건의 눈에 들어온 것은 그저 돌다리를 가볍게 뛰어 건너고 있는 연우의 모습뿐이었다. 그 외에는 아무것도 이상하거나 위험한 것은 보이지 않았다.

"하아, 하아."

서하의 입에서 힘겨운 숨소리가 새어 나오기 시작했다. 두 손으로 자신의 머리를 잡은 서하가 이를 악물며 신음을 토해 내고 있었다. 그의 얼굴에서 식은땀이 뚝뚝 떨어져 내리는 모습에 건이 한 발 다가서는 순간 서하가 튕기듯 앞으로 달리기 시작했다. 너무도 순식간의 일이었다.

그대로 달려간 서하가 돌다리 거의 끝에 다다른 연우를 그대로 품 안으로 끌어안은 채 냇가 바깥쪽으로 뛰어내린 것은. 거칠게 달린 속도 때문에 서하의 몸은 그대로 바닥으로 굴렀다. 품 안에는 연우를 꼭 품어 안은 채.

너무도 놀라 움직이지도 못하고 있는 하정을 뒤로하고 달려간 건이 쓰러져 있는 두 사람을 살폈다.

"황자님, 공주님. 괜찮으십니까?"

"아, 나는 괜찮아요. 건. 한데 왜…… 서방님?"

커다란 서하의 품 안에 감싸여 있어서인지 연우는 아무 곳도 다치지 않은 것 같았다. 문제는 서하였다. 연우를 품 안에 안고 거칠게 바위에서부터 바깥쪽으로 구른 그의 몸은 엉망진창이었다.

심하게 찢겨진 손등에서는 피가 흐르고 있었고 왼쪽 팔에는 긁힌 자국이 선명했다. 얼굴까지 긁혀 피가 맺힌 곳이 한두 군데가 아니었다.

놀란 연우가 품에서 벗어나려 하는 움직임에 서하가 천천히 몸을 일으켰다. 여전히 거칠게 흔들리는 서하의 눈동자가 자신의 품 안에서 벗어난 연우를 뚫어지게 응시하고 있었다. 그 눈에 맺힌 것은 공포였다.

"괜……찮은 겁니까? 공주?"

"서방님, 왜 그러십니까. 저는 괜찮습니다."

"정말, 정말 괜찮은 겁니까? 물에! 물에 빠지면 안 되는데…… 헉!"

불안에 물기까지 어린 눈으로 정신없이 연우를 살피던 서하가 순간 그대로 머리를 감싸 안았다.

"윽! 아악! 으…… 하아."

"서방님! 왜 그러십니까? 머리가 아프십니까? 서방님!"

"하악! 하아, 하아."

머리를 감싸 안은 채 서하가 바닥을 구르듯 몸을 틀었다. 피가 흥건한 손등이 다시 바닥을 쓸고 있었다. 머리를 감싼 채 고통에 몸부림치는 서하의 모습에 하얗게 바랜 연우가 서하의 커다란 몸을 자신의 품 안에 품어 안았다. 고통으로 웅크린 서하의 몸을 연우의 작은 팔이 꼭 끌어안았다.

"괜찮으실 겁니다. 곧 괜찮아지실 겁니다."

자신도 무서움에 숨조차 제대로 내쉬지 못하면서도 연우는 품 안의 서하를 계속 다독였다. 그의 힘겹게 떨리는 등에 볼을 가져다 대며 연우가 거칠게 숨을 내쉬는 서하와 함께 숨을 나눴다. 덜덜 떨리는 연우의 작은 손이 서하의 커다란 등을 다독일 때마다 거칠게 서하의 등이 오르내렸다.

얼마의 시간이 흘렀을까. 고통이 조금은 사라진 것인지 엄청나게 경직되어 있던 서하의 몸이 축 늘어져 버렸다. 그제야 연우의 눈에서 물기가 주룩 떨어져 내렸다. 꼭 끌어안은 서하의 몸은 놓지 않은 채 연우가 그 등에 얼굴을 묻고 거칠게 울음을 토해 냈다.

그들을 둘러싼 호위부의 그림자가 어두워지는 공간을 가득 채우고 있었다.

달려 들어온 경운과 무운, 그리고 지운의 눈에 기절한 듯 눈을 감고 있는 창백한 서하의 모습과 그 곁에 파리한 얼굴로 앉아 있는 연우의 모습이 들어왔다. 도성 구경을 나간다더니 대체 이게 무슨 일인지 가늠도 되지 않는 그들이었다.

"뭐야!"

서하의 상태를 살피고 뒤로 물러나는 어의를 향해 무운이 거칠게 내뱉었다. 탕약도 계속 마시고 어의가 시료도 계속하고 있다고 들었다. 한데 갑자기 이런 일이 벌어지는 것이 납득이 되지 않는 그들이었다.

화가 끓어오르는 것을 참기 힘든 듯 숨을 내쉬는 무운의 어깨를 지운이 가만히 잡았다. 요즘 들어 화를 참지 못하는 무운임을 아는 지운이었다.

무운의 반응은 상관도 없다는 듯 어의가 하얗게 바랜 얼굴로 서하만을 응시하고 있는 공주를 향해 물었다.

"공주님, 혹여 화운위께서 무엇인가 기억해 내신 것입니까."

연우가 가만히 고개를 끄덕였다. 자신을 안고 구르던 그의 반응으로 느낄 수 있었다. 그가 그녀가 계곡에 빠졌던 것을 기억해 냈다는 것을. 냇가의 돌 위에 올라서 있는 그녀를 보고 그때를 기억해 낸 듯했다.

"하……."

천천히 고개를 끄덕이는 어의의 얼굴에 난감함이 어렸다. 어의가 모두를 향해 고개를 들었다.

"제가 일전에 말씀드린 것을 기억하십니까. 그 살심초라는 약초를 해독하기 위해 노력하면 할수록 부작용이 올 수 있다던 이야기 말입니다. 그 부작용인 듯합니다. 화운위께서 스스로의 의지로 기억을 찾으려 하시는 순간 몸이 거부하는 것입니다. 그 독초의 효능이지요. 중독된 상태에서 깨어나는 것을 스스로 거부하고 있는 것입니다. 엄청난 고통을 만들어 내어서 말입니다."

모두의 얼굴에 경악이 어렸다. 스스로의 몸이 깨달으려 하는 것을 스스로가 거부한다고?

"어떤 이유에서인지는 모르나 독초가 몸으로 들어갔을 때에 화운위의 몸은 가장 잊고 싶은 것을 봉인하면서 독초를 견디어

내셨습니다. 스스로의 몸이 선택한 것이지요. 한데 그때의 선택을 거스르고 몸이 자꾸만 다시 그때의 기억을 찾으려는 의지를 가지니 몸이 그것을 거부하는 것입니다."

"그럼 이제 어떻게 해야 하는 것인가?"

연우를 안타까이 바라보며 경운이 차분하게 물었다. 어의가 깊은 한숨을 토해 냈다.

"방법은 두 가지입니다. 지금 상태를 유지하시며 기억을 찾으시려 노력하신다면…… 엄청난 고통을 겪으셔야 할 것입니다. 그것을 견뎌 내셔야 하는 것은 온전히 화운위의 몫이시고요. 다른 방법은 기억 찾기를 포기하시는 것입니다. 영원히 봉인하는 것이지요. 그렇다면 특별한 다른 문제는 생기지 않을 것입니다. 다만 지금 드시는 탕제도, 기억을 찾으려는 노력도 모두 포기하셔야 합니다."

"하, 나 원. 이봐. 어의. 그게 지금 의원이 할 소리야? 병이 났는데 포기하라고?"

금방이라도 어의의 멱살을 잡을 듯 눈을 이글거리는 무운의 모습에 경운이 무운을 제지했다.

"지금으로서는 그것 이외에는 다른 방도가 없습니다."

"그 고통이 얼마나 끔찍한 것입니까."

겨우겨우 목에서 뱉어 내는 연우의 목소리에 모두의 시선이 연우를 향했다. 하얗게 바랜 연우의 입술에서 새어 나온 말에 어의가 미간을 찡그렸다. 어의의 입에서 깊은 한숨이 흘러나왔다.

"견디기 힘드실 정도일 것입니다. 본인 스스로 기억을 찾으려

하실수록 더 자주, 더 강하게 찾아올 것이 자명하고요. 탕제가 기억을 깨우기에 더욱 그렇습니다."

어의의 말에 잠시 아무런 말도 없이 서하의 얼굴을 물끄러미 바라보던 연우가 무엇을 결심한 듯 다시 어의를 향해 입을 열었다.

"어의."

"예. 공주님."

"이제부터 탕제 들이지 마세요."

"예?"

"연우야!"

모두가 놀라 연우를 보았다. 기억 찾기를 포기하는 것인가?

"독초에 대한 어떤 해독제도 들이지 마세요. 아시겠습니까."

공주의 말에 난감함을 담은 어의의 시선이 경운을 향했다. 어찌 대답해야 할지 알 수가 없는 것은 경운도 마찬가지였다. 이 순간 어떤 선택도 후회가 남을 것이다.

그때였다. 숨죽인 침묵 사이로 힘겨운 서하의 목소리가 들려왔다.

"아닙니다. 탕제, 마실 것입니다. 전 포기하지 않을 테니까요."

모두의 눈앞에 파리한 얼굴로 일어나 앉는 서하의 모습이 들어왔다. 하얗게 말라 버린 입술과 붉은 기가 어린 눈은 한없이 힘겨워 보였지만 흔들리지 않는 그 눈빛은 분명하게 말하고 있었다. 절대 포기하지 않겠다고.

연우의 얼굴이 아프게 일그러졌다.

＊

숨소리마저 숨어 버린 듯 정적만이 감도는 침전에 하정이 밝혀 놓은 등잔불만이 일렁이고 있었다.

모두가 돌아간 이후 연우와 서하는 서로를 마주한 채 아직 아무런 말도 서로에게 하지 않고 있었다. 그저 물끄러미 서로를 바라보는 두 사람의 시선 안에는 서로에 대한 걱정만이 가득 담겨 있었다.

끔찍한 고통에 휩싸여 숨조차 제대로 내쉬지 못하던 서하를 떠올리면 자신도 숨이 쉬어지지 않는 연우였다. 그 순간 얼마나 무서웠는지 서하는 모를 것이다.

저 커다란 몸이 연기처럼 사라질까 봐 품 안에서 놓을 수가 없었다. 등골이 서늘해진다는 것이 어떤 느낌인지 온전히 느껴 보았다. 숨이 막히게 무서웠고 지독하게 끔찍했다. 전장에서 돌아오지 않는 서하를 기다리던 그 두려움과는 다른, 품 안에 있는데도 어디론가 사라져 버릴 것 같은 공포를 맛보았다.

천천히 눈꺼풀을 내렸다 힘겹게 뜬 연우가 침상에 앉아 있는 서하의 곁으로 다가가 앉았다. 아무 말도 없이 서하가 그런 연우를 물끄러미 바라보고 있었다.

"머리는…… 아프지 않으십니까."

애잔함이 가득 고인 연우의 다갈색 눈을 안쓰럽게 바라보며 서하가 고개를 저었다. 여전히 푸른 입가에 연한 미소가 담겨 있었다.

"이제 아프지 않습니다. 하니 걱정하지 마세요."

"다시 아파질 수도 있다 합니다."

"견딜 수 있습니다. 이번에 견뎌 낸 것처럼."

흔들림 없이 내뱉는 서하의 말에 연우의 얼굴이 아프게 일그러졌다.

"더 심하게 아프실 수도 있습니다."

"그래도 견딜 수 있습니다. 견딜 만합니다. 걱정하지 마세요."

"견딜 만……하시다고요? 숨조차 쉬지 못하셨는데요? 그게 견딜 만하신 것입니까?"

울음이 섞인 연우의 목소리에 서하가 깊게 한숨을 내쉬었다. 그녀에게 보이지 않아야 할 모습을 보였다. 혼자 겪었어야 할 일을 그녀에게 온전히 보여 버린 것이다.

"힘들지 않다 하면…… 거짓이 되겠지요? 그리 공주 앞에서 힘겨워했었으니. 하지만 견뎌야 한다면 견딜 것입니다. 소중한 것을 평생 잊고 살 수는 없으니까요. 그래도 오늘 공주께서 함께 견뎌 내 주신 덕분에 한 가지 기억을 찾았습니다."

"그때의 상황이 기억이 나십니까?"

눈물을 그렁그렁 눈에 가득 담고도 연한 미소를 짓는 연우를 보며 서하가 고개를 끄덕였다. 처음으로 확실하게 머릿속에 떠오른 장면이 있었다. 끔찍한 고통의 대가로 얻은 것이었다.

"계곡 아래 넓은 바위 위에 앉아 있던 공주가 미끄러졌던 것이 아닙니까. 계곡물에 빠진 공주를 제가 구해 냈고요."

"예. 서방님께서 절 살리셨지요."

"한데…… 그 이후의 일은 여전히 기억이 나지 않습니다. 많이 아프셨습니까? 혹시?"

연우가 입가를 살며시 끌어 올리며 살래살래 고개를 저었다.

"잠시 빠진 것인데 무엇이 그리 문제였겠습니까. 별일 없었습니다."

생사를 오갔다고 말할 수 없었다. 그저 그 순간을 떠올리는 것에도 끔찍한 고통을 맛보았어야 하는 그에게 지옥을 오갔었던 기억이 찾아올까 두려운 연우였다. 이제 그에게 찾아올 기억이 두려워졌다.

"정말……입니까?"

살짝 굳어 있는 서하를 보며 연우가 크게 고개를 끄덕였다. 하지만 서하는 무엇인가 의아함이 가시지 않은 모양이었다.

"뭔가 더 기억해야 하는 것이 있는 것 같은데…… 떠오르지를 않습니다."

그의 얼굴이 살짝 일그러지는 모습에 연우가 그의 곁으로 바짝 다가앉았다. 그녀의 얼굴이 하얗게 바랬다.

"떠올리려 하지 마십시오. 별일 없었습니다. 하니 제발."

다급하게 고개를 젓는 연우의 모습을 물끄러미 바라보던 서하가 꼭 움켜쥐어져 있는 연우의 작은 주먹을 자신의 손안에 가만히 담았다. 연우의 흔들리는 눈동자가 그런 서하를 응시했다.

"공주."

"……."

"알고 싶습니다. 난. 공주와 함께한 그 시간들의 한 순간 한 순간을. 정말 기억해 내고 싶어졌습니다. 해서 참아 내고 이겨 내려 하는 것입니다. 공주가 내게 어떤 존재였는지 알아야겠습니다."

"제가 괜찮다고 하는데요? 저는 서방님께서 저를 기억하지 못하셔도 상관없어졌습니다. 지금 이렇게 건강하게 옆에 계시는 것만으로 충분합니다, 이제. 하니 힘겨운 싸움 하지 않으셔도 된단 말입니다."

"공주가 원해서가 아니라 내가 원합니다. 내가 스스로의 기억 속에 공주를 담아 두고 싶어서 그럽니다. 처음 공주를 만났을 때 공주의 모습을, 내 여인이 되었을 때 공주의 얼굴을…… 알아야겠습니다."

그렁그렁 담겨 있던 눈물이 연우의 볼을 타고 주르륵 흘러내리는 것을 물끄러미 바라보던 서하의 손이 연우의 볼 위로 움직였다. 커다랗고 따스한 손이 눈물을 가만가만 닦아 내는 움직임에 연우의 입술이 바르르 떨렸다.

"서방님께서 겪어야 하실 고통이…… 싫습니다. 제가 견디지 못할 것 같습니다. 하니 제발요."

"저는 공주의 기억 속에 온전히 남아 있는 것이겠지요. 처음 만나던 그 순간부터 지금까지 모든 순간들이 공주의 뇌리에, 심장에 남아 있기에 저를 그리 온전히 바라보실 수 있으신 것이 아닙니까. 한데 저는 공주가 없습니다. 심장에 뇌리에 가득 차 있지 못합니다. 그래도 괜찮으시다는 것입니까?"

연우가 발그레 힘겨운 미소를 지으며 고개를 끄덕였다. 그녀가 고개를 끄덕일 때마다 커다란 눈에서 물기가 뚝뚝 떨어져 내렸다.

"이제부터 제가 다시 만들어 드릴 것입니다. 잊으신 그 순간들은 제 가슴속에 온전히 남아 있으니 괜찮습니다. 저는 그것으로 충분합니다. 하니 제발."

그 순간이었다. 서하가 그대로 자신의 앞에 앉아 있는 연우의 목을 잡아당겨 입을 맞춘 것은.

부드러운 연우의 입술 위에 서하의 까칠해진 입술이 가만히 내려앉는 순간 연우의 입술이 살짝 벌어졌다. 놀란 연우의 숨결이 새어 나오는 그 입술 속으로 스미듯 들어선 서하의 숨결이 연우의 숨결과 섞여들었다.

그녀의 달큰한 숨결을 한 조각도 남기지 않겠다는 듯 그녀의 입안을 탐하는 서하의 움직임에 연우가 서하의 어깨를 꼭 움켜쥐었다. 익숙한 그의 숨결이 온몸으로 스미는 감각에 연우의 몸이 서하의 커다란 품 안으로 무너지듯 안겨 왔다. 서하가 커다란 품을 열어 그녀를 안았다.

연우를 침상에 눕힌 서하가 열기 가득한 눈으로 가만히 그녀를 내려다보았다. 거친 숨결을 내뱉느라 오르내리는 그녀의 봉긋한 가슴에 시선이 닿는 것을 외면할 수 없었다.

익숙하지 않지만 낯설지도 않은 낯선 감각. 그녀에게서 느껴지는 체향이 왜 자꾸 자신을 끌어당기는지 알 수 없지만 끌리는 것을 외면할 수는 없는 그였다.

처음부터 그랬던 것 같다. 기억에는 없지만 이 여인의 곁에 있으면 느껴지는 이 여인의 향기는 알 수 없는 이끌림을 원했다. 어쩌면 몸은 기억하고 있는 것일까.

열기를 가득 담은 채 번들거리는 시선으로 자신을 내려다보는 서하의 모습을 올려다보던 연우가 가만히 손을 뻗었다. 그녀의 작고 가는 손가락이 그의 얼굴을 가만히 쓰다듬었다.

무엇을 새기고 싶은 듯 가만히 자신의 얼굴을 더듬는 그녀의 손가락의 감촉에 그가 살며시 눈을 감았다. 따스하고 부드럽지만 몸 저 깊은 곳의 아득한 감각을 깨우는 그 손길에 자꾸만 몸이 뜨거워져 갔다.

감았던 눈을 천천히 뜨며 그가 손을 들어 자신의 얼굴 위를 스치는 그녀의 손을 잡았다. 작고 가느다란 손이 커다란 손안에 가득 담겨 왔다. 그가 자신의 손안에 담긴 그녀의 손가락 하나를 천천히 자신의 입안으로 밀어 넣었다. 그녀의 눈이 커다랗게 열리는 모습이 눈에 들어왔다.

붉어지는 그녀의 눈가가 너무도 사랑스러워 그의 심장이 자꾸만 뜨거워졌다. 가만가만 자신의 손가락을 입술로 깨무는 그의 움직임에 연우의 얼굴이 살짝 일그러졌다. 그의 혀가 그녀의 손가락을 스쳐 갔다.

"하아……."

붉게 물든 그녀의 얼굴에 난감함과 묘한 흥분이 차오르고 있었다. 그 모습에 더 이상 참을 수 없어진 서하가 그대로 그녀의 몸 위로 자신의 몸을 눕혔다.

그녀의 작은 몸은 온통 보드라운 감촉으로 가득했다. 지독하게 열기가 치솟아 오는 몸을 견디지 못하고 그녀의 안으로 끝없이 밀어 넣는 자신을 그 작은 몸으로 온전히 품어 안는 그녀가 사랑스러웠다.

처음 그녀를 안았던 순간은 기억나지 않는다 하여도 지금은 아무 상관 없었다. 자신을 향해 모든 것을 내어 주는 그녀의 작은 몸이 끔찍하도록 사랑스럽고 달콤하니까.

코끝으로 스미는 그녀의 체향도, 그녀의 보드랍고 촉촉한 새하얀 피부도, 자신을 올려다보며 붉게 물들어 가는 작은 얼굴도 숨이 막히게 고와서 미칠 것 같은 그였다.

이 순간 자신의 아내인 공주가 아니라 한 여인으로서의 연우가 지독하게 그립고 지독하게 아쉬운 서하였다. 안고 있는 이 순간에도 그녀가 그립다는 느낌. 태어나 처음 느끼는 이 지독한 열망에 서하가 거칠어지는 숨을 삼키지 못한 채 여린 그녀의 품에서 벗어날 줄 모르고 있었다.

열기로 가득하던 순간이 지나가자 땀으로 흠뻑 젖은 그녀의 작은 몸이 차갑게 식는 것이 느껴졌다. 서하가 그녀의 작은 몸을 커다란 품 안에 살며시 끌어안고 그녀의 위로 이불을 덮어 주었다.

힘겨운 숨을 토해 내면서도 그의 욕망에 물러서지 않고 애쓰며 따라와 주던 그녀가 얼마나 힘이 들었을지 이제야 깨닫는 그였다. 작은 입술에서 여전히 힘겨운 숨이 새어 나오고 있었다. 그녀에게 아직 사내와의 시간은 익숙하지 않아 보였다. 그것을 깨닫는 그의 입가가 살짝 치켜 올라갔다.

우스웠다. 자신이 지금 자신 스스로를 질투하고 있음을 깨닫는 그였다. 기억하지 못하는 자신이 그녀를 안았을 것인데 그것이 신경 쓰이다니, 그것에 익숙하지 않은 그녀의 모습이 좋다니 우스워도 한참 우스운 일이었다.

자신을 넓은 가슴에 안은 채 무엇 때문인지 모를 웃음을 토해 내는 그의 움직임이 자신의 몸에까지 느껴지자 연우가 살그머니 고개를 들었다.

처음이 아니건만 이 순간은 여전히 시선을 맞추기 어려울 만큼 쑥스럽고 난감했다. 처음과는 달리 알 수 없는 감정에 그를 탐했던 자신의 모습이 떠올라 더욱 민망한 연우였다.

끝없이 자신을 원하는 그의 품에서 금방이라도 숨이 넘어갈 듯 힘겨우면서도 그를 놓아주고 싶지 않았다. 지독하게 이율배반적인 감정이었다. 아직 힘겨운 행위 속에 머리가 하얗게 빌 듯 뜨거운 쾌감과 고통도 함께 느꼈다. 그로 인해 천당과 지옥을 오가는 마음처럼 몸도 그렇게 그만을 향해 반응했다.

"왜 웃으십니까?"

고개도 들지 못하고 그의 탄탄한 근육이 보이는 가슴에 시선을 고정한 채 그녀가 물었다. 그가 자신을 바라보지 못하는 그녀의 턱을 들어 올려 자신을 바라보게 했다.

붉어진 작은 얼굴에 커다란 눈망울이 잘게 떨리는 그 모습이 미치도록 고와서 서하가 가만히 그 눈가에 입술을 내렸다. 까칠한 속눈썹이 바르르 떨리는 것조차 미치도록 사랑스러웠다. 또다시 몸이 뻐근하게 긴장하는 것을 느끼며 서하가 숨을 내쉬었다.

"나와의 합궁이 처음은 아니겠지요."

"……예."

겨우겨우 새어 나오는 그녀의 목소리가 금방이라도 사라질 듯 작았다. 서하의 커다란 손이 가만히 그녀의 머리를 끌어안았다. 그의 손이 그녀의 긴 머리카락을 가만가만 쓸어내렸다.

"그놈이 부러워 그렇습니다."

"그놈이라니요? 누구를?"

449

"그대와 처음 합궁을 한 녀석 말입니다."

"서방님!"

놀라서 고개를 들려는 연우의 까만 정수리 위에 서하의 따스한 숨결이 닿았다. 고개도 들지 못한 연우의 작은 몸이 그 따스한 감각에 바르르 떨렸다.

"그대의 연모를 그리 오랫동안, 그리 끔찍하게 받았던 녀석이 부러워 웃음이 나는 것입니다."

"……."

"그 녀석보다 더 연모를 받을 작정입니다. 그리고 그 녀석보다 더 그대를 연모할 것입니다. 해서 그대가 그 녀석을 그리워하지 않도록 할 것입니다."

품 안의 가는 어깨가 바르르 떨림을 느낀 순간 서하는 자신의 가슴이 따뜻한 물기로 젖어 드는 것을 느꼈다. 서하의 단단한 팔이 그녀를 더욱 강하게 품 안으로 끌어안았다. 그리고 그의 입술이 다시 그녀의 입술을 찾았다.

뜨거운 열기가 채 가시지 않은 작은 입술이 기다리기라도 했다는 듯 그의 숨결을 받아들였다.

그의 혀가 그녀의 입안을 온전히 차지하고 싶은 듯 입안 전체를 휘저었다. 그의 거친 숨결을 받아 내느라 힘겨운 그녀의 입에서 가뿐 숨결이 새어 나왔다.

하지만 서하는 그 숨결마저 아까운 듯 그녀가 숨을 뱉을 틈도 주지 않고 그녀의 숨결을 탐했다.

한 번 사내를 받아들인 그녀의 몸은 너무도 부드럽게 다시 그에게 길을 열어 주었다. 부드럽게 자신을 조이는 그녀의 꽃길과, 품 안에 잠길 듯 안겨 오는 그녀의 작은 몸이 주는 쾌락에 서하가 질끈 입술을 깨물었다.

머릿속이 하얗게 변해 갈 만큼의 지독한 쾌락이었다. 자신의 안에 이렇게도 이기적이고 지독한 욕망이 자리 잡고 있다는 것을 알지 못했다. 이렇게 여인을 탐하는 마음이 숨어 있음도 알지 못했다.

작고 가는 몸의 일렁임이 두 눈에 담겨 와서, 그 달큰한 살 내음이 코끝이 아닌 심장으로 스며들어 와 움직임을 멈출 수 없는 서하였다. 붉디붉은 꽃이 가득한 그녀의 온몸에 자신을 새기는 것을 멈출 수 없었다. 그렇게 자꾸만 뜨거워져 가는 그에게 안긴 연우의 숨결이 함께 거칠어졌다.

선족에서 보낸 약초에 손을 가져다 대던 어의가 깊게 한숨을 토해 내는 모습에 내의정이 의아함을 담고 어의를 바라보았다.

"무슨 걱정이 있으십니까. 어의 영감."

"하, 화운위의 탕제를 지을 때마다 괴롭구먼."

"아……."

"공주님의 명을 따라야 할지, 화운위의 명을 따라야 할지 가늠이 되지 않는다네."

어의의 곤란함이 가득한 얼굴을 보며 내의정이 고개를 끄덕였다. 내의정의 얼굴에도 근심이 가득 고였다.

"의원으로서 어느 것을 선택해야 할지 고민이 많으시겠습니다. 저라 해도 쉽게 결정을 내릴 수가 없는 문제일 것입니다."

"분명 독초로 인한 후유증으로 기억을 잃으신 것이니 해독을 해야 하는 것이 기본적인 의원으로서의 도리일 것이나 그 해독의 과정이 저리 힘겨워서야. 해독을 하다 병자가 더 위험해지게 되면 그것 또한 의원의 본분을 잃는 것이 아니겠는가."

"그렇지요."

"두 분이 한마음이시라면 차라리 내 의원으로서의 마음이야 누르면 그만일 텐데, 두 분이 저리 서로를 위해 자꾸만 고집을 부리시니 어찌해야 할지 모르겠네. 정말."

어의의 힘겨운 모습을 바라보는 내의정의 얼굴도 난감함으로 일그러져 갔다.

조심스럽게 문을 열고 들어서는 건의 모습을 힐끗 바라본 서하가 다시 눈앞의 서책에 시선을 주었다. 건의 손에는 탕약이 들려 있었다.

"공주는……."

"화연비 마마의 처소에 가셨습니다."

"다행이네."

편안한 웃음을 머금은 서하가 탕약을 그대로 들이켜는 모습에 건이 살짝 미간을 좁혔다.

공주 몰래 탕약을 먹고 있는 서하였다. 공주가 어의에게 탕약을 들이지 말라고 자신 모르게 명을 내리는 것을 아는 서하는 공주가 있을 때에는 절대 탕약을 마시지 않았다. 공주를 불안하게 하고 싶지 않아서 하는 일이었다. 하지만 탕약을 끊고 기억 찾기를 포기할 수는 없었다.

그래서 선택한 방법이 공주가 화궁을 비울 때에만 탕약을 마시는 것이었다. 미리 준비해 두었던 탕약을 공주가 화궁을 떠나면 건이 가져다주곤 하는 것이다.

"괜찮으시겠습니까. 어제도 수련 중에 잠시 두통이 오시지 않았습니까."

"그 정도는 괜찮아. 그래도 그 덕에 조금 기억이 났잖아. 처음 연무장을 보았을 때의 느낌이 살아났거든."

"그러셨습니까?"

"응. 폐하께서 외궁의 정원을 없애고 만들라 하셨다고 하지 않았었어?"

"예. 맞습니다. 기억……나시는군요."

"그런데 너무 조금씩, 단편적인 것들만 나니까 이어지지도 않고. 다른 것들은 안 나도 상관없으니 그녀에 대한 것들이 더 많이 떠올랐으면 좋겠는데 요즘은 영 떠오르지를 않아."

"떠올리실 틈이 없으니까요."

"무슨 소리야?"

빙그레 눈가에 웃음을 머금으며 하는 건의 말에 서하가 의아한 듯 물었다.

"두 분이 첫사랑을 시작한 분들처럼 그리 정이 좋으시니 예전의 기억이 굳이 필요하겠습니까. 그래서 떠오르지 않으시는 것일 것입니다."

"그런가……."

나쁘지 않은 일이었다. 예전의 그녀는 어렸을 테니 그녀와의 감정은 동기간의 감정 같은 것이었을 것이다. 차라리 어쩌면 지금의 감정이 더 남녀 간의 감정이겠지. 하지만 그래도 무엇인가 빠져 있는 듯한 감정이 언제나 불안한 서하였다. 그녀에 대한 모든 것이 확실하고 확연해지길 바랐으니까.

"아, 태자께서 급히 찾으신다 합니다."

탕약 때문에 잊고 있었는지 건이 급히 꺼내는 말에 의아함을 담고 서하가 자리에서 일어났다.

무운과 무엇인가를 논의하는 듯 보이는 태자의 모습을 눈으로 좇으며 서하가 정중하게 고개를 숙였다.

태자 경운이나 무운과의 관계도 역시 기억에는 없었지만 그들의 태도로 그들과의 관계가 절대 나쁘지 않았다는 것은 충분히 인지 가능한 일이었다. 특히 무운은 무뚝뚝한 듯 보이지만 자신을 향한 그의 눈빛에 묻어나는 따스함과 안타까움을 모르지 않았다.

함께 전장을 다녀왔다는 것도, 자신을 구한 것이 무운이라는 것도 알고 있었다. 조금 더 빨리 자신을 구하지 못한 것을 무운이 천추의 한으로 여기고 있다는 것까지.

"어서 오세요. 화운위."

"찾으셨다고 들었습니다."

서하가 다가오자 무운이 조금 옆으로 몸을 돌렸다. 표정이 없는 무운이었지만 서하를 바라보는 그의 다갈색 눈동자에는 언제나 온기가 서려 있었다.

"천여에서 예부령이 오셨습니다."

"……예?"

알지 못했던 일이었다. 공식적인 방문이라면 자신이 모를 리

454

가 없을 것인데 전혀 듣지 못했던 일이었다. 서하의 의아함이 담기는 얼굴을 바라보던 경운이 낮게 한숨을 토해 냈다. 좋은 소식이 아니니 전하기가 망설여지는 그였다.

"천여의 태자께서…… 몸이 많이 좋지 않으시다 합니다."

"!"

서하의 시선이 거칠게 들어 올려졌다. 상상도 하지 못했던 일이었다.

"해서 천여의 폐하께서 화운위의 귀환을 요구해 오셨습니다."

경운의 낮은 목소리에 무운의 얼굴이 거칠게 일그러졌다. 하지만 무운은 아무 말도 하지 않았다.

"저의 귀환……이라 하셨습니까."

"예부령이 조원전에서 기다리고 있습니다. 자세한 이야기는 예부령에게 들으시고 결정을 하셔야 할 듯합니다. 저희 쪽에서는 화운위의 의견을 따르겠다고 이미 말씀드렸습니다. 화운위께서 결정하십시오."

"……예."

조원전으로 들어서는 서하를 기다리기라도 한 듯 천여의 예부령 하찬이 버선발로 달려 나오는 모습이 서하의 시선에 들어왔다. 자신의 기억에는 가여에서는 처음 보는 하찬이었다. 물론 그전에 보았을 테지만 자신의 기억 속에는 그러했다.

"서하 황자님, 몸은 괜찮으신 것입니까? 전장에서 몸이 조금 상하셨다 들었습니다만."

걱정이 서린 얼굴로 말하는 하찬의 모습을 서하가 물끄러미 내려다보았다.

자신의 기억 속의 하찬은 이런 자가 아니었다. 이리 긴장을
하고 자신을 대하거나 두려움이 서린 모습으로 마주한 적이 그
의 기억 속에는 결단코 없었다. 차라리 언제나 능글거리고 자신
만만한 모습을 보이는 자였다. 예부령 하찬은.

그래서 어려서부터 이자를 좋아하지 않았었다. 한데 지금의
하찬은 두려움을 가득 담은 눈길로 자신을 대하고 있었다. 의아
함이 일었지만 지금 급한 것은 그의 태도가 아니었다.

"태자께서, 몸이 문제가 있으십니까."

"원래부터 그리 강건한 분은 아니셨지요. 한데 근래 들어 더
힘겨워하십니다. 해서 조정이 불안정합니다. 황자님."

서하의 얼굴이 아득하게 젖어 들었다. 어려서부터 형은 몸이
약했다. 차라리 자신이 약하고 태자인 형이 강했다면 아무런 문
제도 없었을 것이었다. 자신은 그저 한량처럼 살면 되었을 것이
니까. 그리 검을 익혀야 할 일도, 황자로서의 자리에 신경을 써
야 할 일도 없었을 것이니까.

"폐하께서 돌아오시라 하십니다."

슬금슬금 서하의 눈치를 보며 조심스러워하는 하찬의 모습에
서하 뒤에 서 있던 건이 미소를 머금었다. 서하를 두려워하는
기색이 역력한 하찬의 모습이 안쓰럽기까지 한 건이었다.

1년 전 연우가 사경을 헤매고 있을 때 다른 방도를 서하에게
아뢰었다가 죽을 뻔했던 순간을 하찬은 기억하는 모양이었다.
서하를 보는 눈빛에 예전과는 다른 두려움이 일렁이고 있었다.
자신의 뒷배와 왕의 신임을 믿고 태자와 황자를 만만하게 보던

456

하찬의 변화에 기분이 좋아지는 건이었다.

1년 전의 두려움도 그렇고, 부마 서하에 대한 가여 황실의 믿음도 저자를 저리 만들었을 것이다. 이곳의 태자 경운이 서하를 얼마나 믿고 있는지 모르는 이가 없는 요즈음이니까.

하찬의 말에 잠시 허공을 응시하던 서하가 천천히 입을 열었다.

"나라 간의 조약으로 묶인 몸입니다, 저는. 그리 쉽게 돌아갈 수 없음은 아시겠지요."

"하오나 황자님."

"시간을 갖고 생각을 해 보겠습니다. 그동안 예부령은 이곳에 머무세요. 제가 답을 드릴 때까지."

"……예. 황자님."

하찬의 얼굴에 당혹감과 두려움이 함께 일렁였다.

서하가 이리 나올 줄 몰랐을 것이다. 바로 돌아가겠다 승낙할 것이라 여겼던 모양이었다. 태자 경운도 서하의 결정에 따르겠다 했으니 아무런 문제도 없다 생각하고 있었는데 의외로 서하가 망설이고 있는 것이다.

조원전을 나선 서하가 화궁이 아닌 다른 쪽으로 걸음을 옮기기 시작했다. 건이 아무 말도 없이 그 뒤를 따랐다. 지금 서하에게는 시간이 필요할 것이었다.

청명루에 오른 서하가 짙푸른 하늘을 한참이나 올려다보았다. 무슨 생각을 저리 하는 것일까 걱정스러움을 담고 건이 그 모습을 그저 묵묵히 지켜보고 있었다.

어려서부터 서하는 절대 함부로 행동하거나 섣불리 무엇인가를 결정하는 이가 아니었다. 소년일 때부터도 한순간도 그가 긴장을 놓는 것을 본 적이 없다. 그가 아는 서하는 차디찬 이성으로 만들어진 이였다.

하지만 이곳에서 연우를 만나고 그녀를 연모하게 되면서 서하는 변하고 있었다. 차갑기만 하던 소년이 조금씩 따스함을 알게 되고 열정을 심장에 품기 시작하는 모습이 그리 좋을 수가 없었다. 아무것도 할 수 없는 부마라는 위치에 있지만 그래서 때론 더 자유로워 보였던 서하였다.

그러나 천여로 돌아가게 되면 서하는 제 위치를 지키지 못하는 태자를 대신해 모든 것을 감당해야 할 것이다. 이곳에서 부마라는 위치가 그를 옭아맸다면 천여에서는 태자 대신의 왕제라는 자리가 또다시 그를 옭아맬 것이다. 그는 무엇을 선택할까.

얼마의 시간이 흐른 것일까. 청명루를 내려오는 서하의 얼굴에서는 그 무엇도 읽을 수가 없었다.

목욕을 마치고 긴 머리를 가만가만 빗어 내리고 있는 연우의 모습에 서하의 짙은 시선이 가만히 닿았다. 다갈색의 긴 머리가 아름답게 반짝이고 있었다.

자리에서 일어난 서하가 그녀의 뒤로 다가가 그녀의 손에 있던 빗을 잡았다. 그리고 천천히 그녀의 머리를 빗어 내리기 시작했다. 아무런 말도 없이 자신의 머리를 빗어 내리는 서하의 손짓에 연우가 가만히 눈을 감았다.

오늘 오후에 서하가 누구를 만났는지 알고 있었다. 무슨 일이 생긴 것인지도 들었다. 그래서 연우는 기다리고 있는 것이었다.

그의 결정을.

"오늘…… 본국에서 예부령이 왔습니다."

"……"

"형님 태자께서 몸이 좋지 않아, 폐하께서 저의 귀환을 원하신다는 전갈을 가져왔습니다."

"……"

연우가 서하의 손을 잡아 자신의 앞으로 당겨 앉혔다. 그녀의 작은 손길에 끌리듯 그녀와 마주 앉은 서하의 짙게 가라앉은 먹빛 눈동자가 연우를 응시했다.

"하지만 난 지금은 가지 않을 작정입니다."

연우의 눈동자가 일그러졌다.

"내게는 시간이 조금 더 필요합니다."

"무슨 시간을 말씀하시는 것입니까?"

불안을 담고 조심스럽게 묻는 연우를 물끄러미 바라보며 서하가 커다란 손을 들어 그녀의 작은 얼굴을 가만히 쓰다듬었다. 커다란 손바닥이 그녀의 눈가를, 볼을, 붉은 입술을 가만히 쓸었다.

"우리를 찾을 시간."

연우가 입술을 가만히 악물었다. 그는 기억 찾기를 포기하지 않은 것이다.

둘의 추억이 가득한 이곳을 떠나 천여로 돌아간다면 서하는 기억 찾기를 포기해야 할 것이다. 그곳에서는 지금과는 전혀 다른 삶을 시작해야 할 것이고 기억을 찾을 수 있는 모든 것들은 다 이곳에 남겨져 있을 테니까. 그래서 그는 지금 마음이 원하는 것과는 다른 선택을 하려는 것이다.

"후회하지 않을 자신 있으십니까?"

연우가 말간 눈으로 그를 똑바로 마주하며 물었다. 그녀의 흔들림을 담지 않은 눈을 마주한 서하의 눈이 아프게 흔들렸다.

"분명 후회하게 되실 것입니다. 천여의 태자껜 지금 서방님이 필요하십니다. 그것을 누구보다 잘 아시는 것도 서방님이시고요. 한데 그 기다림을 외면하고 이곳에 남으신다 해서, 우리의 기억을 위해 남는다 해서 행복하시겠습니까?"

"공주……."

"언제까지 기다리실 것입니까? 한 달? 두 달? 1년? 언제 돌아올지 모르는 기억을 위해 지키셔야 하는 소중한 것들을 모두 버리실 작정입니까?"

"그대와의 기억이 내겐 무엇보다 소중합니다."

일그러지는 서하의 눈동자를 바라보던 연우가 서하의 손을 들어 올려 자신의 가슴 위에 얹었다. 서하의 의아함을 담은 시선이 그녀의 눈동자를 응시했다.

"그것은 모두 제 심장에 남아 있습니다. 제가 서방님의 곁에서 그 소중한 시간들을 하나하나 다시 새겨 드릴 것입니다. 하니 이미 지난 시간들은 잊고 앞을 보세요. 서방님을 기다리는 분들을 생각하세요. 그들을 외면하고 찾는 기억은 서방님께 고통이 될 것입니다."

따스하고 단단하게 뛰는 연우의 작은 심장 울림을 손바닥 전체로 느끼며 서하가 흔들리지 않는 연우를 바라보았다.

그녀의 말이 틀리지 않음은 알고 있다. 하지만 지금 이곳을 떠난다면 자신은 잃어버린 시간을 영원히 찾지 못할 것이다. 수많은 추억이 어려 있을 이곳에서도 떠오르지 않는 기억이 천여에서 떠오를 리 없으니까.

그래서 조금만이라도 늦추고 싶었다. 형님이 기다리고 있음을 알지만, 천여 왕실이 자신을 필요로 하는 것을 알지만 조금만 욕심을 부려 보고 싶었다. 아주 조금만 자신과 연우를 위해 그들을 외면해 보고 싶었다.

한데 그렇게 하기 힘겨운 자신을 연우가 알고 있는 것이다. 어쩌면 이 눈앞의 소녀는 자신보다 더 자신을 알고 있는지도 모르겠다고 서하가 생각했다.

"천여로 가면…… 공주께서 많이 힘드실 겁니다."

"괜찮습니다."

"그곳은 이곳과는 많이 다릅니다."

"그렇겠지요. 다른 나라인걸요."

"그곳에는 공주가 아는 이가 아무도 없습니다."

"서방님께서 계시지 않습니까."

환하게 미소 짓는 연우의 고운 얼굴에 서하의 가슴이 뻐근하게 차올랐다. 그녀의 고운 미소가 심장을 가득 채우고 있었다.

"서방님께서는 5년 전 홀로 이곳에 오셨습니다. 아무도 없는 이곳에서 홀로 버텨 내셨습니다. 하지만 전 서방님이 계시지 않습니까? 저를 이리 소중하게 여겨 주시는 서방님이 계시는데 무엇이 겁이 나겠습니까. 그리고 어차피 이제 저의 나라는 천여가 아닙니까."

"그리 여기십니까?"

"제가 너무 어려 서방님께서 이곳에 머무셨던 것을 압니다. 하지만 이제 저는 더 이상 어린아이가 아닙니다. 서방님의 나라가 저의 나라고 제가 머물 곳입니다. 하니 제 걱정은 하지 마세요. 서방님이 진정으로 원하시는 선택을, 그리고 진정으로 하셔야 하는 선택을 하세요. 저는 서방님을 따를 것입니다."

"그대와의 처음을…… 꼭 찾고 싶었습니다."

이를 지그시 악무는 서하의 눈이 촉촉하게 젖어 드는 모습을 바라보던 연우가 그대로 서하의 커다란 어깨를 끌어당겼다. 서하의 큰 손이 연우의 작은 머리를 감싸 안았다.

"그 마음이시면 됩니다. 그것으로 충분합니다."

"미안합니다. 그대와의 시간을 잊어서. 미안합니다. 그대를 자꾸만 아프게 해서."

젖어 드는 서하의 음성에 고개를 든 연우가 가만히 서하를 바라보다 천천히 그의 입술에 자신의 입술을 가져다 댔다. 따스하고 촉촉한 작은 입술이 그의 입술에 닿는다.

걱정하지 말라고, 다 잘될 거라고 위로하듯 자신의 입술을 덮는 작은 입술의 따스함을 더 깊이 느끼고 싶은 서하의 손길이 그녀의 작은 몸을 끌어당겼다. 뜨거운 숨결 속으로 파묻히는 작은 몸이 너무도 소중했다.

✻

조심스러운 손길로 연우를 말 위에 태운 서하가 가볍게 말 위로 날듯 올라타자 무운이 손을 들어 올렸다. 수많은 일행이 움직이기 시작했다.

5년 만에 본국으로 돌아가는 부마의 행렬은 화려하고 웅장했다. 부마의 위치와 공주 연우에 대한 가여 황실의 마음이 온전히 드러나 보이는 행렬이었다. 그 행렬의 수장은 무운이 맡았다. 천여의 국경까지 부마와 공주를 무사히 보호하고 싶다는 무운의 뜻을 경운이 흔쾌히 받아들인 덕분이었다.

커다란 서하의 품 안에 안긴 채 연우가 점점 멀어지는 가족들을 향해 고개를 돌렸다. 몸이 좋지 않아 나오지 않은 황제와 황후 대신 태자 경운과 지운 부부가 그들을 환송하고 있었다. 친자매처럼 지내던 화연비는 끝내 울음을 터뜨렸고 지운과 경운도 얼굴을 펴지 못하고 있었다.

이제 가면 언제 다시 만날 수 있을지 기약할 수 없는 누이의 모습을 시선 안에 담는 오라비들의 모습을 연우가 깊이깊이 심장에 담으려 고개를 돌리지 못했다.

저 든든한 이들 사이에서 세상 그 무엇도 힘든 줄 모르고 살아왔었다. 태어나 지금까지 한 번도 떠나 보지 못했던 이곳을 떠나 이제 처음 만나는 다른 세상으로 가야 한다.

서하가 있는 곳이지만 두려웠다. 그에게는 내색하지 못했지만 두렵고 무서웠다. 가고 싶지 않았다. 이곳의 모든 것을 잃어야 하고 온전히 자신을 내려놓아야 할지도 모르는 선택이니까.

하지만 알고 있었다. 그는 그곳으로 돌아가야 한다는 것을. 그때가 예상보다 조금 빨리 온 것뿐이었다.

전송하는 이들에게서 시선을 돌리지 못하는 연우를 서하가 가만히 품어 안았다. 연우의 고개가 위로 들어 올려졌다. 안타까움이 담긴 서하의 짙은 눈동자가 연우를 내려다보고 있었다.

눈 가득 담기는 물기를 손등으로 거칠게 닦아 낸 연우가 싱긋, 억지로 입가에 웃음을 머금었다. 서하의 얼굴이 약하게 일그러졌다.

"억지로 웃지 않으셔도 됩니다."

"좋아서 웃는 것입니다."

"요즘 자꾸 거짓말이 느십니다."

"……"

"울고 싶을 때 우시고, 화내고 싶을 때 내십시오. 제가 다 받을 것입니다."

"……"

투둑, 고삐를 잡은 서하의 손 위로 따스한 물기가 떨어져 내렸다. 서하의 팔이 연우를 꼭 그러안았다. 연우가 그 단단한 팔 안에 자신의 작은 몸을 담았다.

다른 세상으로 가는 길은 그렇게 시작되고 있었다.

다음 권으로 이어집니다.